엔바디
_BODY

엔바디
_BODY

초판 1쇄 발행 2024. 6. 26.

지은이 난새
펴낸이 김병호
펴낸곳 주식회사 바른북스

편집진행 황금주
디자인 김민지

등록 2019년 4월 3일 제2019-000040호
주소 서울시 성동구 연무장5길 9-16, 301호 (성수동2가, 블루스톤타워)
대표전화 070-7857-9719 | **경영지원** 02-3409-9719 | **팩스** 070-7610-9820

•바른북스는 여러분의 다양한 아이디어와 원고 투고를 설레는 마음으로 기다리고 있습니다.

이메일 barunbooks21@naver.com | **원고투고** barunbooks21@naver.com
홈페이지 www.barunbooks.com | **공식 블로그** blog.naver.com/barunbooks7
공식 포스트 post.naver.com/barunbooks7 | **페이스북** facebook.com/barunbooks7

ⓒ 난새, 2024
ISBN 979-11-7263-043-0 03810

엔바디

난새 지음

몸 전체를 터뜨려 내며

세상에 존재감을 과시하고

공중에서 사라지는 폭죽

_BODY

N A N S A E

자신의 삶과 꼭 닮은 욕망이었다

바른북스

코의 점막이 축축하게 젖어 들어갈 정도로 습한 공간에 비쩍 마른 남자가 누워 있었다. 그는 침대도, 깔개도, 하다못해 지푸라기조차 없는 맨바닥에 누워 아지랑이가 피어나는 공간에 죽음이 머지않아 허약해져 버린 생기를 불어넣었다. 방에 살아 숨 쉬는 생명체라곤 그가 유일했다. 그의 숨소리는 매우 미약하여, 누군가가 남자를 가리키며 저 이가 죽었는지 살았는지 맞혀보라고 한다면 십중팔구는 저것은 시체라 답할 게 틀림없었다. 남자 또한 틀린 답이 선고되었음을 들어도 자신이 아직 멀쩡히 살아 있다거나, 살아 있는 자신을 왜 시체 취급을 하냐며 역정을 내지는 않을 눈치였다. 그는 고요히 물기 어린 공기를 들이마시고, 내쉬고, 들이마시고, 내쉬며 죽음이 자신을 찾아오기를 기다렸다.

별안간 그가 방으로 들어올 때 열린 이후로 단 한 번도 열린 적 없던 출입문이 열리는 소리가 공간을 크게 울렸다. 방 안의 남자가 잠에 취해 있던 거라면 충분히 깰 법도 했다. 그러나 그는 몸을 일으키지 않았고, 그는 그대로 포대 자루처럼 끌려나갔다. 남자를 양쪽에서 들어 올린 이들은 얇디얇은 보자기의 양 끝을 잡은 것처럼 그를 힘들이지 않고 방 밖으로 끌어내었다.

　남자는 자신이 누워 있던 방으로 다시는 돌아오지 못했다.

BODY
BODY
BODY
BODY
BODY

목
차

제로

"단일한 종족이었으나, 사는 환경이 달라진 두 그룹은 각자가 살아가는 환경에 알맞게 변화하여 차별적인 외양을 띠게 되었다. 이 과정을 거친 엔바디 사회는 종족이 다른 두 집단이 공정하게 교육과 자본 등의 능력으로 경쟁하는 사회에 이르렀다."

초등학생 때 이미 다 배운 내용이었지만, 고등학교에서 교양 교육을 담당하는 경식 선생은 언제나 자신의 뿌리와 소속을 잊지 말라고 강조하며 초등학교 교과서의 첫 구절을 읽어주면서 수업을 시작했다.

진도 나갈 부분을 전날 밤에 전부 예습해 두었던 도호재는 교과서를 빠르게 넘겨버리고 싶은 충동이 들었다. 티끌처럼 빠져나와 있는 잔머리를 정리하고자 살짝 곱슬기가 있는 새카만 머리를 쓸어넘기자, 건강한 느낌의 탄탄하고 하얀 피부가 빛을 죄다 집어삼킬 듯한 새카만 머리카락에 대비되어 깔끔한 인상을 풍겼다. 목탄으로 하나하나 그린 듯 진하고 빽빽한 눈썹 바로 아래에는 광활한 옥색의 성운과 밝은 빛의 모래 지옥을 동시에 담은 듯한 강렬한 눈이 자리 잡고 있었다. 자칫하면 겉으로 드러나 있는 얼굴을 텁텁한 모래 속으로 역으로 묻어버릴 눈동자 속 지옥은 그의 얼굴 한가운데 위치한 투박한 듯 굵직하게 높은 콧대에 의해서 영향력을 저지받고 있었다. 도호재는 또래 대부분과 비교했을 때 체격도 조금 더 건장하여 첫 만남부터 믿음직스러운 인상을 남기는 편이었다. 누군가가 가만히 있어도 신뢰하고 싶어지는 얼굴을 찾는다면, 도호재의 앞에 이르러서야 마침내 '유레카'를 외칠 법했다.

"언제나 힘 있고 낮은 목소리를 유지할 것. 천박하게 소리 지르지 말 것. 감정 표현은 자유롭게 할 것. 저급한 단어가 아닌, 문맥에 맞고 격식 있는 단어를 쓸 것."

기억이 시작되던 순간부터 귀에 못이 박히도록 들은 문구이기에 도호재는 고집스럽게 다물고 있던 얇은 살굿빛 입술을 선생과 동시에 달싹이면서 그의 가르침을 따라 읊었다. 이미 알고 있는 내용을 다른 인물의 입을 통해 천천히 반복해서 들어야 하는 시간은 오래되고 질긴 육포를 뭉툭한 이로 잘라내려는 시도만큼 고역이었다. 선생의 말은 차단해 버리고 다음 장으로 빠르게 넘어가고 싶어서 손가락에 경련이 날 것 같았다. 그럼에도 도호재는 혹여 자신이 잘못 이해했거나, 그럴 리 없겠지만, 빠뜨린 부분이 있을지도 모르니 교사의 길게 늘어지는 말에 필사적으로 귀를 기울였다.

오늘도 어김없이 반복으로 시작해서 반복으로 수업이 끝났음을 알리는 종소리에 경식 선생은 마지막 말을 덧붙였다.

"오직 제로만이 격식 있는 문장을 씁니다. 고결한 문장과 특별한 단어는 저작권에 의해서 제한되어 있습니다. 제로는 단어 대부분을 구사할 수 있는 권리가 있습니다만, 몇몇 사상에 관해서는 제로일지라도 사상 저작권에 대한 천문학적인 사용료를 사전에 지불해야 합니다. 저작권 사용료에서 자유로운 존재는 사회 운영의 전반을 최종적으로 책임져야 하는 옥토 제로가 유일합니다. 이외의 제로는 앞서 말씀드린 사용료를 지불해야만 이를 기반으로 행동하거나, 해당 내용을 담아 발언할 수 있으니 자신의 발언이 어떠한 사상을 담고 있는지 항시 주의하시기 바랍니다."

이 말을 끝으로 화면 공유를 종료한 경식 선생은 살짝 흘러내린 안경을 고쳐 쓰고서 규칙적이고도 깔끔하게 분절된 발소리를 내며 교실을 나갔다. 그와 동시에 교실에 앉아 있던 학생들은 불필요한 소란을 피우지 않고 하나둘씩 자리에서 일어나 교실 밖으로 향하기 시작했다. 새 학기가 시작된 지 오래되지 않기에 학생들이 두꺼운 외투를 걸치는 소리가 유독 도드라졌다.

"말이 좋아 사용료지. 그냥 처벌받을 각오 하라고 하면 되는데 꼭 저렇게 말씀하시더라."

도호재 근처에 앉아 있던 이우진이 책상의 너른 판 아래에 가지

런하게 접어놨던 다리를 자신의 영역 바깥으로 죽 뻗으며 혀를 찼다. 군데군데 고집스럽게 뻗친 머리를 가진 그는 일자로 발라져 있는 눈썹을 미간으로 모으며 의자에 앉은 채로 상체를 미끄러뜨렸다. 쌍꺼풀이 없지만 뚜렷한 눈 밑으로 둥글면서도 길게 쭉 뻗은 코가 옅은 애교살과 어우러져서 부드러워 보이면서도, 한편으로는 고집스러운 인상을 풍겼다.

"제로에게 처벌이라는 단어는 지나치게 투박해."

이우진의 말에 적당히 대꾸한 도호재는 화면 공유가 종료된 인터넷 창을 껐다. 창을 끄자, 책상의 바탕화면에 '올바르고 굳세게'라고 적혀 있는 문구가 큼지막하게 나타났다. 수업을 듣느라 소매가 접힌 부분은 없는지, 머리가 흐트러지지는 않았는지 확인하며 수만 번째로 바탕화면의 문구를 읽어 내린 도호재는 화면을 끄고 자리에서 일어났다. 직접 설정하고 수없이 본 바탕화면이지만, 언제 보더라도 자랑스러운 문구였다.

"왜? 제로가 내는 건 사용료고, 메르라가 받는 건 처벌인데, 말만 다르지 솔직히 내용은 똑같잖아. 그럼 다를 게 뭐야?"

미간으로 집결한 눈썹 그대로 어이없다는 듯이 비죽 웃은 이우진은 고개를 돌려 도호재를 쳐다봤다. 그는 매끈하고 매력적인 입술을 가지고 있었으나, 웃을 때 왼쪽 입꼬리가 조금 더 올라가서 비웃는 듯한 인상을 남기고, 그쪽에 주름이 조금 더 깊게 파이는 모습이 특징적이었다.

"제로는 자발적으로 사용료를 지불하고, 메르라는 타의에 의해서 받는 처벌의 내용이 사용료 지불이지."

"우리라고 사용료를 내고 싶어서 내나?"

자리에서 일어나서 옷매무새를 마저 정돈하던 도호재는 끈질기게 기본적인 질문을 던지는 이우진이 귀찮아졌다. 이우진은 기초적인 질문을 던질 시기는 진작에 지났음에도 초등학생 때 이미 배운 내용을 질질 물고 늘어지고 있었다. 이런 질문은 진작에 묻고, 답을 내렸어야 했다.

"그럼 너는 일반적인 말에도 저작권료나 내면서 살지 그래?"

"싸가지, 진짜…"

옥토 제로도 아닌, 메르라로 여생을 살라는 도호재의 말에 이우진은 늘어뜨리고 있던 상체를 단숨에 일으켰다. 유해 보이는 인상과는 달리, 이우진의 성질을 아는 제로 사이에서 그는 '욱찐'으로 통용되고 있었다. 이우진이라는 이름과 욱하는 성격을 합한 별명이었다. 도호재는 그의 별명이 참 잘 어울린다고 생각하며 교실을 나섰다. 날은 쌀쌀해도 볕은 따스한 3월의 공기가 창문을 열어놓은 복도를 가득 메우고 있었다.

"야! 같이 가!"

뒤늦게 자리에서 일어난 이우진은 도호재보다도 키가 큼에도 불구하고 체격 때문인지, 비율 때문인지, 도호재보다 작아 보였다. 아직은 싸늘한 기운이 우세한 공기를 한껏 들이마신 도호재는 빳빳하게 앉아 있느라 경직되었던 폐가 풀어지는 감각을 만끽하며 발걸음을 옮겼다. 오늘도 어김없이 놀러 가자고 제안하는 이우진의 말에 도호재는 선이 악을 물리치는 결말이 당연하듯이 그의 꼬임을 거절했다. 철없던 시절에는 그날의 할 일을 하지 않은 채로 이우진과 마음껏 놀고 부모님께 거짓말을 하기도 했었다. 그러다 들킨 날은, 어머니로부터 거짓말은 불순한 의도에서 비롯된 결정체라며 꾸중을 들었고, 아버지는 제로의 명예를 실추시키는 행동을 했다며 도호재를 심하게 문책했었다.

답지 않게 감상에 젖어 있던 도호재는 자신도 모르는 사이에 집 앞에 도착해 있었다. 옆에서 끈질기게 놀자고 꾀어내려던 이우진도 어느새 자신의 집으로 향한 것 같았다. 이제 막 나기 시작하는 새싹과 이미 파릇한 색을 띠고 있는 잔디 위에 자리 잡은 저택이 도호재의 눈에 들어왔다. 깔끔한 흰색을 베이스로, 바라만 봐도 시원해 보이는 통유리가 매력적인 3층 집이었다. 가장 넓은 1층의 지붕 위에는 다시 짙은 색 잔디를 깔고, 모서리를 따라서 구성한 인피니티 풀은 저택의 광활함을 체감케 했다.

도호재는 구두 끝에 묻어 있는 흙을 털고 교복 와이셔츠 목깃을 매만지고서 절제된 동작으로 집으로 들어갔다.

저녁을 먹기 전, 시간이 애매하게 뜬 도호재는 자신의 방에서 다이닝룸으로 가는 길에 있는 서재로 들어갔다. 서재 입구 맞은편에 자리 잡은 통유리를 통해서 들어오는 늙은 석양이 양옆으로 길게 늘어진 책장과 빼곡하게 꽂힌 책들의 표지를 옅고 붉게 비추고 있었다.

한때 모종의 이유로 종이로 이루어진 도서란 도서는 전부 유실될 뻔하였으나, 다행히 도서 대부분은 온라인으로 옮겨둔 상태였기에 책의 내용은 무사히 보존할 수 있었다고 한다. 그 이후로 피해를 보지 않은 종이책은 메르라 2급 거주 구역에 따로 보관하고, 신청자만이 종이책을 열람할 권한을 부여받았다. 그러나 현존하는 모든 책은 온라인상에 저장되어 있고, 온라인에서 내용을 읽을 수 있었기에 엔바디 사회 구성원은 굳이 '열람 신청 - 서류 심사 - 면접'이라는 번거로운 절차를 거쳐서 실물 책을 열람하려 하지 않았다.

도호재네 부모님은 책의 질감이 마음에 든다며 겉표지만을 수집하여 책장에 꽂아놓았었다. 도호재 또한 그런 부모님의 취향이 마음에 들었다.

시간이 많지는 않으니 이전에 읽었던 책을 빠르게 훑는 게 좋겠다는 생각에 선택한 책은 《엔바디 사회》라는 제목의 기초적인 사회 도서였다. 도호재는 《엔바디 사회》의 겉표지를 터치해서 들고 있던 패드로 내용을 옮겨, 통유리 옆에 놓여 있는 가죽 의자에 눕듯이 앉았다.

> … 이 과정을 거친 엔바디 사회는 종족이 다른 두 집단이 공평하게 받은 교육으로 축적한 개인적인 자본 등의 능력으로 공정하게 경쟁하는 사회에 이르렀다. 엔바디 사회는 종족, 출신에 구애받지 않고 개인의 노력에 따라서 지위, 거주지 등이 결정된다.

경식 선생의 수업 시간 때마다 듣는 구절이 이 책에도 적혀 있었다. 도호재는 무의식적으로 얼굴을 살짝 찌푸리고 한꺼번에 여러 페이지를 넘겼다.

> … 멤버십에는 제로, 1급, 2급, 3급, 4급, 5급의 등급이 있다. 이때 1급에서 5급 멤버십 가입자를 메르라라고 한다. 기존의 '메르라'라는 단어는 분화된 하나의 종족을 지칭하던 단어였으나, 해당 종족의 구성원과 그 자손이 자연스럽게 1급에서 5급까지의 멤버십에 가입하고, 제로 멤버십에 가입한 종족이 대를 이어 제로 멤버십에 가입함에 따라, '메르라'와 '제로'라는 단어는 종족을 지칭하는 단어이자, 특정 등급의 멤버십을 지칭하는 단어로 사용하게 되었다.

진작 읽기도 했고, 이제는 상식인 이야기였다. 기초 중에서도 기초적인 사회 도서라서 그런지 영 따분한 이야기밖에 적혀 있지 않았다. 처음 읽었을 당시에는 이렇게까지 지루함을 느끼지는 않았다고 기억하는데, 도호재는 다시 읽고 있는 지금이 너무나도 지루했다.

> … 제로는 엔바디 사회의 전반을 관리, 운영하는 중책을 맡고 있으며, 그중에서도 8인으로 이루어진 '옥토 제로'는 사회를 두루 살피어 엔바디 사회에 필요한 정책을 최종적으로 결정하고, 시행한다.

옥토 제로라는 단어를 읽은 도호재는 지루함의 구덩이 속으로 끝없이 빨려 들어가던 도중, 중간에 삐져나와 있던 나뭇가지에 덜컥, 걸린 느낌이었다. 도호재의 부모님 두 분 모두 옥토 제로였기 때문이었다.

… 옥토 제로는 초대 옥토 제로의 유지를 이어받아 멤버십에 가입한 모든 사회 구성원에게 의식주를 제공하고 있다. 초대 옥토 제로는 누구도 기아와 같은 원초적인 위험에 노출되지 않는 사회를 성공적으로 구축했으며, 후대는 그의 뜻을 이어 가고자 그의 인격과 사상을 수동 보안 AI와 결합하여 서버에 프로그래밍함으로써 엔바디 사회에 영원한 번영을 보장했다. 초대 옥토 제로의 뒤를 이은 옥토 제로의 운영 이래로 의식주의 결핍과 관련된 사회적 문제는 소멸했으며, 모든 멤버십 가입자에게 차등적이면서도 수준 높은 복지를 제공함에 따라 …

옥토 제로의 활약상을 읽으니, 도호재는 자신이 이바지한 바가 전혀 없음에도 불구하고 괜히 뿌듯하고 만족스러웠다. 멋대로 올라간 입꼬리가 느껴졌다. 그는 반듯한 호선을 그리는 입꼬리를 굳이 끌어내리지 않았다. 역대 옥토 제로가 펼친 정책과 그 결과를 몰입해서 읽던 도호재는 저녁이 준비되었다는 고용인의 말에 패드 화면을 껐다. 어느새 석양은 사라지고 서재 천장의 불이 은은하게 밝아져 있었다.

2층 다이닝룸에 도착한 도호재는 미리 앉아 있는 부모님께 가볍게 묵례를 건넸다. 아침에는 태양광이 밝게 비추지만, 이미 밖이 어둑해진 탓에 다이닝룸은 차분한 황갈색 식탁 위의 주황빛 조명에 의해 정갈한 분위기를 내고 있었다. 조명의 덮개는 식탁 옆의 의자와 마찬가지로 매끈한 검은색이었고, 바닥과 벽면은 회색빛의 석회암과 유사한 색으로 구성되어 있었다.

도호재는 이렇다 할 소음 없이 의자에 앉으며 저녁 메뉴를 빠르게 확인했다. 메뉴판은 엄지손가락으로 쓸어 올리면 종이의 질감이 잘 느껴질 것만 같은 색감을 띠고 있었다. 그는 눈이 편안할 정도로만 하얀 메뉴판에 적혀 있는 리스트를 확인하곤 속으로 쾌재를 불렀다. 오늘 저녁의 주요리는 미식을 애정하는 그가 수많은 재료 중에서도 무엇보다도 설레는 재료인 특제 고기를 사용했다고 적혀 있었다. 보다 구체적으로 들어가자면 특제 고기 중에서도 안목살과 구천살 부위를 사용한 투르네도 로시니가 주요리였다.

특제 고기는 분명 부드러운 식감의 고기인데도 씹으면 약간은 아삭거린다고 해야 할지, 미묘하면서도 황홀한 식감을 자랑했다. 마치 최상급 연어의 탄탄한 질감을 완벽하게 보존한 채로 숙성한 횟감을 익히지 않고 날것으로 씹었을 때의 식감과도 유사했다. 특제 고기는 뜨겁게 가열하더라도 그러한 질감을 만끽할 수 있었다. 살코기를 씹는 와중에도 입안의 부스러기와 도란도란 대화를 나눌 수 있을 정도였다. 특제 고기 자체도 맛이 보장된 재료이지만, 도호재는 특제 고기 중에서도 유난히 부드럽고 기름진 안목살과 독특하게도 꼬득꼬득한 식감의 구천살을 사랑했다. 둘의 조화는, 뜨겁게 달군 모래에 한계까지 나뒹굴다가 예고 없이 나타난 오아시스에 한껏 익어버린 피부의 열기를 씻어내는 극한의 희열과도 같았다. 그런 고기를 푸아그라와 조합하여 투르네도 로시니 요리에 활용한다는 건 보장된 황홀경이었다.

"내년이면 대학에 진학해야 할 텐데. 계열은 선택했느냐?"

전채 요리로 나온 안심 타다끼를 면밀히 살펴보던 도호재는 아버지의 갑작스러운 질문에 깜짝 놀랐다. 그는 자칫하면 맛과 향의 균형을 깰 수도 있는 레몬 폰즈 소스가 딱 먹음직스러울 정도로만 뿌려졌다는 사실에 만족스러워하던 중이었다.

"교육 계열로 진학할까 합니다. 교육부를 담당하는 옥토 제로를 목표로 하고 있습니다."

도호재는 차분하면서도 당당한 태도로 이야기했다. 무릇 제로라면 그래야 하는 것처럼.

"또래 중에 너를 뛰어넘을 인물이 없으니, 네가 뜻하는 대로 이룰 수 있을 거다."

도호재의 대답이 퍽 마음에 들었는지, 아버지는 간결한 대답 이후, 별말 없이 수저를 들었다. 도호재는 성적이나 주변 평판, 또래 사이의 위치로 보아도 본인이 동년배 중 누구보다 촉망받는 제로라는 사실을 충분히 인지하고 있었다. 그럼에도 아버지로부터 받은 인정은 객관적인 사실로부터 도출한 뛰어남에 대한 자기 만족감과는 전혀 다른 느낌이었다.

"교육부 얘기가 나와서 하는 말입니다만, 하대원이 안건으로 올린 동요 수정안은 지나치게 노골적입니다."

어머니가 언급한 이가 현 교육부 옥토 제로의 이름임을 알아챈 도호재는 조용히 귀를 기울였다.

"지금 우리 사회의 신조가 '상식이 아닌 것에는 눈길도 보내지 말고, 상식이 아닌 말은 듣지도 말고, 상식이 아닌 말은 입에 담지도 말고, 상식이 아니면 행동하지도 마라.' 아닙니까. 이 문구를 그대로 가사로 활용해서 동요를 만들어선 안 됩니다."

이어진 어머니의 말에 아버지는 입안에 있던 음식물을 삼켜내고 느긋하게 답했다.

"그의 말에 의하면 말을 뗄 때부터 사회의 신조를 접해서 삶과 완벽하게 융화되도록 만들자는 취지라고 말하지 않았습니까."

"취지는 좋습니다. 그러나 문구 그대로, 단어 그대로 동요의 가사로 활용하다가는 신조의 위상이 유치해져 버릴 겁니다. 사회의 뜻이 우스워지지 않도록 문화와 관련된 정책은 사소한 것도 면밀히 살펴보기로 하지 않았습니까."

아버지의 입은 한동안 굳게 닫혀 있었다. 어머니의 의견이 합리적이라 여기는 것처럼 보였다.

"월요일이 머지않았으니, 회의 안건으로 올릴 필요성이 있어 보입니다."

도호재는 어머니가 아버지의 심정 변화를 눈치채고 마지막 쐐기를 박아넣기 시작했음을 알아차렸다. 그는 한번 정한 내용은 쉽게 번복하지 않는 아버지의 성격을 잘 알았기에 흥미진진하게 귀를 기울였다. 이번에는 아버지께서 기존의 결정을 번복할 가능성이 커 보였다. 아버지는 조금 더 뜸을 들이다가 말을 이었다.

"아닙니다."

예상치 못한 부정의 답변에 도호재는 반사적으로 고개를 들었다.

"회의까지 갈 필요 없습니다. 사회 신조의 위상을 낮출 위험은 배제함이 옳습니다. 하대원의 동요 수정안은 즉시 기각합니다."

도호재는 옥토 제로 중에서도 수장의 위치에 있는 아버지의 결단에 다시 시선을 돌렸다. 그는 어찌 되었든 간에 잘된 일이라 생각하며 어머니 쪽을 흘깃 쳐다봤다. 원하는 결과는 얻었으니 만족스러울 거라 예상하며 본 어머니의 표정은 의외로 딱딱하게 굳어 있었다.

"동요 수정안은 새로 고안해서 올리도록 조처할 겁니다. 그보다 이번 회의에서는 도타에 지급할 보조금의 구체적인 액수를 논의해야 합니다. 성관계 장려금, 출산 보조금, 동료 사망 위로금도 포함해서 말입니다. 수십 년 전 폐지된 입양 보조금에 대한 기록은 삭제되어야 합니다. 직후에는 이번 달 공동체 정화 공로자를 확정할 겁니다."

전채 요리의 소스가 너저분하게 묻어 있는 접시가 치워지고 주식이 준비되며 멀리서 식기가 부딪치는 소리가 작게 들렸다. 도호재는 제로를 찬양하며 숭배하는 메르라 종교 집단인 도타가 거론되자 눈을 빛냈다. 도타는 제로로부터 보조금을 받는 수많은 단체

중에서도 공식적으로 가장 높은 금액의 보조금을 받는 단체로 유명했다. 도호재는 아무리 메르라가 제로와는 달리 몸집이 볼품없이 작고, 눈은 과하게 어두우며, 언행이 거칠고, 태생이 서로에게 무관심하거나 헐뜯기만을 좋아하는 부류라고는 해도, 사회를 운영해야 하는 제로로서 메르라와 완벽하게 유리된 생활은 바람직하지 않다고 배웠었다. 그런데도 그는 메르라와 친숙한 모습을 보여줄 기회는커녕 메르라와 접촉한 적도 없었다. 객관적으로도, 주관적으로도 또래 중에서 월등히 뛰어남이 확실한데, 하다못해 이우진도 참석했던 메르라 대면식의 참여자 명단에 도호재의 이름은 한 번도 올라가지 않았었다. 도호재는 이 기회를 놓칠 수 없었다.

"말씀 올려도 되겠습니까?"

도호재는 용기를 내어 운을 띄웠다.

아버지는 도호재가 발언할 기회를 얻는 것을 흔쾌히 허락했다.

"도타에 지급할 보조금 액수가 결정되면 제가 직접 도타에 전달하고 싶습니다."

보조금을 온라인으로 지급하면 그만이지만, 제로는 도타와의 유착관계를 공고히 하고자 매년 옥토 제로 내지는 제로가 보조금 지급식에 참석하고 있었다. 도호재는 본인이 도타에 보조금을 지급하면 제로에게 가장 호의적인 메르라 단체와 대면하여 자신이 원하는 만큼 그들과 친숙하게 지낼 수 있으리라 생각했다. 도타와 접촉할 수 있다면 그동안 메르라와 교류하지 않았던 실망스러운 모습을 한 번에 만회할 절호의 기회였다.

"기각한다."

아버지의 단호한 한마디에 도호재의 희망 회로는 예상치 못한 합선을 직면하고 작은 불꽃과 함께 폭발했다.

"이유를 여쭤도 됩니까? 저 정도라면 여타 제로보다도 옥토 제로 측에서 훨씬 신용할 만한 인물이라고 생각했습니다."

"그간의 노력과 성과를 모르는 바 아니나, 그것은 네가 학생임을 전제한 평가이다."

도호재는 자신을 한심하게 응시하고 있는 어머니의 시선과 마주했다.

"우리가 너를 아낀다 한들, 다른 옥토 제로가 너를 인정할 성싶으냐? 아직 이렇다 할 업적이 없는 제로이지 않으냐. 특별히 누구도 이뤄내지 못한 업적을 세우지 않는다면, 최소한 옥토 제로까지는 도달해야 타인으로부터 존경과 인정을 받을 수 있는 법이다. 아무것도 이루지 않은 상태에서 우월 의식을 갖지 않도록 유념해라."

어머니의 경고에 도호재는 얼굴이 홧홧하게 달아올랐다. 그는 곧바로 이어진 불쾌함에 얼굴 양쪽 끝의 근육을 팽팽하게 당겼다. 도호재는 나이에 얽매여 또래와 비교하지 않더라도 충분히 다방면으로 뛰어난 능력을 보유하고 있었다. 웬만한 성인, 심지어는 몇몇 옥토 제로보다도 연설 실력이 뛰어남에도 불구하고 도호재에게는 간단한 연설조차 맡겨지지 않았다. 연설자로 선정되기 위한 조건 중에는 적절한 수준의 지위도 포함되기에 참여할 수 없었다 하더라도, 그렇다고 해서 도호재의 연설 능력이 폄하하고 얕볼 수준은 아니었다. 그리고 이는 비단 연설 실력에만 국한되는 이야기가 아니었다.

딸깍, 소리를 내며 투르네도 로시니가 담긴 접시가 각자의 앞에 놓였다. 분명 고용인들은 자신들의 대화를 방해하지 않기 위해서 대화가 끝나기만을 기다리고 있다가, 대화가 끝날 기미가 보인 즉시 접시를 내어왔을 터였다. 고용인조차 어머니의 말에 동조하고 도호재를 나무라는 것 같았다. 그들이 보기에도 어머니의 말이 옳으니 자신이 주제넘었음을 도호재가 납득하리라 생각하고, 대화가 끝났다고 판단할 수 있는 것이다. 이 대화를 듣고 있는 고용인조차 도호재의 능력을 얕보고 그의 한계는 여기까지라고 멋대로 결정했다.

위쪽에서 내리쬐고 있는 주홍빛 전구는 더는 요리를 멋스럽게 비추고 있지 않았다. 투르네도 로시니는 시커멓게 타버린 트러플 숯 검댕이 묻은 채로 뿌연 곰팡이가 피어나며 썩어가고 있는 비루한 나뭇조각처럼 보였다. 도호재는 수저를 들지 않고, 먼저 자리를 일어나는 자신의 결례에 사과하며 그 길로 위층으로 올라갔다. 숨이 가쁠 정도로 모욕적인 식사 자리였다.

"잠시 들어가도 되겠습니까?"

도호재는 부드럽게 물어오는 목소리에 눈을 떴다. 건물의 끝자락에 위치하여, 이어진 두 벽면이 통창으로 구성된 3층의 휴식 공간은 그가 마음을 가라앉히고자 할 때마다 찾는 방이었다. 옅은 차콜색 양 모피가 넓게 깔린 바닥 정중앙에는 정사각형의 다리 없이 낮은 하얀색 탁자가 소박하게 자리 잡고 있었다. 도호재는 부드러운 패브릭 카우치에 몸을 깊숙이 파묻고 휴식을 취하던 도중이었다. 그는 목소리의 주인을 알아차리고 누운 상태 그대로 방문을 허락했다. 방 안의 색이 바랜 석상을 물끄러미 보고 있으니 고용인 하나가 조용히 방문을 열고 들어왔다.

"식사를 거르셨다고 들었습니다."

오랫동안 도호재의 곁을 지킨 나이 지긋한 고용인이 카우치와 적정 거리를 유지한 채로 발걸음을 멈췄다. 왜소한 체구에 차분하게 머리를 뒤덮은 흰머리가 그의 나이를 짐작게 했다. 머리카락만 보면 거동에 어려움이 있는 이처럼 보이지만, 고용인은 치기 어린 젊은이처럼 거침없는 행동과 결단의 소유자였다. 그는 젊음을 유지하는 자신의 비결로 확고한 신념에 뿌리를 두고 있는 행동에 대한 확신을 꼽곤 했다.

"내 행동이 식사 예절에 어긋났다는 아버지의 말을 전하러 온 겁니까? 안타깝게도 머저리는 아니라 그 정도는 알고 있으니, 날 모자란 치로 만들지 마십시오."

도호재는 누워 있는 그대로 맞은편의 석상을 뚫어져라 쳐다보며 날을 세웠다. 조건부 축객령을 받은 고용인은 방을 나서지도, 도호재에게 더 다가가지도 않은 채로 가만히 서 있었다. 도호재는 조급하게 답하지 않는 고용인으로 인해 생긴 잠깐의 고요한 공백에 기대 잠시나마 마음을 달랬다.

"가당찮은 말씀입니다. 제가 감히 도련님을 나무라겠습니까. 제가 보기엔 도련님만큼 품위 있으신 분이 없습니다."

고용인은 도호재를 달래듯이 나긋나긋하게 말했다.

"난 지금 품위를 따지자는 게 아닙니다. 아니면 지금 능력은 없으니 똑바로 앉아서 품위라도 지키라고 충언하는 겁니까?"

석상을 노려보던 도호재는 몸을 일으켜서 고용인을 쏘아봤다. 덫에 걸린 동물처럼 궁지에 몰린 채 분노하는 꼴이었다. 도호재는 지금 자신이 애먼 데 화풀이하고 있는가 싶으면서도 상황의 맥락을 짚지 못하는 듯한 고용인의 답변에 다시금 화가 끓어올랐다.

"능력이 부재한 품위가 어떻게 존재할 수 있겠습니까. 품위란 수많은 격식에 대한 답습과 이를 실천하기 위한 후천적인 노력만으로 얻을 수 있는 게 아닌 걸 누구보다 잘 아시는 분이 도련님 아닙니까."

도호재는 등받이에 몸을 기대었다. 확고한 신념을 중시해서 그런지 고용인은 생각이 많았고, 생각이 많은 만큼 입 밖으로 나오는 말도 많았다. 그는 시간이 남을 때면 종종 고용인의 말을 끝까지 듣곤 했다. 고용인의 말이 하등 들을 가치가 없었더라면 그저 입을 다물라고 하면 되겠으나, 썩 듣기 나쁜 말도 아니었을뿐더러 도호재 또한 듣다 보면 공감하는 부분도 많았다.

"도련님의 아버지께서는 품위를 갖춤에 있어서 후천적인 노력을 강조하십니다. 천박한 말이 아닌 격식 있는 단어를 쓸 것, 언제나 힘 있고 적당히 낮은 목소리를 유지할 것, 경박하게 소리 지르거나 당황하지 말 것, 옷차림을 단정히 할 것, 흐트러짐 없는 자세를 유지할 것. 이외에도 제로의 품격과 명예를 해치는 행동에 관해서는 한 치의 어긋남도 용납하지 않으시는 분이십니다."

고용인은 잠시 입을 닫고 쉼 없이 움직이느라 양쪽 입꼬리에 생기는 침 거품을 삼켜냈다. 고용인의 말을 종종 듣는 도호재에게는 익숙한 공백이었다.

"주제 넘는다고 하실 수 있습니다만, 제가 보기에는 노력보다도 선천적인 취향과 재능이 좌우하는 게 품위의 핵입니다. 저도 관대한 기준으로 보자면 풀 먹인 옷을 입고 격식 있는 단어를 쓴다고 감히 말할 수 있습니다. 올곧은 자세도 쉬이 뒤지지 않는다고 자부합니다. 그렇다고 저에게 품위가 생기지는 않습니다. 제가 아무리 남들 앞에서 우쭐거려도 뱁새가 황새를 따라가려다가 다리가 찢어지고 있지 않냐며 조롱받을 겁니다. 제가 도련님과 같은 삶을 살았더라도 도련님만큼의 능력을 갖추지는 못했을 겁니다. 고귀함이라는 건 후천적인 노력만으로 얻을 수 있는 게 아닙니다."

도호재는 고용인의 모습을 지켜보지 않아도 그가 본인의 옷과 입, 그리고 심장을 향해 차례로 손짓하고 있음을 볼 수 있었다. 보고 있지 않아도, 보이지 않아도 눈앞에 있는 무엇보다도 훤히 보이는 것들이 있는 법이었다.

"그런 의미에서 도련님께서야 말로 제로의 품격과 명예를 드높이는 분이십니다."

도호재는 평소보다 일찍 끝나는 고용인의 연설에 떨떠름하게 시계를 확인했다. 도호재를 최선을 다해 보조하는 만큼 그의 저녁 식사 이후의 일정을 꿰고 있던 고용인이 시간상 말하고자 하는 자신의 욕망을 제어한 듯했다. 도호재는 푸근하게 자신을 감싸던 카우치에서 일어나서 구겨진 셔츠를 살짝 잡아당겨서 폈다. 그러곤 고용인의 팔뚝을 가볍게 감싸 쥐며 옅은 감사 인사를 전하고 방을 나섰다.

도호재는 고용인이 맺음말에 미처 다 전하지 못한 말들을 이미 알고 있었다. 고용인은 도호재가 미식에 본격적으로 발을 들이도록 안내한 길잡이였다. 어렸을 때부터 입맛이 까다로웠던 도호재를 본 그는 도호재의 입맛에 맞는 식자재를 찾거나 입맛에 맞는 조리법을 찾기 위해 다른 고용인을 들들 볶았다. 마침내 도호재가 '미식을 즐긴다.'라고 말할 수 있을 때쯤 고용인은 이루 말할 수 없는 기쁨이 느껴진다며 작게 눈물을 훔쳤다. 그날 이후로 고용인은 종종 미식의 고고함에 대해 일장 연설하며 미식의 아름다움을 태생적으로 감지해 낸 도호재를 가까이서 보조할 수 있음에 감사한다고 말하곤 했다. 도호재는 그런 고용인의 열정이 부담스럽게 느껴졌던 때도 있었으나 그의 강한 확신이 도호재에게 직접적인 영향을 끼친 적은 없었기에 그의 열정을 관망했다.

2층의 학습실로 이동하여 지식을 흡수하는 데 집중하던 도호재는 문득 자신의 방에 고용인에게 줄 사치품이 도착해 있었다는 사실을 기억해 냈다. 지금 전달하지 않으면 다시금 기약 없이 잊을 것 같다는 생각에 도호재는 시계를 확인했다. 그는 짧은 고민 끝에 고용인 호출 버튼을 누르기 위해 손을 뻗었다. 버튼을 누르기만 하면 고용인이 본인을 위한 사치품을 직접 가져다줄 터였다. 손가락 끝에 버튼의 매끈한 질감이 느껴질 때쯤, 그는 돌연 버튼에서 손을 떼고 자리에서 일어나, 할 일을 끝마치지 않고 중간에 학습실을 벗어나는 게 얼마 만인지 추억했다.

문을 살짝 여니 최근에 들어온 듯한 고용인 둘이 복도에서 비밀스럽게 속삭이는 소리가 들렸다.

"도련님은 이번 대면식에도 안 간대?"

사담의 주제가 본인인지라 도호재는 자연스럽게 이들의 이야기를 조용히 엿들었다.

고용인 중 하나가 한 손으로 자신의 귀를 가볍게 내리쳤다. 이제 막 교대하여 저택에 입성한 고용인이 주로 하는 행동이었다.

"참석 명단에 없더라."

"또? 대체 왜지? 이우진 도련님은 간다는 거 같던데."

고용인들의 말을 엿듣던 도호재는 이제 어이가 없을 지경이었다. 본인은 가까운 시일 내로 대면식이 예정되어 있다는 소식도 듣지 못했다. 메르라와 접촉할 수 있는 절호의 기회인 귀중한 행사에, 자신은 날짜도 모르는 행사에, 이우진은 또다시 참석 명단에까지 올라가 있었다. 자신보다 뛰어난 점이라곤 눈을 씻고 찾아봐도 없는 고작 이우진이. 재능도 없는 주제에 매일 한량같이 놀자고만 하고, 성적도 특출나게 나오지 않고, 자신보다 외양이 뛰어나지도 않은 이우진이 야비하게 도호재를 제치고 참석 명단에 본인의 이름을 올렸다.

"내 말이. 안 가는지 못 가는지 모르겠다니까?"

그런 이우진보다도 대외적인 취급이 마뜩잖으니 이제는 고용인마저 실시간으로 도호재의 위치를 멋대로 재단하고 있었다.

"야, 설마. 무슨 이유가 있는 거겠지."

"솔직히 제로 중에 무결점 제로를 뽑으라면 도련님밖에 없는데 못 갈 이유가 뭐냐? 재능에 노력에, 심지어는 외모가 아니라 미모다 미모. 근데 주변 메르라 중에 도련님 아는 메르라 봤냐? 없어!"

고용인이 도호재를 무결점 제로로 인정해 준 것에 감사 인사를 전해야 할 판이었다. 베인 상처에 오염된 바다 소금을 뿌리며 상처가 낫기를 바라는 저들은 불을 진화하라고 보내면 기름을 끼얹으며 왜 불이 안 꺼지는지 모르겠다고 하소연할 것이 틀림없었다.

"제로의 사정이 있지 않겠어?"

"제로의 사정? 뭐, 제로 거주 구역에서 벗어나는 게 무섭다거나 그런 거? '앗, 나의 미모가 메르라 거주 구역의 강한 빛을 만났다가 상해버리면 어떡해!'"

"어우, 야. 너 그러다 부정 타."

키득대는 두 고용인을 보며 도호재는 머리가 뜨거워졌다. 굳이 이마에까지 손을 대보지 않아도 알 수 있었다. 능력이 없어서 고용인 신세인 주제에 저들은 도호재의 의중을 넘겨짚는 걸 넘어서서 심지어는 능모하고 있었다. 살짝 열린 문틈 사이로 고용인의 얼굴을 확인한 도호재는 방문을 소리 없이 닫았다. 문을 닫기 직전, 저녁을 거른 도호재에게 간식거리를 전하러 오던 고용인이 복도에서 떠드는 둘을 발견하고 꾸짖으려는 모습이 보였다.

도호재는 자리로 돌아와서 고용인의 미약한 노크 소리를 기다렸다. 책상에 떠 있는 화면을 노려보던 그는 학습실에 더 머물러 봤자 집중할 수 없으리라는 사실을 깨달았다. 차라리 내일 기상 시간을 앞당겨서 오늘치 할 일을 하는 게 나을지도 모른다. 화면에 떠 있는 교과서에 의미 없이 밑줄을 죽 그은 도호재는 오늘 밤까지 아득바득 앉아 있지 않아도 되고, 다음날 일찍 일어나지 않아도 될 법한 아이디어를 떠올렸다. 불순물이 끼어서 옴짝달싹 못 한 상태로 뜨겁게 과열되었던 머리가 빠르게 회전하며 차분해졌다.

토독, 톡

중얼거리며 학습에 매진하고 있었다면 알아차리기 어려웠을 정도로 작디작은 노크 소리가 들렸다. 문의 잠금을 해제하는 버튼을 눌러 고용인의 출입을 허한 도호재는 고용인이 간식이라기에는 거창한 음식을 가지고 왔음을 발견했다.

"저녁으로 나왔던 투르네도 로시니 아닙니까."

"도련님을 위해 준비한 코스였는데 못 드셨다니 마음에 걸리지 뭡니까."

저도 이제 늙어서 감성적으로 변했나 봅니다, 라며 능청스럽게 받아치는 고용인의 말에 도호재는 실없이 웃었다. 웬만한 고용인보다 날렵하고 젊게 움직이는 고용인이 말했다기에는 전혀 신빙성이 없는 말이었다.

"간식으로 투르네도 로시니라니요. 앞으로 내가 무엇을 기대하든 식사에 더 뛰어난 메뉴를 준비하실 건가 봅니다."

"항시 도련님을 위하는 노고를 갸륵히 여기시어 하해와 같은 아량으로 거두어 주시겠습니까?"

과장되게 자신을 낮추는 고용인에게 도호재는 자신을 생각해 주어 고맙다는 인사말을 전했다. 누구에게나 전하는 의례적인 말이었으나 이 고용인에게는 조금 더 진심을 담아서 전할 가치가 있었다.

도호재는 접시를 자신 앞에 놓고 있는 고용인에게 방에서 흰색 포장지로 밀봉된 물품을 가져오라 일렀다. 도호재의 요청에 따라 고용인이 가져온 물건은 도호재의 다리보다는 짧았지만, 꽤 길쭉한 데다 얇은 두께를 가지고 있었다. 고용인이 도호재에게 물건을 건네려 하자 도호재는 고개를 저었다.

"선물입니다."

"저에게 말입니까?"

고용인은 전혀 생각지 못했다는 듯 어벙하게 서 있다, 조심스럽게 포장지를 벗겨냈다. 새하얀 포장지 안에는 손잡이 부분에 도호재의 서명이 각인된 카본 지팡이가 있었다. 매끈한 상아색 몸체에 같은 색의 손잡이가 달린 지팡이였다.

"메르라는 해가 거듭될수록 급격하게 쇠약해진다고 들었습니다. 지금은 정정하지만, 급하게 지팡이가 필요해질 수도 있으니 준비했습니다. 내 곁에서 지금처럼만 보조해 주십시오."

지팡이를 들고 혼란스러운 표정을 짓고 있던 고용인은 도호재의 말을 듣고 안도와 멋쩍음이 담긴 애매한 미소를 지었다.

"갑작스럽게 지팡이를 주시니, 은퇴하라는 말씀인 줄 알았지 뭡니까."

"그럴 리가 있습니까. 고용인은 부모님 못지않게 나를 위해주고 있습니다."

고용인은 도호재에게 감사를 표하고 지팡이를 구석구석 살폈다. 물결 문양으로 굽이치는 손잡이는 고용인의 손에 딱 들어맞았다. 지팡이의 독특한 점을 꼽자면 몸체의 새하얀 색상과 평평하지 않고 뾰족한 끝부분이었다.

"메르라 거주 구역은 대부분 흙바닥이라 들었습니다. 특별히 바닥을 뾰족하게 갈아서 제작했는데. 마음에 듭니까?"

도호재의 물음에 고용인은 잠시 뜸을 들이다 입을 열었다.

"저의 상황까지 배려해 주시니 크게 감동하였습니다. 다만, 다른 고용인에게 다시 선물하실 때는 지팡이의 끝은 뭉툭하게 제작하심이 좋을 듯합니다. 디딤대가 뭉툭하면서도 평평해야 지팡이가 제 역할을 할 수 있습니다."

부드럽게 미소 짓고 있는 고용인의 말에 도호재는 잠시 생각에 잠겼다.

"내가 다른 고용인에게 같은 선물을 해야 합니까?"

도호재의 말뜻을 이해한 고용인은 호탕하게 웃더니 지팡이를 소중하게 감싸 쥐었다.

"도련님께서 제로로서 나아가는 길을 이토록 온 마음을 다해 극진히 보조할 고용인은 저밖에 없을 거라 자부합니다."

고용인의 말에 도호재는 만족스럽게 웃었다. 오늘은 방에 일찍 돌아가겠다고 하자 고용인은 자신이 가져왔던 간식 접시를 도호재의 방까지 옮겨주곤 방을 나섰다.

도호재는 고용인이 자신의 방에서 멀어졌음을 확인하고 다른 고용인을 호출해, 고용인 둘을 특정해 내고선 비밀스럽게 방으로 데려와 달라고 전달했다. 얼마 지나지 않아 어딘가 불안해 보이는 고용인 둘이 도호재의 방으로 들어왔다. 도호재는 자신 앞에서 고개를 푹 숙이고 있는 고용인 둘을 샅샅이 뜯어보았다. 가로로 좁은 투박한 얼굴에 뼈마디가 드러나 왜소한 모습이었다. 학습실 앞의 복도에서는 자유롭게 나불대던 고용인은 방으로 호출하니 꿀먹은 벙어리가 되어 있었다.

"아무 말도 안 할 겁니까?"

도호재가 두 고용인에게 자신이 그들을 왜 호출했는지 잘 알고 있을 거라는 말을 한 지도 몇십 분째였다. 그는 지진을 견뎌내고 있는 목석처럼 불안정하게 서 있는 고용인을 보는 일에 질려갔다. 도호재는 손끝으로 이마를 가볍게 쓸며 수십 분째 교착 상태에 빠져 있느라 두드러기처럼 올라온 피곤한 기색을 지워냈다.

"나의 미모가 메르라의 강한 빛-'"

"사죄드립니다! 간절히 바라건대, 제발! 진심으로 반성하고 있습니다."

도호재가 그들이 복도에서 했던 가증스러운 말을 그대로 읊자 그의 말을 끊고 한 고용인이 다급하게 간청했다. 잘못을 고백하는 건지 선처를 청하는 건지 두서없이 흘러나오는 말들이 그들의 옹졸한 턱을 타고 바닥에 뚝뚝 떨어졌다.

"말 끊지 마십시오. 진작 말하면 됐을 텐데, 왜 내 말을 끊으면서 하는 겁니까?"

푹 내쉰 한숨에 피로함이 진득하게 묻어나왔다.

"내가 만만하게 보이는 모양입니다."

함부로 대꾸할 수 없는 그의 말에 고용인은 떨리는 호흡으로 부족한 공기를 채웠다. 아무리 숨을 들이마셔도 압박감으로 조여든 폐는 산소를 흡수하지 못하고 그대로 밖으로 빠져나오고 있었다.

"다른 제로처럼 고용인을 빠르게 갈아 치워야 제로로서 위엄이 세워지는 겁니까? 아니면 원칙 그대로 고용인에게 제로 거주 구역 특례법 중 모욕죄에 해당하는 항목을 적용해서 처벌해야 하는 겁니까?"

도호재의 말에 본인의 다른 쪽 팔을 붙잡고 있던 고용인의 손이 축축하게 젖어갔다. 생명력을 쥐어짜듯이 필사적으로 그러쥔 탓에 그 밑의 손은 이미 거무죽죽하게 죽어가고 있었다.

"아, 아둔한 저희의 잘못을, 부디. 넓은, 마음으로. 헤아려 주시어, 한 번만, 딱 한 번만 눈감아 주십사, 간청드립니다."

고개를 푹 숙인 채로 두려움에 눈물을 흘리느라 숨쉬기도 버거워하는 옆의 고용인을 대신해 고용인 하나가 간신히 입을 열었다.

도호재는 둘의 상태를 힐끗 확인했다. 자신들의 앞날과 처분이 어떻게 될지 걱정하느라 떨고 있는 고용인은 영원한 고통과 죽음을 제외한 어떤 처분이든 달게 받을 준비가 되어 있어 보였다. 지금이라면 자신이 떠올린 아이디어를 실행하기에 딱 적당했다.

"내가 고용인을 구제하면 또 다른 고용인에게 얕보이지 않겠습니까."

도호재가 덤덤하게 말하자 고용인은 세차게 고개를 가로저었다.

"두 번 다시는 이런 일 없도록 하겠습니다. 정말입니다."

눈물만 뚝뚝 흘리고 있는 고용인은 울음 섞인 숨을 들이마시느라 헐떡이면서도 두 손을 맞잡고, 마치 죽을병에 걸린 자녀를 살리기 위해 마지막 수단으로 하늘에 기도를 올리는 듯한 행동을 취했다. 도호재는 잠시 생각에 잠긴 척하다 검지를 들어 둘을 가리켰다.

"그럼 고용인의 렌즈를 몰수하는 정도로 마무리하겠습니다. 각자의 렌즈를 통에 넣어 5분 내로 반납하십시오. 이제 고용인은 렌즈를 잃어버린 겁니다. 지금부터 시간을 재겠습니다."

가차 없이 시작된 5분이라는 짧은 초읽기에 고용인은 도호재의 눈치를 보며 한동안 자리를 뜨지 못했다. 도호재의 말이 진심이라는 걸 눈치챈 하나가 그의 마음이 변할세라 다급하게 감사 인사를 전할 때가 되어서야 둘은 뛰다시피 방을 나섰다.

도호재가 고용인으로부터 몰수하려는 렌즈는 단순히 시력 교정용이 아니었다. 그가 누구에게도 알리지 않고 제로 거주 구역을 벗어나서 독단으로 메르라 거주 구역으로 향하기 위해서는 반드시 갖춰야 할 필수품이었다.

엔바디 사회의 구성원이 딛고 서 있는 땅은 크게 두 가지로 구분할 수 있었다. 제로가 사는 제로 거주 구역과 메르라가 모여 사는 메르라 거주 구역은 무엇보다도 일조량의 차이가 컸다. 메르라 거주 구역의 낮이 특출나게 높은 기온인 건 아니었다. 다만, 제로의 눈에는 치명적일 정도의 조도를 갖추고 있었다. 제로가 메르라 거주 구역의 빛에 무방비로 노출되었을 경우, 살이 익거나 하는 불상사는 일어나지 않지만, 시야만큼은 확보하기 어렵거나 안구에 영구적인 손상이 올 확률이 높다고 알려져 있었다. 반면에 메르라의 기준에서 본 제로 거주 구역의 낮은 사물을 분간하기 어려울 정도로 어두운 밤과 같았다. 그렇기에 제로 거주 구역으로 출퇴근하는 고용인은 제로 측에서 지급한 특수한 렌즈를 착용하여 빛을 모으는 인위적인 수용체를 확보하여 생활하고 있었다. 해당 렌즈는 착용자의 광 수용체와 외부의 조도를 인식하여 자동으로 수용체의 활성화 정도를 조절했다.

도호재는 고용인의 렌즈가 그들 전용으로 맞춤 제작된 렌즈인지 아니면 자신에게도 작동하는지 자세한 내용은 알지 못했다. 그저 자신에게도 작동하는 렌즈이기를 바랄 뿐이었다. 렌즈가 오작동하거나 아예 작동하지 않아서 자신의 눈이 메르라 거주 구역의 조도에 그대로 노출된다면 도호재의 눈은 빛의 심판대 위에 오르게 될 것이었다.

조심스럽지만 다급한 노크 소리가 들렸다. 도호재가 출입을 허하자 눈가에 힘을 가득 준 고용인이 주춤거리며 방으로 들어왔다. 고용인은 손끝으로 탁자와 비슷한 가구를 찾아내더니 그 위에 렌즈가 든 통을 올려두었다. 그들은 도호재에게 다시 한번 감사 인사를 전하고 더듬더듬 방을 나섰다. 고용인이 제로의 고용인으로 남고 싶다면, 렌즈를 다시 지급받기 위해서 기상천외한 핑곗거리를 생각해 내야 할 터였다.

도호재는 생각보다도 순조롭게 렌즈를 손에 넣었음에 쾌재를 불렀다. 아버지를 비롯한 모든 제로가 도호재에게 능력을 입증할 기회를 주지 않는다면 자신이 기회를 만들어 내면 된다는 생각이 그의 머리를 가득 채웠다. 그는 메르라와도 좋은 관계를 유지할 수 있음을 증명할 순간이 가까워졌다는 생각에 전율했다. 자신은 쓸데없이 우월 의식을 가진 게 아니라, 이미 충분히 능력을 갖추고 있기에 자신감을 가졌음을 증명해 낼 절호의 기회였다.

도호재는 렌즈 통 안에 가득 담긴 투명한 액체 위에서 흔들리고 있는 한 쌍의 렌즈를 확인했다. 총 4개의 렌즈가 있으니 오늘 밤의 연습에서 2개의 렌즈를 눈에 넣는 데 실패하더라도 세 번째 시도에서 성공한다면 충분히 양쪽 눈에 렌즈를 넣을 수 있었다. 그는 조심스럽게 렌즈 하나를 집으려다 멈췄다. 렌즈가 온전한 원형이 아니었다. 자세히 보니 렌즈 하나의 끝부분이 뭉툭하게 뜯겨 있었다. 나머지 렌즈 통까지 열어서 확인해 보니 4개 중 2개의 렌즈가 이미 찢긴 상태였다. 고용인이 원래부터 찢어진 렌즈를 끼고 있었던 건지, 도호재에게 가져다주려 급하게 움직이던 와중에 렌즈가 찢어졌는지는 알 수 없었다. 여분의 렌즈가 없다는 사실만이 그에게 주어진 현실이었다.

잠시 고민하던 도호재는 오늘 밤 렌즈를 착용해 보려던 계획을 파기했다. 부모님도, 고용인도, 이우진도, 그 누구도 모르게 메르라 거주 구역으로 가려는 도호재의 야망은 내일 아침, 그가 유일하게 온전한 렌즈 한 쌍을 무사히 착용할 수 있는지에 달려 있었다.

기회의 땅

아침이 되어 거울 앞에 선 도호재는 깊게 심호흡을 했다. 검지 위에서 연약하게 하늘거리는 렌즈가 오늘 저택을 나서서 어디로 갈지 결정권을 쥐고 있었다. 약간의 질감이 있는 먼지만 들어가도 장미 덤불이 가차 없이 찌르는 듯한 고통이 느껴지는 안구에 거대한 렌즈를 집어넣는 행동은 기괴하면서도 흉측하게 느껴졌다. 도호재는 조심스럽게 렌즈를 얹은 손가락을 왼쪽 눈 가까이 가져갔다. 왼손의 검지로 눈꺼풀을 들어 올리고 오른손 중지로 아래쪽 눈두덩이를 끌어내린 도호재는 렌즈가 점차 자신의 시야를 뒤덮어 버리는 공포를 감내했다. 눈에 자극이 느껴진 순간 작게 몸을 떤 그는 천천히 손가락을 굴렸다가 눈에서 떼어냈다.

렌즈는 손가락에 그대로 달라붙어 있었다. 도호재는 답답함에 렌즈를 들고 있지 않은 반대편 주먹을 세게 그러쥐었다.

렌즈는 열다섯 번째 시도가 되어서야 손끝에서 사라졌다. 눈을 깜빡이며 거울을 확인한 도호재는 별다른 이물감이 느껴지지 않는 렌즈에 만족스러운 한숨을 내쉬었다. 열 번 넘게 손가락으로 문지른 탓에 눈이 충혈되고 얼얼하게 아렸지만, 마침내 해냈다는 게 중요했다. 도호재는 반대편 눈에도 렌즈를 집어넣기 위해 렌즈통을 향해 고개를 돌렸다. 넘칠 듯 담겨 있던 보관액 속의 렌즈를 집어 들던 그는 바닥으로 시선을 옮겼다가 경악을 금치 못했다. 착용한 줄 알았던 렌즈 한쪽이 자신의 발아래 짓이겨지고 있었다. 그는 즉시 발을 치우고 렌즈를 집어 올렸다. 렌즈는 먼지가 곳곳에 묻은 채로 반으로 갈라져 있었다.

남은 렌즈는 오직 하나였다. 목적지가 어디든 상관없이 집을 나서야 하는 시각도 가까워지고 있었다. 시계를 확인한 도호재는 쓰라린 눈알을 이리저리 굴리며 습관적으로 옷의 주름을 펴다 마지막 남은 온전한 렌즈를 보관액에서 건져 올렸다. 긴장감에 무의식적으로 손가락을 옷자락에 쓸어 닦은 그는 조심스럽게 그나마 쓰리지 않은 오른쪽 안구 가까이 렌즈를 가져갔다. 낯선 질감이 눈알을 감싸는 게 느껴졌다. 손을 떼고 눈을 몇 번 깜빡인 도호재는 이제야 렌즈를 제대로 끼워 넣었음을 깨달았다. 공기의 흐름을 만끽할 수 있던 눈이 갑작스럽게 달라붙은 물렁물렁한 차단막에 몸서리치고 있었다.

한쪽이나마 렌즈를 착용한 도호재는 각 잡힌 가방에서 흠 하나 없는 휴대용 패드를 빼고, 그곳에 반듯하게 접힌 외출복을 집어 넣었다. 그는 메르라가 어떤 의복을 입는지 몰랐다. 그래도 최소한 제로 거주 구역에서 착용하던 교복이 저들에게 신뢰감을 주지 못하리라는 건 확실했다. 사춘기에 가출한, 미덥지 못한 제로라는 내용이 교복을 입은 도호재에 대한 최선의 평가일 터였다.

"오늘은 일찍 가십니까?"

항상 정해진 시각에 출발하던 도호재가 유례없이 이르게 집을 나서자 고용인이 의아하게 물었다.

"일찍 잠든 탓에 할 일이 남았지 뭡니까."

일찍 등교하여 미뤄두었던 할 일을 끝내야겠다고 말한 도호재는 고용인과 간단히 인사를 나누고서 능청스럽게 집 밖으로 나왔다. 그는 학교로 향하는 척하다 저택 뒤쪽의 차고로 향했다. 차고는 비어 있었다. 부모님이 자신보다 이르게 집을 떠났음을 확인한 그는 숨을 죽이고 주변의 소리에 귀를 기울였다. 집 뒤편에서는 집 내부의 소음이 간간이 들려올 뿐, 그 외에는 인기척이라곤 없었다. 도호재는 가방을 열어 챙겨온 옷으로 빠르게 갈아입었다. 가림막 하나 없는 탁 트인 공간에서 허겁지겁 옷을 갈아입는 자신의 야만적인 행태를 아버지가 목격했더라면 아직도 명예를 모른다며 크게 꾸짖을 게 틀림없었다.

옷을 갈아입은 도호재는 가방 안에 교복을 밀어 넣었다. 약간은 구겨진 채로 접힌 교복이 마음에 걸렸지만, 메르라 거주 구역에 다녀온 다음에 고용인에게 주름을 펴달라 하는 편이 나았다. 그는 적당히 그늘진 곳에 가방을 숨기고 근처에 널린 잔디를 조금 뜯어 가방을 숨겼다.

뒤쪽으로 멀리 돌아서 집 부근을 빠져나오니 등교하기에는 지나치게 이른 시각이라 그런지 마른 나뭇잎만 한적하게 굴러다니고 있는 도로가 보였다. 도호재는 고개를 숙인 상태에서 택시를 호출했다. 기분 좋게 차가운 바람이 코끝을 스쳤다. 언제인가 고용인 하나가 이맘때쯤 '참참하다'라는 단어를 쓴 기억이 떠올랐다.

한쪽 눈에서만 느껴지는 시린 바람에 적응할 때쯤 택시가 도착했다. 말없이 탑승한 택시는 도호재를 싣고 그가 미리 설정한 목적지를 향해 내달렸다. 은은한 가죽 시트 냄새와 얕게 느껴지는 진동이 포근함을 선사했다. 잔디를 뜯은 탓인지 손에서는 풋풋한 풀 내음이 자근자근 올라왔다. 부드럽고도 규칙적인 진동에 조금씩 졸음이 밀려올 때쯤 메르라 거주 구역으로 향하는 관문 앞에 택시가 멈췄다. 도호재는 자동으로 결제되는 요금을 확인하고 기사에게 가벼운 묵례를 건네며 택시에서 내렸다. 제로 거주 구역과 메르라 거주 구역 중 1, 2, 3급 거주지까지 연결된 통로가 시야에 들어왔다.

관문에서는 도호재가 서 있는 제로 거주 구역으로 들어오는 이가 몇 보였지만, 지금이 보편적인 고용인 교대 시각은 아닌지라 메르라 거주 구역으로 나가는 이는 단 하나도 보이지 않았다. 도호재는 괜히 이도 저도 아닐 때 왔다는 후회가 들었다. 도호재는 관문을 향해 짐짓 당당하게 발걸음을 옮겼다. 단정하게 깎인 잔디에 맺힌 이슬이 도호재의 발을 조금씩 적셨다.

돔 형태로 낮게 솟아 있는 건물 앞에 도착하니 어느새 운동화 형태의 구두 옆면이 축축하게 젖어 있었다. 도호재는 못마땅하게 혀를 차고 택시에 탑승하느라 구겨진 상의를 가다듬으며 건물 내부로 들어갔다. 겉보기에는 깔끔해 보였지만, 자세히 보면 군데군데 보수가 필요한 부분이 보이는 건물이었다. 제대로 수리하려면 뜯어서 고쳐야 할 곳을 겉 부분만 멀끔하게 칠해놓은 곳이 많았다.

"나가려고요?"

안쪽에 앉아 있던 경비가 도호재를 발견하고 고개를 갸웃거렸다. 짧게 긍정의 답을 한 도호재에게 경비는 언제나처럼 간단한 수색이 있을 테니 팔을 좌우로 벌리라고 했다. 도호재는 이들의 '언제나'가 어떤 행동, 어떤 절차인지 알 수 없어 조용히 침을 삼켰다.

"이 시간에 나가다니, 웬일이래요?"

순수하게 궁금증이 묻어나는 목소리였다.

"놔두고 온 게 있어서 가져와야 합니다."

도호재의 대답에 허리춤을 스치며 수색을 하던 경비가 몸을 일으켜서 그의 얼굴을 멀뚱히 쳐다봤다. 아귀처럼 입꼬리를 늘어뜨리고 눈을 홉뜨는 경비의 모습은 믿음직스럽지 못하고 야비한 메르라의 표본처럼 보였다. 도호재는 자신의 답변이 지나치게 허술했는지 되짚었다. 어쩌면 어설픈 답변보다도 메르라보다 큰 체격으로 인해 애저녁에 제로임이 들통났을지도 몰랐다.

눈썹을 추켜세우며 눈을 크게 뜨고 있던 경비가 별안간 웃음을 터뜨렸다.

"무슨 다나까예요~ 관문은 완전한 제로 거주 구역은 아니니까 편하게 말해요. 보아하니 신참인 모양인데 계속 실수해서 왔다 갔다 하다간 나중에 관문에 발도 못 디뎌요? 의복 규정도 똑바로 지켜야죠."

경비는 도호재의 팔을 주먹으로 가볍게 치며 넉살 좋게 웃었다. 도호재는 그런 경비를 따라 눈치껏 쑥스러운 척 웃었다. 자신의 가증스러운 모습에 소름이 돋고 입가에 경련이 일 것만 같았다.

"근데 이 옷은 진짜 찐 같네요! 어디서 났어요?"

같은 언어를 쓰고 있음에도 난생처음 듣는 단어에 등줄기에 식은땀이 맺히는 게 느껴졌다.

"저도 잘…"

끝맺지 못하는 문장을 뱉은 도호재는 자신의 멍청함에 한탄했다. 자신의 옷이 잘못된 복장은 아닌 듯한데 경비가 무엇을 바라고 있는지 알 수 없었다.

"어유! 소속될 작업소 찾았다고 쌤이 사줬구나? 하긴 이제 막 들어온 신참인데 이런 사치품을 어떻게 샀겠어요. 꽤 잘난 제자였나 본데요? 부럽다 정말!"

넉살 좋게 멋대로 넘겨짚는 경비의 말에 도호재는 멋쩍게 웃었다. '쌤'이라는 단어는 '선생'과 같은 단어임을 알고 있었다. 가끔 고용인의 사담을 들을 때면 '쌤'이라는 단어가 꽤 자주 등장했기 때문이었다. 도호재는 축하 선물을 전달하는 주체가 부모가 아닌 선생이라는 게 의아했지만, 관문을 빠르게 벗어나고 싶었기에 이어지는 경비의 잡담에 멋쩍은 미소와 잘 모르겠다는 답변으로 일관했다.

도호재는 메르라 거주 구역으로 이동하는 장치를 이용하면서도 답지 않게 버벅거렸다. 다행히 경비는 장치 이용법을 하나하나 알려주었고, 노쇠한 경비가 하나 더 있기 때문인지 친절하게도 다음 층수로 함께 내려가서는 메르라 1급 거주 구역의 경비에게 그를 인계하며 이제 갓 소속된 신참이라 아직 장치 이용이 서투르니 옆에서 상세히 설명해 달라고 부탁했다.

메르라 거주 구역으로 이동하는 장치는 의외로 비밀스러웠다. 도호재는 불투명한 구형 구조물 안에 있는 좌석에 앉아서 눈을 감고 안대를 써야 했다. 장치가 작동하는 소리인지, 건물 전체에 작게 진동하는 것 같은 소음이 기본적으로 깔려 있었다. 경비 말로는 빠르게 이동하는 장치이니 눈을 보호하기 위해서 안대를 써야 한다고 했지만, 구형 구조물 안은 밀폐된 공간이라 안대가 필요가 없어 보였다. 게다가 허접스러운 이 안대가 눈을 보호한다니. 제 기능을 할 수 있을지 의심스러웠다.

안대를 쓰고 앉아 있으니 외부에 있는 담당자가 장치를 작동시키겠다는 방송이 들렸다. 육중한 체인이 바닥에 끌리는 소리가 들리며 구조물이 서서히 움직이기 시작했다. 점차 속도가 빨라지는 듯, 온몸을 누르는 중력과 구조물 내부로 새어 들어오는 바람이 순차적으로 느껴졌다. 굉음을 내며 이동하던 구조물이 순식간에 이동하여 점차 속도를 줄이고, 완전히 멈추고 나서야 도호재는 안대를 벗을 수 있었다.

도호재는 장소를 옮겨가며 같은 구조물에 탑승해서 동일한 과정을 3번 반복했다. 첫 탑승은 긴장감으로 감각이 곤두서 있었다. 두 번째 탑승 때 그는 색다른 경험에 조금은 들떴다. 마지막 탑승 때는 시야가 차단된 상태로 똑같은 절차와 감각이 반복되니 조금 지치려 했다. 한 번만 더 타면 완전히 질리겠다 싶을 때쯤, 도호재는 모든 고용인이 거주하는 메르라 3급 거주 구역의 출입 관문으로 나올 수 있었다.

도호재는 자신이 제로임을 숨긴 채로 메르라 거주 구역에 잠입할 계획이었다. 메르라가 우글우글 모여 있는 곳으로 가면 그들의 친절한 이웃으로서 자신의 얼굴을 알릴 수 있다. 타인의 이목을 끄는 일은 따스한 여름날 아이스크림을 녹이는 일보다도 쉬웠다. 도호재는 경비가 자신의 정체를 눈치채지 못한 것처럼 메르라 거주 구역에서도 단지 표준에서 벗어나 조금 다르게 생긴 메르라로서 그들 사이에 녹아들 수 있으리라는 확신이 들었다. 그들과 다른 그의 외양이 호감을 줄망정, 배척받을 외형은 아니었다.

메르라가 밀집된 장소에 가서 친밀감과 신뢰를 쌓고, 대면식에 제로로서 화려하게 데뷔한다면 도호재는 메르라 사이에서 경이로운 제로로서 이름을 널리 알릴 수 있다. 메르라가 직접 이야기를 나누며 목도한, 위엄 있으면서도 친숙한 첫 번째 제로. 아무도 이뤄내지 못한 업적을 달성할 기회의 땅이 코앞에 있었다.

도호재는 호기롭게 외부로 통하는 문을 열었다. 외부의 탁한 공기가 튕기듯 들어오며 따가운 빛이 무방비 상태인 도호재의 왼쪽 눈을 강타했다. 무수한 빛 분자가 눈으로 밀고 들어왔다. 새카만 산성 먹물이 눈을 뚫고 들어와서는 얼굴 깊숙한 곳에 갇혀서 소용돌이치는 느낌이었다. 순간적인 충격에 머리뼈가 진동하고 속이 울렁거렸다. 도호재는 급히 문을 닫고 들어와 벽을 짚고서 눈을 세게 감았다 떴다. 아무리 눈을 깜빡여도 왼쪽 눈은 새카맣게 암전되어 아무것도 보이지 않았다. 제로가 맨눈으로 메르라 거주 구역의 빛에 노출될 때는 시력이 영구적으로 상실될 수도 있다는 가능성을 떠올린 그는 눈두덩이를 꾹꾹 누르며 평정심을 유지하려 애썼다. 불안감에 호흡이 가빠지고 목덜미가 축축하게 젖어 들어갔다.

일반적이지 않은 반응을 보인 탓인지 관문에 상주하는 경비가 도호재에게 다가왔다. 무슨 일인지 묻는 경비에게 도호재는 왼쪽 눈에 착용한 렌즈가 오작동을 일으킨 것 같다고 얼버무렸다.

"눈이 욱신거리는데 가릴 만한 걸 얻을 수 있, 을까요?"

실명될지도 모른다는 막연한 두려움과 메르라 거주 구역에 잠입한 상황으로 인해 떨쳐낼 수 없는 긴장감, 뻐근하게 느껴지는 통증 속에서도 도호재는 메르라처럼 말하기 위해 끝맺는 말을 그들이 평소에 쓰는 말과 같도록 바꾸었다.

"이전에 압수한 안대가 있는데. 이거라도 쓸 거요?"

경비는 도호재의 상태를 살피는 둥 마는 둥 퉁명스레 물었다.

"고마워요."

"57,000융만 줘요."

경비는 대뜸 돈을 요구했다. 도호재가 당황스러운 기색을 내비치자 경비는 오히려 불쾌해 보였다.

"뭘 그렇게 쳐다봐요? 신참 같으니까 3,000이나 깎아준 거죠. 다른 인력 같으면 얄짤없어요."

경비는 당당해 보였다. 도호재는 메르라의 문화를 모르기 때문에 경비의 약탈이 당연한 요구인지 잠시 고민하다 관뒀다. 선택지는 없었고, 돈은 부족하지 않았다. 도호재는 경비가 결제창을 띄운 채로 건넨 패드에 자신의 제로 멤버십 코드 번호를 입력하고 결제 버튼을 눌렀다. 지문이 인식됨과 동시에 57,000융이 결제되었다는 문장이 나타났다. 경비는 도호재에게 군데군데 해진 의료용 안대를 던지듯 건네주고 자신의 자리로 돌아갔다.

안대는 들고 있기에도 거북할 정도였다. 뽀얀 색이었을 안대는 어두운 잿빛을 띠고 있었다. 무엇인지 모를 끈적한 액체가 묻었다가 검은색 먼지로 뒤덮인 자국이 곳곳에 남아 있는 안대에서는 뚜렷한 악취가 존재감을 과시했다. 압수품이 아니라 쓰레기통에서 꺼낸 안대라고 해도 믿을 법했다. 그래도 이 안대라도 끼지 않으면 밖으로 나갈 수 없었다. 토기가 올라오는 역겨움의 관에 밸브를 잠근 도호재는 안대 양쪽에 달린 끈을 귀에 걸었다. 들척지근하고 퀴퀴한 냄새가 눈가에서 느껴졌다.

욱신거리는 눈가와 불쾌한 냄새를 잊기 위해서라도 움직여야 했다. 눈앞에 보이는 문만 열면 메르라 3급 거주 구역이었다. 도호재는 규칙적이고 모범적이던 생활에서 벗어나 규율에 어긋나는 선택을 했다는 불안감과 자신의 능력을 입증할 절호의 기회가 문 너머에 무궁무진하게 펼쳐져 있다는 기대감이라는 상반된 감정에 등허리가 딱딱하게 굳었다. 그는 막힘 없이 문을 열었던 첫 번째 시도를 떠올리며 손잡이를 붙잡자마자 문을 힘껏 밀었다. 거대한 초콜릿 조각상을 산산 조각내고자 윗면을 가차 없이 내리치듯이, 도호재는 자신에게 쏟아지던 메르라 거주 구역의 빛과 다시 마주했다.

그는 본능적으로 가늘게 뜨고 있던 눈을 크게 떴다. 예상했던 것보다도 훨씬 높이 솟은 수백 채의 건물이 숨이 턱 막힐 정도로 빽빽하게 모여 있었다. 창도 없이 뿌연 빛깔의 건물은 구역별로 통일성 있는 디자인을 갖추고 있었다. 관문 바로 맞은편에는 길쭉한 건물이 늘어서서는 거대한 장벽을 형성했다. 맞은편 건물을 기준으로 양쪽으로는 높이는 조금 더 낮지만, 뒤쪽으로 길게 늘어진 콘크리트 구조물이 있었다. 거대한 몸집의 구조물은 각지고 두툼한 위용을 자랑했다. 그러나 대부분 겉면의 시멘트가 떨어져서 내부의 철근이나 벽돌이 드러나 있는 상태였다. 메르라 3급 거주 구역의 모든 건물을 전수조사한다면 세련되고 멀쩡한 건물보다는 이가 나가지 않은 건물을 세는 게 더 빠를 게 분명했다.

제로 거주 구역과 메르라 1급 거주 구역을 연결하는 관문에서부터 조금씩 진동처럼 느껴지던 소음은 점진적으로 세력을 키우다 마침내 관문을 벗어나면서 절정에 이르렀다. 3급 거주 구역의 어딘가에 모여 있을 공장이 돌아가는 소리와는 별개로 거주 구역 전체적으로 깔린 듯한 이질적인 소리는 음계의 변동이나 끊김이 없이 이어지고 있었다. 누군가가 자신을 부르거나 무언가를 떨어뜨리거나, 특정한 건물에서 폭발음이 나듯이 소리의 방향과 위치, 정체를 알 수 있는 종류의 소음이 아니었다. 관문에서부터 도호재의 귀를 파고드는 소음은 근원지를 짚을 수 없을 정도로 위, 아래, 오른쪽, 왼쪽, 대각선 할 거 없이 사방에서 울려 퍼지고 있었다.

　관문 앞 거리에는 목적지를 향해 바쁘게 움직이는 메르라로 가득 차 있었다. 왜소한 체격에 하나같이 피곤한 표정인 메르라들은 옆의 그 누구와도 대화를 나누지 않은 채로 망설임 없이 정면을 주시하며 걸어가고 있었다. 메르라가 가득 찬 거리에는 적막한 발소리와 조금씩 해진 옷자락이 서로 스치는 소리, 빽빽한 건물 내부에서 들려오는 날카롭고 육중한 기계음만이 들릴 뿐이었다. 관문 맞은편의 건물로 들어가는 메르라가 길게 늘어져서 줄을 형성하고 있었고, 그들 중 누구도 자신이 들어갈 건물의 겉면에 눈길을 주거나 같은 줄에 서 있는 앞뒤의 메르라와 사담을 나누지 않았다. 간혹가다 옆을 지나가던 메르라와 부딪칠 때면 그들은 잠시 얼굴을 구길 뿐, 그 외에는 아무런 교류가 없었다.

　도호재는 약간의 공포감을 느꼈다. 이토록 많은 메르라 중 누구도 입을 열지 않았고, 금방이라도 쓰러질 것 같은 건물에 메르라들이 줄을 서서 끝없이 들어갔으며, 모든 메르라는 똑같은 디자인에 색상이나 작은 표식만 다를 뿐인 두세 가지 종류의 옷 중 하나를 입고 있었다. 제로 거주 구역에서 만끽했던 상쾌하면서도 조금은 건조했던 3월의 공기는 이곳에 이르러 끈적하고 탁하게 변해 있었다. 몸속의 혈관까지 기름이 끼는 듯한 감각에 도호재는 고개를 숙이고 불쾌한 공기를 뱉었다. 어느새 발치에는 길에서 밀려나 원형을 알아볼 수 없는 쓰레기가 자잘하게 쌓여 치이고 있었다.

도호재는 치명적일 정도로 눈부시게 밝은 낮과는 대조적인 메르라 3급 거주 구역의 모습에 한참이나 발걸음을 옮기지 못했다. 자신이 보고 겪어왔던 환경과 사뭇 달라서 충격을 받은 탓도 있었다. 그러나 발을 떼지 못한 주된 이유는 목적지를 정하지 못했기 때문이었다. 원래 계획했던 대로 메르라가 많은 곳으로 가고자 한다면 지금 발을 딛고 있는 이곳이 메르라가 많은 장소였다. 다만 수많은 메르라 중 그 누구도 도호재에게 관심을 가지지 않았기에 사실상 아무도 없는 공터에 홀로 서 있는 것과 다를 바 없어 보였다. 그들에게 말을 걸어도 기대할 수 있는 반응은 무시와 경멸, 어쩌면 피곤함에 찌든 채로 도호재 너머를 바라보는 공허한 눈뿐일지도 몰랐다.

등을 막고 있는 관문과 맞은편의 우뚝 솟은 건물, 바글바글 들끓는 메르라 사이에서 답답해진 도호재는 관문 건물 옆의 골목으로 빠져나왔다. 발자국 모양대로 생긴 물웅덩이에서 나는 비린내가 골목 전체에 지독한 향수처럼 넓게 퍼져 있었다. 시커멓고 질척질척한 진창에는 무언가를 담고 있던 비닐을 비롯한 쓰레기가 가득했다. 날파리가 작은 틈도 없이 빼곡하게 알을 낳았을 것만 같은 역겨운 골목이 근처에서 찾을 수 있는 가장 여유로운 장소였다.

밑에서부터 올라오는 톡 쏘는 냄새에 손가락 뒷면의 하단부로 코를 막은 그는 바닥으로 시선을 옮겼다. 특별히 무언가를 밟아서 터트린 흔적은 보이지 않았다. 제로 거주 구역에서 이슬에 축축하게 젖었던 구두는 진창에 반쯤 빠져서 얼룩지고 있었다. 하얀 가죽을 사용했던 부분이 갈색과 검은색의 중간쯤 되는 색으로 변하면서 신발에서도 악취가 풍겼다. 도호재는 메르라 거주 구역에 오자마자 마주한 끔찍한 상황에 한숨을 내쉬었다. 기회의 땅이 아니라 노폐물의 땅이라는 말이 더 어울리는 환경이었다.

그대로 제로 거주 구역으로 돌아가야 할지 심각하게 고민하던 와중에 골목 어디선가 억눌린 신예가 들렸다. 도호재는 소리의 근원지를 찾아 발길을 옮기다 곧 자신의 선택을 후회했다. 이토록 역겨운 곳에서는 상상도 하지 못했던 낯뜨거운 광경이 벌어지고 있었다. 외설스러운 소리가 좁은 골목의 양쪽 벽면에 부딪혀 공명하고, 진창을 딛고 선 두 쌍의 다리가 새로 디딜 곳을 찾으며 철벅거리는 소리를 냈다. 도호재는 두 남녀의 난잡한 행위에 얼굴이 벌게졌다.

"추잡하게 밖에서 뭘 하는 겁니까!"

도호재는 고개를 한껏 뒤로 뺀 채로 씹듯이 윽박질렀다.

그의 외침에 다리에 진흙인지 뭔지 모를 오물이 잔뜩 튀어 있는 사내가 고개를 돌렸다. 남자는 어설프게 코를 막고 선 도호재를 발견하곤 그를 거리낌 없이 비웃었다. 도호재가 발견했을 때보다도 더욱 격하게 움직이기 시작한 그는 도호재가 자신을 쳐다보든 말든 상관 않고 절정만을 위해 내달렸다. 살갗이 부딪치는 소리가 천박하게 골목을 가득 메울 때쯤 되어서야 둘은 만족스러운 숨을 내쉬며 서로에게서 떨어졌다.

"야, 너 뭔데?"

남자가 골목 바닥에 대충 던져두어 수렁의 습기를 잔뜩 머금은 바지를 추켜올리며 도호재에게 물었다. 그는 바지에 묻은 진흙을 대충 털어내고서 도호재를 향해 가까이 다가섰다.

"3급이랑 한번 하고 싶어서 왔냐?"

코앞에서 멈춘 사내는 관문 앞의 거리에서 바삐 움직이던 메르라보다 몇 배는 지저분했다. 그는 콧잔등이 흉측하게 안쪽으로 말려 들어가며 주저앉은 안장코였다. 길이도 통일되어 있지 않고 듬성듬성 나 있는 수염에, 입에서는 위액의 싸한 냄새와 함께 수개월간 썩은 듯한 음식물 찌꺼기 냄새가 났고, 이는 곳곳이 녹아내려 흉측한 몰골이었다. 치아의 부식 정도가 심했던 탓에 사내의 발음은 조금씩 새며 시옷과 히읗 사이에서 왕복 운동을 하고 있었다. 그는 도호재가 직전에 목격한 메르라 3급 거주 구역과도 어울리지 않고 딱 지금의 골목길에 어울리는 사내였다.

"물러서십시오."

도호재는 악취로 인해 올라오는 토기를 참으며 단호하게 말했다.

"꼴에? 혹시 모르지. 하고 싶으면 가서 대줄지 물어보든가."

남자는 도호재의 경고에도 자신이 하고 싶은 말만 했다. 기름기 있는 머리를 벅벅 긁은 그는 때 묻은 윗옷에 손을 닦았다. 손을 닦은 부분에는 손톱 모양 그대로 거먼 기름 자국이 남았다.

사내는 지저분한 입을 오물거리며 도호재를 빤히 올려다보았다. 불쾌한 그의 모습에 얼굴을 찌푸릴 새도 없이, 도호재는 별안간 후려쳐진 뺨을 감싸 쥐어야 했다.

"근데 히발, 5급 애꾸 버러지 주제에 3급을 보면 납작 기어야 하는 거 아니세요?"

갑작스럽게 뺨을 맞은 도호재는 뒤쪽으로 물러서기 위해 발을 옮기려 했다. 그러나 한 자리에 오래도록 서 있던 탓에 물기를 가득 머금고 축축해진 구두는 진창에 푹 빠져 있었다. 도호재는 발을 옮기지 못한 채로 섣부르게 몸을 움직인 대가로 중심을 잃고 볼썽사납게 넘어지고 말았다. 사내는 기회를 놓치지 않고 도호재 위에 올라타더니 그의 뺨을 반복해서 내리쳤다. 그의 손에 묻어 있던 허옇고 미끄러운 오물이 도호재의 뺨으로 엉겨 붙었다.

"짜증 나게 제로 말투나 흉내 내고 말이혜요?"

등에서부터 오물로 축축하게 젖어가는 옷이 느껴졌다. 진창의 습기는 도호재의 옷을 집어삼키고 그의 피부까지 소름 돋게 쓸어내렸다.

"옷은 또 뭐야? 좋네? 어디서 구했세요? 나 줘세요~"

사내는 뺨을 내려치던 손을 멈추고 도호재의 옷을 거칠게 잡아 당기기 시작했다. 도호재는 난생처음 겪는 끔찍한 취급에 본능적으로 온몸을 뒤틀며 남자를 떨쳐내려 발악했다. 왜단한 사내는 도호재의 몸부림에 쉽게 나동그라졌다. 도호재는 사내에게서 벗어나고자 정신없이 몸을 일으켰다. 그는 자신의 뒤쪽에서 구역질하는 소리가 들린다는 건 인지할 새도 없이 골목을 빠져나와 메르라의 행진 속으로 허겁지겁 파고들었다. 오물이 묻은 도호재가 부딪쳐 오자 메르라 몇몇이 중심을 잃고 쓰러지며 여기저기서 한숨 같은 볼멘소리가 터져 나왔다. 생소한 공포에 질려 길 건너편으로 도망치려던 도호재는 인파에 이리저리 치이며 메르라가 가는 방향대로 떠밀렸다. 그는 떠밀리는 와중에도 골목이 있는 거리의 반대편으로 이동하기 위해 필사적으로 움직였다. 마침내 메르라의 파도에서 빠져나온 도호재는 어디로 통하는 문인지 확인할 겨를도 없이 앞에 보이는 건물의 문을 열어젖히고 들어갔다.

다급히 문을 닫고 바닥에 주저앉으니 온몸이 덜덜 떨렸다. 도호재는 문고리를 부여잡고 악취고 탁한 공기고 신경 쓸 새 없이 거칠게 숨을 몰아쉬었다. 문을 열면 그 악독한 사내가 자신을 건물에서 끄집어내어 다시 진창으로 집어 던질 것만 같았다. 깔끔하고 부드러운 질감을 자랑하던 도호재의 옷은 어느새 이곳 거주민들처럼 해져 있었다. 오히려 진창의 오물을 푹 머금은 탓에 그의 옷은 그들보다도 훨씬 남루해 보였다.

"웬 비렁뱅이가 왔어. 썩 꺼져!"

뼈대가 굵은 술집 운영자는 한눈에 보기에도 술을 마시기 위해서 찾아오지는 않았을 불청객을 내쫓으려 했다. 구질구질한 악취가 나는 불청객이 가뜩이나 출근 시각이라 몇 없는 손님마저도 가게 밖으로 몰아낼지도 몰랐다. 도호재는 가게 운영자의 축객에 입만 벙긋거릴 뿐, 아무 말도 할 수 없었다. 이 공간은 제로로부터 대여받아, 임시일지라도 가게 운영자의 소유였고, 도호재 자신이 가게 운영자였더라도 냄새나는 비렁뱅이는 음식점에서 내쫓아야 마땅했다. 그러나 문밖에서는 예측하기 어려운 행동을 하고 소름 끼치는 화법을 구사하는 사내가 도호재를 찾아 거리를 배회하고 있을지도 모르는 일이었다.

"저 5급, 영 미친 건 아닌 거 같은데요. 세르부스 두 잔이면 머물게 해줄 건가요?"

바에 홀로 앉아 있던 여인이 도호재를 딱하게 여겼는지 술집 운영자에게 제안했다. 술집 운영자는 여인의 제안에 솔깃하면서도 머뭇거렸다.

"냄새나는 5급을 왜 가게로 들이려고요? 이 자식 얼굴이 좀 반반해서 그래요? 신고도 하지 않고 마음대로 데리고 있으면 우리 가게만 영업 정지예요."

술집 운영자는 난처한 기색으로 여인의 제안에 우려를 내비쳤다.

"내가 나갈 때 데리고 나가서 그쪽 멤버십 코드 앞으로 신고하죠. 안주까지 시키면 문제없죠? 안주까지 제일 비싼 걸 시킬 순 없어요. 돈 없어요."

운영자는 술집에 있는 두 손님 중 여인을 제외한 나머지 한 손님의 눈치를 살피더니, 이내 여인의 제안을 받아들였다. 그는 지체하지 않고 바의 뒤편으로 돌아가 점성이 있어 보이는 액체를 담은 병의 가격대를 하나하나 확인했다. 운영자는 가장 비싼 술을 팔아준다는 여인의 제안이 기쁜지 그새 콧노래까지 작게 흥얼거렸다.

도호재는 여인의 도움을 받아 바닥에서 일어났다. 술집 운영자에 의해 가게에서 내쫓기는 걸 기꺼워하거나, 본인이 도호재를 경비에게 신고하겠다며 나서지 않고 오히려 그를 감싸주는 메르라 여인의 행동이 낯설고 어색했다. 그러고 보니 술집 운영자가 즐거워 보인 이유는 3급 거주 구역에 기어들어 온 도호재와 그런 도호재를 감싸주려는 여인을 전부 신고할 수 있는 절호의 기회를 발견했기 때문일지도 몰랐다. 사회의 질서를 교란할 수 있는 위험 분자를 한꺼번에 둘이나 신고할 수 있다니. 이번 달 공동체 정화 공로자로 선정되는 데 큰 도움이 될 터였다. 공동체 정화 공로자로 확정된다면, 술집 운영자는 포상으로 동네 술집에서 벗어나서 단골만 받아도 운영에 문제가 없는, 그야말로 전문적인 주조 공간을 대여할 기회를 얻을 수 있을지도 몰랐다.

여인은 떨떠름하게 굳어 있는 도호재를 옆자리에 앉히더니 테이블에 비치된 휴지를 결제하여 그의 등에 깊게 스며든 진오물을 투박하게 닦아냈다. 가게에 머무를 수 있다는 안도감에 취해 무심결에 여인의 보살핌을 받던 도호재는 휴지가 그의 얼굴 가까이 다가오자 별안간 제정신이 아닌 사내에게 뺨을 맞은 충격이 떠오른 탓에 화들짝 놀라 몸을 뒤로 젖혔다.

"아, 얼굴은 내가 직접 닦겠습니다."

"그래요 그럼."

여인은 도호재 앞에 휴지를 두고서 앞에 놓인 술잔으로 미련 없이 시선을 옮겼다. 질끈 묶은 흑갈색 머리는 부피감이 있었고, 묶은 그대로 어깨선에 딱 맞게 떨어지는 기장과 강단 있게 드러난 턱선은 자신의 목적 외에는 세상사에 관심이 없어 보이는 듯한 인상을 풍겼다. 미처 다 묶이지 못하고 얼굴 옆으로 길게 빠져나온 잔머리 몇 가닥만이 주변에 대한 관심의 한계이자 도호재에게 베풀어 준 호의인 것 같았다.

여인은 잔에 담긴 독주를 단숨에 반 정도 털어 넣었다. 손에 쥐고 있는 술잔에는 눈길도 주지 않은 채로 허공에 시선을 둔다기보다는 자신이 남몰래 허공에 그리고 있는 무언가를 강렬하게 응시하고 있었다. 도호재가 메르라 3급 거주 구역에 도착해서 처음으로 마주한 메르라 군단은 그저 무엇인가가 그들에게 목적으로 주어졌기 때문에 그 목적을 추구하는 눈빛이었다면, 여인은 자신이 원하는 목표를 절실하게 추구하는 눈빛이었다. 날카롭게 올라간 여인의 눈매를 관찰하던 도호재는 어느 순간 여인의 시선이 자신을 향해 있음을 알아차렸다.

도호재는 무례하게 여인을 뜯어보던 자신의 결례에 사과를 건넸다. 그는 호의를 베풀어 주어 감사하다는 인사까지 건네고서 고개를 정면으로 돌렸다. 가게의 운영자가 허접하지만 화려하게 만들기 위해 애쓴 티가 나는 안주를 완성하려 지저분한 주방을 분주하게 돌아다니고 있었다.

도호재는 운영자의 모습을 좇다 별안간 자신에게 달려들었던 사내가 떠올랐다. 사내는 도호재를 5급이라고 부르며 확신에 찬 모습으로 달려들었다. 도호재는 자신을 본 모든 메르라가 그의 멤버십 등급을 5급이라 확신했다는 사실을 깨닫고 오래전에 읽었던 멤버십 규정을 기억해 냈다.

모든 등급의 멤버십은 적절한 금액만 지불하면 누구나 원하는 등급의 멤버십에 가입할 수 있음을 골자로 했다. 그러나 개인의 능력으로 자리 잡은 작업소에 따라서 해당 작업소가 어떤 등급까지의 멤버십 가입비와 유지비를 지원하는지가 천차만별이었다. 가입비는 멤버십 등급별로 차이가 컸고, 무상으로 가입할 수 있는 5급을 제외한 모든 등급의 멤버십은 가입비와 유지비를 지원해 주는 적절한 작업소에 소속되지 못한다면 해당 등급에 가입하기 어려울 정도의 액수를 요구했다.

멤버십 등급이 개인이 소속된 작업소에 따라서 결정된다는 분위기가 형성되는 건 당연한 순서였다. 이에 따라 메르라 1급 멤버십에는 자신이 속한 부서를 총괄하고 있는 제로나 옥토 제로에게 정책을 건의할 수 있는 권한을 가진 중간관리책 정도의 직책을 가진 메르라가, 2급 멤버십에는 중간관리책이 거느리고 있는 팀원과 몇몇 전문직 업종 종사자가, 3급 멤버십에는 하청 업무를 담당하거나 전문직이지만 뚜렷한 소속 없이 프리랜서로서 활동하는 메르라가, 4급 멤버십에는 단순 노동직에 소속되거나 일정한 작업소에 소속되어 있지 않지만 노동 능력이 있어서 근근이 버는 메르라가, 5급 멤버십에는 노동 능력이 없는 나머지 메르라가 가입했다.

장애가 있는 메르라는 노동 능력의 유무와 관계없이 집중 치료를 위해 5급 멤버십으로 강제 배정한다는 내용이 있었다. 물론 5급 멤버십에는 장애를 가지지 않은 메르라도 다수 가입되어 있었으나, 장애 판정을 받았다면 전부 5급 멤버십에 가입해야 한다는 규정이 존재했다. 도호재가 메르라 거주 구역에 출입하기 위해 불가피하게 착용한 안대가 그를 대외적인 장애 보유자로 만들었다. 이 말은 곧 저들에게 도호재는 메르라 5급 거주 구역에 있어야 하는 메르라라는 말과 다를 바 없었다. 게다가 5급 메르라가 3급 거주 구역에 출입 허가를 받는 일은 좀처럼 없었기에, 그는 3급 거주 구역에 멋대로 침범한 침입자였다.

도호재는 계획과는 다른 암담한 현실에 숨을 깊게 내쉬곤 가게를 살폈다. 가게 전체를 답답한 주홍빛 조명으로 밝힌 탓에 탁자고 음식이고 할 것 없이 전부 노란 기가 감돌았다. 벽이 툭 튀어나와 부자연스럽게 꺾인 내부 공간은 테이블에 앉아 있는 메르라와 아슬아슬하게 스쳐야만 지나갈 수 있을 정도로 비좁았다.

"날이 갠 게 얼마 만인지…"

술집 운영자가 조야하게 화려한 안주를 여인과 도호재 앞에 내려놓으며 중얼거렸다. 그는 폭설이 끝나나 싶었더니 이제는 모래

바람이 불기 시작했다며 차라리 하루빨리 폭우가 내려서 그나마 숨쉬기라도 편해졌으면 좋겠다고 한탄했다. 그는 큰 소리로, 나갈 때 도호재를 반드시 관문으로 인계하라고 도호재 옆의 여인에게 당부하고서 추가로 술을 주문하는 손님에게로 이동했다.

탁자에 상체를 기대고 앉아 있는 사내는 다리에 붕대를 감고 있었다. 비어 있는 옆 의자에는 사내의 것으로 보이는 목발이 과묵한 말동무 역을 맡고 있었다. 사장은 사내가 추가로 주문한 독주를 가져다주다 발을 헛디며 휘청이더니, 실수로 붕대를 감은 사내의 다리에 부딪혔다.

"아이고! 미안해요. 슬슬 다리에 힘이 빠지는 것 같아."

운영자는 독주를 내려놓으며 사내의 눈치를 살폈다. 사내는 그의 말에 얼굴을 험악하게 구기더니 주먹으로 탁자를 거세게 내리쳤다.

"젠장! 감각이 없어!"

사내는 곧장 바스락거리는 머리카락을 쥐어뜯으며 욕설을 내뱉었다. 그는 현실을 부정하려는 듯 한참 동안 고개를 내젓다가 결국에는 눈물을 뚝뚝 흘리기 시작했다. 도호재가 가게에 처음 들어올 때부터 끌고 들어왔던 악취나 그가 착용하고 있던 안대를 사내가 전혀 신경 쓰지 않았던 이유를 알 것 같았다. 3급 멤버십에 가입하기 위해서 일평생 노력하여 지금의 작업소에 자리 잡았을 사내는 이대로 다리에 감각이 돌아오지 않는다면 장애 판정을 받아 강제로 5급 멤버십에 가입해야 했다. 그렇게 된다면 그가 3급 멤

061

기회의 땅

버십에 가입함으로써 받고 있던 혜택이 말소됨은 물론이거니와 5급 멤버십에 가입하는 즉시 그의 거주지 또한 5급 거주 구역으로 이전될 터였다.

"그쪽한테는 무슨 일이 있었죠?"

여인이 사내를 딱하게 바라보고 있는 도호재에게 물었다.

"눈 말인가요?"

도호재는 평소의 말투를 사용하더라도 그저 제로를 따라 하고 싶은 5급으로 보인다는 걸 알았지만 메르라의 말씨를 다시 모방하기 시작했다.

"아뇨. 온몸이 오물로 뒤덮여서 가게로 도망치듯이 들어왔잖아요. 경비한테 쫓긴 것 같지는 않아 보여서요. 그 사연이 궁금한 거예요."

여인은 자신은 신경 쓰지 않으니 도호재에게 편한 말투를 쓰라고 했다. 도호재는 곰곰이 생각하다 입을 열었다.

"통성명부터 하자면, 반갑습니다. 도호재입니다. 아직 열아홉입니다."

"아. 그래요?"

도호재가 열아홉 살이라고는 전혀 생각지 못했는지 여인은 눈썹을 한껏 끌어 올렸다. 술집 운영자가 있는 쪽을 힐끗 본 여인은 도호재 앞에 놓인 매캐한 세르부스를 자신 앞으로 가져갔다. 도호재는 자신의 얼굴이 삭아 보인 건지, 메르라라기에는 큰 체격 때문에 나이가 조금 더 들어 보인 건지 고민했다.

"연지예요. 스물둘이고요."

반쯤 마셨던 세르부스를 마저 들이킨 연지는 빈 유리잔을 도호재 앞에 가져다 놨다.

도호재는 연지에게 자신이 골목으로 들어가 불쾌한 상황을 마주했던 순간부터 시작하여 가게까지 도망쳐 들어오게 된 경위를 설명했다. 연지는 오물을 닦고 남은 휴지를 쪽지 모양으로 접으면서 그의 이야기를 들었다. 막힘없이 접어내는 걸 보아 습관인 듯했다.

"정리하자면, 뭐랄까요. 무례한 표현이지만, 제로같이 오지랖을 부리다가 범법자에게 쫓긴 거네요."

접었다 펴기를 반복하면서 열 번째로 완성한 쪽지를 내려놓으며 연지가 속삭이듯 개략했다. 도호재는 연지의 입에서 제로라는 단어가 나와 놀랐으나, 아무렇지 않은 척 대화를 이어나갔다.

"오지랖 말입니까?"

"네. 딱 여기저기 들쑤시면서 참견하고 다닌 거죠. 아무도 뭐라고 안 하는데 자기네들끼리 섹스하는 걸 왜 막으려고 했대요?"

"아무도 저지하지 않으니까 말했습니다. 경비가 보면 제지했을 법한 행위 아닙니까."

도호재의 말에 연지는 어이없다는 듯이 웃음을 터트렸다. 깔끔하게 올라간 입꼬리가 도호재의 아둔함을 뚜렷하게 겨냥하고 있었다.

"이봐요. 섹스는 우리 사회에서 권장하는 행위예요. 머리에 밑줄 쫙 그어서 집어넣으세요. 심지어 통행에 방해되지 않게 골목으로 들어가서 하고 있었다면서요. 도대체 뭐가 문제예요?"

바에 기대어 비스듬하게 앉아 있던 연지가 주먹을 쥐고선 중지의 마디로 테이블을 노크하듯이 톡톡 두드렸다. 뼈마디가 드러나 있어서 그런지 연지가 두드릴 때마다 테이블이 크게 울렸다.

"거주지에서도 주구장창 섹스 소리를 듣고, 섹스 현장을 목격하는데 골목을 지나가다 좀 본다고 별다를 게 있나요."

"그걸 본단 말입니까?"

도호재는 연지의 말에 반사적으로 되물었다.

"5급 거주 구역은 좁아터진 방 하나가 32인실이라 섹스하기 어려울지 몰라도 3급은 거주지가 좀 넓어야죠. 같은 크기의 방에 8명밖에 없으니 쾌적하게 섹스하기엔 제격이죠."

어깨를 으쓱이며 말한 연지는 한때 도호재 앞에 놓여 있었던 유리잔을 들고 지독한 냄새를 풍기는 세르부스의 절반을 단숨에 삼켰다.

"그래도 3급 메르라 자체가 그쪽이 좀 전에 겪은 대로 끔찍하지는 않아요. 그쪽이 만난 건 최근에 3급 거주 구역으로 몰래 들어왔다던 5급 범죄자 무리 중 하나같네요."

문장을 끝내자마자 세르부스를 잘못 삼켰는지 기침을 하는 연지에게 도호재는 연지가 접었던 휴지를 펼쳐서 깨끗한 부분만 뜯어 건네주었다. 기침이 잦아들 때쯤 연지는 다시 이야기를 시작했다.

"제로를 조잡하게 모방하려는 괴상한 말투에 녹아내린 치아를

봤댔죠. 어떻게 들어왔는지, 3급 거주민의 유니폼은 어떻게 입수했는지 몰라도 5급의 말투와 그들의 특징적인 치아는 숨길 수 없어요. 그쪽도 많이 봤을 거 아니에요?"

도호재는 자신의 뺨을 후려친 사내를 떠올렸다. 싸한 악취가 나던 입속의 치아는 대부분이 녹아내렸고 이로 인해 그의 발음이 조금씩 새고 있었다.

"3급 거주자들은 교양 있죠. 5급과는 달라요. 가끔이지만 우리 앞에 놓인 이 안주처럼 저작식 식단도 즐길 줄 아는 교양인인데요. 5급은 이가 다 녹아내려서 즐길 수 없는 문명이죠."

연지의 말이 이어지던 도중에 가게의 출입문이 여닫히는 소리가 났다. 도호재가 앉아 있는 자리에서는 보이지 않는 가게 안쪽 공간에서 쉬고 있던 운영자가 밖으로 나와 이 시각에는 흔치 않은 손님의 방문을 반겼다.

도호재는 연지의 말을 곱씹으며 둘 앞에 놓인 안주를 살폈다. 화려하게 장식된 넓은 접시에 담긴 안주는 다크 초콜릿 네 조각이 전부였다. 도호재는 연지가 말한 것처럼 초콜릿을 저작식 식단으로 분류할 수 있는지 고민했다. 가만히 두면 녹아내리는 초콜릿이라도, 씹어 먹으면 저작식 식단인가 싶은 생각을 하던 그의 귀에 들려온 건 술집 운영자의 당황한 목소리였다.

"왜 그래요! 진정해 봐요!"

"지들만 방탕하게 사는 버러지들!"

고개를 돌려 출입문 쪽을 보자 3급 유니폼을 입고 있는 메르라 하나가 날카롭게 벼린 식칼을 들고 술집 운영자를 위협하고 있었다. 운영자는 가게 내부로 뒷걸음질 쳤고, 식칼을 든 사내는 칼을 휘두르며 운영자를 따라서 조금씩 안쪽으로 들어왔다.

"다들 출근하는데 여기서 술이나 퍼마시고 있어? 사회의 죄악 같은 자식들. 도움도 안 되는 너네는 그냥 싹 다 죽여버려야 해."

사내는 손을 덜덜 떨면서도 오히려 칼을 쥔 손아귀에 힘을 실었다. 그는 자발적으로 식칼을 들고 있었음에도 마치 누군가가 자신의 머리에 총구를 겨누고 술집으로 들어가 흉기를 휘두르라고 위협하기에 어쩔 수 없이 칼을 잡은 것처럼 울상을 짓고 있었다. 사내의 표정이 그러한 탓에 도호재는 사내를 발견했을 때 공포에 질리기보다는 안쓰러움, 혹은 변변치 못한 생명체를 마주했을 때 떠오르는 하찮음을 느꼈다.

"이, 이 해충 같은 연놈들!"

사내는 고개를 불안정하게 돌리다 바 위에 전시해 둔 두꺼운 옥색 술병을 집어 들었다. 조잡하지만 나름대로 고급스러운 문양의 술병은 고대 유물과 같은 외양이었다.

"다 뒈져버려!"

도호재나 연지, 술집 운영자, 그리고 다리에 붕대를 감은 사내 중 누구도 겨냥하지 않은 채 힘껏 던져진 술병은 귓가를 스치는 날카로운 소리와 함께 술집의 내벽에 부딪혀 산산조각이 났다. 워낙 공간이 좁았던 터라 조각난 술병의 파편이 가게 바닥에 전체적으로 흩뿌려졌다.

"아… 운 더럽게 없네."

말소리가 들리는 쪽으로 고개를 돌리니 연지가 손으로 왼쪽 눈가를 감싸고 있었다. 찰나의 시간이 지나고 감싸고 있는 손 밑으로 선홍빛 피가 뚝뚝 떨어졌다. 연지는 살갗이 찢어진 고통에 손을 잘게 떨었다. 눈가에서 좌우로 길고 얇은 옥색 술병의 파편을 뽑으며 손을 내린 연지는 손바닥에 피 묻은 쇄편을 올려놓았다. 도호재가 말릴 새도 없이, 연지는 복부에도 깊게 박힌 커다란 술병 조각을 힘주어 뽑아내었다. 주요 혈관이 찢긴 건지 피가 심장박동에 맞추어 울컥거리며 흘러내렸다.

연지의 눈가와 몸통에서 피가 흐르는 모습을 본 사내는 단식하는 흡혈귀라도 되는 듯이 극도로 흥분하기 시작했다. 정작 살이 찢긴 연지보다도 흥분한 사내는 숨을 거칠게 몰아쉬느라 호흡이 뚝뚝 끊겼고, 중간중간 딸꾹질까지 하는 지경에 이르렀다.

"너. 너, 너!"

사내는 말을 더듬으며 도호재를 겨냥해서 칼을 치켜들었다.

"5급 주제에 술을 퍼, 퍼마셔? 3급까지, 어, 쳐들어와서? 그것도 고급 독주를? 싸, 싸가지 없는 새끼!"

사내는 손을 덜덜 떨며 발작하다 별안간 도호재를 향해 달려들었다. 도호재가 반사적으로 사내를 발로 차서 밀치자 사내는 맥없이 벽면에 충돌하며 쓰러졌다가 악에 받친 울음소리를 내며 벌떡 일어났다. 그는 도호재를 향해 칼을 든 팔을 재차 휘둘렀다. 도호재는 목을 겨냥해서 내리꽂히는 체소한 메르라의 팔뚝을 간신히 붙잡아 냈다. 사내의 눈에서는 이미 이성을 찾아볼 수 없었다. 사내는 길길이 날뛰며 도호재에게 붙잡힌 팔을 이리저리 꺾어댔다. 그는 날뛰는 중간중간 '5급 버러지', '책임감 없는 식충이', '암적 존재'와 같은 말을 쉴 새 없이 내뱉었다.

붙잡힌 팔을 빼내려 발악하던 사내는 칼이 아닌 술병을 들었던 반대편 손을 도호재의 명치를 향해 빠르게 뻗어내었다. 예상치 못한 충격을 받은 도호재는 그렇게 센 힘을 받은 건 아니었음에도 몸속의 공기가 순식간에 빠져나가며 명치를 중심으로 모든 근육이 수축함을 느꼈다. 그는 허리를 숙이고 고통에 굴복했다. 숨이 턱 막히며 온몸에 식은땀이 흐르는 듯한 감각 속에서 도호재는 자신의 왼팔에 날카로운 식칼이 비집고 들어왔다가 빠져나감을 고스란히 느꼈다. 어렸을 적 식사 도중에 서투른 칼질에 손끝을 베였던 기억이 떠올랐다. 지금과는 비교도 되지 않을 만큼 가당치도 않은 미미한 아픔에 울먹거렸었다는 생각에 도호재의 얼굴이 일그러졌다.

검붉게 물든 칼날을 뽑아 든 사내는 칼 손잡이를 고쳐 쥐고 도호재의 옆구리를 겨냥하며 팔을 뒤쪽으로 길게 뻗었다. 깊숙이 찔러 넣을 요량이었다.

"그렇게 움직일 수 있으면서 사회의 일원으로서 노력하지도 않고 이곳에 와서 얍삽하게 남 탓만 하는 찌질한 자식. 네가 욕하는 연놈들이랑 네가 다를 게 뭐야?"

그가 도호재의 복부를 향해 힘을 주려던 찰나에 시종일관 가게의 의자에 앉아 절망하고 있던 사내가 별안간 영문 모를 이유로 울분에 찬 사내를 비꼬았다. 도호재를 향해 날붙이를 찔러 넣으려 던 사내는 자신을 겨냥한 말에 고개를 돌렸다.

"내가 뭐가 같아… 대낮부터 술집에서 게으름 피우고 시시덕대 는 너네랑 뭐가 같냐고!"

사내는 억울하다는 듯이 역정을 냈다.

"얼씨구? 그래서 지금 술집으로 왔어요? 멋대로 결근한 너 때 문에 작업 터가 제대로 못 돌아가고 있을 텐데. 순 자기 편할 대로 생각하는 멋진 놈이네!"

거동이 불편한 사내는 눈앞에서 현란하게 움직이던 날붙이도 신경 쓰지 않고 의자에 앉은 채로 미친 듯이 웃었다. 도호재 쪽으 로 몸을 숙이고 있던 사내는 그 모습에 의자에 앉아 있는 이를 향 해 득달같이 달려들었다. 감각이 느껴지지 않는다던 사내의 다리 가 반동으로 거칠게 흔들렸다. 사내는 모든 생명력을 그러모아 자 신의 유언이 될지도 모를 말을 비명과 함께 내질렀다.

"하하하! 버러지 새끼! 나는 제로 님께서 공인해 준 공식 휴가 라고! 지금도, 앞으로도 영원히! 죄 없는 나를 죽이는 너는 멋대로 결근하고 사회의 짐이 되고 있구나!"

남의 피를 양껏 뒤집어쓴 사내는 자신에 의해 찔리면서도 끊임 없이 독설을 날리는 눈앞의 입을 막기 위해 그의 몸뚱이와 얼굴에 흉구를 끝없이 찔러넣었다. 악에 받친 숨소리가 점점 잦아들고 피 섞인 가래가 목 깊숙한 곳에서 끓는 듯한 소리로 바뀌어 비명이 더는 들리지 않게 되었지만, 타인의 피를 바른 사내가 팔을 휘두름으로써 나는 철벅거리는 소리는 멈추지 않았다. 소나기가 내린 뒤 장화를 신고 얕게 고여 있는 웅덩이를 밟을 때 나던 소리를 들으며 마침내 제대로 숨 쉴 수 있게 된 도호재는 따갑게 욱신거리는 팔을 움켜쥐고 연지의 상태를 확인했다. 박혀 있던 파편을 뽑은 탓인지 연지의 눈두덩이와 복부에서는 아직도 피가 몸의 굴곡을 타고 흐르고 있었다.

도호재는 얼굴이 하얗게 질린 연지에게 자신이 착용하고 있던 안대를 건넸다. 연지는 더러운 의료용 안대를 착용하고 눈가의 상처 부위를 조심스럽게 압박했다. 물밀 듯이 밀려오는 고통에 연지의 눈에서 피와 눈물이 섞여 흘렀다. 도호재 또한 자신의 팔을 압박하고 있었기에 고통에 공감할 수 있었다.

바닥에 깨진 술병 파편과 피가 고소한 시리얼과 우유처럼 뒤섞일 때쯤, 가게 문이 열리며 술집 운영자가 경비에게 달려가는 모습이 보였다. 양손을 정신없이 휘두르는 술집 운영자의 모습과 함께, 긴장이 풀리며 정신이 흐려졌다.

제대로 정신이 들기 전부터 주위는 말소리와 가벼운 쇠가 철제판에 떨어지는 소음으로 가득했다.

"여러 번 확인해도 멤버십이 인식되지 않아서 경비 측에 멤버십 미보유자라고 연락 넣었어요."

몽롱한 정신 속에서 누군가의 보고가 들려왔다.

"쟤는?"

"5급이요."

"뭐야, 여기 왜 있어? 내려보내."

도호재는 자신을 메르라 5급 거주 구역으로 내려보낸다는 소리에 눈을 번쩍 떴다. 왼쪽 눈을 통해 갑작스럽게 몰려오는 빛의 해일에 고통스러운 신음을 낸 그는 팔을 들어 눈을 가렸다. 끔찍한 선택이었다. 팔의 상처가 벌어지며 다시 한번 칼날에 찔리는 듯한 통증이 느껴졌다. 상처에 칼을 넣고 헤집는 느낌이었다.

"깼네요?"

옆에서 대화를 나누던 두 메르라 중 하나가 그의 비명을 듣고 몸을 돌렸다. 도호재는 고통에 헐떡이며 실눈을 뜬 채로 고개를 돌렸다. 옅은 회갈색 스포츠머리에 안경을 쓰고 30대 초중반처럼 보이는 메르라가 서 있었다. 안경 너머로 보이는 짙은 다크써클이 기운 없어 보이는 눈매를 완성 짓고 있었다.

"그쪽은 멤버십 코드가 인식이 안 되더라고요. 그래서 일단 임시로 붕대를 감아놓긴 했는데, 뭐, 이쪽에서는 뭐 더 해줄 수 있는 게 없어요."

사내는 입고 있는 가운에 양손을 찔러넣은 채로 어깨를 으쓱였다. 그는 멤버십 코드를 인식하는 기기를 들고 있던 옆의 메르라에게 5급 협약 병원으로 연락을 넣으라고 지시하고서 도호재에게 가까이 다가섰다. 도호재는 엷게 뜬 눈 사이로 '최태영 프리랜서 응급전문의'라고 적혀 있는 명찰을 읽어 내렸다.

"연지는 어떻습니까?"

도호재는 그새 잠긴 목을 가다듬고 의사에게 물었다.

"같이 실려온 메르라 말인가요? 출혈이 심해요. 5급이라서 아무
트 처방으로 끝났죠. 5급 협약 병원에서 인계받겠다고 하면 그쪽
으로 바로 이송될 거예요."

최태영의 설명이 도호재의 머릿속에서 어지럽게 맴돌았다. 저
들이 멤버십 코드 리더기를 사용하여 5급 멤버십을 가지고 있다
고 알아낸 이는, 도호재가 아닌 연지였다. 연지는 3급 멤버십 가입
자가 아니었던가? 연지는 술집에서 도호재와 대화를 나눌 때 5급
에서 3급으로 침입한 메르라 무리가 있다고 설명했었다. 도호재
는 어쩌면 연지 또한 그 무리의 일원으로서 3급에 녹아든 이였을
지도 모른다는 생각이 들었다. 그러나 연지는 5급의 특징이라고
말해줬던 녹아내린 치아가 없었다. 괴상한 어법의 말도 구사하지
않았다.

도호재는 이해할 수 없는 상황에 속이 울렁거렸다. 그의 의식은
자연스럽게 최태영이 연지에게 처방했다는 아무트에 관한 생각
으로 흘러갔다. 아무트. 분명 도호재가 알고 있는 단어였다. 둔해
진 머리를 헤집은 그는 아무트가 무엇인지 기억해 냈다. 아무트는
5급 멤버십 가입자의 복지를 위해 주기적으로 지급되는 마약류
알약이었다. 도호재는 마약에 지혈 효과가 있다는 글은 읽은 적이
없었다.

"연지는 출혈이 심합니다. 깨진 술병 파편을 뽑아버려서 지혈이

필요합니다."

"네, 의사인데 잘 알죠. 하지만 5급은 우리 병원에서 치료할 수 없어요. 보험이 적용되지 않거든요. 5급 멤버십 가입자를 받는 협약 병원으로 옮겨야 해요."

최태영은 답답한 소리를 태평하게 말하는 재주가 있었다.

"이곳이 5급 협약 병원이 아니라고 방치할 겁니까? 이대로 두면 죽을 겁니다."

최태영은 도호재의 말에 눈썹을 살짝 위로 끌어당겼다가 놓으며 눈을 빛냈다.

"치료비를 지불할 능력이 없는 환자까지 전부 살려야 하나요? 그런 환자까지 전부 치료하다 병원이 망하고 나면 그 뒤에는 누가 환자를 치료하죠? 5급을 살리려다가 치료해야 할 3급 환자를 놓치면 그쪽이 책임지나요?"

최태영은 목석처럼 우두커니 서서, 자신 뒤에서 식은땀을 흘리고 있는 연지에게는 눈길도 주지 않았다.

"환자 하나 치료해 준다고 병원이 망하기라도 한답니까? 애초에 환자의 치료가 병원의 목적 아닙니까."

도호재는 최태영이 자신과 말씨름할 동안에 연지를 치료했더라면 치료가 끝나고도 남았으리란 생각에 답답해서 미칠 것 같았다.

"모든 환자가 무료로 치료를 받으려 들면 당연히 병원도 망하죠. 아니면 저쪽만 예외로 두란 말인가요? 그쪽이 뭔데 예외를 정할 수 있는데요?"

최태영은 도호재의 항의가 우습다는 듯이 비죽 웃었다.

"여긴 아무에게나 치료를 제공하는 불법 병원도 아니에요. 3급 거주민 전용 병원이라고요. 5급은 5급 전용 병원으로 갔어야죠. 5급이 왜 여기에 있나요?"

어처구니가 없는 말에 연지의 치료비는 자신이 책임질 테니 치료부터 하라고 말하려는 순간, 이들이 있는 장소로 가운을 입은 의사와 경비 몇몇이 들어왔다.

"이송 준비가 되었나 보네요."

최태영은 도호재로부터 세 걸음 정도 물러서서 우르르 몰려오는 이들이 들어올 자리를 만들었다. 연지를 지금이라도 이송한다면 충분히 살 수 있을 터였다. 도호재는 참을 수 없는 고통이 밀려온 척 한껏 찡그려서 왼쪽 눈을 감고 빛 조절이 되는 렌즈를 착용한 오른쪽 눈으로 옆에 누워 있는 연지의 상태를 확인했다. 핏기가 가셔서 시체처럼 누워 있던 연지는 어느새 눈을 뜨고 있었다. 거짓된 고통으로 일그러진 도호재와는 전혀 다른, 섬뜩한 얼굴이었다. 안대 뒤편에서 내려온 눈물에 옅은 피가 섞여서 통증으로 깊게 파인 주름 사이로 흘러 들어가고 있었다. 연지는 소름 끼치는 얼굴로 도호재를 뚫어지게 쳐다보고 있었다.

충격으로 굳은 도호재는 자신을 둘러싼 경비에 의해 시야가 막혔다. 연지를 데려갈 줄 알았던 이들은 도호재의 주위를 둘러쌌다. 한 무리의 경비와 의사는 그를 병상에서 조심스럽게 들어서 들것으로 옮기더니 연지를 뒤로한 채로 병원을 빠져나가기 시작했다. 도호재는 옆에서 자신의 상태를 확인하는 의사의 얼굴을 알아보았다. 자신의 집에 상주하는 고용인이었다.

"뭐 하는 겁니까!"

도호재의 외침에도 주변의 인력은 그가 제로임이 밝혀지면 안 된다는 듯이 발걸음을 재촉할 뿐이었다. 도호재는 이들이 연지가 아닌 자신을 이송하러 온 인력이었다는 사실이 절망스러웠다. 연지를 이송하러 온 이들은 코빼기도 보이지 않았다. 그가 들것에 누워서 찢긴 상처가 벌어지는 고통을 이겨내며 미약하게 몸부림쳐 봤자 아무것도 변하지 않았다. 들것이 흔들리든 말든 도호재를 둘러싼 이들은 꿈쩍도 하지 않았고, 몸부림치는 모습이 무안할 정도로 그에게 관심을 기울이지 않았다. 한참을 뒤척이던 그는 결국 덜컹거리는 들것에 누워 수치스럽고 무력하게 눈을 감아야 했다.

병원을 빠져나온 지 얼마 되지 않아 도호재의 귀에 지혈제를 먹어야 한다며 자신들을 쫓아오는 최태영의 목소리가 들렸다. 감은 눈 속으로 허약해 보이던 최태영의 잔상이 떠오르자 그가 가증스러워서 견딜 수 없었다. 어쩌면 무력하게 누워서 최소한의 치료도 받지 못한 채로 어처구니없게 피 흘리고 있는 연지를 버려두고 홀로 제로 거주 구역으로 빠져나가고 있는 자신을 겨냥한 비참함의 변형일지도 몰랐다. 도호재를 이동시키던 무리는 최태영의 외침에 잠시 멈춰 섰다. 최태영은 들것 가까이 다가와, 도호재더러 삼키라며 작은 알약을 내밀었다.

"연지에게나 주십시오. 환자를 가려 받는 의사가 처방한 약은 거부하겠습니다."

최태영이 가져온 약을 단칼에 거절한 도호재는 다시 눈을 감고 그와 대화를 이어나가는 것을 거부했다. 최태영은 주위의 눈치를 살피며 멋쩍게 웃더니 도호재의 주위를 둘러싸고 있는 경비에게 양해를 구하고 도호재 쪽으로 몸을 숙였다.

"철부지 제로 도련님. 그렇게 메르라를 살리고 싶으면 징징거리지 말고 약이나 똑바로 먹어요. 제로 거주 구역까지 꾸역꾸역 살아남고도 미쳐 있으면 나를 찾아오시죠."

최태영은 충격으로 엷게 벌어진 도호재의 입안으로 약을 쑤셔 넣고 베드에서 물러섰다. 귓가에 속삭여진 말의 내용에 경악하여 뻣뻣하게 굳은 도호재를 싣고, 베드가 순조롭게 차에 실렸다.

비화

　　도호재는 침대에 누운 채로 느릿하게 눈을 깜빡였다. 아침에 침대에서 몸을 일으켰던 일이 몇 년 전처럼 느껴졌다. 급한 치료는 끝났지만, 아직 몸이 쑤시고 상처 부위가 아렸다.

　　메르라와 친분을 쌓고 대면식에 화려하게 참석하여 친밀감 있으면서도 위엄 있는 제로로 데뷔하려던 그의 계획은 엉망이 되었다. 오히려 제로의 평판이나 자신의 미래에 독이 되는 행보만 걷다가 제로 거주 구역으로 끌려오듯이 복귀했다는 생각에 후회와 죄책감이 산사태로 굴러 내려오는 굉대한 바위마냥 그에게로 쏟아졌다.

　　"들어가도 되겠습니까?"

도호재는 익숙한 목소리에 고용인의 출입을 허했다. 소독약 냄새가 나는 새 붕대를 든 고용인이 조용히 문을 열고 방 안으로 들어왔다. 고용인은 침대 옆의 바닥에 자리를 잡고 도호재의 오염된 붕대를 조심스럽게 풀었다.

"도련님."

자신을 부르는 고용인의 말에 도호재가 고용인이 있는 방향으로 고개를 돌렸다.

"메르라 거주 구역을 찾으신 이유를 여쭤도 되겠습니까? 도련님의 선택을 의심하는 건 아닙니다."

소독약을 바르며 묻는 고용인의 말에 도호재는 고뇌에 빠졌다. 메르라 거주 구역에 가게 된 원인을 무엇이라 해야 한단 말인가? 자신의 능력이 여타 제로와 비교했을 때 남다르다는 확신? 도호재의 능력을 알아주고 대우하지 않는 부모님을 비롯한 주변 제로의 태도? 자신이 활약해야 한다는 생각에 사로잡혀 참을성 없이 조급함을 느껴버린 본인의 미련함? 고작 이우진 따위에게 밀렸다는 자격지심?

도호재는 한참을 침묵하다 입을 열었다.

"제로라는 이름 뒤에 숨어서 겁쟁이 취급을 받는 건 사양하겠습니다."

도호재의 답을 기다리며 새 붕대를 감던 고용인이 의외라는 듯이 고개를 들어 그를 쳐다보았다. 고용인은 이내 어떻게 된 일인지 알아차렸다.

"이곳에 온 지 얼마 되지 않은 고용인의 비루한 말을 귀담아들
으셨습니다."

고작 멋모르는 신참 고용인이 학습실 앞의 복도에서 함부로 도
호재를 입에 담은 내용에 휘둘렸다며 자신을 드물게 질책하는 고
용인의 말에 도호재는 입 안쪽 살을 신경질 나게 짓씹었다.

"청컨대 고용인은 오로지 지시만 알아듣는 투박한 물품으로 여
겨주십시오. 그들의 개인적인 생각과 이야기는 깊게 배운 제로에
비하면 보잘것없습니다. 그러니 부디 신경 쓰지 말아 주십시오."

고용인은 붕대를 단단하게 고정했다. 붕대가 조여들며 상처 부
위에서 뛰고 있는 맥박이 옅게 느껴졌다. 메르라 거주 구역을 보
고선 기회의 땅이라 이름 붙이며 기대감에 날뛰었던 맥박이 경악,
공포, 분노를 거치고 마침내 차분해지고 있었다. 고용인은 안정을
취하라고 당부하고서 흐릿한 불만 켜둔 채 도호재의 방을 나섰다.

도호재는 침침한 불빛 속에서 자신에게 충격적인 인사를 건넨
최태영을 떠올렸다. 대화하기 버거울 정도로 협약 병원에 관해서
는 원리원칙을 따지던 의사였다. 도호재가 제로임을 알아본 건 놀
랍기는 했으나, 제로를 모방하는 메르라라기에는 지나치게 자연
스러웠던 도호재의 언행으로 그의 멤버십을 유추했다고 생각하
면 경악할 정도로 놀랍지는 않았다. 다만 협약 병원에 대한 원칙
을 절대적으로 지킬 정도로 깐깐하고, 도호재가 제로라는 과감한
결론을 내릴 수 있을 만큼 냉철한 인물이 도대체 도호재의 무엇을
보고 자신을 다시 찾으라 했단 말인가.

도호재는 고개를 내저었다. 다시는 최태영을 볼 일 따위 없다. 고용인의 말처럼 쓸데없는 말을 귀담아듣는 습관은 고칠 필요가 있었다.

도호재의 피로한 귀가 작은 노크 소리를 포착했다.

"진통제는 필요 없습니다. 돌아가십시오."

도호재는 굳이 누구인지 확인하지 않았다. 필시 진통제를 가져온 고용인이다. 문밖이 다시 잠잠해지자 도호재는 눈가를 누르며 피곤함을 덜어냈다. 눈을 가리고 있던 손을 치우자 방으로 들어오지 말라는 지시를 내렸음에도 돌아가고 있는 문고리가 보였다. 지시를 위반한 고용인의 행동에 불쾌해진 도호재는 그가 들어와서 무슨 변명을 하든 3일 동안의 출입 금지령을 내릴 준비를 했다.

도호재는 방문이 열리고 들어온 인물을 확인하자 머리가 새하얘졌다.

"어떻게 들어온 겁니까?"

5급 멤버십 환자를 받는 협약 병원으로 이송되었을, 그렇지 않다면 아직도 3급 병원에 머무르고 있어야 할 연지가 도호재의 방에 서 있었다.

"혼자 살겠다고 먼저 가버릴 줄은 몰랐는데요."

여전히 도호재가 건네준 지저분한 안대를 차고 있는 연지가 씁쓸하게 말했다. 결국 5급 협약 병원에 이송되거나 3급 병원에서 제대로 된 치료는 받지 못한 모양이었다. 그럼에도 연지가 이곳까지 찾아올 수 있을 정도로는 회복되었다는 사실에 도호재는 마음 한편을 무겁게 짓누르던 죄책감이 덜어지는 것 같았다.

"비용을 대신 내겠다고 말이라도 해주면 좀 좋은가요. 이런 곳에 사는 제로인 줄은 전혀 몰랐네요."

도호재의 심정을 들여다보기라도 한 듯이 죄책감을 후벼 파는 연지의 말에 도호재는 벙어리처럼 아무 말도 하지 못했다.

"난 5급인 그쪽에게 호의를 베풀었어요. 그 대가는 아니라도 보답은 조금 기대했었어요."

도호재는 무거운 마음에 아무 말이나 하려 했다. 그러나 지금의 그로서는 할 수 있는 말이 없었다. 어떤 말이든 지금의 상황에서는 변명으로밖에 들리지 않을 내용이었다. 연지가 도호재를 겨냥해 쏘아 올린 문장은 충분히 할 수 있는 말이었고, 연지의 입장에서는 마땅히 들 법한 생각이었다. 연지는 입만 벙긋거리고 있는 도호재를 뒤로하고 미련 없이 방을 나섰다. 도호재는 연지가 방을 나서서 문을 닫을 때까지 침대에서 일어나서 연지를 붙잡을 수도, 치료도 제공해 주지 않는 병원에서 홀로 빠져나와서 미안하다고 깃털처럼 가벼운 사과의 말 한마디도 건넬 수 없었다. 그저 굳게 닫힌 방문만 뚫어져라 쳐다보다 고개를 숙이고 자신의 아둔함을 질책할 뿐이었다.

제로 거주 구역으로 돌아올 때 연지를 치료하라고 난동을 피우는 게 아니라, 자신을 둘러싼 고용인들에게 연지를 데리고 가자고 말했다면 상황이 달라졌을까? 만일 연지가 제로 거주 구역으로 와서 도호재와 함께 치료받을 수 있었다면 연지는 눈가와 복부에 난

상처를 신속하게 꿰매고, 허접하고 오물이 잔뜩 묻은 안대가 아닌 소독약 향이 잔뜩 밴 깨끗한 안대를 착용할 수 있었을 것이다. 도호재는 혼란스러운 상황 속에서 자신이 연지의 치료를 지나치게 이르게 포기한 건 아닌지 두려웠다.

"들어간다?"

제로의 명예를 실추시킬 뻔한 사고를 한바탕 일으키고 돌아온 환자치고 방문자가 끊이질 않았다. 도호재는 몽롱한 머리를 부여잡고 능구렁이처럼 멋대로 들어오는 이우진을 보며 작게 한숨을 내쉬었다. 자신은 날짜도 모르고 존재하는지도 몰랐던 대면식 참석 명단에 몰래 이름을 올리고선, 모른 척 찾아온 이우진이 껄끄러웠다.

이우진은 탁자 옆에 비치되어 있던 의자를 침대 옆으로 끌고 와서 앉았다.

"진통제까지 찾을 정도면 부상이 심각한가 본데. 병문안도 겸해서 말동무라도 해주러 왔지."

이우진은 자리에 앉으며 도호재에게 적당히 인사치레를 건넸다.

"찾은 적 없어. 고용인이 멋대로 들고 온 줄 알았지."

어쩌면 이우진은 완벽했던 도호재의 탄탄대로가 휘청였기 때문에 이를 자축하고자 병문안을 왔을지도 모른다.

"5급 혐오 범죄였다며?"

"뭐?"

이우진의 얄쌍한 입술을 거쳐 불쑥 나온 말은 영문 모를 내용이었다.

"오는 길에 고용인한테 네가 어쩌다 다쳤는지 물어봤더니, 듣기로는 3급 메르라가 5급한테 달려들었다고 술집 운영자가 경비한테 설명했다던데? 넌 괜히 그 장소에 있다가 휘말렸다며."

이우진은 그러게 메르라 거주 구역은 대체 왜 간 거냐며 도호재에게 편잔을 줬다. 도호재는 3급 메르라에게 찔린 팔 부근이 욱신거리며 아파지는 것 같았다. 술집 운영자가 말한 5급은 도호재를 지칭하는 것임이 틀림없었다. 괴성을 지르며 도호재에게 달려든 메르라도 도호재를 5급으로 알긴 했다. 사내는 도호재를 발견하고 나서 5급을 겨냥한 혐오 표현을 서슴지 않긴 했지만, 분명 사내가 가게로 처음 들어올 당시에는 5급처럼 보였던 도호재가 그 가게에 있는지도 몰랐다. 확실한 건 처음에 술집으로 들어온 사내의 울분은 대낮에 술집에서 술을 퍼마시고 있는 메르라 모두를 겨냥하고 있었다.

"아니, 5급 혐오 범죄는 아니었어."

도호재는 고개를 살짝 가로저으며 말했다.

"무슨 소리야. 정신 차려. 그때 받은 충격으로 머리에 문제 생긴 거 아니야? 술병에 맞은 것도 5급이더니만."

이우진의 말은 그에게 도달하기까지 몇 단계를 거치며 가공된 정보라 그런지 온통 뒤죽박죽이었다. 5급이 술병의 파편에 맞았다는 말도 엄밀히 말하자면 틀린 문장은 아니었다. 사내는 누구도 겨냥하지 않고 벽으로 술병을 던지긴 했지만, 어찌 되었든 간에 파편에 맞은 메르라가 존재하긴 했다. 다만 이 문장에서의 5급은 이번에는 도호재도 아니라 연지를 지칭하고 있었다. 5급이라는 말로 뭉뚱그려진 곳에는 도호재와 연지가 섞여 있었고, 운이 나쁘게 술병의 쇄편이 박힌 연지는 어느새 3급 멤버십에 가입한 사내의 표적이 되어 의도적으로 술병에 맞은 5급이 되어 있었다.

"너 그냥 돌아가. 상대하기 피곤하다."

도호재는 답답함에 구겨진 잠옷을 아래로 죽 잡아당겼다. 이우진에게 구구절절 해명할 이유도, 해명해봤자 달라질 것도 없었다.

"이 얘기 하기 싫으면 다른 얘기 해줄게. 이건 흥미가 안 생길 수가 없을걸?"

이우진은 끈덕지게 의자에 엉덩이를 딱 붙이고 앉아 무언가 생각난 듯 손가락을 튕겼다.

도호재는 이우진이 관심 있어 할 만한 이야기의 내용이 자신의 입맛에는 맞지 않을 것을 알고 있었다. 이우진의 취향은 깔끔하지 않았다. 그는 겉으로는 멀끔하게 제로의 위상에 어긋나지 않는 언행으로 돌아다녔다. 그러나 그는 여타 제로처럼 고용인을 통해서 택배를 받는 걸 기피하고, 언젠가부터는 아예 전담 택배원을 따로 두고 있었다. 도호재는 그렇게 이우진 앞으로 배송 오는 물품의 종류에는 어떤 것들이 있는지는 정확히 알 수 없었다. 확실한 건 이우진이 제로로서의 명예를 실추시킬 만한 역겨운 것들을 남몰래 들여오는 취미가 있다는 걸 알음알음 들어왔다.

관심 없으니 방에서 나가라는 듯이 눈을 감아버린 도호재를 발견한 이우진은 목소리를 낮추며 입을 열었다.

"5급이 한 번에 1급 멤버십에 가입한 사건인데. 안 듣게?"

도호재는 눈을 번쩍 떴다. 이런 파격적인 이야기가 고용인 사이에서 퍼지지 않을 리가 없었고, 책으로 만들지 않고는 못 배길 이야기였음에도 도호재는 살면서 한 번도 접하지 못한 내용이었다. 흥미로워하는 도호재의 반응을 지켜보는 이우진 역시 즐거워 보였다.

"5급에서도 아이는 태어날 거 아니야. 5급에서 태어난 아이의 대부분은 다른 등급의 메르라와 똑같이 학교에 다녀도 결국 성인이 되면 5급으로 돌아간단 말이지. 그런데 5급 부모에게서 나서 5급으로 돌아간 메르라 중에서 특출나게 빼어난 미모를 가진 메르라가 정말 가끔가다 나온다더라."

당연한 단어들로 조합된 문장이었다. 제로는 메르라 거주 구역에 무료 공립 교육소를 설립해 주었다. 5급 부모에게서 태어난 자녀라 할지라도 초등 교육소까지는 누구나 무료로 등록하고 수업을 들을 수 있었다. 오히려 제로 측에서 의무 교육이니 반드시 교육소에 등록하라고 홍보할 정도였다. 중등 교육소부터는 4, 5급 멤버십에 가입한 메르라에게는 등록금과 학비의 전액을, 3급 메르라에게는 등록금과 학비의 절반을 청구했다. 이는 메르라 기준에서도 전혀 부담스럽지 않은 금액이었다. 오히려 이론 교육만 받던 초등 교육소와는 달리 중등 교육소는 작업소 교육까지 병행하여 제공했기에 절대다수의 메르라가 중등과 고등 교육소에 등록

하였다.

그런데도 1, 2급 멤버십에 가입한 부모에게서 태어난 자녀는 장성하여 1, 2급 멤버십에 가입했고, 3급 멤버십에 가입한 부모에게서 태어난 자녀는 3급 멤버십에, 4, 5급 멤버십에 가입한 부모에게서 태어난 자녀도 후일 출신지와 같은 등급의 멤버십에 가입했다. 동일한 교육을 제공하더라도 아이는 자신이 태어났던 거주 구역과 같은 등급의 멤버십에 가입한다는 내용은 엔바디 사회의 상식과도 같은 이야기였다. 그렇기에 제로와 메르라라는 단어는 멤버십의 등급을 지칭하는 단어인 동시에 해당 멤버십에 가입한 이들을 지칭하는 단어로 자리 잡을 수 있었다.

수십 년에 한 번씩 사회의 상식을 부수고 4급 출신의 메르라가 3급이나 2급 멤버십에 가입한 사례도 존재했다. 격외는 어디에나 존재했고, 5급에서 빼어난 미모를 가진 메르라가 탄생한다는 말도 이에 해당했다.

"너도 알다시피 제로는 주로 메르라 3급 거주 구역에서 대면식 행사를 열잖아? 아, 넌 참석해 보지 않아서 모르려나."

이우진은 갑작스럽게 도호재의 신경을 긁었다.

"상식이지. 1, 2급은 평소에 업무를 보면서 종종 마주치고, 특히 1급 같은 경우에는 왕래도 제법 하니까."

도호재는 고개를 빳빳이 들고 당당하게 말했다. 그는 이우진의 이야기가 어떻게 전개될지 궁금했으나, 오늘따라 이우진이 평소보다 훨씬 거슬렸다. 방문해 달라 요청하지도 않았는데 멋대로 들어와서 주저리주저리 수다를 떨고 있는 이우진을 격 없게 소리 지르면서 내쫓고 싶었다. 놀란 이우진의 얼굴에 쿠션을 던져 맞추면 근래 들어서 가장 즐거운 일이 될 거 같았다.

"정말, 진짜 가끔가다가 메르라 5급 거주 구역에 가서도 대면식 말고 일반 연설을 할 때는 있단 말이야. 그때 구름처럼 몰려온 5급 메르라 중에서, 정말 우연히, 그곳에 있던 제로가 자신만을 위해 깔끔하게 컷팅한 토파즈처럼 빛나는 돌연변이 메르라를 발견하면 어떻겠어?"

이우진은 도호재의 답을 기다리지 않고 곧바로 답을 내놓았다.

"가져야지. 성별에 상관없이 갖고 봐야지."

도호재는 그다지 가지고 싶다는 생각은 들지 않을 거 같았다. 만약 5급 거주민 전부가 자신의 뺨을 후려쳤던 사내와 같은 행색이라면 그는 메르라 5급 거주지에 발도 들이고 싶지 않았다.

"그런데 5급짜리 메르라를 제로 거주지에 마음대로 들일 수는 없잖아. 그러면 욕심이 난 제로는 데려오려는 메르라한테 1급 멤버십 가입비를 지원해 주고 1급 거주지에 그 메르라를 숨겨놓지. 유지비는 지원해 주지 않아. 1급 멤버십 가입자가 받는 다른 혜택은 배제하고 거주지만 이전시키는 거야. 1급은 제로가 비교적 자유롭게 왕래할 수 있으니까."

이우진은 마치 자신이 보물을 가져온 것처럼 이야기에 몰입했다. 벌겋게 상기된 뺨에서 그의 욕망이 엿보였다.

"보물이 생긴 제로는 1급 거주지에 문지방 닳듯 드나들면서 자신이 발굴한 토파즈를 감상하겠지. 내키면 맛도 좀 보는 거야. 아무하고도 나누지 않고 독식하는 거지. 그러다 조건이 충족되면 아이가 태어나겠지."

이야기는 듣기 거북한 방향으로 전개되었다. 이우진의 눈이 코앞의 보물을 그리듯 탐욕스럽게 빛났다.

"이만하면 됐어. 듣고 싶지 않다."

도호재는 얼굴을 찌푸리며 경고했다.

"토파즈와 제로 사이에서 태어난 핏덩어리는 어떨까? 토파즈가 그토록 아름다웠는데 핏덩어리도 아름답지 않겠어? 핏덩이는 제로 측에서 데려가고, 점차 빛을 잃어가는 토파즈는 5급 거주 구역으로 다시 추방되는 거지. 제로 입장에서는 나름 괜찮아. 토파즈로 자랄 덩어리가 있으니까."

"그만하라고! 역겹다. 내 방에서 당장 나가."

도호재는 자신의 말을 무시한 채로 이야기를 읊조리는 이우진에게 소리쳤다.

"역겹다니?"

눈앞의 욕망을 헤집듯이 몽롱하게 몽상하던 이우진의 눈빛이 뚜렷해지며 도호재에게 향했다. 미세하게 고개를 갸웃거린 그는 눈을 동그랗게 홉떴다.

"이 이야기 제목이 도호재 탄생 비화인데."

"뭐?"

도호재는 이우진의 말을 곱씹었다. 당최 무슨 말인지 이해가 되지 않았다.

"왜 못 알아들은 척해. 잘난 맛에 살던 도호재는 알고 보니 반쪽 짜리 제로였다는 이야기라고. 제로 아버지와 5급 사이면, 어디 보자. 도호재는 알고 보니 대충 3급 메르라 정도? 잘 쳐주면 2급 메르라겠네."

도호재는 생각지도 못한 모욕에 이우진의 콧대를 부러뜨리지 않기 위해 주먹을 힘껏 쥐었다. 어깨에서부터 손끝까지 힘이 들어간 탓에 꿰맨 상처가 벌어지며 붕대 위로 피가 새어 나왔다.

"당장 나가. 다시는 말 걸 생각도 하지 마. 나중에 사과해도 안 받아줄 거니까, 생각도 하지 마."

도호재의 팔에 감긴 붕대에 피가 비치는 걸 본 이우진이 그를 비웃더니 마침내 의자에서 일어섰다.

"사과라니. 3급 메르라 따위랑 상종할 이유가 없지."

끝까지 도호재의 자존심을 손톱으로 긁어낸 이우진은 방문을 열어놓은 채로 나갔다.

도호재는 거칠게 숨을 쉬며 필사적으로 분노를 해소할 방법을 찾았다. 고용인의 조언에 충실하자면 저딴 놈이 뱉은 빌어먹을 궤변도 흘려보내야 했다. 도호재는 잠옷에 진 주름을 펴며 평정심을 찾으려 했지만, 쉽지 않았다. 망할 놈이 방문을 열어놓은 탓에 그는 마음껏 소리를 지르지도 못했다. 도호재는 이불로 입을 틀어막고 악에 받친 비명을 내질렀다.

뜬눈으로 밤을 지새운 도호재는 아침 식사 시간만을 기다렸다. 이우진의 궤변을 차마 완전히 무시할 수 없다면, 사실이 아니라는 증거를 찾으면 그만이었다. 전날 온갖 일을 겪으며 피로가 누적되었음에도 한숨도 자지 못한 탓에 머리가 지끈거렸다.

도호재는 거울 앞에서 옷에 묻은 먼지를 털어내고 2층의 다이닝룸으로 내려갔다.

"왔습니까."

다이닝룸에는 어머니만이 도호재를 기다리고 있었다. 토요일이었음에도 아버지는 급한 업무가 있는지 보이지 않았다. 도호재는 간단한 묵례 후 자리에 앉았다. 훈연향을 입힌 연어가 케이퍼를 비롯한 여러 종류의 채소를 둥글게 감싸고 있는 영롱한 연어 샐러드가 기다렸다는 듯이 그의 앞에 놓였다. 기분 좋은 훈연향이 두툼하게 썰린 연어의 기름기를 제거하며 도호재의 두통까지 덜어 주었다. 메르라 거주 구역에서 온갖 구정물의 악취를 맡으며 코의 존재를 저주하다 마침내 먹음직스러운 향을 맡으니 향취를 감지할 수 있는 기관이 있음에 감사하게 되었다.

"간밤의 일에 대해서는 자세히 언급하지 않아도 되겠습니까. 아직 제로가 어떻게 행동해야 하는지 배우지 못 했냐고 묻는 겁니다."

굳이 덧붙이지 않아도 충분히 이해하는 말을 풀어서 해설해 주는 어머니의 말에 연어의 향에 몰입해 있던 도호재는 수치감에 얼굴을 굳혔다.

"자성하고 있습니다."

"그래야 할 겁니다. 제로의 위상을 위험에 빠뜨릴 일, 다시는 없을 거라 믿습니다."

어머니는 도호재의 답을 기다리지 않고서 곧장 식사를 시작했다. 그 역시 채소를 감싸고 있는 연어를 입에 넣자, 내부까지 스며들어 있던 악취가 한순간에 사라지는 듯했다. 신선한 채소와 옅은 농도의 훈연향으로 마음을 가라앉힌 도호재는 간밤에 자신을 괴롭히던 이우진의 궤변을 한시바삐 털어내기로 했다.

"어머니. 몰상식한 질문인 줄 압니다만, 제가 양자로 처리되었습니까?"

도호재는 쓸데없는 소리를 하는 걸 보니 아직 제로의 품격을 갖추지 못한 모양이라고 분노할 어머니의 말에 대비했다. 꽤 오랫동안 쓴소리를 들을 줄 알았던 도호재는 어머니의 손이 롤을 썰어내려다 어긋나는 걸 목격했다. 예상치 못한 반응이었다.

"누가 그런 가당치 않은 말을 합니까."

어머니는 도호재를 추궁했다.

"간밤에 이우진이 찾아와서 전하기에 주의 주었습니다."

"고작 동급생의 말 한마디에 흔들린단 말입니까. 억설에 흔들리지 않는 힘을 기를 필요가 있어 보입니다."

어머니는 작게 말린 연어 채소 롤을 힘주어 썰어내었다. 도호재는 어머니가 부자연스럽게 행동하고 있음을 알아차렸다. 어머니는 도호재의 말에 부자연스럽게 대응했을 뿐만 아니라 한편으로는 화까지 난 것처럼 보였다.

"다시는 입 밖으로 내지도, 입에 담지도 마십시오. 그런 일 없습니다."

"유념하겠습니다."

도호재는 드물게 출렁이는 어머니의 감정 변화에 어떠한 반응도 보일 수 없었다. 그는 어쩌면 이 또한 기우일지 모른다고 애써 자신을 다독였다.

"그보다 저택 보안을 강화해야 할 것 같습니다."

도호재는 불안하게 떨리는 직감을 애써 무시하며 화제를 돌렸다.

"메르라 거주 구역에 갔을 때 잠깐 이야기를 나눈 메르라 하나가 간밤에 제 방으로 찾아왔었습니다."

어머니는 우아하게 들고 있던 식기를 아래로 내렸다.

"메르라가 제로 거주 구역에 잠입한 것도 모자라 저택까지 침입했었다는 말입니까?"

관문 경비의 태만에 노여워하는 어머니의 모습을 보며 도호재는 어머니의 분노가 메르라의 침입 때문이었다며 합리화했다. 이후의 아침 식사는 도호재가 메르라와 무슨 이야기를 나누었는지와 관문 경비의 소타에 관해 이야기하다 마무리되었다. 도호재는 아침 메뉴로 연어 샐러드 외에 어떤 음식이 제공되었는지, 음식의 맛은 어떠했는지 기억나지 않았다. 다른 화제로 돌렸음에도 가시지 않았던 미묘한 공기가 그의 피부에 따갑게 와 닿았다.

그는 기분 전환 겸 문을 나섰다. 메르라 3급 거주 구역과는 달리 적절한 조도의 빛이 그의 눈으로 양껏 들어왔다. 도호재는 이우진의 망언과 그걸 흘려듣지 못한 자신, 그리고 이우진의 망언을 전해 들은 어머니의 이질적인 반응이 머릿속에서 뒤엉켜 자신이 풀밭을 걷고 있는지, 차도 위를 종횡무진으로 걷고 있는지도 모를 지경이었다. 정처 없이 발걸음을 옮기던 그는 길 한가운데에 우뚝 섰다. 이렇게 계속 생각하며 시간을 낭비할 바에는 차라리 출생기록을 확인하는 게 나았다. 만일 자신이 입양되었다면 어떤 형식으로든 기록이 남을 수밖에 없었다.

아무 일 없는 척 집으로 돌아온 도호재는 자연스럽게 방으로 들어갔다. 어머니는 자택 내 사무실에서 업무를 처리하고 있는 듯했다. 도호재는 방문을 닫고 전날 가방에서 꺼내두었던 패드를 집었다. 이곳에 모든 자료가 있으니 자신이 찾는 정보도 있을 터였다. 출생기록에 어떻게 접근하는지도 몰랐던 그는 출생기록에 접근하는 방법부터 검색했다. 기록에 접근하는 법은 도호재가 당장 따라 할 수 있을 만큼 어렵지 않았다.

도호재는 자신의 출생 신고서를 열람하기 전, 출생기록보다 쉽게 접근할 수 있는 가족관계증명서부터 열람했다. 아버지와 어머니의 이름, 가입한 멤버십의 등급과 코드 번호, 출생 일자가 촘촘하게 적혀 있었다. 도호재는 숨겨져 있는 게 있진 않을까 하는 생각에 파일을 샅샅이 훑었다. 집 주소와 성별부터 시작해서 혹시 자신의 멤버십 코드가 없지는 않은지 확인했다. 그의 멤버십 코드 번호는 멀쩡히, 알고 있는 번호와 토씨 하나 틀리지 않고 정확히 일치했다. 도호재는 메르라 3급 거주 구역에서는 왜 자신의 멤버십 코드가 인식되지 않았는지 의문이 들었지만, 우선 출생기록을 확인하는 데 집중했다.

수상쩍은 점이 없는 가족관계증명서 파일을 *끄*고 출생 신고서를 확인하려던 도호재는 창을 *끄*기 직전에 이상한 점을 발견했다. 도호재를 포함한 모든 가족의 이름 앞에 번호가 매겨져 있었는데 아버지가 1번, 어머니가 2번, 도호재가 4번이었다. 워낙 위화감 없이 작게 매겨진 번호라 하마터면 그러려니 하고 넘어갈 뻔했다. 도호재는 3이 비어 있는 숫자열을 세세하게 뜯어보다 창을 *끄*지 않고 옆으로 치웠다. 새로운 창을 열어서 출생 신고서 열람하는 법을 그대로 시행한 도호재는 자신의 출생기록과 가족관계증명서를 놓고 비교했다. 두 파일을 비교해서는 수상한 점을 발견할 수 없었다. 가족관계증명서의 숫자열만 부자연스러울 뿐이었다. 도호재는 결국 별 소득을 얻지 못한 채 출생 신고서 창도 옆으로 밀어두었다.

도호재는 마지막 희망과 두려움을 품고 입양 관계 증명서 쪽으로 눈길을 돌렸다. 마지막 희망이라 표현했으나, 사실 마지막으로 확인하고 싶을 뿐이었다. 멤버십 코드 번호를 입력하라는 창이 떴다. 도호재는 천천히 자신의 멤버십 코드를 입력하고서 혹시 잘못 입력하지는 않았는지 입력한 코드 번호를 수차례 확인했다. 숫자 하나하나에 집중하고 의심하다 보니 숫자의 모양과 배열이 왜 이렇게 생겼는지 의문이 들 지경이었다. 하늘이 두 쪽 나더라도 잘못 입력했을 리 없다는 확신이 든 그는 마침내 입력창의 확인 버튼을 눌렀다.

접근할 수 없는 파일이라는 안내 문구가 도호재의 패드 화면을 가득 메웠다. 조회할 수 없는 코드 번호라거나, 존재하지 않는 멤버십 코드 번호라거나, 찾을 수 없는 파일이라는 안내 문구가 아니라, 접근할 수 없는 파일이라고 적혀 있었다.

도호재는 반드시 파일 내용을 확인해야 했다. 정말 자신이 입양되었고 그 기록이 존재하고 있으나 누군가로 인해 열람이 불가한 파일로 지정되었다면 이 파일을 열 방법은 하나였다. 그는 잠시 손으로 얼굴을 덮었다가 떼고서 자리에서 일어났다.

방을 나선 그는 저택 내부를 살폈다. 어머니는 마침 1층 응접실에서 누군가와 통화하며 '직접 들어봤지만 아무런 말소리도 들리지 않았다.', '문제가 생긴 것 같다.'라는 내용의 의사를 수화기 너머의 상대에게 강력하게 전달하고 있었다. 어머니의 위치를 확인한 도호재는 자택 내 2층에 위치한 어머니의 사무실로 몰래 들어갔다. 어제에 이어 제로답지 않은 행동을 하고 있으려니 마음이 편치 않았다.

도호재는 사무실의 패드를 켜고 입양 관계 증명서 창을 다시 띄웠다. 이번에는 접근할 수 없는 파일이라는 문구 대신 비밀번호를 입력하라는 문장을 확인할 수 있었다. 어머니가 본인이 가장 아끼는 것들에 쓰는 비밀번호를 알고 있던 도호재는 어렵지 않게 비밀번호를 입력했다. 파일 접근 권한이 확인되었다는 문구가 뜨고 도호재는 마침내 자신도 모르던 '도호재의 비밀'을 확인했다.

파일에는 도호재의 입양 기록과 함께 입양 사유가 기재되어 있었다. 입양 관계 증명서의 형식에는 입양 사유를 기재하는 칸이 따로 없었지만, 다른 파일의 기록을 한꺼번에 합치려 시도한 듯이 부자연스럽게 추가한 내용이었다. 그곳에는 어머니의 친자가 출생 직후에 사망함에 따라 즉시 도호재를 입양한다는 당시의 기록이 적혀 있었다.

도호재는 자신과 같은 날짜에 태어나고 사망한 정체 모를 친자의 흔적에서 눈을 떼지 못했다. 도호재의 생일은 사실 친자의 생년월일에 맞추어 조작된 정보일지도 몰랐다. 일평생을 잘못된 정보에 기대어 살아왔을지도 몰랐다. 어쩌면 희박한 확률이지만, 정말로 친자와 도호재가 같은 날 태어났을 가능성도 있었다. 도호재는 만일 자신과 친자가 함께 태어났더라면, 이라는 가정을 하며 한심하게도 아버지는 그 순간에 어디에 있었을지 궁금해졌다. 아버지는 친자를 잃은 어머니에게 당당히 자신의 죄악을 들이밀었던가? 1급 거주 구역에 숨겨둔 욕망의 결정체를 확인하고 타락의 증거를 은닉하러 토파즈 옆에 서 있었는가? 혹은, 어느 곳에도 자리하고 있지 않았던 건 아닐까?

입양 관계 증명서를 반복해서 읽은 도호재는 어머니의 패드에 기록됐을 인터넷 접속 기록과 검색 기록을 깔끔하게 삭제하고서 3층의 휴식 공간으로 이동했다. 방문을 잠근 그는 그곳에서 오랜만에 숨죽여 울었다.

폭죽의 작별

주말이 지나고, 몇 주가 더 흘렀다.

도호재는 자신이 입양 기록을 확인했다는 사실을 부모님께 밝히지 않았고 티를 내지도 않았다. 그는 그저 흉기에 찢어진 상처에 대한 치료에 전념하는 환자로서 요양과 휴식을 취하는 것에 이전보다 조금 더 집착했다. 그 외에는 평소처럼 학업에 열중했고 평소와 같이 부모님과 식사 자리를 함께했다.

하루는 저녁쯤 귀가하니 고용인이 도호재에게 의사가 왔다고 전달해 주었다.

"이젠 통증도 미약한데 추가적인 치료가 필요한 겁니까?"

고용인은 자신도 아는 바가 없다고 답하며 도호재의 짐을 받아

들었다. 그는 의사가 도호재의 방문 앞에서 기다리고 있다고 알려주었다. 도호재는 떨떠름하게 방으로 올라가 의사를 능숙하게 맞이했다. 두꺼운 안경을 쓰고 중단발 기장의 스타일을 고집한 의사는 도호재의 팔에 감긴 붕대를 풀어 상처를 확인했다. 의사가 비장한 표정을 하고 있기에 도호재는 상처를 다시 찢었다 꿰매기라도 해야 하는 줄 알았으나, 의사는 상처에 소독약을 바르고 다시 붕대를 감기만 했다. 자상이니 어쩌니 하는 도호재가 드문드문 알아들을 법한 의학 용어를 중얼거리던 의사는 그에게 의외의 질문을 던졌다.

"최근에 메르라 하나가 방으로 찾아와서 대화를 나눴다지요?"

메르라 거주 구역에서 듣던 말투가 의사의 입을 통해 툭 튀어나왔다. 메르라 거주 구역에서 이제 막 제로 거주 구역으로 온 메르라 같았다. 분명 제로의 어법이 익숙지 않아 적응하는 중일 터였다. 의사는 제로보다 확실히 작은 체구에 몸이 많이 경직되어 있었다.

"그렇습니다. 아는 메르라입니까?"

"대화를 나눠보면 알지도 모릅니다만…"

도호재의 질문에 붕대를 감는 속도가 느려졌다.

"메르라가 방으로 들어왔을 때 주변에 다른 제로나 메르라는 없었습니까? 고용인 중에 그 메르라를 본 인물은 없나요?"

의사는 제로가 쓰는 말과 메르라가 쓰는 말을 번갈아 사용했다.

"제로 거주 구역까지 잠입할 정도로 능력 있는 메르라가 고작 저택의 고용인에게 들켰겠습니까."

의사는 도호재의 말에 무성의하게 고개를 끄덕였다. 붕대를 깔끔하게 감았음에도 의사는 자신의 솜씨가 마음에 들지 않는 듯 붕대를 다시 풀어냈다.

"그 메르라는 언제 처음 만났나요?"

"몇 주 전에 용건이 있어서 메르라 거주 구역에 방문했을 때 처음 만났습니다."

의사는 도호재가 만났던 메르라에 관해서 세세한 부분까지 캐물었다. 이외에도 도호재가 평소에 스트레스를 많이 받는지, 그의 대인관계는 어떠한지를 비롯하여 도호재의 전반적인 상태에 대해서 질문한 의사는 마침내 도호재의 팔에 붕대를 감고 미련 없이 자리에서 일어났다.

"그래서 그 메르라를 안다는 겁니까 모른다는 겁니까?"

도호재는 답답한 마음에 의사에게 단도직입적으로 물었다.

"지금까지의 말씀만 들어서는 잘 모르겠네요. 다음에 또 찾아뵙겠습니다."

의사는 도호재가 만났던 메르라에 관해서 꼬치꼬치 캐묻던 행동과는 상반되게 그 메르라에 대해서는 그다지 관심이 없어 보였다. 황당한 표정으로 침대에 앉아 있던 도호재는 그의 뒤를 쫓아 나갔다. 의사는 그새 3층에서 2층으로 이동하고 있었다. 도호재는 속도를 조절하며 의사의 뒤를 따라갔다. 현관쯤에서 그를 따라잡고 연지라는 이름을 아는지 정확히 물을 요량이었다. 운이 좋다면 의사를 통해 연지의 근황까지 알아낼 수 있을지도 몰랐다.

의사가 1층 바닥을 디뎠다. 현관으로 향하는 그를 확인한 도호재는 속도를 높이려다 그대로 멈춰 섰다. 의사는 현관을 이용하지 않았다. 그는 현관을 지나쳐서 응접실로 향했다. 응접실의 문을 가볍게 노크한 다음 안쪽에 있는 이들에게 정중하게 인사를 건넨 의사는 응접실 내부로 들어갔다. 저택에서 도호재보다 격식 있는 인사를 받을 인물은 부모님밖에 없었다. 평소보다 일찍 귀가한 부모님이 도호재를 진찰한 의사는 왜 호출했단 말인가?

의사와 부모님이 나누는 대화를 반드시 들어야 한다는 생각이 도호재의 전신을 휘감았다. 그는 응접실 옆의 손님방으로 들어가 문을 닫고 옆방의 소리를 엿듣기 위해 벽에 귀를 밀착시켰다.

"…환청과 환각을 겪고 있지만, 사실 망상이 주된 증상입니다. 감정이 메마르고 말수가 적어지거나 대인관계에 어려움을 겪은 기색은 아직 보이지 않았습니다. 자료가 없기도 하고, 한 번 봐서는 확실하지 않아요."

응접실 쪽 벽면은 소리가 잘 통과되는 재질로 지어진 듯했다. 예상보다 응접실에서 나누는 대화 내용이 깔끔하게 들렸다. 도호재는 의사가 조곤조곤 설명하는 소리를 들을 수 있었다.

"함부로 말씀드리기는 어려우나, 조현병 초기 증상이 우려됩니다."

"말하지 않았습니까. 고용인과 이우진이 다녀간 사이에는 도호재의 목소리 외에는 아무런 소리도 기록되어 있지 않았습니다. 도호재 혼자서 대화를 나눈 겁니다."

도호재는 차례로 들려오는 의사와 어머니의 목소리에 벽면에 귀를 댄 채로 굳었다.

"재발하지 않는, 말 그대로의 완치가 가능합니까?"

아버지의 목소리가 벽을 통과하여 도호재의 귀를 울렸다.

"치료는 가능합니다. 다만 유전적, 환경적 요인 모두 영향을 미쳐서요, 완치는 확답드릴 수 없을 것 같아요. 죄송합니다."

의사는 자신감 없는 목소리로 답했다.

"스트레스 하나 조절 못 하는 제로가 어떻게 살아남을 수 있겠습니까."

의사는 이어진 어머니의 말에 눈치껏 말을 정제하는 듯했다. 냉소적인 어머니의 반응에 황급히 귀를 뗀 도호재는 이어지는 어머니의 마지막 말을 듣지 못했다.

"그렇지 않아도 메르라 거주 구역으로 입단속을 갔다 온 고용인들이 뭐라고 했는지 압니까? 메르라들이 도호재를 5급으로 기억하고 있었답니다. 도호재의 인상착의를 설명할 때마다 현장에 있던 메르라 모두가 '그 5급 말이죠?'하고 되물었다고 합니다. 고작 반나절 동안 만난 메르라에게도 정신머리를 숨길 수 없을 지경인데, 도호재가 어찌 이곳에서 제로의 품격을 지킬 수 있겠습니까."

도호재는 손님방에서 나와 3층에 있는 자신의 방으로 올라갔다. 메르라 거주 구역에 다녀오고 나서부터 모든 게 엉망진창이었다. 자신이 제로 거주 구역을 벗어나 있는 동안 무슨 일이 있었던 건지 이우진은 도호재도 모르고 있던 그의 입양 사실을 손에 넣었다. 메르라 3급 거주 구역에서 빛나려던 원대한 계획은 진창에 처박히며 외려 메르라의 강한 빛에 전소되었다. 이제 도호재는 정신에까지 문제가 생겼다는 진단을 받았고 어머니는 도호재의 미래성을 의심하기 시작했다.

도호재는 침대를 깊숙이 파고 들어갔다. 잠옷으로 환복도 하지 않은 채로 이불을 머리끝까지 뒤집어쓴 그는 남은 하루를 침대에서 흘려보냈다. 그는 식사가 준비되었다는 고용인을 돌려보냈으며, 학습실에 갈 시간이 되었음에도 시계를 확인하지 않았다. 그의 상태가 염려되어 찾아온 고용인에게도 출입을 허하지 않았다. 도호재는 마음 한편으로는 이대로 침대에 파묻혀 사라지고 싶었다. 그는 다음 날이 되면 괜찮아질 거라 스스로 위로를 건네고서 어둑한 방 안에서 이른 시각에 눈을 감았다.

다음 날, 간단하게 식사를 마치고 등교한 도호재는 어제와 비교했을 때 상황이 전혀 나아지지 않았음을 깨달았다. 마침내 다음 대면식 일정이 학교에도 공유되었으나, 여전히 참석 명단에 도호재의 이름은 없었다. 가장 뛰어난 학생이자 누구보다도 유망한 학생, 장성하면 자연스럽게 차기 옥토 제로의 후보로 거론될 도호재가 또다시 대면식에 참석하지 못한다는 결과지였다. 경식 선생은 다음에 갈 수 있을 거라며 도호재를 위로했다. 도호재는 경식 선생의 같잖은 위로를 한 귀로 흘리며 참석 명단을 뚫어지게 쳐다봤다. 참석 명단에 올라가 있는 이우진이라는 이름 석 자는 종이에서 뜯어버리고 싶게 생긴 조잡한 글자의 조합이었다.

추적추적 내리는 비를 피해 고용인이 운전하는 차를 타고 일찍 귀가한 도호재는 그대로 학습실로 들어갔다. 자신의 능력을 입증할 기회가 전혀 주어지지 않는 상황에서 오히려 평가절하당하고 있을 때 흔들리는 모습을 보여서는 안 되었다. 알고 보니 실속도 없이 겉멋만 든 채로 허세 부리던 제로라는 말을 듣는 건 사양이었다. 그는 저녁 식사 시간이 될 때까지 학습실에서 한 발자국도 움직이지 않았다.

"내일부터는 학교에 갈 필요 없다. 학교 측에는 말해두었으니 집에서 휴식을 취하도록 해라."

아무렇지 않게 식사에 전념하려던 도호재를 기다리고 있던 건 환상적인 저녁 식사가 아니라 아버지의 일방적인 통보였다. 도호재는 식기를 쥐고 있던 손아귀에 힘을 세게 주었다.

"저는 학교에서 밀려나고 싶지 않습니다."

도호재의 생활은 완벽했고, 학교에서 도호재보다 평판이 좋은 인물도 없었다. 그는 고작 제로의 명예를 실추시킬지도 모른다는, 그야말로 일어나지도 않은 일, 치료하기만 하면 벌어질 리도 없는 희박한 가능성으로 인해 정상적인 제로의 삶에서 멀어지라는 아버지의 지시를 받아들이기 어려웠다.

"네 편의를 봐주는 것이다. 학교보다는 제로로서 교양을 쌓고 활동에 전념할 필요가 있다. 앞으로는 식사도 방으로 보낼 테니 이곳까지 올 필요 없다. 방에서 쉬어라."

아버지는 그에게 방에서 쉬라는 말만 전달했다. 외상이 아닌 정신 상태에 대한 치료 목적의 감금인지, 어디 내놓기 부끄러운 도호재를 외부로부터 격리하고 숨기려는 목적인지는 알 수 없었다. 도호재는 두 이유 다 아니라고 생각하고 싶었지만 굶주린 위장은 그를 쿡쿡 쑤시며 솔직하게 판단하라고 항의했다. 꾸역꾸역 식사를 끝마친 도호재는 고집스럽게 학습실로 향했다.

3층에 있는 방으로 올라갈 일을 생각하면 마치 철창으로 들어가는 죄수가 된 기분이었다. 자신에게 내려진 진단명이 무엇인지 엿들은 도호재는 제로로서 교양을 쌓고 활동에 전념하라는 아버지의 말이 거짓임을 알고 있었다. 아버지는 도호재에게 제로 사회 전체의 명성에 누가 되지 않고 옥토 제로의 자녀로서 폐를 끼치지 않도록 감금이라는 교양을 알려줄 심산이었다. 활동에 전념하라는 당부 역시 도호재의 소원을 들어주겠다는 빛 좋은 개살구였다. 학습실 자리에 앉아 교복의 주름을 편 도호재는 노여움이 고여 잔뜩 번져 보이는 화면을 악착같이 읽어 내렸다.

오전부터 내리던 부슬비는 그칠 기미가 보이지 않았고, 도호재에게도 볕이 들 가망은 없었다.

반강제로 칩거하게 된 도호재는 집에 머무르는 시간이 길어졌다. 자연스럽게 자택 내부를 배회하는 빈도도 증가했다. 도호재는 가끔 부모님이 심각하게 대화를 나누는 장면을 목격했다. 그들은 대화에 몰입하다가도 도호재가 오면 자리를 피했다. 도호재는 자신을 향한 부모님의 노골적인 무시를 고용인이 눈치챌까 두려웠다. 그럼에도 그의 처우를 결정하는 주체가 부모님이었기에 남몰래 그들의 주위를 맴돌 수밖에 없었다.

도호재는 일주일에 두 번씩 의사와 상담했다. 의사는 그를 찾아온 목적을 티 내지 않으려 도호재 팔에 있는 허울뿐인 붕대를 미적미적 풀었다가 감았다. 도호재는 그런 의사의 행동이 우스꽝스러웠다. 도호재가 무언가를 물으려 할 때마다 고집스레 입을 다무는 의사를 볼 때면 메르라 3급 거주 구역의 병원에서 만났던 응급전문의 최태영이 떠올랐다. 최태영은 눈앞의 의사처럼 도호재를 짜증 나게 하는 재주가 있었다. 그래도 그는 적어도 묻는 말에는 본인이 생각하고 행동하는 그대로 시원하게 답하는 면모도 있었다.

온종일 꼼짝하지 않고 저택에 머무르다 보니 수면의 질도 나빠졌다. 도호재는 새벽잠이 없어진 노인 마냥 종종 어두운 저택을 돌아다니기도 했다. 그날도 마찬가지였다. 그는 침대에 누워 눈만 감은 채 잠들기를 기다리고 있었다. 잠들지 못한 채 눈꺼풀만 내리고 있으려니 오히려 눈이 뻐근하고 몸이 답답해졌다. 혈액 순환이 제대로 되지 않는 느낌에 방을 나선 그는 1층을 향해 내려가던 중 2층에 불이 켜진 서재를 발견했다. 닫히다 만 서재에서는 저택 내 최고 권위자 2명의 목소리가 흘러나왔다.

"언제까지 집에 가둬둘 수는 없습니다. 5급으로 거주지를 이전하고 제로 추첨 지원 대상으로 선정해야 합니다."

흘려들어도 주어 없는 문장의 주인이 자신인지라, 도호재는 생각지도 못한 단어의 조합에 귀를 기울였다.

제로는 5급 멤버십 가입자에게 기본으로 제공되는 복지 이외에도 5급 메르라 중 1명을 선정해서 생활 전반을 지원하는 사업을 시행 중이었다. 이제 막 5급 멤버십에 가입한 20세 메르라는 추첨 칸에 자신의 이름을 열 번씩 중복해서 넣을 수 있었기에 대부분 20세 5급 메르라가 지원 대상으로 선정되었다. 정말 가끔은 고령의 5급 메르라가 선정되기도 하였다. 5급 메르라는 일시적으로 많은 액수의 금액을 수령할 수는 있지만 4급 멤버십 가입비로는 턱없이 부족한 복권보다도 제로 추첨 지원 대상에 열광하고, 그에 선정되기를 염원했다.

도호재를 비롯한 엔바디 사회의 구성원은 제로 추첨 지원 대상을 선정하는 방식이 100% 무작위 추첨이라고 알고 있었다. 그러나 부모님의 대화를 엿듣고 있자니 추첨 결과는 조작되어 발표되고 있는 듯했다. 게다가 도호재의 거주지를 5급으로 이전하여 추첨 지원 대상으로 선정한다는 말이 쉬이 성립하기 위해서는, 이전에도 5급 거주 구역으로 추락한 제로가 지원 대상으로 선정되기도 했다는 뜻이었다. 제로 거주 구역에서 살아가지 못하는 격 떨어지는 제로의 말로가 5급 거주 구역에서 떨어지는 지원이나 받으며 자위하다 죽어가는 거였다니. 도호재는 3급 거주 구역에서 자신의 팔을 내리쩍었던 예리한 칼날이 이젠 턱 끝에 겨눠진 것만 같았다.

"아직 치료를 제대로 시작하지도 않았습니다."

이치에 맞는 결정인지 꼼꼼히 따져보는 듯한 아버지의 목소리가 들렸다.

"맞는 말입니다. 그러나 차라리 5급 거주 구역에서 치료하는 게 낫다고 생각하지 않습니까? 이곳에서 또래보다 뒤처지는 자신을 보며 스트레스받기보다는 5급과는 확연히 다르게, 제로로서 대우받고 있음을 확인하는 게 나을 겁니다."

아버지의 지적에 대한 어머니의 제안에 도호재는 서재 앞에 어정쩡하게 서서 몰래 엿들으면서도 자신도 모르게 황급히 고개를 내저었다. 메르라 3급 거주 구역도, 특히 골목은 조금도 관리가 되어 있지 않았는데 5급 메르라가 자신들의 삶의 터전을 쾌적하게 가꿀 리 만무했다. 그는 도대체 5급에서는 어떤 악취가 풍길지, 길은 어떤 상태일지 알고 싶지 않았다.

"그저 도호재의 상태가 다른 제로에게 알려질까 봐 두려운 게 아닙니까."

아버지의 목소리는 어머니의 의중을 파악하려는 듯이 낮게 가라앉아 있었다.

"두려워해야 합니다. 완전무결해야 할 옥토 제로의 자리를 위협할 가능성은 사전에 제거해야 하지 않겠습니까. 게다가 누구보다 제로의 명예와 품격을 중시하는 인물에게 지적당할 내용은 아닌 듯합니다."

도호재의 아버지는 옥토 제로의 수장으로서 두루 뛰어난 능력을 갖추었지만, 이외에도 제로로서 품격을 중시하는 면모가 두드러졌다. 오히려 아버지 외 7인으로 구성된 옥토 제로 중에서 아버지가 옥토 제로의 수장으로서 가장 뛰어난 차별점을 꼽으라면 많은 이들은 제로의 명예를 중시하는 면모를 다른 무엇보다도 높이 살 정도였다.

"…이번 추첨 때는 이은지를 추첨하기로 했으니 도호재는 다음 번 추첨 때 선정합니다. 그때까지는 저택에 머무르게 할 겁니다."

눈 깜짝할 새에 내려진 아버지의 결정에 도호재의 얼굴에 핏기가 가셨다. 그는 난데없는 추위에 그곳에 얼어붙는 한편, 당장 서재로 뛰쳐들어가서 아버지의 바짓가랑이를 붙잡고 자신의 처우를 재고해 달라고 애원하고 싶었다. 그러나 도호재는 자신의 충동적인 욕구를 행동으로 옮겼을 때 아버지로부터 격식 없이 처신하고 있지 않느냐며 들을 질책과 그보다도 오히려 자신의 정신 상태가 악화하였다고 생각할 그들의 반응이 더 두려웠다.

"괘념치 마십시오. 이전에 5급으로 보내졌던 다른 제로와 달리 도호재는 완치되면 이곳으로 복귀하지 않겠습니까. 게다가 설령 도호재의 상태가 호전되지 않더라도 5급 거주 구역이라면 그가 그토록 바라마지 않던 메르라와 교류할 기회도 충분히 주어질 것입니다."

마치 자신을 달래는 듯한 어머니의 말에 도호재는 자신이 서 있는 모습이 그들에게 보이는지 확인했다. 도호재는 더 머무르다가는 엿듣고 있는 모습을 들킬지도 모른다는 생각에 발소리를 죽이며 방으로 올라갔다.

침대로 돌아간 도호재는 이곳을 떠나야 한다는 사실을 곱씹었다. 이제 제로 거주 구역에 도호재의 자리는 없었다. 그는 여타 제로 학생처럼 옥토 제로라는 지위를 손에 넣는 미래를 그리며 일평생 노력했다. 뛰어난 성과를 거둬낸 무수한 시험과 체력 테스트, 제로 사회에 존재하기 시작한 이래로 쉼 없이 제로처럼 행동하고 제로로서 교양을 쌓았던, 인생의 길이와 맞먹는 노력의 시간. 도호재는 수없이 많은 잣대 맞추어 뛰어난 제로이자 특출난 제로로 성장했으나, 그 끝에는 허무만이 잔존했다.

도호재는 몸을 일으켜 저택을 떠날 때 자신이 무엇을 가져갈 수 있는지와 무엇을 가져가고 싶은지 살피고자 방을 훑었다. 고용인이 차려주던 오감을 자극하는 식사가 그리울 것이다. 그래도 5급 거주 구역에 고용인을 끌고 내려갈 수는 없었다. 산책할 때마다 맨눈으로 만끽할 수 있던 아늑한 빛과 산뜻한 풀 내음은 숨 막히는 특제 렌즈와 뜨거운 악취로 변할 터였다. 도호재가 옥토 제로의 직위를 가진 부모님의 자녀로서, 그리고 누구보다 미래가 촉망받는 학생으로서 간직하던 자부심은 앞으로 자신이 살아가야 할 곳에 가져가기는커녕 거주지를 이전하기 전부터 이미 이곳에서 산산이 흩어지고 있었다.

미쳐버린 도호재로서는 그동안 누리던 것, 소유하고 있다고 믿었던 자본은 그 무엇도 가져갈 수 없었다. 금전을 챙길 수도 없었다. 도호재가 사용하는 돈, 보유하고 있는 돈은 말 그대로 그가 일시적으로 보유하고 있었을 뿐, 사실상 옥토 제로인 부모님의 소유이자, 넓게 보자면 제로 소유의 자본이었다. 그나마 스스로 쟁취한 타인의 선망과 믿음, 명성과 같은 유약한 자본이 있긴 했지만, 타인과의 상호작용으로 얻은 상대적인 인정을 앞으로 감금당할 자신이 어떻게 챙겨 간단 말인가. 도호재는 오늘까지 살아내면서 아무것도 갖지 못했고, 아무것도 가져가지 못한 채로 메르라 5급 거주 구역으로 얌전히 추방당할 운명이었다.

도호재는 이렇다 할 소득 없이 다시 자리에 누웠다. 깔끔하게 텅 빈 천장이 보였다. 그는 앞으로 제로 사회에서 어떻게 지내다가 추방될지 생각하기 시작했다. 포기가 빠르다고 하기에는 자신에게 주어진 현실이 그러했고, 도호재는 주어진 현실에서 최선의 방안을 찾기 시작했다.

어떻게 살다 갈 것인가. 이왕 쫓겨날 바에는 상식이라는 이름 아래에 묻어두었던 호기심을 분출하고 살아가는 것도 괜찮은 방법 같았다. 그는 맨발로 잔디밭을 밟고, 쏟아지는 비를 우산 없이 맞아보고 싶었다. 어쩌면 쫄딱 젖은 채로 그 길로 학교에 가서 모두의 앞에서 메르라처럼 말하고, 메르라 거주 구역에서도 못 마셨던 술을 몰래 구해다 마시고, 취기가 오른 채로 이우진의 뺨을 후려치고 구역질 나는 그의 얼굴에 가래침을 뱉고, 옥토 제로 회의실에 가서 괜스레 겁에 질려 자신을 냉큼 쫓아내려는 옥토 제로이자 부모님을 실컷 모욕한 다음, 이곳에서 가장 높은 건물의 옥상에서 떨어지는 기분이 어떠한지 실험해 보면, 이제껏 감추어 두기만 했던 모든 추잡한 욕망이 충족될지도 몰랐다.

삶의 끝을 생각하던 도호재는 문득 이곳에서 유령으로 살아가

다가 얌전히 추방될 바에는 찰나에 불과하더라도 폭죽 같은 삶을 살고 싶다는 생각이 들었다. 근방에 서 있으면 귀청이 찢어질 듯한 소리를 내고 자신의 몸체를 폭파하며 주변을 환하게 밝히는 폭죽은 자신이 빛날 한순간을 위해 몸 전체를 터뜨려 내며 자신의 존재감을 세상에 과시하고서는 그대로 공중에서 사라진다. 도호재는 교류 속에서만 존재하는 자본이 전부인 자신의 인생에 화려한 대미를 장식하고 싶었다. 폭죽으로 장식할 마침표도 누군가가 봐주지 않으면 아름답고 위용 있는 폭죽으로서의 가치가 없어진다니, 자신의 삶과 꼭 닮은 욕망이었다.

별안간 그의 뇌리에 최태영의 마지막 말이 스치고 지나갔다. 자신을 철부지 도련님이라 칭한 최태영은 치료를 거부하는 도호재에게 메르라를 살리고 싶으면 제로 거주 구역까지 아득바득 살아남고, 제로 거주 구역에 돌아가서도 미쳐 있으면 자신을 찾아오라고 했었다. 도호재는 암흑 속에서 눈을 굴리며 골똘히 생각했다. 오갈 데 없는 자신의 처지에 최태영의 제안은 꽤 매력적이었다. 도호재는 메르라가 아닌 자신을 살리기 위해, 폭죽이 되고 싶다는 마지막 욕망을 충족하기 위해 움직이겠노라 결심했다.

시계를 확인하니 오전 3시를 훌쩍 넘어가고 있었다. 도호재는 침대를 벗어나 다시는 돌아오지 못할 여행을 위해 짐을 챙기기 시작했다. 막상 떠나자니 아쉬운 감정이 고개를 들었다. 자신이 나고 자란 이곳에 조금 더 안주하고 싶다는 생각이 들었다. 평생을 함께한 저택을 떠나면 푹신한 침대와 넓은 개인 공간, 자신만을 위해 준비되었던 온갖 휘황찬란한 요리도 다시는 볼 수 없다. 그러나 그것들은 도호재가 나락으로 떨어지기 직전까지 그를 제로 거주 구역에 붙잡아 두며 사육하다 때가 되면 가차 없이 빼앗길 미끼와 다름없었다. 도호재는 빼앗길 바에는 자신이 버리겠다고 다짐하며 최소한의 짐을 담은 가방을 잠갔다. 가방 안에는 단순히 이곳을 추억하기 위한 쓸모없는 물품은 일절 담겨 있지 않았다.

도호재는 사랑했던 저택과 충성을 다했던 부모님과 고난을 공유했던 고용인, 그리고 모든 걸 바쳤던 제로 사회에 조용히 작별을 고하고 다시는 돌아오지 못할 집의 현관을 나섰다.

최태영

　　몰려오는 졸음을 몰아내기 위해 먼지 쌓인 구석에서 가벼운 운동을 하던 도호재는 뇌를 깨우고자 제로 거주 구역에서 최태영의 근무지까지 이동한 과정을 복기했다.

　이 허울뿐인 몸수색만 진행했던 이전과는 달리, 이제는 제로 거주 구역에서 메르라 거주 구역으로 이동할 때도 고용인이 왕래하는 3급 거주 구역까지는 서버에 출입할 예정이라고 등록된 멤버십 코드 번호 보유자만이 관문을 통과할 수 있었다. 도호재의 탈주로 인해 시행된 지침이었다. 그러나 아이러니하게도 도호재의 탈주는 알려지면 안 되었기에, 그의 탈선으로부터 시간이 한참 지난 어제부로 적당한 미명 아래에 관문을 통과하여 메르라 거주 구역에 내려가는 모든 이들의 멤버십 코드 번호를 확인하라는 지침이 이제 막 내려온 참이었다.

이번에는 또 어떻게 빠져나가야 할지 고민하던 도호재는 아직 지침을 전달받지 못한 신입 경비가 야간 근무를 서고 있던 덕에 메르라 2급 거주 구역까지는 순조롭게 이동했다. 그러다 도호재는 3급 거주 구역으로 통하는 마지막 관문에서 멤버십 코드를 확인해야 한다는 똑 부러진 경비를 마주했다. 도호재는 마땅히 도망칠 곳도 없었기에 꼼짝없이 멤버십 코드 인식기를 맞이했다. 그는 자신의 멤버십 코드를 인식한 경비가 보안 서버에 등록되지 않은 번호라 그의 출입을 허할 수 없다고 말할 줄 알았으나 경비는 코드 인식기를 보며 고개를 갸웃거릴 뿐이었다. 경비는 옆에 있던 피부가 거친 동료 경비를 향해 코드 인식기를 작동시키더니 이해할 수 없다는 듯이 다시금 고개를 기울였다.

도호재는 이전에 3급 메르라 거주 구역의 병원에서도 연지의 멤버십 코드는 읽어내도 자신의 코드는 인식하지 못했던 상황을 기억해 냈다. 혹시 멤버십 코드 인식기가 제로의 코드를 읽어내지 못하는 건 아닌가? 제로임을 밝히는 도박을 할지 고민하던 찰나, 경비는 급격히 태도를 바꾸며 도호재에게 혹시 제로 멤버십 보유자냐고 공손하게 물어왔다. 변경된 지침이 내려오게 된 원인이 도호재 때문이라고는 듣지 못한 경비에게 도호재는 제로 멤버십 보유자 그 이상도, 이하도 아니었다. 경비의 태도를 확인한 도호재는 옥토 제로의 협조 요청하에 급히 외출 중이니 필요 이상으로 시간을 지체한다면 경비에게 책임을 묻겠다며 눈치껏 으름장을 놓았다. 경비는 화들짝 놀라며 도호재를 통과시켜 주었고 도호재는 그 길로 메르라 3급 거주 구역의 새벽이 내려앉은 거리에 도착할 수 있었다.

새벽녘의 3급 거주 구역에는 치명적인 빛이 존재하지 않았다. 3급 거주 구역에 입성한 이후로는 쿰쿰한 악취를 견뎌야 했을 뿐, 나머지는 순조로웠다. 그는 자신이 관문 근방의 술집에서 병원으로 실려 갔으니 근처에서 가장 가까운 병원을 향해 걸었고, 다행히 동이 트기 전에 최태영의 근무지에 발을 들일 수 있었다. 어둑한 복도만 골라 이동한 도호재는 운 좋게도 최태영의 사무실을 금세 찾아냈다. 그는 최태영이 출근을 위해서든 퇴근을 위해서든 사무실에 들르리라 생각하여 구석에 자리를 잡고 최태영이 자신을 발견하기만을 하염없이 기다렸다. 답답한 복도는 창 하나 없이 불이 꺼져 있었다. 도호재는 어둠 속에서 외려 안도감을 느꼈다.

어둑한 복도에 누군가가 불을 켰다. 갑작스러운 밝은 빛에 도호재는 눈을 가려 보호하고 상대의 주의를 끌지 않기 위해 무언가를 심각하게 고뇌하는 척 벽에 기대어 섰다. 이마저도 오랜 시간 동안 한다면 상대가 말을 걸어오거나 병원에 수상쩍은 인물이 있다고 경비를 부를 것만 같았다.

"허 참. 진짜 왔네요?"

도호재는 최태영과는 몇 마디 나눈 게 대화의 전부였기에 상대의 목소리가 최태영의 목소리인지 확신할 수는 없었다. 다만 말투가 최태영인 것 같았기에, 그리고 믿지 않으면 어떤 행동이든 할 수 없었기에 도호재는 목소리의 주인이 최태영이라고 믿었다.

"렌즈도 준비하지 못했을 정도면 도망쳐 나왔나 본데요. 일단 들어가죠."

도호재는 자신이 가져온 가방을 더듬어 찾고 그의 목소리를 따라서 이동했다. 시야를 차단당하니 도무지 품위 있게 행동할 수가 없었다. 최태영은 이곳이 안전한 공간은 아니니 길게 말하기 위해서는 자리를 옮겨야 한다고 덤덤하게 이야기했다. 그는 메르라 4급 거주 구역까지 내려가야 한다고 말하며 도호재에게 모자를 건넸다. 그는 도호재가 눈을 감고 다니면 정상적인 3급 메르라 같지 않은 데다 쓸데없이 화려한 도호재의 외양까지 겹쳐서 이대로 걸어 다니면 모두의 이목을 끌 테니 모자를 최대한 깊게 눌러 쓰라고 했다. 최태영의 진단은 어디 하나 빠짐없이 합리적이었기에 도호재는 모자를 더듬어 챙이 눈을 가릴 수 있도록 모자를 푹 눌러 썼다.

둘은 그곳에서 더 지체하지 않고 곧바로 사무실을 나섰다. 도호재는 최태영의 옷자락을 티 나지 않게 잡은 채로 그의 대각선 뒤쪽에서 걸었다. 몇 번이고 발을 헛디디고 맞은편에서 오던 메르라와 부딪혔지만, 그는 정확히 무슨 상황인지 확인도 못 한 채로 자신의 상태를 살피는 듯하면서도 적당히 묵례를 건네는 듯한 움직임으로 애매하게 고개를 숙이며 자리를 벗어났다. 둘은 병원 건물을 빠져나오자마자 택시에 탑승하여 몇 시간이나 이동했다. 그들은 출발한 이후로 아무런 대화도 나누지 않았다. 둘은 침묵과 정적 속에 잠긴 채로 택시에서 내려 메르라 4급 거주 구역으로 통하는 관문을 통과했다. 이곳은 제로 거주 구역을 왕래하는 고용인이 사용할 일이 없다시피 하는 관문이었기에 기존의 관문 통과 절차와 동일하게 4급에서 3급 거주 구역으로 상승 진입할 때만 멤버십 코드 번호를 확인할 뿐, 반대의 경우에는 별다른 확인 절차 없이 관문을 지날 수 있었다.

"이걸 써요."

최태영은 메르라 4급 거주 구역의 건물 32층에 있는 개인 사무실에 도착하자 서랍에서 안경을 꺼내어 도호재에게 건넸다. 3급 거주 구역에서는 답답해도 그럭저럭 숨 쉴 수 있는 정도의 악취가 났다면, 4급 거주 구역에서는 뜨거운 오물에서 뒹군 들쥐가 털을 볕에 바싹 말리고 그대로 내리 며칠을 달린 듯한 끈적하고 메마른 악취가 났다. 최대한 숨을 참고 있던 도호재는 최태영이 건네준 안경을 쓰고 조심스럽게 눈을 떴다. 제로 거주 구역만큼 온화한 빛은 아니더라도 적어도 따갑도록 눈부시지는 않았다. 눈꺼풀을 들어 올리지 않기 위해서 긴장하고 있던 도호재는 눈을 힘주어 깜빡이며 자신이 서 있는 곳을 확인했다.

최태영이 복지부 산하의 단체로부터 의료계 프리랜서로서 소속된 3급 멤버십 복지의 일환으로 배정받은 개인 사무실이었다. 벽면은 잿빛 시멘트로 대충 마감한 탓에 매끄럽지 못하고 울퉁불퉁 튀어나와 있었다. 오랫동안 관리 없이 방치된 듯 답답하게 갇혀 있는 공기는 넓지 않은 공간을 더욱더 비좁아 보이게 만들었다. 퀴퀴하게 낡은 2인용 소파가 벽면에 붙어 있었고 사무실 안쪽에는 작은 캐비닛이, 바로 옆에는 책상이 비좁게 배치되어 있었다.

"내가 올 걸 알고 있었습니까? 따로 구할 수도 없는 안경 아닙니까? 이런 안경은 제공되지도 않고, 시중에 팔지도 않잖습니까."

도호재는 사무실을 꼼꼼히 살피며 최태영에게 물었다.

"아뇨. 사정이 있어서 가지고 있었을 뿐이에요. 내가 뭐라고 도련님이 정말로 찾아올 줄 아나요?"

최태영은 소파에 쌓여 있던 잡동사니를 치우느라 흘러내린 안경테를 손등으로 대충 밀어 올렸다. 그는 책상 옆의 의자에 앉고서 소파를 가리키며 도호재에게 앉으라고 권했다. 도호재는 시야를 확보하지 못한 채로 3급 거주 구역의 병원에서 4급 거주 구역의 사무실까지 오느라 여기저기 부딪히며 구겨진 옷을 간단히 정리하고서 자리에 앉았다.

"단순 가출인가요? 살다 살다 메르라 거주 구역으로 가출하는 제로는 처음 보는데요."

최태영은 활자로만 접했던 목각인형을 실제로 발견한 바보처럼 흥미로워하는 기색이었다.

"그런 유치한 일이라면 내가 이곳까지 오겠습니까."

도호재는 미간을 찌푸렸다.

그는 최태영의 미묘하게 빈정대는 말투가 달갑지 않았다. 괜한 선택을 한 건지 잠깐 후회했지만 이미 엎질러진 물이었다.

"뜻하는 바는 있으나 아직 구체적인 목표는 없습니다. 목표를 이룰 때까지 신세를 질 수 있을까 해서 찾아왔습니다."

도호재의 말에 최태영은 눈썹을 안경테 위로 치켜올리며 눈을 크게 떴다.

"그러니까, 정리하자면 말이죠. 목표를 찾고, 목표를 이루기 위한 계획도 세우고, 마침내 목표를 이룰 때까지를 말하는 거죠? 도련님. 정말 급하게 도망쳐 왔네요?"

하나하나 풀어서 설명하는 최태영의 말에 도호재는 안쪽 볼을 짓씹었다. 자신이 생각해도 터무니없는 부탁이었다. 정작 최태영 본인도 다른 메르라 7명과 한방에서 잠을 잘 텐데 도호재를 어디에 재운단 말인가? 게다가 도호재는 3일만 신세를 지겠다는 식으로 짧고 정확한 기한을 제시하지도 않았다. 그는 목표라는 단어를 앞세워서 누구인지도 모를 메르라더러 모호하고 긴 기간 동안 자신의 생존을 보장하라는 생떼를 부리고 있었다. 도호재는 자신의 억지스러운 요구에 얼굴에 열이 올랐다.

"근데 뭐, 좋아요. 잠은 거기 소파에서 자고 끼니는 어떻게든 해결해 보죠."

의외로 대인군자와 같은 최태영의 대답에 도호재는 얼떨떨하게 고개를 끄덕였다. 자신이었으면, 물론 고급스럽게 포장해서 말했겠지만, 같잖은 소리 집어치우고 이곳에서 당장 나가라며 내쫓았을 제안이었다.

"대신 개인적인 부탁 몇 가지만 들어줘요. 죽을 만큼 위험하거나 어디 한 군데 부러질 일은 아니에요. 그리고 뭐, 좀 부러지면 어때요. 의사가 여기 있잖아요?"

염치도 없이 메르라에게 들러붙은 제로에게는 후한 처우였다. 도호재가 흔쾌히 수락하자 최태영은 마지막으로 덧붙일 말이 있다며 막힘없이 입을 열었다.

"도련님이 경비에게 발각되면 나는 아무것도 모르는 거예요. 도련님에 대해서 아는 건 아무것도 없고 도련님은 그냥 사무실에 무단 침입한 범죄자라고 증언할 거고요. 그리고 난 그저 숙식을 제공해 줄 뿐이라는 것도 말해두죠. 자상하게 돌봐주는 건 서로 기대 안 할 거라 믿어요. 선 지키고 살죠."

"염려 마십시오."

당연한 걸 당부하는 최태영의 말에 도호재는 심드렁하게 답했다. 자신을 얼마나 철없는 제로로 보고 있는지 역이할 뿐이었다.

최태영은 메르라를 살리고 싶다면, 그리고 도호재가 여전히 미쳐 있다면 자신을 찾아오라던 이전의 발언에 대해서는 말을 꺼내지 않았다. 도호재도 메르라가 아닌 본인의 안위를 위해서 그를 찾아왔기에 이 점에 대해서는 굳이 나서서 언급하지 않았다.

최태영은 그럼 자신은 3급 거주 구역의 숙소로 돌아가겠다며 일어섰다.

"그러고 보니 연지는 어떻게 되었습니까? 5급 협약 병원에서 인계받기를 거부한 겁니까?"

도호재는 최태영이 문을 나서기 직전에 문득 연지가 떠올랐다.

"연지요?"

최태영은 문 앞에서 마주한 질문을 이해하지 못한 듯 반문했다.

"병원에서 내 옆에 있던 3, 아니 5급 메르라 말입니다."

"아, 그 5급. 아뇨, 5급 협약 병원으로 인계했으니 아마 그쪽에서 치료받았을 거예요."

최태영은 잠시 기억을 더듬다 도호재의 말에 답했다.

"인계가 언제 이루어졌는지 기억합니까?"

느슨하게 맞잡고 있던 도호재의 양손에 힘이 들어가며 손바닥이 축축하게 땀으로 젖었다.

"그쪽 도련님 데려가려고 경비와 의사가 떼거지같이 온 직후에 조금 있다가 바로 5급 거주 구역의 협약 병원으로 인계했죠."

연지가 있던 병원은 2급과 3급 거주 구역을 연결하는 관문과 가까웠다. 3급 거주 구역에서 4급 거주 구역으로 통하는 관문까지 이동하는 시간을 정말 극도로 짧게 잡아서 2시간 정도로 얼마 걸리지 않았다고 하더라도, 해당 관문에서 다시 4급에서 5급 거주 구역으로 내려가는 관문까지 최소한 5시간 이상이 걸렸다. 사실 어떻게 생각해도 연지가 최소한의 치료를 받고 당일 밤에 제로 거주 구역까지 잠입해서 도호재의 방에 발을 들이는 시나리오는 불가능했다.

연지는 도호재를 찾아올 수 없었다는 결론이 도출되었다. 연지와 대화를 나누었던 기억을 간직하고 있는 도호재로서는 인정하기 어려운 결론이었다. 그는 충동적으로, 최태영의 사무실에 머무는 동안 연지와 친어머니의 소식을 찾는 일을 목표로 하겠다고 다짐했다. 그는 엄습해 오는 불안감에 한차례 몸을 떨고서 어떻게 하면 목표를 성취해 낼 수 있을지 온갖 방법을 떠올리려 노력했다.

"그래서 도련님 성함이?"

최태영이 도호재의 사색을 비집고 물어왔다.

"도호재입니다."

"도 도련님이네요? 말 좀 더듬으면 도련님 바로 부를 수 있겠어요."

최태영은 크게 혼잣말하더니 그대로 사무실을 나섰다. 도호재는 최태영이 나가고 얼마 되지 않아 사무실의 전등을 끄고 소파에 몸을 구겨 넣었다. 2명이 앉으면 꽉 찰 법한 길이의 소파는 그에게 턱없이 짧고 비좁았다. 제로로서의 상품 가치가 떨어지는 자신이 제로 거주 구역에서 밀려나게 되리란 소식을 홀로 몰래 접하고, 가까운 죽음과 이루고 싶은 욕망에 대해 고뇌하고, 욕망에 충실히 하고자 최태영이라는 도박 수를 둔 지 만 하루도 지나지 않았다는 사실이 놀라웠다. 소파는 도호재 하나를 담지 못하고 뱉어내는데 고작 하루가 저 많은 사건을 담고도 여전히 끝나지 않았다. 이토록 피곤하고 지각변동을 일으킨 듯 삶이 구렁텅이 속으로 빠져버린 게 하루아침에 일어난 일이다.

하루라는 시간이 징그럽게 느껴진 도호재는 비좁은 소파에서 그나마 편한 자세를 찾으려 몸을 뒤척였다. 몸의 굴곡을 따라 힘없이 푹 꺼진 소파는 그런대로 아늑했다. 갑갑한 공기를 들이마시며 쏟아지는 잠에 저항하는 짓을 관둔 그는 한편으로는 징그럽도록 긴 하루에 무엇이든 욱여넣는 대로 담기리라는 희망과 옳지 않은 행보를 걷고 있다는 죄책감을 부표처럼 부여잡고 무의식 속으로 잠겨갔다.

최태영은 도호재가 자신의 사무실에 있음으로써 사무실이 망가질까 두렵기라도 한지, 그동안 방치한 것처럼 보였던 사무실에 생각보다 자주 방문했다. 도호재의 식단은 여느 3급 메르라와 다름없게 식사 캡슐로 대체되었다. 최태영은 식품부와 복지부의 지침에 따라 3급 멤버십 가입자에게 지급되는 식사 캡슐을 배급받았지만, 도호재를 위해서 매번 식사 캡슐을 추가로 구매해서 가져다주었다. 메르라답지 않게 꽤나 사려 깊고 상식적인 모습이었다. 도호재는 그래도 메르라가 책임감이 무엇인지는 알지도 모른다고, 생각을 고쳐먹었다.

일평생 호화로운 식단을 유지했던 도호재는 캡슐 식단에 적응하기 어려웠다. 눈앞에서는 그가 사랑했던 특제 고기가 아른거렸고 코는 악취에 전 상태에서도 기어코 호사스러운 향취를 기억 속에서 끄집어내었다. 도호재는 굶주림에 익숙해지려 한동안은 소파에서 꼼짝 않고 누워 있기도 했고 어떤 날은 허기를 잊고자 종일 움직이기도 했다. 무슨 행동을 하든 굶주림은 끈덕지게 남아 있었으나 적어도 무엇인가에 집중하면 그럭저럭 잊을 만했다. 다만 집중의 대상이 자신에게 내려진 임시 진단명이나, 같잖은 이우진으로부터 처음 접했던 출생 비화, 불량품임을 확인하고 얼마 지나지 않아 폐기 처분하기로 의견을 모았던 부모님이라는 게 문제라면 문제였다. 그나마 최태영은 도호재의 상태를 모르고, 들키지도 않았다는 게 긍정적이었다.

"제로 거주 구역의 교육소에서는 뭘 가르치죠?"

마지막으로 이곳을 찾은 지 며칠 되지 않아 돌아온 최태영이 사무실에 비치된 패드를 만지작거리고 있는 도호재에게 물었다. 패드는 친어머니의 소식을 알아낼 방법에 관해서 떠올렸던 생각으로 가득했다.

"학교 말입니까?"

도호재는 부자연스러운 단어를 고쳐 물었다.

"아, 뭐, 학교, 그렇죠."

최태영은 어깨를 으쓱이며 도호재의 질문에 긍정했다.

"별다를 게 없지 않겠습니까. 엔바디 사회가 어떻게 구성되어 있는지를 비롯하여 언어와 과학, 수학, 규율학, 이런저런 기본적인 상식과 진리를 배웁니다. 그나마 두드러지는 차이점이 있다면, 제로로서 어떻게 행동해야 하는지 배운다는 점일 거라 생각됩니다. 모든 교양 과목에 제로라는 이름이 붙는 건 아닐지라도 내가 말하고 행동하는 방식은 제로의 문화에 맞춰져 있지 않습니까."

"아무래도 그런가요. 우리는 메르라로서 어떻게 행동해야 하는지 배우니까. 뭐, 몸으로 우스꽝스러운 흉내를 내거나, 서로에게 욕하는 과정은 왜 있는지 모르겠지만요."

최태영은 제로가 자신의 사무실에 기거하고 있는 참에 그동안 가지고 있었던 궁금증을 해소하기로 한 것처럼 보였다. 고개를 끄덕이며 골똘히 생각하던 그는 다시금 질문을 던졌다.

"그럼 도련님은 이 사회가 어떻게 구성되어 있다고 배운 거죠?"

"메르라 교육소에서는 이런 기초적인 내용도 가르치지 않는 겁니까?"

도호재는 최태영의 질문이 정말 순수한 호기심에서 비롯된 건지 혼란스러웠다.

"배웠죠. 그냥 그쪽의 학교가 궁금해서 이것저것 물을 뿐이에요."

경식 선생의 강의 시간이 돌아오면 매번 수업이 시작할 때마다 귀에 못이 박히도록 들었던 기본 중의 기본에 해당하는 내용이었다. 도호재는 기억 속에서 어렵지 않게 답을 찾아냈다.

"멤버십을 기준으로 제로와 메르라 1급에서 5급으로 구성된 엔바디 사회는 분화된 두 종족이 적절히 제공받은 교육과 자본 등의 능력으로 공정하게 경쟁하는 사회라고 가르치고 있습니다."

도호재의 답을 들은 최태영은 고개를 끄덕였다.

"도련님 얘기 딱 들어보니까 제로 거주 구역에서 모범적으로 살았던 거 같은데요. 대답도 술술 하고 말이죠. 순수한 제로 도련님이 메르라 거주 구역에 몰래 방문했다가 지금 여기까지 오게 된 이유가 뭐죠?"

직접적으로 물어오는 최태영의 말에 도호재는 우습게도 반발심이 들었다.

"사정이 생겼습니다."

최태영은 도호재가 한 번에 답할 거라 기대하지도 않았는지 미련 없이 다음 이야기로 넘어갔다.

"전에 말했던 개인적인 부탁, 오늘 들어줘요."

그는 소파에서 일어나 도호재 앞에 있는 패드에 4급 거주 구역 지도를 띄웠다. 메르라 하나가 간신히 지나다닐 틈이 있을 정도로 빽빽하게 들어선 건물 수십 채가 화면 가득 들어찼다. 최태영은 가능한 한 지도를 축소했다. 지도를 최대한으로 축소하더라도 4급 메르라 거주 구역은 패드 화면에 전부 들어오지 않았다. 처음의 지도가 수십 채의 건물을 보여주었다면 이제는 수천 채의 건물을 보여주고 있었다. 지도를 왼쪽으로 끝까지 당기니 관문이 보이고, 관문을 기준으로 더 왼쪽으로는 넘어갈 수 없었다.

"도 도련님이 머무는 이곳은 3급과 4급 거주지를 잇는 관문과 가까운 이 건물이죠."

최태영의 손가락이 관문과 세 구역 정도 떨어진 건물을 짚었다. 지도를 오른쪽으로 대여섯 번 쓸어넘긴 그는 몇 개의 구역을 합친 규모의 건물 수십 채가 표시된 부분에서 멈추었다.

"저녁 전에 이쪽에 있는 건물 중에서 지도에 표시된 건물 말고, 직접 가면 보이는 작은 별채에 갔다 와줘요. 밤에는 이동하는 메르라가 거의 없으니까 반드시 저녁까지는 돌아와야 해요. 혼자 돌아다니면 눈에 띌 거예요. 큰 건물은 물류창고고 별채는 휴게실인데 아무도 휴게실을 이용하지 않아서 그냥 빈 건물이 되었거든요. 그냥 가면 바로 어딜 말하는 건지 알 수 있을 거예요."

최태영은 지도에서도 웅장함이 느껴지는 건물 뭉치의 오른쪽 끝을 콕 짚으며 말했다. 지도상으로는 아무런 표식도 없는 장소였다. 그의 말대로 휴게실이 오랫동안 방치되었다면 그건 물류창고에서 업무를 보는 수많은 메르라가 발길을 끊기 이전부터 그 공간을 이용하지 않은 게 아니라, 이용하지 못할 환경이었기 때문에 방치되었을 터였다. 이미 함부로 들어갈 수 없는 상태의 휴게실은 이제 과음으로 게워낸 토사물을 뜨거운 여름날 방치한 것처럼 4급 거주자들도 참을 수 없을 정도의 악취가 나거나 이제껏 한 번도 보지 못한 벌레의 소굴이 되어 있을 게 분명했다. 어쩌면 듣도보도 못한 신박한 생태계가 구축되어 있을지도 몰랐다. 도호재는 휴게실의 모습을 상상하자 제대로 씹어 삼킨 음식도 없으면서 속이 울렁거렸다.

　"휴게실에 들어가면, 그냥, 거기 놓여 있는 물건이 하나 있을 거예요. 그것 좀 가져와 줘요. 휴게실이 작아서 금방 찾을 수 있을 거예요."

　전에 말했다시피 위험한 일은 생기지 않을 거라고 말한 최태영은 슬슬 가야겠다며 책상 쪽으로 기울이고 있던 몸을 일으켰다.

　"그리고 뭐, 제로 거주 구역에서 도망쳐 나왔으면 택시 결제도 못 할 테니 걸어서 갔다 와야겠네요. 도련님 체력은 좀 괜찮죠?"

　최태영은 도호재에게 묻는 둥 마는 둥 몸을 돌리고서는 그의 답을 기다리지도 않고 그대로 사무실을 나섰다. 도호재의 사정은 신경 쓸 바가 아니라는 듯, 무신경한 메르라의 전형적인 태도였다.

최태영은 위험한 일은 아니라고 했지만, 합법적인 일이면 폐건물에서 이루어질 리 없었다. 같은 맥락으로 만천하에 알려도 되는 일이었다면 폐건물이 아닌, 그나마 쓰레기와 오물이 없는 수준의 쾌적한 장소에서 이루어졌을 터였다. 도호재는 사회의 규칙에 맞지 않고, 다른 메르라와 경비로부터 숨겨야 하는 일에 휘말렸다는 게 마뜩잖았다.

도호재는 자신에게는 조금 작은 최태영의 유니폼을 무의식적으로 죽 당겼다. 꼿꼿하게 주름 잡혀 있던 자신의 옷과는 달리 최태영의 유니폼은 힘이 없었다. 옷을 잡아당기면 주름이 펴지기는커녕 그저 당기는 대로 늘어나다가 천천히 원래 구겨져 있던 모양 그대로 돌아왔다. 어둑해지기 전에 폐 휴게실에서 이곳으로 다시 돌아오려면 아직 밝을 때 출발해야 했다. 도호재는 모자를 눌러쓰고 3급 메르라 중 4급 거주 구역에 개인 사무실을 배정받은 메르라가 많아서 4급 메르라가 평소 3급 유니폼에 익숙하기를, 그래서 자신이 눈에 잘 띄지 않기를 바랐다. 습관적으로 머리부터 발끝까지 옷차림을 정돈하려던 도호재는 당장 유니폼에서 나는 습한 냄새와 함께 옆구리 부근과 소매 쪽의 거무튀튀한 이염을 발견하고 그대로 사무실을 나섰다.

건물 1층에 도달하여 엘리베이터에서 내리자마자 숨이 턱 막히는 묵직한 악취가 도호재를 반겼다. 잔잔하게 들려오는 섹스 관련 정규 방송이 귓가에 반복적으로 맴돌았다. 4급 거주 구역에서는 3급 거주 구역과는 달리 언제나 섹스를 홍보하고, 권장하는 내용을 담은 방송이 거리에 설치된 스피커에서 흘러나오고 있었다. 보행자들은 3급 거주 구역의 술집 사장이 말한 것처럼 텁텁한 대기질이 일상인 듯이 천으로 호흡기를 가린 채로 거침없이 움직이고 있었다. 애매한 시간대에 나온 탓인지 4급 거주 구역의 길거리에는 3급 거주 구역에서의 풍경처럼 일정한 방향의 메르라 파도가 있다기보다는 산발적으로 움직이는 빨갛고 무질서한 개체 몇몇이 거리를 한산하게 돌아다니고 있었다. 노란색 3급 유니폼의 목 부분을 끌어 올린 도호재는 무질서하게 움직이는 메르라 사이로 섞여들었다.

높낮이가 다른 건물이 빼곡하게 들어선 거리 한편에는 커다란 현수막이 몇 점 걸려 있었다. 현수막에는 '선생님께 효도하자.'라든지, '섹스부터 임신, 출산, 산후조리까지? 제로 보조금에 휴가까지 지급!', '출산 이후, 당신은 섹스 전보다 자유롭다.', '허병은 사회를 병들게 한다.', '누구의 간섭도 없는 '나'의 독립적이고 '너'와 유리된 생활'과 같이 영문 모를 문구가 적혀 있었다. 그중 가장 흔히 볼 수 있는 현수막은 '상식이 아닌 것에는 눈길도 보내지 말고, 상식이 아닌 말은 듣지도 말고, 상식이 아닌 말은 입에 담지도 말고, 상식이 아니면 행동하지도 마라.'라는 엔바디 사회의 신조였다.

도호재는 최태영이 알려준 장소로 가는 동안 빨간 유니폼의 4급 메르라 몇을 지나쳤다. 그들은 도호재를 친절하고 고운 눈으로 보고 있지는 않았지만, 그렇다고 그에게 시비를 걸지도 않았다. 도호재를 멀리서 발견한 빨간 옷의 4급 메르라는 자기들끼리 시

129
최태영

시덕대면서 과장되게 몸을 굽히거나 한숨을 쉬었고, 몇몇은 오히려 도호재에게 가까이 다가오려 하거나 그를 선망의 눈빛으로 보았다. 4급 거주 구역에서 3급 메르라의 노란색 유니폼을 입고 다니는 일은 매우 흔한 일도, 극히 드문 일도 아닌 듯했다.

길을 걷던 도호재의 귀에 건물에서 막 나오는 두 메르라의 말소리가 들렸다.

"담임 쌤이 뭐래?"

"맨날 똑같지. 형제자매들 삥 뜯지 말라 그러고. 아무트 작작 처먹으라는데?"

4급 메르라의 말투는 3급 거주 구역에서 들었던 이들의 말투와는 달랐다. 도호재는 자신의 앞을 걸어가고 있는 4급 메르라의 옹졸해 보이는 옆얼굴을 살폈다. 메르라라 체격이 작아서 그렇지 도호재와 비슷한 나이대 같았다. 3급 거주 구역에서는 학생 연령층을 만나보지 못했던 터라 두 거주 구역의 말투 차이가 나이에 따른 차이인지 거주 구역에 따른 차이인지 확신할 수 없었다. 도호재는 왠지 거주 구역에 따라 말투가 상이한 것 같다고 생각하며 거리에 있는 쓰레기를 잘근잘근 밟았다.

도호재는 4급 메르라가 언급한 '쌤' 앞에 붙은 담임이라는 단어가 무슨 의미인지 고민하기 시작했다. 형제자매라는 말이 자연스럽게 나오는 걸 보아 종교 집단에서의 지도자를 담임 쌤이라 지칭하는 것도 같았다.

"좀 웃기네. 형제자매는 지랄. 지금 같은 담임한테 묶여서 십몇 년째 면상 보고 있어서 그렇지 솔직히 출신 자궁은 다 다르구먼. 뭔 얼어 뒤질 형제자매임? 게다가 5급 새끼들은 허구한 날 처먹는 게 아무트 아님?"

도호재와 자신이 몸담고 있던 제로 사회에서는 대화에 활용하지 않았던 단어가 많아서 문장을 완벽하게 이해할 수는 없었다. 다만 십여 년째 함께하고 있다는 그들의 말을 통해 이곳에서는 부모가 다른 자녀들이 팟덩이 시절부터 '담임 쌤'에게 소속되어 함께 생활하는 듯했다.

"내 말 그 말임! 지가 우리 보호자면 다냐고. 내가 처먹겠다는데. 내 위장이라도 되나 봄?"

앞서가던 메르라는 신경질적으로 발을 굴렀다.

"보호자도 말이 보호자지. 야, 우리 교육소 한 반에 67명인데 담탱 씨는 하나야. 우리가 혼자 못 처입고 못 처먹을 때부터 제대로 케어 못 해놓고 인제 와서 뭔 상관임? 방치플 즐기는 거 아니었음?"

"아, 격공, 진짜. 지금 간섭질 할 거면 진작 1인 1담탱 케어로 제대로 날 키워냈어야지. 그래야 지금 누군지도 모르고 살았는지 뒤졌는지 모를 내 출신 자궁벽으로 기어들어 가고 싶다는 생각이 안 들지 않겠음?"

도호재는 메르라의 대화 내용이 혼란스러웠다. 저들의 보호자는 부모가 아닌 '담임 쌤'이었다. 그들 또한 그 사실을 인정하고 당연하다는 듯이 자신들을 제대로 양육하지 못한 '담임 쌤'을 원망하는 듯했다. 게다가 도호재 앞에서 걸어가고 있는 4급 메르라

최태영

둘은 자신들의 부모가 누구인지 모를뿐더러 부모의 생존 여부조차 몰랐다.

"야 그래도 오히려 67명이라서 그나마 담탱 씨로부터 자유로운 거 아니겠음? 제로 갓의 완벽한 양육 교육 메르라 풀코스에 토 달지 말라 아둔한 메르라여."

"아유~ 여부가 있겠습니까요. 제로 갓!"

메르라 중 하나가 제로를 제로 갓이라 우상화하며 근엄한 목소리를 흉내 내자 옆에서 걷던 메르라가 손을 모으고 고개를 숙이며 거짓으로 생성된 '제로'를 향해 굽신거렸다.

두 메르라는 낄낄거리며 오른쪽의 골목으로 꺾어 들어갔다. 도호재는 폐 휴게실에 도달하기 위해 직진하며 자신 앞에서 걸어가던 두 메르라와 멀어졌다. 저들의 태도나 말하는 내용으로 보아 제로를 숭배하는 종교 집단인 도타 지부가 근처에 있고, 저들은 도타 소속인 듯했다. 어쩌면 도타에 가입한 메르라는 출생 직후부터 부모와 떨어져서 지내는 철칙하에 생활하고 있는지도 몰랐다.

도호재가 옥토 제로인 부모님의 자랑스러운 자식이자 제로 사회의 일원으로서 존재했을 당시에는 자신이 직접 도타에 보조금을 지급하고 그들과 친분을 쌓으려 했었다. 그러나 조금 전 마주한 그들은 야만적이고 꽤 거친 언행을 가지고 있었다. 설령 아버지가 허락하여 자신이 직접 도타에 보조금을 지급했다고 하더라도 저들과 친분을 쌓기는 어려웠을 게 분명했다.

그는 발걸음을 빨리하던 중 시야에 들어온 전광판의 문자를 읽고 무심결에 자리에 멈춰 섰다. 애매한 높이의 건물 꼭대기에 매달려 있는 전광판의 빛이 칙칙한 공기 속에서도 사방으로 퍼지고 있었다. 이전에 보았던 현수막에 적혀 있던 '출산 이후, 당신은 섹스 전보다 자유롭다.'라는 문구가 똑같이 적혀 있었다. 해당 문구 밑에는 빨간 글씨로 '출생아는 검역소에 제출하십시오.'라는 문장과 함께 검역소의 공식 전화번호가 나와 있었다.

도호재는 전광판을 뚫어질 듯이 쳐다보다가 문득 끊임없이 움직이고 있는 메르라들 사이에서 홀로 우두커니 서 있는 행동은 부자연스러울 거란 생각에 다시 물류창고의 폐 휴게실을 향해 발걸음을 옮겼다. 그는 기계적으로 다리를 움직이면서도 출생아는 검역소에 제출하라며 큰 전광판에 공식적으로 실린 문구에 관해 고뇌했지만, 대체 이곳에서 무슨 일이 일어나고 있는 건지 전혀 짚이는 바가 없었다.

생각에 잠겨 빠르게 걷던 도호재는 물류창고에 생각보다 이르게 도착했다. 줄지어 서 있는 압도적인 위용의 물류창고 근처에서는 발걸음 소리를 비롯한 무수한 인기척과 철제 바구니에 담긴 짐을 옮기는 소리, 노쇠한 기계가 작동하는 소리가 주변에 진동하고 있었다.

도호재는 창고 근처의 외부에는 아무도 없음을 확인하고서 뿌연 대기 질과는 별개로 자욱하게 올라온 흙먼지를 보며 손끝으로 유니폼 상의의 지퍼를 끝까지 끌어 올렸다. 최태영은 지도에 표시되지 않은 폐 휴게실은 여타 4급 거주 구역의 건물과는 달리 반듯

133
최태영

하게 나열된 물류창고의 오른쪽 끝에 있다고 도호재에게 알려주었다. 도호재는 티 나지 않게 주변을 한 번 더 살피고서 거대한 건물들의 우측으로 발걸음을 옮겼다. 굳게 닫힌 건물 내부에서는 여러 가지 소리가 섞여서 밖으로 비집고 나오고 있었지만, 건물마다 작업자를 채근하는 듯한 단 하나의 말소리 외 다른 메르라의 목소리는 전혀 들리지 않았다.

도호재는 물류창고 내에서 업무를 보고 있는 작업자들의 집중력에 흡족해하며 오른쪽 맨 끝에 자리 잡은 물류창고의 모퉁이를 돌았다. 비좁지만 텅 비어 있는 공터 중앙에 다갈색으로 부식된 채 방치된 작은 건물이 있었다. 문에는 흰색 페인트칠이 되어 있었던 흔적이 남아 있었다. 문의 철제 손잡이를 조심스럽게 돌리자 소름 끼치는 금속음을 내며 헛돌 듯 보이던 손잡이는 예상외로 부드럽게 돌아갔다. 이제야 간신히 4급 거주 구역의 구역질 나는 악취에 무뎌졌는데 새로운 고문을 맞이할 차례였다. 어쩌면 견디기 어려울 정도로 묵직한 악취에 더해, 쳐다보기도 싫은 날것의 생태계를 마주해야 할지도 몰랐다.

도호재는 심호흡하며 자신을 주시하고 있는 메르라가 없는지 주위를 살폈다. 그는 숨을 미리 들이마신 채로 조심스럽게 문을 열었다.

각오가 무색하게도 폐 휴게실의 내부는 쓰레기와 먼지가 조금 쌓여 있었을 뿐 멀끔한 외관을 유지하고 있었다. 오히려 4급 거주 구역의 길거리에서 나는 악취보다도 비교적 상쾌한 창고의 향이 도호재의 코를 타고 들어왔다. 도호재는 호흡기를 간신히 가리고 있던 유니폼 끝자락을 밑으로 내렸다. 철제 구조물이 부식한 탓인지 쇠 냄새가 은은하게 났다. 안도감이 밀려오며 긴장으로 굳어졌던 그의 몸이 조금씩 풀렸다.

딱히 설명하지 않아도 무엇을 가져오면 될지 알 수 있을 거라던 최태영의 말이 맞았다. 메르라 열댓 명 정도 들어가면 가득 찰 법한 작은 공간 중앙에 자그마한 탁자가 있었다. 탁자 위에는 2~3cm 정도 두께의 사각형 형태 물체가 있었다. 가까이 다가가 물체를 확인한 도호재의 표정이 굳어졌다. 얼굴 근육이 뒤쪽으로 바짝 당겨진 그는 탁자 위의 물체를 조심스럽게 집어 들었다.

2급 거주 구역에 있는 제로 소유의 창고에 있어야 할 실물 도서가 이곳에 있었다. 표지에는 《국가와 기업》이라는 제목이 적혀 있었다. 거친 듯하면서도 매끄러운 질감의 종이가 도호재의 손끝을 타고 전해졌다. 도호재는 믿기지 않는 상황에 얼굴을 쓸어내리고서 자신이 들고 있는 책을 물끄러미 보기만 했다. 얇은 종이로 엮인 책을 펼치면 자신 또한 최태영의 범죄에 가담하게 될 것 같았다. 불법의 범주에 해당하는 일이라 다른 메르나 경비에게 알려지면 안 될 일일 거라고 유추했던 자신의 판단이 맞았다.

도호재는 우선 옷 속에 책을 집어넣었다. 사무실로 돌아가서 자신을 실물 도서 절도에 가담하도록 유도한 최태영에게 이 상황을 따지더라도, 이유를 끈질기게 캐묻지 않고도 제로인 자신의 숙식을 해결해 준 그가 내건 유일한 조건을 단번에 무시할 수는 없었다.

도호재는 최태영의 사무실로 돌아가는 도중에 흘러내리지 않도록 유니폼 속에 책을 단단히 고정했다. 이곳에서 시간을 지체하다가는 물류창고 근무자들의 퇴근 시간이 되어 자신이 폐 휴게실에서 빠져나오는 모습을 들킬지도 몰랐다. 도호재는 규율에 어긋나게 행동하기 위해 심혈을 기울이는 자신의 모습이 상당히 유감스러웠기에 짜증스럽게 몸을 돌렸다.

그는 곧바로 외부로 나가려 했으나, 그럴 수 없었다. 폐 휴게실로 들어오며 어두운 내부를 비추고자 조금 열어두었던 문이 바람 한 점 불지 않았음에도 천천히 닫히고 있었다. 외부에서 들어오던 빛이 좁아지며 도호재를 겨냥해 쇠 지렛대를 든 메르라의 모습이 어둠 속으로 잠겨 들어갔다.

진실

숨 막히는 어둠 속에서 메르라는 익숙한 듯이 폐 휴게실의 조명을 찾아서 불을 밝혔다. 오래 앉아 있다가 일어나서 기지개를 켜듯이 힘겹게 깜빡이던 전구는 이내 도호재의 머리 위에서 휴게실 내부를 밝게 비추었다.

도호재는 자신을 정확하게 겨냥하고 있는 쇠 지렛대의 굽어진 끝을 확인할 수 있었다. 자칫하면 찔릴 듯이 가까이 위치한 쇠 지렛대에서는 혀의 감각이 이질적으로 느껴지게 하는 비릿한 쇠 향이 감돌았다. 흉기를 들고 있는 메르라는 얇은 몸통에 가녀린 팔다리의 소유주였지만 어디 소속인지 모를 제복을 입고서 쇠 지렛대를 한 치의 흔들림 없이 들고 있었다.

"누구 마음대로 휴게실에 드나드는 거지?"

도호재는 메르라가 입고 있는 제복이 한 번도 본 적이 없는 제복이었기에 자신 앞에 서 있는 메르라의 정체를 알 수가 없었다. 그저 옷차림과 말투로 짐작하건대 4급 메르라는 아니었다. 키에 비해 길게 뻗은 다리로 단단하게 몸을 지탱하고 있는 메르라는 다리의 길이에 못지않게 팔도 상당히 길었다. 칼 단발을 하고서도 머리를 묶은 건지 목 뒤쪽으로는 잔머리가 두꺼운 층을 이룰 정도로 빠져나와 있었다. 옅은 쌍꺼풀이 그리고 있는 눈매와 약간 뭉툭한 코, 뚜렷하게 들어선 입술과 함께 제복에 가려진 곳에서부터 목을 타고 광대까지 올라온 화상 자국이 우유부단할지언정 성미가 거칠어 보이는 얼굴의 전체적인 분위기를 완성하고 있었다.

"너 같이 근무시간에 휴게실이나 오는 버러지 때문에 사회가 병들고 주변 인력이 고통받는 거다. 인력들은 멤버십의 복지에 걸맞은 값을 지불하고 있는데 넌 농땡이나 피우고 있구나. 어디 하나 문드러져서 5급으로 강등당해야 정신을 차릴 텐가?"

메르라는 도호재의 코끝에 겨눴던 쇠 지렛대를 치우나 싶더니 그를 바로 가격할 수 있도록 자세를 고쳐 잡았다. 쇠 지렛대는 메르라 뒤쪽에서 언제든지 도호재를 후려칠 듯이 위협적으로 흔들렸다. 3급 거주 구역의 골목에서 별안간 뺨을 맞았을 때는 당황스러운 감정이 컸다면, 쇠 지렛대를 마주하고 있는 지금은 팔다리 중 하나가 부러지는 게 나을지 머리를 맞아서 단숨에 정신을 잃는 게 나을지 진지하게 고민해야 했다.

"이름과 멤버십 코드를 대라."

메르라는 쇠 지렛대로 후려칠 상대의 이름과 소속을 들어두긴 하겠다는 최후통첩 같은 말을 전했다. 외관상 보이는 성별에 비해 낮은 목소리였다.

도호재는 간신히 정신 줄을 부여잡았다.

"난 이곳 소속이 아닙니다. 옥토 제로의 지시로 도서를 회수하러 왔습니다."

도호재는 조심스럽게 유니폼을 들쳐 책을 꺼내며 말했다. 메르라 또한 실물 책이 제로의 관리하에 있음을 알 테니 도서를 쥐고 있는 자신이 제로라는 것 또한 믿을 터였다. 도호재는 자신의 목소리가 볼품없게 떨리지 않았길 빌었다.

"감히 제로를 사칭하다니. 입을 찢어버려야 정신을 차리겠나? 박살 난 네놈의 대가리를 가져다주며 근무태만자 명단에 올려야 하니 당장 이름과 멤버십 코드를 대라!"

메르라는 도호재의 말에 외려 역정을 내며 쇠 지렛대를 도호재 바로 옆의 바닥에 내리쳤다. 흙먼지가 뿌옇게 일며 바짝 긴장한 도호재의 몸을 뒤덮었다.

"제로를 위협하다니, 미쳤습니까? 내 이름은 도호재입니다. 주제넘게 제로를 모욕한 메르라는 반드시, 끔찍한 말로를 맞이할 겁니다. 내가 그렇게 만들 겁니다. 날 내려치겠다고 마음먹는다면 이 또한 각오하십시오."

점점 격분하는 듯한 메르라의 모습에 도호재는 턱 부근이 뻣뻣해지고 이가 아득아득 떨렸다.

최태영의 사무실에 처음 입성했던 날, 죽을 만큼 위험하거나 어디 한 군데 부러질 일은 부탁하지 않을 테지만, 어찌 되든 간에 의사가 있는데 좀 부러지면 어떠냐던 최태영의 말이 떠올랐다. 최태영은 도호재가 처해 있는 상황을 염두에 뒀을지도 몰랐다. 쇠 지렛대와 돈독하게 눈 맞춰야 하는 상황이 올 가능성이 있었기에 자신이 아니라 도호재를 보냈을 경우의 수도 배제할 수 없었다. 이렇든 저렇든 당장 쇠 지렛대의 강도를 시험하게 될 인물은 자신이었다. 도호재는 만일 메르라가 자신의 머리를 목표로 하여 쇠 지렛대를 내리친다면 부러지든 말든 팔로 막겠다는 생각으로 몸을 긴장시켰다.

"도호재? 최태영 사무실 얼간이?"

직전까지 위협적으로 으르렁거리던 메르라는 도호재를 겨냥해 금방이라도 내려칠 듯이 높이 쳐들었던 팔을 내렸다. 쇠 지렛대의 끝자락이 바닥에 부딪히며 작게 공명했다.

"진작 말하지 그랬어요. 대가리 깰 뻔했네. 반가워요. 2급 이예은이에요. 그냥 예은이라고만 해주시죠. 최태영한테 신세 지고 있다는 말은 들었어요."

자신을 예은이라고 소개한 메르라는 쇠 지렛대를 반대 손으로 옮기고서 쇠 지렛대를 잡았던 손을 털지도 않고 악수하자며 그대로 도호재 쪽으로 내밀었다.

"2급 메르라가 어떻게 4급 거주 구역에 있습니까?"

도호재는 순식간에 뒤바뀐 예은의 태도에 떨떠름하게 몸을 바로 세웠다. 불쑥 내민 손에 반사적으로 악수하긴 했지만, 그렇다고 해서 두려움에 솟구치던 아드레날린이 한순간에 사라지지는 않았다.

메르라의 손에 묻어 있던 쇠 냄새가 도호재의 손으로 옮겨 갔다.

"특별한 물품이니 간신히 시간 내서 직접 내려왔죠. 4급 거주 구역에서 빌빌거리고 있는 제로 도련님에게 들을 질문은 아닌 것 같지만요."

예은은 땅에 뿌리를 내린 듯이 굳어 있는 도호재는 안중에도 없다는 듯이 그를 머리부터 발끝까지 훑었다.

도호재는 대뜸 자신을 위협한 행동으로도 모자라 품평회에 출고된 상품의 흠을 찾으려는 듯한 메르라의 태도가 상당히 거슬렸다.

"4급보다야 나았지만 비천한 언행이라 2급인 줄은 생각지도 못했습니다. 제로를 보는 눈은 틀린 적 없었습니다만, 메르라에게 똑같이 적용할 수는 없는 법이니. 내 불찰입니다."

도호재는 당연한 사실을 말하듯이 덤덤하게 예은을 평가했다.

"비천한 언행이라고요? 나 참, 살면서 콧대 높은 제로를 가까이에서 보게 될 줄이야. 그렇게 잘난 면상 참 이곳에도 나누면서 살지 왜 그렇게 집에 숨어서 아낀대요?"

도호재가 예은을 비꼬자 예은 역시 그의 말에 빈정이 상했는지 턱 끝으로 도호재를 가리키며 놀리듯이 응수했다.

"잘난 면상과 대면하고자 소망하는 게 아니라 잘난 면상의 일원이자 소유주가 되도록 노력하지 그랬습니까? 그쪽이 제로 멤버십에 가입하지 못하니 제로를 보는 영광도, 제로가 되는 특권도 누리지 못하는 겁니다."

도호재의 말에 밉살스럽게 입꼬리를 죽 내리고 있던 예은의 표정이 삽시간에 굳어졌다.

"장난해요? 알면서도 뱉은 거면 진심으로 대가리 깨버리기 전에 그만두는 게 좋을 거예요."

예은은 도호재를 큰소리로 겁주던 첫 만남보다도 위협적으로 읊조렸다. 한밤중에도 짓궂게 뛰놀던 덜 자란 자녀가 갑자기 조용하기에 돌아봤더니 식칼을 꺼내 들고서 무표정으로 자신을 뚫어지게 쳐다보고 있었다는 걸 알아차린 느낌이었다.

"무슨 말입니까?"

도호재는 메르라에게 순간적으로 위압감을 느꼈다는 사실에 이전과는 비교도 되지 않을 정도로 불쾌해졌다.

"노력한다고 제로 멤버십에 가입할 수 있는 줄 아세요?"

도호재는 예은의 말에 작게 한숨을 내쉬었다. 메르라의 한심한 칭얼거림에 마음 쓰고 배려해 줄 이유는 없었다.

"노력만으로는 안 된다면서 주변 탓만 할 거라면 그만 듣겠습니다."

"도련님. 진짜 진심이시네요?"

예은은 별안간 폐를 조이며 기형적인 웃음을 터뜨렸다. 눈을 부릅뜬 채로 쥐어짜는 웃음에서는 걷잡을 수 없는 분노가 느껴졌다. 도호재는 이해할 수 없는 예은 태도와 갑작스럽고도 생뚱맞은 분노에 눈살을 찌푸렸다.

"메르라는 절대 제로 멤버십에 가입할 수 없는 구조라는 걸 진짜 모르시나 본데요? 도련님이 제로 거주 구역에 있을 때 공부 열심히 했다고 최태영한테 들었는데요. 그동안 헛살았네요."

쇠 지렛대의 한쪽 끝을 잡고 바닥에 대고 있던 예은은 쇠 지렛대를 내던졌다. 쇠 지렛대는 던져진 그대로 날아가다 벽면에 부딪혀 떨어지며 귀에 거슬리는 소음을 냈다.

"어디 말해보십시오. 나에게 하소연하고 싶다면 친히 들어는 주겠습니다."

도호재는 예은의 칭얼거림이 빨리 끝났으면 좋겠다는 생각밖에 들지 않았다.

"제로도 멤버십 중 하나라는 건 말할 필요 없겠죠."

도호재가 아량을 베풀자 예은은 오래전부터 준비해 두었던 것처럼 눈을 번뜩이며 말을 시작했다.

"거의 모든 작업소, 아니 그냥 모든 작업소라고 할게요. 모든 작업소가 작업소별로 특정 등급의 멤버십 가입비와 유지비를 지원해 준다는 건 알 거예요. 사실상 멤버십 등급은 어떤 작업소에 들어가느냐에 달린 거죠. 그런데 왜 제로 멤버십 가입비를 보장하고 유지비를 지원하는 작업소는 없나요? 아니면 메르라는 지원할 수조차 없는 비밀에 싸인 작업소가 따로 있나요?"

도호재는 예은이 던진 질문에 멍청하게 눈을 감았다 떴다. 한 번도 생각해 보지 않았던 사안이었다.

오랜 시간 동안 제로 멤버십에 가입하는 메르라는 없었고, 그렇기에 1급에서 5급 멤버십 가입자는 메르라, 제로 멤버십 가입자는 제로라고 분류해서 부를 수 있었다. 도호재는 심지어 부모님을 제외한 다른 성인 제로가 어떤 형태의 작업소에 종사하는지도 모르고 있었다.

"어이없는 건 또 있어요. 왜 도련님은 졸업해서 소속될 작업소를 구한 것도 아닌데 벌써 제로 멤버십에 가입되어 있죠? 메르라는 교육소를 중퇴하든, 졸업하든, 작업소에 들어가고 나서야 몇 급 멤버십에 가입할지 정해지는데요."

합리적인 질문이었다. 경식 선생의 말대로, 이제는 외울 지경인 도서 《엔바디 사회》에 적혀 있던 대로, 자신이 평생 상식으로 알고 있던 대로, 만일 엔바디 사회의 구성원은 종족과 출신에 상관없이 개인의 노력에 따라서 지위, 거주지 등이 결정된다면 도호재는 벌써 제로의 멤버십에 가입되어 있어서는 안 되었다. 같은 나이의 메르라 거주자들과 동일하게 아직 아무런 등급의 멤버십에 가입되어 있지 않아야 했다.

"메르라 거주 구역에서 성장하고 있는 멤버십 미보유자가 다음 생에는 제로 멤버십에 가입하고 싶다고 말하는 건 들어봤어도, 실제로 목표로 하는 건 들어보지 못했어요. 메르라 거주 구역에 있는 멤버십 미보유자도 제로 멤버십에 가입할 가능성이 있다면 왜 제로와 같은 장소, 같은 환경에서 교육을 받지 못하는 거죠? 왜 자신의 출생 거주 구역에서 교육받고 있는 거죠?"

예은은 말하면서도 기가 차는지 휴게실 벽면을 향해 눈을 흘겼다.

"그건… 출생 거주 구역에서 교육받는 건, 자신의 거주지와 가까우므로 해당 교육소로 배정받은 게 아닙니까. 교육소는 멤버십 등급에 구애받지 않고 같은 교육을 제공합니다. 멤버십 미보유자가 어디서 교육을 받든지 큰 차이가 없다는 말입니다. 게다가 제로와 메르라가 함께 교육을 받기에는 두 종족이 사는 환경 자체가 다르지 않습니까."

도호재는 미련하게 아무런 말도 못 하는 처지에서 벗어나고자 자신이 생각하기에 그럴듯한 말을 늘어놓았다.

"종족? 종족이라고 했어요? 지금 이따위로 나오겠다는 거죠. 진짜 사람 화나게 만드는 재주가 있으시네요."

그가 아무렇게나 늘어놓은 말 중 종족이라는 단어가 예은의 역린을 건드린 듯했다. 예은은 '사람'이라는 사장되다시피 한 옛 단어이자, 사상 저작권을 위배하는 단어를 입에 담으며 분통을 터트렸다.

"뭐가 잘못되었습니까?"

"같은 사람을 어떻게 다른 종족 취급할 수가 있나요?"

예은의 말에 바닥에 떨어진 쇠 지렛대가 멋대로 일어나서 도호재의 머리를 후려친 듯했다. 도호재는 뻐근하게 당겨오는 관자놀이를 짓누르며 대체 예은이 무슨 말을 하고 있는지 파악하고자 노력했다.

"그게 무슨 말입니까? 메르라와 제로가 다른 종족이란 건 기본 상식 아닙니까."

혼란스러워하는 도호재의 말에 예은은 도호재에게 위협적으로 다가섰다.

"도련님 말씀대로 제로 멤버십 가입자와 메르라 멤버십 가입자는 사는 환경이 다르죠. 그런데 그쪽은 태어날 때부터 칙칙한 곳이 좋다고 살았으니까 단순히 거기에 익숙해진 거죠. 고작 그걸로 종족이 분화되었다고 보기에는 성급한 거 아니에요? 그냥 형질이 다른 거죠. 똑똑하신 도련님이니까 잘 알겠네요. 종의 분류 기준에 제로와 메르라는 해당하지 않아요. 아, 종의 분류 기준 자체를 멋대로 바꾸었다면 또 모르죠. 머리카락 길이만으로도 종을 분류하겠다고 바꿔버리면 그땐 우리 둘의 종이 다르다고 할 수 있겠네요."

생물의 종 분류 단계는 알고 있었다. 서로 번식이 가능하고, 서로 간에 자발적으로 번식 행위를 하며, 그렇게 해서 나온 자손이 번식 능력이 있는 무리. 원래라면 자발적으로 번식 행위를 하지도 않고 사례도 없다며 딱 잘라 말했을 수도 있었을 테지만, 제로의 더러운 비화, 그리고 자신의 비화를 알고 있는 도호재로서는 아무 말도 할 수 없었다.

"제로와 메르라가 자발적으로 번식 행위를 한다는 건 어떻게 안 겁니까?"

"아직 종 분류 기준은 안 뜯어고쳤나 보네요?"

도호재와 예은은 상대방의 말은 듣지 않은 채로 본인이 알아내고 싶었던 부분을 짚어내는 데 집중했다.

"메르라 교육소에서 이런 걸 가르친 겁니까?"

도호재의 어리벙벙한 물음에 예은이 눈을 굴렸다.

"지랄하지 마세요, 진짜. 제로가 운영하고 제로가 관리하는 메르라 교육소에서 이런 걸 가르칠 거 같나요? 그쪽 제로네가 독점하고 있는 실물 책을 빼돌리니까 이런 것도 알 수 있는 거죠. 이런 불경한 내용을 담은 책은 차마 불태우지도 못하고 그렇다고 온라인으로 공개할 수도 없으니까 마음대로 열람할 수도 없게 만들어 놨잖아요."

도호재의 말이 가당찮았는지 예은이 먼저 그의 말에 반응했다.

"두 종족이 모여 사는 공정하고 평등한 기회 가득한 엔바디 사회? 진짜, 쌉소리 집어치워요. 여긴 시멘트보다 단단하게 경직된 신분제니까."

예은은 사상 저작권법을 근거로 무분별한 사용이 엄격히 금지되어 있는 단어를 서슴없이 사용했다. 도호재로서는 예은의 '신분제'와 같은 거침없는 단어 선택에 심장이 철렁 내려앉을 따름이었다.

그는 사방이 막혀 있는 휴게실에 혹시 숨어든 이가 있을까 두려워 괜히 주변을 살폈다. 사장되다시피 한 단어를 예은이 어떻게 알고 있는지 경이로웠다. 도호재도 정규 교육을 통해 알게 된 단어가 아니었다. 몇 년 전쯤, 단순한 호기심에 비밀리에 파헤친 단어였다.

"신분제, 아닙니다. 노력해서 1급 멤버십에 가입한 메르라에게는 마땅한 혜택을 줘야 하지 않겠습니까. 그들은 마땅한 대우를 받는 겁니다. 5급 멤버십에 가입한 메르라에게는 1급이 노력하여 쟁취한 혜택이라는 보상이 주어지지 않을 뿐입니다."

도호재는 목소리를 낮춰 읊조렸다.

예은은 도호재를 노려보며 오히려 목소리를 높였다.

"그래요? 1급까지는 그냥 보상체계라고요? 그럼 제로는 왜 빼요? 제로도 멤버십 중에 하나라니까요? 그리고 도련님은 뭘 그렇게 특별한 업적을 세웠길래 벌써 제로의 혜택을 받고 있었던 건데요? 그리고, 극소수의 제로는 대체 무슨 고귀한 작업소에서 일하고 무슨 위대한 자격이 있길래 어떤 멤버십 등급보다도 가입자 수가 많은 3급 거주 구역보다도, 메르라 거주 구역 중에서는 가장 넓은 거주 구역을 갖고 있다고 알려진 5급 거주 구역보다도 넓은 면적을 독차지하고 있는데요?"

"자격이라기보다는 환경이 다른 탓입니다. 메르라는 제로 거주 구역에서는 제대로 살아갈 수 없지 않습니까."

도호재는 웅얼거리며 대답하는 자신의 모습이 끔찍이도 한심했다. 누군가가 자신에게 지금과 같이 답했더라면 도호재는 상대방과의 대화를 당장 멈추고 찬물에 머리를 식히러 방을 나섰을 터였다.

예은 역시 느끼는 바가 다르지 않은지 자신의 말을 이해하려 노력하기는커녕 자신 없는 목소리로 반박하려고만 하는 도호재의 태도에 기함하며 휴게실 벽을 신경질적으로 걸어찼다.

"그놈의 찢어 죽일 종족, 종족. 말이 안 통하네요. 더는 말 섞기 싫으니까 꺼져주세요. 아니, 제가 꺼질게요. 휴게실에서 혼자 서서 마저 징징거리시고요. 최태영이 들고 오라고 했을 책이나 잘

들고 가세요."

예은은 휴게실 문을 거칠게 열어젖히고서 도호재의 존재를 견딜 수 없다는 듯 몸서리치며 휴게실을 떠났다.

폐 휴게실에서 예상치 못하게 오랜 시간을 머무른 도호재는 책을 옷 안에 적당히 쑤셔 넣고 거리로 나섰다. 물류창고 부근을 벗어나자마자 쏟아지는 근무자들의 모습을 확인한 그는 최태영의 개인 사무실을 향해 걸음을 재촉했다.

도호재는 수치감으로 일그러진 얼굴을 누구에게도 보이고 싶지 않았다.

최태영은 다음 날이 되어서야 개인 사무실로 돌아왔다.

도호재는 최태영을 마주하면 무엇을 물어야 할지 밤새 고심했다. 이예은과는 어떻게 아는 사이인가? 도호재가 이예은과 마주칠 줄 알았는가? 최태영이 자신을 폐 휴게실로 보낸 의도는 무엇인가? 실물 책은 어떻게 훔쳤는가? 언제부터 훔치기 시작했나? 엔바디 사회가 신분제 사회와 같은 시스템이라고, 최태영도 공유하고 있는 생각인가? 도호재든 예은이든 둘 중 하나는 사회에 대해 잘못 알고 있다는 사실을 알고도 최태영은 왜 아무런 말도 하지 않나? 그는 도호재에게 애초에 왜 자신을 찾아오라고 한 건가? 이외에도 무수히 많은 의문이 도호재의 머릿속을 가득 메웠지만, 모든 의문을 아우르는 첫 질문은 이 문장이어야 했다.

"무슨 일을 꾸미는 겁니까?"

사무실에 발을 들이자마자 거두절미하고 던져진 질문에 최태영
은 잠시 멀뚱히 생각하다 입을 열었다.

"제로가 관리하는 책을 야객이라는 조직의 조직원으로서 빼돌
리고 있죠."

최태영은 도호재의 질문에 대한 자신의 답이 고작 한 문장으로
충분하지 않다는 사실을 알고 있음에도 아무렇지 않게 대답했다.

책상 위에 도서《국가와 기업》이 올려져 있음을 발견하자 그는
도호재를 지나쳐 곧바로 책상으로 걸어갔다.

"이예은과 꾸미고 있는 일이 제로가 관리하는 책을 빼돌리는 것
뿐입니까?"

도호재는 최태영의 움직임을 따라 고개를 돌렸다.

"안 그래도 예은 씨랑 마주쳤다는 얘기는 들었어요. 첫 만남이
상쾌하지 못해서 어쩌죠?"

최태영은 도호재의 추궁을 대수롭지 않게 넘기며 책을 펼쳤다.
종이가 팔락거리는 소리가 들렸다.

"다시 만날 일이 있다는 말입니까?"

"제가 부탁하는 일을 하다 보면, 네, 아마도요. 종종 마주칠 일이
있을 거예요."

도호재는 최태영에게 온갖 질문을 던져봤자 아무런 해답을 찾
을 수 없으리라는 생각이 들었다. 자신도 어쩌다가 이곳까지 쫓겨
오게 되었는지 뚜렷하게 답하지 않은 판국에 최태영이 곧이곧대
로 답을 해주리라 기대한 게 잘못이었을지도 몰랐다.

도호재는 화제를 돌렸다.

"4급 거주 구역에서 태어난 메르라는 전부 종교 단체에서 양육을 담당합니까?"

도호재는 무심결에 메르라는 단어를 쓰고서 느껴지는 이질감에 얼굴을 찌푸렸다. 제로와 메르라는 같은 '사람'이라며 역정 내던 예은이 떠올랐다.

"4급 메르라가 아니라 모든 메르라, 종교 단체가 아닌 교육소의 담임 선생님이 양육을 담당하죠."

최태영은 책에서 고개를 떼지 않고 답했다.

"부모는 그럼 뭘 합니까?"

책장을 빠르게 넘기던 최태영은 그제야 고개를 들어 도호재와 눈을 마주쳤다.

도호재는 가깝게는 어제부터, 멀게는 몇 주 전부터 끊임없이 기존에 세워두었던 상식의 탑을 무너뜨리고 새로운 돌을 조각해 끼워 넣는 느낌이었다. 처음 보는 성질의 돌은 도호재가 이전에 세웠던 상식의 탑을 지지할 수 있는 강도가 아니었고, 그로 인해 도호재는 새로운 성질의 돌에 맞추어 전혀 색다른 건물을 설계해야 할 판이었다.

"부모요. 메르라에 불과하지만, 나도 들어봤죠. 무슨 뜻인지 대충 알아요. 제로의 부모가 우리에게는 정자 제공자, 난자 제공자예요. 그들은 우리를 존재할 수 있게 만들어 주었죠. 탄생 이후에는 그들은 그들의 삶으로, 우리는 우리의 삶을 살아야죠."

덤덤하게 나온 최태영의 충격적인 대답에 도호재는 머리가 지끈거렸다.

"가족 개념이 없다는 말입니까?"

"가족이요?"

최태영은 눈썹을 위로 끌어 올리며 도호재가 무슨 말을 하는지 모르겠다는 듯이 굴었다.

"부모와 자녀가 같은 공간에 거주하며 부모가 자녀를 보호하고 돌보는 게 가족 아닙니까."

"아뇨. 멤버십 미보유자를 양육하는 건 담임 선생님의 역할이죠? 멤버십 미보유자는 출생하여 검역소에 제출된 순간 담임 선생님이 배정되고, 난자 제공자는 출생 보조금, 산후조리 보조금, 그리고 산후조리를 위한 휴가 기간을 거쳐서 자신의 작업소로 돌아가야죠. 왜 멤버십 미보유자를 난자 제공자와 정자 제공자가 데리고 있어야 하는 거죠?"

최태영은 되려 도호재의 발상이 기괴하다는 듯이 되물었다.

도호재는 예은과 대화했을 때와는 다르게 이번에는 자신이 알고 있는 지식이 무조건 옳다며 떼를 쓰는 게 아니라 최태영이 알고 있는 그만의 세상의 진리를 알아내기 위해 하고 싶은 말을 정제했다.

"선생은 그저 학생에게 지식을 전달하고 특히 교내에서 전반적인 인성 지도를 통해 부모의 양육을 보조하는 인물 아닙니까? 어떻게 그들이 부모의 자리를 대체할 수 있다는 말입니까."

"교육소의 선생님은 도련님이 말한 내용 그대로 학생에게 지식을 전달하고 양육을 보조하는 역할을 하죠. 내가 말한 건 담임 선생님이에요. 담임 선생님이 그쪽의 가족이나 부모 역할을 하나 보죠. 담임 선생님은 특별히 과목을 도맡아서 학생들을 한정적으로 가르치지 않아요. 말 그대로 멤버십 미보유자들을 양육하는 게 그들의 역할이죠."

도호재는 최태영의 답에 얼굴을 감싸 쥐고 깊게 숨을 들이마셨다가 내쉬었다.

단순히 제로와 메르라의 문화가 다르다고 치부하기에는 예은이 도호재를 경멸했던 것처럼 그는 엔바디 사회에 관해 심각할 정도로 무지했다. 《엔바디 사회》라는 도서의 파일이 깨질 정도로, 몇몇 부분은 외울 수 있을 정도로 읽었는데도 사회가 실제로 그러한지는 생각해 보지 못했다. 게다가 예은의 말이 전부 정답은 아니겠지만, 그렇다고 하더라도 메르라와 제로 문화의 차이점에는 마치 의도적으로 감춘 것처럼 도호재가 전혀 모르는 내용이 많았다.

도호재는 잠시 울퉁불퉁한 사무실의 벽을 응시하며 깊게 고민했다.

"…그쪽이 빼돌렸다는 책, 나도 읽어도 됩니까?"

"이거요? 뭐, 안 될 거 없죠. 캐비닛 안에 다른 책도 있으니 원한다면 읽어봐요."

최태영은 도호재의 요청에 흔쾌히 응했다.

도호재는 진리라 여겨지던 기존의 상식을 부정하는 새로운 지식을 접하는 일이 쉽지 않으리라는 건 알고 있었다. 몸속에서 온 갖 내장과 신경들이 이제껏 알고 있던 지식이 진리라고 외치고 있 었지만, 도호재는 최태영의 책상 위의 책과 캐비닛 안에 보관되어 있을 책 속의 내용이 지금 자신이 겪고 있는 사회와 더 맞닿아 있 다는 사실 또한 알고 있었다. 멍청하게 눈 가리고 아웅 하는 짓은 성미에 맞지 않았다. 필요하다면 책에 적혀 있을 내용을 거부하려 는 자신의 몸을 결박해서라도 반드시 읽어내야 했다.

도호재는 일평생 자신과 함께하던 사회에게 종말을 고했다. 제 로 사회와 작별한 경험이 있었지만, 당시에는 자신을 버린 제로 사회에서 탈출해야 한다는 강제성과 최태영이 구축해 놓은 사회 라는 행선지가 있었다. 엔바디 사회와 작별하는 지금은 목적지가 있던 그때와는 달랐다. 어쩌면 제로로서 누렸던 삶 자체를 비롯하 여 자신이 생각하고 행동하는 기반이었던 초석 자체가 송두리째 뒤엎어질지도 모르는 선택이었다. 게다가 이제는 어디로 도착할 지 가늠할 수도 없는 초행길이다.

두려움이 해일처럼 밀어닥쳤다. 숨 막혀 죽는 한이 있어도 두려 움에서 눈 돌리지 않으리라.

이상과 구더기

대강당에 무수히 많은 메르라가 모여 왁자지껄하게 떠들고 있었다. 아주 세부적인 부분의 디자인은 조금씩 다르지만 같은 빨간 유니폼을 입고 강당을 가득 메운 인파는 마치 빨간 염료를 쏟아부은 바다에 조각 난 메르라의 머리만이 둥둥 떠다니며 파도가 치는 형상처럼 보였다.

"아, 님들~ 뭐 하러 또 왔대! 근무시간 땡가먹으려고 온 거 다 안다니까!"

3급 멤버십 가입자에게 지급되는 노란색 유니폼을 입은 메르라 하나가 앞쪽에 설치된 좁은 단상을 딛고 올라섰다. 단상 뒤쪽의 화면에는 '섹스, 유행에 뒤처지지 말자.'라는 굵직한 문구와 함께 남성과 여성이 뒤엉켜 여러 가지 자세를 취하고 있었다. 빨간 메르라 바다는 단상 위에 서 있는 메르라가 익숙한지 그의 넉살에 왁왁거리며 즐겁게 항의했다.

"뭐? 그래도 또 이것도 감사한 우리 사회를 위한 일이니까 근무 시간으로 통쳐주는 거 아니겠냐고요? 맞지, 맞말이지. 그냥 나만 힘들어요, 나만."

한동안 주거니 받거니 사담을 나누던 3급 메르라는 더 딴소리 하다가는 자신이 사회에 기생하게 될지도 모르겠다며 본론으로 넘어갔다. 강단 위에 우뚝 솟아 있는 그의 뒤로는 '황미선 섹스/양육 전문가 초청 강연'이라 적혀 있는 현수막이 큼지막하게 걸려 있었다.

"징그러운 핏덩이 새끼가 겁나게 울어제껴. 너네가 데리고 있으면 뭐 어떻게 할 거야? 아무것도 못 하는 것임! 애초에 전문적으로 교육도 안 받은 너네가 뭘 알겠냐고. 교육소에서 빡세게 교육받은 담임 선생님 선에서 딱! 정리해야지!"

팔을 크게 휘두르며 열변을 토하던 그는 잠시 숨을 고르고 말을 이어갔다.

"아니, 그리고. 뭐 하러 귀찮게 우리가 개네를 죄다 데리고 있어? 그런데 가끔가다 꼭 검역소에 안 맡기는 메르라들이 있어요? 그러다 걸리면 벌금 장난 아니게 문다고 해도 그런다? 대체 왜~ 굳이 굳이 귀찮은 짓을 벌금까지 내면서까지 하려 하는지 레알 모르겠다는 것임! 딱 그런 허접들이 꼭 하지 말라는 짓 하면서 기계

망가뜨리고, 굳이 저 멀리 있는 휴게실까지 가서 놀면서 너네가 한 작업량에 기생하고, 사회에 빌붙어 먹지. 싹 잡아서 때려죽여야 해, 그냥."

3급 메르라는 마치 강단 옆에 자신이 경멸하는 부류의 메르라가 있는 듯이 그쪽으로 가래침을 뱉었다.

강연자는 중간중간 4급 메르라가 쓰는 말투를 따라 하며 열변을 토했다. 의자에 가만히 앉아 있질 못하고 엉덩이를 들썩이는 4급 메르라 무리는 자신들이 평소에 쓰는 말이 나올 때마다 열띤 함성으로 강연자에게 호응했다.

"옛날에는 출생자들을 난자 제공자, 정자 제공자들이 죄다 도맡아서 키웠다는 거 앎?"

빨간 유니폼을 입고 뒤쪽 줄에 앉아 있던 메르라 중 하나가 그럼 옛날에는 난자와 정자 제공자들이 전부 전문 교육을 받았던 거냐고 강단 위를 향해 물었다. 그는 허리가 굽어 있어서 강연자가 단상 위에서 봐도 볼품없어 보이는 외양을 가지고 있었다.

"어~? 아니, 아니이? 무슨 교육소에서, 양육 교육까지 전부 어떻게 받음? 너네, 작업소 교육받기도 빡세잖아? 그냥 무작정 제공자들 둘이서 모여서 출생자 키워보라 이거야. 그러면 어떻게 돼? 핏덩어리 배출하는 것만 해도 난자 제공자는 뒤지겠는데, 그 뒤에 대가나 휴식도 없이 바로 출생자 병수발 들어주는 일을 하고 싶겠냐고? 야, 정자 제공자도 교육 하나 안 받고 잘도 해내겠다."

강당 내에 야유하는 소리가 퍼져나갔다.

"그럼 어떻게 돼? 섹스 못 해. 섹스하면 핏덩어리 생기는데? 안 해, 못 해!"

웅성거리는 정도였던 야유 소리는 뒤이은 강연자의 발언에 매서운 기세로 번졌다. 몇몇은 욕설을 내뱉었고, 앞에 있는 의자를 걷어차기도 했다.

"어유. 닥쳐봐, 좀! 그래서 너희 섹스의 자유를 보장하기 위해서 제로가 담임 선생님 시스템을 도입해 줬잖아."

강연자는 어수선하던 분위기를 단숨에 진정시켰다. 야유하던 메르라 파도는 여전히 격분에 찬 상태로 만족스럽게 고개를 끄덕였다.

"님들아. 그리고 이 사회도 많이 발전했다는 거 앎? 옛날에는 섹스하고 싶어도 자유롭게 못 했었어~ 뭔 장소를 빌리고, 다른 메르라가 함께 있을 때 섹스하면 그 메르라가 경비한테 꼰질러서 내가 처벌받고! 섹스 한 번 하기가 레알 징하게 힘들었다?"

강연자는 4급 메르라의 파도에 함께 휩쓸리려는 듯이 4급 메르라와 점점 비슷한 말투를 더 많이, 자주 쓰며 격정적으로 강연을 이끌어 나갔다.

"말하다 보니까 그러네. 너네 너무 좋은 사회에 태어난 거 아니야? 섹스의 자유를 보장해 준다고 섹스 이후에 덜렁 딸려 나오는 핏덩어리까지 제로가 처리해 주네? 근데 또? 그것만 처리하면 수지타산이 맞지 않음. 그래서 섹스 보조금을 줘, 임신 보조금도 무지막지하게 줘, 임신 콜 서비스 운영해, 온갖 잔업도 면제해 줘, 임산부 전용 거주지로 옮겨서 지극정성으로 보살펴 줘, 출산 병원비 지원해, 출산하면 휴가를 또 왕창 줘, 산후조리 보조금도 줘, 산후조리 서비스까지 다 지원해 준다니까? 이 정도는 돼야 섹스 즐길 맛 나지."

섹스라는 단어를 외치는 시끄러운 함성이 거칠게 움직이는 메르라 파도와 함께 강당을 가득 메웠다.

한참 동안 이어지던 함성이 잦아들자, 뒤쪽에 앉아서 질문했던 구부정한 메르라가 강연자에게 다시 질문을 던졌다. 잠시 숨을 고르며 그의 질문을 들은 강연자는 호탕하게 웃더니 마이크를 입 가까이 가져갔다.

"뭐? 정자 제공자는 더 지원받는 거 없냐고? 너넨 그냥 같이 즐기고 싸지르고 하는 거밖에 없잖아? 너네, 뭐 사정할 때마다 아파 죽겠음? 살 찢으면서 사정해? 정자 만드는 데 10개월씩 걸려? 섹스 즐기고 보조금 받으면 됐지 뭘 더 바라세요~"

메르라 파도는 강연자와 함께 뒷줄에 있던 메르라의 질문을 크게 비웃었다.

강연이 끝나고 메르라 파도는 썰물처럼 강당을 빠져나갔다. 다들 자신의 자리에 올려져 있던 각종 성인용품을 손에 쥐거나, 이리저리 뜯어보고, 옆의 행인에게 뿌리고, 장난스럽게 사용해 보며 익숙하고도 만족스러운 표정을 짓고 있었다.

맨 뒷줄에 앉아서 강연자에게 질문하던 등이 굽어진 메르라는 무리에서 벗어나 옆길로 방향을 틀었다. 메르라 파도로부터 빠져

159
이상과 구더기

나온 도호재는 구부정하게 굽히고 있던 허리를 펴고 흐느적거리는 빨간 유니폼을 대충 잡아당겼다. 도호재의 몸에 비해 큰 유니폼은 최태영에게 부탁해 구한 4급 메르라 옷이었다. 도호재는 자신과 같은 방향으로 온 메르라가 없는지 확인하고서 최태영의 개인 사무실 쪽으로 발걸음을 옮겼다.

사무실에 도착한 그는 책상 위에 비치된 패드의 화면을 켰다. 그곳에는 도호재가 폐 휴게실에서 직접 가져왔던 도서《국가와 기업》을 비롯하여 최태영 사무실 캐비닛에 꽂혀 있던 수십 권의 책을 통해 알아낸 엔바디 사회의 비밀이 빼곡하게 정리되어 있었다. 그중에서도 큼직하게 적힌 세 가지 문구가 잘게 적힌 문장들 중앙에 적혀 있었다.

기업(대표 기업) =〉 제로

국가 개념 =〉 엔바디 사회

정부 역할 =〉 제로

캐비닛에 있던 책을 열댓 권쯤 읽었을 때 제로가 원래는 명실상부 '국가'를 대표하는 대기업이었다는 사실을 추론해 낼 수 있었다. 사실상 추론이라기보다는 명시되어 있었음에 가까웠지만, 어찌 되었든 '제로는 국가를 대표하는 유일무이한 대기업이었다.'라는 정확한 문장은 존재하지 않았으므로 추론이라고 표현함이 옳았다.

현재 엔바디 사회의 실상은, 책에 서술된 내용이 진실이라면, 예은이 도호재에게 열변을 토한 바와 별반 다르지 않은 듯했다. 예은이 엔바디 사회의 현재 모습을 알려주었다면, 책은 도호재에게 엔바디 사회가 지금의 형태를 갖추기까지의 대략적인 과정을 알려주고 있었다.

도호재는 자신이 정리한 페이지를 다시 읽어 내렸다.

기업은 이윤추구를 목적으로 재화와 용역을 생산하는 조직적 경제단위이다.

밑줄 그어진 문구 밑으로는 길게 선이 빠져나와 새로운 내용과 연결되어 있었다.

기업은 이윤을 추구함이 옳다는 설립 목적 하나만으로도 각종 상식 및 도덕적 잣대로부터 상당 부분 벗어나 있었다.

국가와 정부라는 새로운 단어를 중심으로 내용을 정리한 부분에는 도호재가 처음 단어를 접했을 때 정리해 두었던 개념 설명이 적혀 있었다.

엔바디 사회에서 사회의 보안과 전체적 유지 관리 및 운영을 담당했던 부서는 과거 정부라는 독립 기관이었다. 정부는 엔바디 사회의 구성원들이 살아가고 있는 여섯 가지 지역을 묶어주는 국가 개념과 연동되어 있었으며, 정부란 국가에 소속된 사회 구성원인 국민을 지배하고 통제하는 동시에 그들을 부양하는 절대, 상대적 권력 기관이다.

도호재는 개념 설명과 연결되어 적혀 있는 국가 개념에서 엔바디 사회로의 변천사 부분을 펜으로 그어 내렸다. 펜이 패드에 닿아 움직이는 대로 기다란 선이 나타났다가 사라졌다.

국가 개념 아래에 성립했던 당시의 엔바디 사회는 급속도로 극단적 고령 사회로 진입했다. 최악의 저출생 시대와 최장 수명의 시대를 맞이하며 노동 인구는 급격하게 줄어드는 반면 평균 수명은 급격하게 연장되었다. 복지 비용은 국가의 재정을 위협할 정도가 되었다. 복지 재원이 충분히 확보되지 않은 상태가 지속함에 따라 복지 서비스의 질은 지속적으로 저하되었고, 덩달아 오르는 복지 비용으로 인해서 국가는 준부도 사태에 직면하였다.

도호재는 선을 그으면 일시적으로만 나타났다 사라지는 펜으로 패드에 적혀 있는 내용 중 복지와 관련된 단어가 나올 때마다 줄을 죽죽 그었다. 아무리 생각해도 복지 비용에 대한 부담으로 국가가 준부도 사태가 되었다는 부분은 억지스러웠다. 명색이 사회를 다스리고 있었다는 기관이 외부의 불가피한 재앙적 사건이 발생한 것도 아니고 내부의 자금 흐름 하나 통제하지 못하여 멸망의 길을 걸었다는 내용은 믿기 어려웠다.

그는 미심쩍은 문장을 펜으로 가볍게 두드리다 다음 문장으로 넘어갔다.

> 이러한 사회적 요인에 더불어, 최후의 순간까지 멈추지 못한 환경 파괴로 인해 자연은 인간이 생존하기 적합하지 않은 환경으로 변모하여 국가와 국민은 생존의 기로에 서게 되었다. 식량 보급에 심각한 차질이 생겼고, 기근으로 인해 거리에는 기아가 넘쳤다. 대표 기업인 제로의 주도하에 식사 대용 캡슐이 나오며 최악의 상황은 면했으나, 현재의 상태를 유지하는 데에도 돈을 포함하여 천문학적인 자원이 소모됨에 따라 현재 상황을 개선하기는 쉽지 않아 보인다.

지금의 상태를 유지하는 것만으로도 감지덕지하라는 소리였다. 제로 거주 구역에 비해 메르라 거주 구역, 특히 5급에 가까운 메르라 거주 구역일수록 제대로 된 보호나 관리를 받지 못하고 있으리라는 생각이 들었다. 3급 거주 구역의 술집 운영자가 늘어놓은 푸념처럼 도호재가 메르라 거주 구역에서 머무르는 동안 봄에는 모래바람이 대기를 뿌옇게 물들였다. 아직 여름 초입임에도 비가 내리기 시작하면 하늘에 구멍이 뚫린 듯이 비가 퍼붓기 일쑤였다. 도호재가 제로 거주 구역에서 생활할 때는 겪어보지 못했던 날씨의 연속이었다.

환경 파괴는 식량에만 악영향을 끼친 게 아니다. 환경 파괴와 사회적 요인이 겹치며 물가는 빠른 속도로 올랐다. 노동 업계는 가구 생계비를 반영해서 자신들의 생존을 위해 급여를 끝도 없이 인상해 달라고 요구했고, 기업을 대표로 내세운 고용주 측은 가뜩이나 물가도 올라서 재료 수급이 어려운데 인건비 상승까지는 감당할 수 없다며 반발했다. 그들은 지급 능력이 한계에 달했다며 오히려 인력 활용을 거부하는 지경까지 이르렀다. 당시 정부는 타협점이 보이지 않고 악화하기만 하는 상황을 해결하기 위해 대기업의 시장 독점을 허용하는 대신, 압도적인 수의 노동자에 비례하는 거액의 인건비를 지급할 능력이 있는 유일무이한 대기업에 중소기업의 합병 의무를 지웠다.

도호재는 정부가 대기업을 제어할 마지막 고삐를 놓친 대목에 이르렀다. 도호재는 일시적으로만 선이 유지되는 펜을 취소하고 다른 펜으로 교체했다. 대기업이라는 단어에 밑줄을 긋고 '=제로'를 적은 그는 패드 화면을 넘겼다.

예은으로부터 맹신할 수는 없는 힌트이자 답을 얻은 현재 엔바디 사회의 실상 중 문화 부분이 화면에 표시되었다. 도호재는 노동이라 적혀 있는 항목에 새로운 문장을 적어 넣었다.

> 폐 휴게실: 휴게실에 방문하면 안 된다는 문화가 형성되었
> 기 때문에 누구도 휴게실을 이용하지 않아 자연스럽게 폐쇄
> 되었다.

도호재는 부모라는 개념과 단어가 사라진 메르라의 가족 문화를 이해하고자 근방에서 가장 유명하다는 '황미선 섹스/양육 전문가 초청 강연'에 잠입했었다. 최태영의 말에 따르면 황미선은 3급 거주 구역에서 인정받으며 성인 메르라를 대상으로 섹스/양육 교습소를 운영하는 이 분야의 권위자였다. 도호재가 참석한 '황미선 섹스/양육 전문가 초청 강연'에서는 부모라는 단어는 찾아볼 수 없었다. 오히려 섹스/양육 전문가라는 이는 부모라는 개념이 자리 잡지 못하도록 4급 멤버십 가입자를 대상으로 부모의 인식을 삭제하고, 자신을 부모라 인식하는 메르라는 사회에 폐를 끼치는 존재라는 프레임을 씌우고 있었다. 도호재가 몸담았던 제로 사회와는 정반대로 부모의 존재가 선생보다 낯선 사회가 만들어지는 현장이었다.

후줄근한 소매 끝부분을 무의식적으로 펴고 있던 도중 최태영이 사무실 문을 열고 들어왔다. 그는 도호재가 캐비닛의 책을 읽겠다고 말한 뒤로는 거의 매일같이 문지방이 닳도록 사무실을 드나들었다.

"무사히 돌아왔네요. 딸린 입 하나 줄이나 했더니."

도호재는 어느새 최태영의 마음에도 없는 빈정거리는 말에 익숙해졌다.

"유니폼 구해줘서 고맙습니다. 종철 씨에게도 고맙다고 전해주십시오."

"네, 뭐."

최태영은 책상 한편에 반듯하게 접혀 있는 유니폼을 힐끗 쳐다봤다. 그는 능력 있는 프리랜서로 일하며 이곳저곳 불려 다닌 탓인지 2급 멤버십 가입자인 예은 외에도 4급 멤버십 가입자 종철과도 친분이 있었다.

종철은 현재 메르라 4급 거주 구역에서 배달하는 업무를 맡고 있었다. 최태영의 말에 따르면 배달업 종사자는 자신이 몇 급 거주 구역을 담당하느냐에 따라 가입된 멤버십은 4급으로 고정일지라도 3급 임시 거주지에서 생활할 수도 있었다. 1급에서 3급까지는 도호재가 제로 거주 구역에서 이동 장치를 활용해서 빠르게 이동할 수 있었던 것처럼 1, 2, 3급을 담당하는 배달원은 3급 임시 거주지를 배정받아서 그곳에서 거주하며 자신이 담당하고 있는 지역의 배달 업무를 출퇴근하며 수행했다. 이러한 장점이 있었기에 3급 멤버십 가입비를 지원하는 작업소에 갈 수 없으리라 판단한 메르라는 배달 업무에 종사하며 높은 등급의 멤버십 거주 구역을 담당하고자 치열하게 경쟁했다.

최태영은 푹 꺼진 소파에 쓰러지듯이 앉으며 앓는 소리를 냈다.

그는 오늘의 업무를 마지막으로 하루 동안은 기적적으로 업무에서 벗어났다며 소파 깊숙이 파고들었다.

"대충 봐도 도련님 책 읽는 속도가 엄청나던데 제로로 살던 범생이 시절이 어디 가는 건 아닌가 봐요?"

최태영의 말을 들은 도호재는 책상에 쌓여 있는 책더미와 캐비닛 쪽으로 시선을 던졌다. 6월로 접어들며 조금씩 폭우가 쏟아지는 날이 늘어갔고, 캐비닛 안에 쌓여 있던 수십 권에 달하는 책은 점차 바닥을 드러냈다.

"명성에는 능력이 뒷받침되어야 하지 않겠습니까."

도호재는 대수롭지 않게 대답하며 오늘 잠입했던 강연에서 알아낸 내용을 패드에 마저 정리했다.

"몰래 들어갔던 강연에서 무사 귀환했으면 접때 갔던 휴게실에 한 번 더 가줘요."

폐 휴게실에 처음 갔던 날 이후, 최태영은 심심하면 한 번씩 같은 장소에서 물건을 가져와 달라고 도호재에게 부탁했다. 물품은 책 외에도 가끔 밀반입한 저작식 식품도 있었고, 사용처를 명확히 알기 어려운 물품도 섞여 있었다. 도호재는 최태영에게 딱히 물품의 사용처를 묻지 않았고, 최태영 또한 도호재에게 일일이 설명하지 않았다.

도호재는 폐 휴게실에 꽤 여러 번 방문했지만, 한동안 예은과는 다시 마주치지 않았었다. 2급 멤버십에 가입하여 2급 거주 구역에 있을 예은을 4급 거주 구역에서 마주치길 기대하는 것도 억지스

이상과 구더기

러운 일이긴 했다. 최태영의 말에 의하면 폐 휴게실에 물건을 가져다 놓는 일도 대부분 종철이 담당하는 일이라고 했다. 다만 예은이 폐 휴게실에 가끔 들르기는 하는지, 도호재가 몇 주 전쯤 휴게실에 방문했을 때는 벽면에 스프레이로 욕설 그림이 커다랗게 그려져 있었다. 도호재는 자신을 위해 준비된 거대한 그림을 발견하고 다음번에 휴게실에 들렀을 때 적당한 돌을 주워다가 벽면을 긁어내며 흐릿하게 미안하다고 적어두었었다.

최태영은 그로부터 얼마 지나지 않아 폐 휴게실에 들러달라고 부탁했다. 도호재는 이제는 익숙해진 폐 휴게실로 가는 길을 걸으며 그사이에 예은이 휴게실에 들렀을지 홀로 내기했었다. 예은이 자신이 남긴 답변을 확인했다면 돌아올 때 초반 절반을 빠른 걸음으로, 자신이 남긴 답변이 전달되지 않은 채 그대로 남아 있다면 돌아오는 길의 후반 절반을 빠른 걸음으로 돌아가겠다고 다짐한 그는 능숙하게 주변을 살피고 폐 휴게실로 들어섰었다.

"아. 오랜만입니다."

사무실로 돌아가는 길의 초반부를 빠른 걸음으로 가야 하겠다고 생각한 도호재는 예은과의 예상치 못한 조우에 떨떠름한 인사를 건넸다. 예은은 도호재가 적어둔 흐릿한 문구 앞에 서 있었다.

"다시 생각해도 짜증 나서 엿 좀 먹이려 했는데, 그새 심경에 변화가 있으셨나 보네요. 저만 치졸한, 그쪽이 말하는 메르라가 되었잖아요."

예은은 못마땅하게 도호재의 인사를 받았다.

"심경의 변화라기보다는 가능성을 열어두었다고 표현하는 게 정확한 듯합니다."

"재수 없게 굴지 마세요."

예은은 돌로 투박하게 적어둔 도호재의 흔적을 손으로 쓸어 지웠다. 가뜩이나 희미하게 의미를 전달하고 있던 글자들이 예은의 손길을 따라 희끄무레하게 번져서 제 기능을 하지 못하게 되었다.

"그간 내가 교육받았던 내용을 의심하지 않고 흡수했었다는 걸 깨달았습니다. 직접 보거나 겪어보지도 않았으면서 사회가 어떤 모양인지 멋대로 결론 내리고 있었습니다. 잘못되었는지, 정확한지는 모르겠으나, 좌우간 확신 없는 믿음에 기반해서 말하고 행동하니 나의 언행이 어떻게 올바를 수 있겠습니까."

예은은 도호재의 말에 거짓이 있는지 가늠하려는 듯이 그의 얼굴을 빤히 뜯어보았다.

"그거, 사과인가요?"

"맞습니다."

도호재는 흔쾌히 긍정했다.

"상세하고, 음, 직설적이시네요."

도호재가 휴게실에 있는 예은의 존재에 당황했던 만큼 예은도 도호재의 사과를 예상하지 못했던 듯 당황스러운 기색이었다.

도호재는 어색한 침묵을 깨고자 궁금하지도 않은 시답잖은 질문을 던졌다.

"이번에는 뭡니까? 단품이 아니라 여러 개가 들어 있는 것처럼 보입니다."

"안경테를 구해달라던데요?"

예은은 어깨를 으쓱이며 들고 있던 봉투를 도호재에게 넘겨주었다. 도호재는 봉투를 열어보며 대화가 끊기지 않도록 다른 질문을 짜냈다.

"최태영과는 어떻게 알게 된 겁니까?"

그의 질문을 들은 예은은 미세하게 고개를 기울이며 잠시 고민했다.

"짧게 말하자면 최태영이 제 생명의 은인이죠. 아마 종철 씨에게도 최태영은 생명의 은인 같은 걸 거예요."

"괜찮다면 자세한 이야기도 듣고 싶습니다."

도호재는 예은을 부추겨 막 끊어지려는 대화를 발 빠르게 이었다.

"아. 제 작업소가 온라인 서버랑 연관되어 있어요. 온종일 화면과 씨름해야 하는 업무란 말이죠. 하루는 서버 냉각장치에 문제가 발생해서 불이 붙었었어요. 꽤 큰 불이었는데, 그때 화를 피하지 못해서 죽을 뻔했다가 최태영 덕분에 살아났어요. 나 참, 2급 협약 병원에 있는 의사도 해내지 못하는 걸 3급 거주 구역에서 잠시 올라와 있던 프리랜서가 해낼 줄은 누가 알았겠어요?"

"그렇습니까."

도호재는 습관적으로 대꾸하다 뇌리를 스치는 생각에 빠르게 고개를 돌려 예은을 똑바로 바라봤다.

"예은? 그 이예은이 맞습니까? 메르라 중에서, 아, 미안합니다.

메르라 멤버십 가입자 중에서 유달리 뛰어나다는 서버 전문가 아닙니까?"

도호재는 예은과 자신을 완벽하게 구분 지어버리는 단어를 쓴 것에 정중히 사과하며 질문했다. 예은이 심히 불쾌해했으니 예은 앞에서는 자중해야 할 표현이었다.

"음, 수식어가 거창한 감이 있지만, 저를 말하는 게 맞는 거 같네요."

예은은 자신을 추켜세우는 말이 익숙지 않은 듯이 머쓱하게 대꾸했다.

"'천재 서버 전문가 이예은'이 과하게 널리 퍼져 있어서 성까지 붙여서 부르지 말아 달라 부탁드린 거예요. 다 부질없는 일이 되어버렸지만요. 제로 사회에까지 유명해졌을 줄이야."

예은은 '천재 서버 전문가 이예은'이라는 단어를 입 밖으로 낼 때 손가락을 구부려 허공에 따옴표를 표시해 보였다.

"제로의 수동 보안 서버와 맞먹을지도 모른다는 평가를 받는 건 불가능에 가까운 일 아닙니까. 불편하다면 그만하겠습니다만, 충분히 자랑스러워해도 된다고 생각합니다."

도호재는 의아하게 고개를 살짝 기울였다.

예은은 지나치게 겸손해 보였다. 예은의 능력이 월등히 뛰어났고, 이를 누군가가 발견했기 망정이지 예은이 만일 시도 때도 없이 자신의 능력을 깎아내려 소개했었더라면 결국 자신의 능력을 발휘할 기회를 전부 놓치고 4급 멤버십에 가입해서 살아가고 있을지도 모를 일이었다.

"말씀이라도 고맙네요."

예은은 그가 아직 자신을 칭찬하고 있다고 생각했는지 이마를 붉적이며 멋쩍게 답했다. 정작 도호재는 떠오르는 생각을 그대로 전했을 뿐이었다.

도호재는 예은이 건네준 봉투를 들고 휴게실을 나서려다 문득 드는 생각에 예은이 서 있는 쪽으로 몸을 돌렸다.

"혹시 멤버십 보유자를 특정해서 찾는 일도 가능합니까?"

"멤버십 코드가 말소되지 않고서야 어렵지 않죠."

예은은 고개를 끄덕이며 대수롭지 않게 답했다.

"5급의 연지라는 인물을 찾았으면 합니다. 나이는 스물둘이라고 알고 있습니다. 정확한 정보라고 보장하기는 어렵습니다."

무작정 최태영을 찾아가 숙식을 해결해 주지 않겠냐고 억지를 부릴 때 친어머니와 연지의 소식을 찾는 일부터 시작하자고 마음먹었었다. 도호재는 연지의 생사를 확인하고, 가능하다면 다시 만나고 싶었다. 제대로 된 치료를 받지 못하던 연지를 놔두고 홀로 경비와 의사로 이루어진 무리를 대동하여 제로 거주 구역으로 훌쩍 돌아간 일이 마음에 걸렸다.

예은으로부터 긍정의 답을 받은 도호재는 고민하다 다시 입을 열었다.

"1명 더 부탁해도 되겠습니까."

1명이나 2명이나 크게 차이 없다는 예은의 말에 도호재는 자신을 안심시키듯 고개를 작게 끄덕였다.

"이름, 나이, 멤버십 코드, 아무것도 모릅니다. 무책임하게 들린다는 거, 압니다. 그래도 18년 전쯤, 1월경에 멤버십 변동 폭이 심하거나 기록이 조작된 흔적이 있는 여성 5급 멤버십 가입자를 찾아주었으면 합니다."

"그런 경우라면 이쪽은 시간이 좀 걸릴지도 몰라요. 일단은 찾아볼게요."

예은은 고개를 갸웃거리며 답했다.

도호재는 예은에게 고맙다는 인사를 건네고서 휴게실 문을 열고 물류창고 지대에서 빠져나왔다. 운이 좋다면 연지와 재회하고 미안했다는 말을 전할 수 있다는 기대감이 고개를 들었다. 더더욱 운이 좋다면 예은을 통해 친어머니의 소식도 접할 가능성이 있었다. 그는 친어머니를 왜 찾고자 하는지, 친어머니와 만나면 무엇을 말하고 싶은지 아직 아무런 생각도 들지 않았다.

도호재는 그날 최태영의 개인 사무실을 향해 빠른 걸음으로 걸어갔다. 최태영의 사무실로 돌아와 책상 끝쪽에 봉투를 올려둔 그는 의자에 앉아 패드 화면을 켰다. 엔바디 사회과 관련된 책의 내용을 정리한 파일이 떠 있었다.

엔바디라고 적혀 있는 창을 끄고 다른 파일을 열자 연지와 친어머니의 소식을 접할 방법에 대해 브레인스토밍한 흔적이 어지러이 늘어져 있었다. 도호재는 자신이 적은 내용 중 몇 없지만, 그마저도 가망 없는 방법들 위로 선을 죽 그었다. 도망자 신세 주제에

이상과 구더기

혈혈단신으로 무언가를 해내겠다는 생각으로 가득 찬 파일을 보니 자신이 구제하기 어려울 정도로 어리석어 보였다. 도호재는 파일에 적혀 있던 문장들을 지우고 선 하나를 빼내어 '예은에게 부탁'이라 적었다. 연지와 친어머니라는 단어를 중심으로 적혀 있던 현실성 없는 방법들을 지워내니 파일은 선으로만 가득 차서 볼품없어 보였다.

도호재는 파일을 보며 생각에 잠겼다. 제로 거주 구역에서 내쫓기듯 도망치며 세운 무엇을 목표로 하든 홀로 해내야겠다는 결심은 자신의 이기적인 고집이었다. 이곳은 도호재의 홈그라운드도 아니었고, 도호재는 특수한 능력이 있는 인물도 아니었으며, 최태영을 찾은 행동부터 앞뒤가 맞지 않은 행보였다.

그러고 보니 엔바디 사회에 대해 알아내느라, 최태영의 캐비닛에 있는 책들을 읽느라 아직도 무엇을 인생의 목표로 삼을지 결정하지 못했음을 깨달았다. 분명 쉼 없이 살았음에도 목표는 정해지지 않았고, 도호재는 제로 사회와 이별한 지 세 달째 되는 당시까지도 여전히 화려하게 타오르는 인생을 살고 싶다는 막연한 틀밖에 쥐고 있지 않았었다. 제로 거주 구역에서 생활할 때 고용인들조차 도호재의 한계를 멋대로 결정하고 비웃었던 일이 떠올랐다. 도호재는 신경질적으로 주먹을 쥐었다 펴며 친어머니와 연지의 소식을 접하는 건 단기 목표이고, 엔바디 사회의 진상에 대해 파악하는 행보는 정확한 인생 목표를 세우기 위한 초석이라며 불안감을 잠재웠다.

도호재는 예은에게 연지와 친어머니의 소식을 알아봐 달라고 부탁한 날 이후에 폐 휴게실에 몇 번 더 들렀지만, 예은과 마주치는 일은 없었다. 아무런 소식도 들을 수 없었다.

몇 주 전에 있었던 일에 대해 생각하다 보니 어느새 아지트처럼 드나들었던 폐 휴게실이 그의 눈앞에 있었다. 한동안 아무런 말이 없다, 오랜만에 최태영으로부터 받은 부탁이었다. 도호재는 익숙한 손놀림으로 문손잡이를 돌려 휴게실 내부로 발을 디뎠다. 어쩌면 오늘 종철과 처음 마주치거나, 오늘이야말로 예은에게서 연지와 친어머니에 대한 소식을 전해 들을지도 몰랐다.

휴게실 정중앙에 있는 탁자는 텅 비어 있었다. 처음 왔을 때는 책이 덩그러니 올려져 있었고, 그 뒤로는 책이 아니더라도 어떤 물품이든 상관없이 책상 위에 올려져 있었는데 오늘은 아무것도 없었다. 도호재는 혹시 물품이 바닥에 떨어져 있나 싶은 생각에 바닥을 훑었지만, 휴게실 내부를 이곳저곳 돌아다니느라 흙먼지만 일어날 뿐이었다. 자신이 예상보다 훨씬 일찍 휴게실에 들어왔거나 예은 또는 종철이 이곳까지 오는 길에 급하게 처리해야 할 일이 생겼을 수도 있다는 생각에 그는 휴게실 내부 등을 켜고 잠시 기다리기로 했다. 한 번도 겪어보지 못했던 상황이었다. 그는 그저 휴게실 벽에 기대어 서서 종철이나 예은이 문을 열고 들어오기를 하염없이 기다렸다.

휴게실에서 시간을 보내는 동안 6월의 징그러운 폭우가 쏟아지는 소리가 들렸다. 도호재가 최태영의 개인 사무실에서 지내는 동안 몇 번인가 폭우가 쏟아졌었다. 4급 거주 구역의 폭우는 맨살에 맞으면 따가울 정도로 거셌고, 비는 대기의 온도를 낮춰주기는커녕 거세게 내리느라 마찰열이라도 생기는 건지 뜨거운 수증기를 유발해서 비가 내리지 않을 때보다도 덥고 습한 환경을 만들어 냈다. 오랫동안 사용하지 않은 휴게실 천장에는 마감 처리가 제대로 되지 않았는지 빗물이 한 방울씩 새어 들어왔다. 폭우가 쏟아지니 이곳에서 지내는 동안 익숙해져서 신경 쓰지 않았던 오물 냄새가 질척한 하수구를 타고 4급 거주 구역을 가득 메우는 느낌이었다.

가만히 서 있으려니 다리가 뻐근했다. 그는 조금씩 물기가 스며드는 휴게실 내부를 걸었다. 꽤 오랜 시간이 지났음에도 휴게실 문에서는 폭우가 두드리는 소리만 들릴 뿐, 문이 열릴 기미는 보이지 않았다. 이쯤이면 최태영이 착각하여 휴게실에 들를 일정을 자신에게 잘못 알려주었다는 생각이 들었다.

도호재는 이곳에서 시간을 더 지체하다가는 물류창고의 근무자 퇴근 시간이랑 겹치겠다는 생각에 결국 아무런 소득 없이 휴게실을 나섰다. 폭우가 악독하게 퍼붓고 있었다. 배수가 제대로 되지 않아 거리에는 물이 들어찼고, 수거되지 않은 쓰레기와 오물이 뒤엉켜 거리를 떠다니듯 굴러다니고 있었다. 매일같이 섹스 용품을 배부해 주던 휘황찬란한 가판대도 철수한 거리에는 쏟아지는 빗줄기로 인해 배경음처럼 들려오던 섹스 체위 설명 방송도 들리지 않을 지경이었다.

설상가상으로 후덥지근한 열기로 인해 한층 독해진 악취가 코를 찔렀다. 어쩌면 4급 거주 구역에 처음 발을 들일 때부터 났던 악취는 전부 작년 여름철 폭우로 인해 생성되었던 게 그때까지도 잔류해 있었던 게 아닐까 하는 생각이 들 정도였다.

도호재는 폭우가 쏟아짐에도 불구하고 여전히 제로 거주 구역의 낮보다는 강렬한 빛으로 인해 안경을 반쯤 벗으려다 다시 눈 가까이 끌어 올렸다. 자칫하다가는 안경에 묻은 빗물이 문제가 아니라 폭우로 인해 안경이 거리에 떨어질지도 몰랐다. 물이 들어찬 거리에 안경을 떨어뜨려서 잃어버린다면 도호재는 그대로 우두커니 서서 자신의 부재를 기이하게 여긴 최태영이 그를 찾아 나설 때까지 기다려야 했다.

안경을 한차례 닦아낸 도호재는 진창으로 변한 거리를 조심스럽고도 과감하게 달렸다. 억수같이 쏟아지는 능우로 인해 안경은 닦아도 닦아도 물이 들어찼고, 그로 인해 시야가 흐려지며 앞이 잘 분간되지 않았다. 꿉꿉한 물기를 흠뻑 머금은 신발과 바짓가랑이는 축축 늘어지며 다리를 바닥으로 잡아당겼다. 독한 악취에 숨을 쉬기도 어려웠지만, 거리에서 보내는 시간을 조금이라도 줄이기 위해 공기를 들이마시는 일이 버거워도 사무실까지 달리는 게 나았다. 도호재는 빗물과 땀, 습기로 인해 흐려지는 안경을 쉴 없이 닦아내며 최태영의 사무실까지 발걸음을 재촉했다.

후덥지근한 습기가 가득 찬 날이었음에도 따가운 맹우로 인해 도호재가 최태영의 사무실이 있는 건물 내부에 들어섰을 때 그는 이미 뼛속까지 시릴 정도의 추위로 인해 이가 멋대로 부딪히는 걸 주체할 수 없을 지경이었다. 최태영의 사무실이 있는 건물에 화장실이라곤 10층마다 하나씩 있는 게 전부였다. 그는 30층에 들러서 바지에 물든 오물을 씻어내고 유니폼의 물기를 짜냈다.

축축한 옷을 끌고 사무실에 들어서니 기적적으로 일이 없다던 최태영은 잠시 어딘가 간 모양인지 보이지 않았다. 피로한 몸을 이끌고 책상 가까이 가자 책상 위에는 반으로 접힌 종이가 한 장 올려져 있었다. 실물 책이 아닌 종이를 보는 건 처음이었다. 도호재는 손에 남아 있는 물기를 최대한 털어내고 종이를 집었다. 펼쳐보니 최태영이 도호재에게 쓴 편지인 듯했다.

그는 편지를 천천히 읽었다.

응급의학과에서 나름 오랫동안 프리랜서로 근무하다 보니 여러 사연을 가진 다양한 나이대의 여러 멤버십 가입자들을 봐왔어요. 최근에는 이른 나이부터 교육소를 졸업한 직후에 바로 작업소에 소속되지 못하면 어떡하지, 끝까지 작업소를 구하지 못해 반강제로 4급 멤버십에 가입하는 건 아닌지, 사회에 짐이 되는 인생을 사는 건 아닐까 두려워하고 있더군요.

교육소 졸업 3~4년 전까지는 아직 졸업하기까지 시간이 남았다며 책임감 없이 허송세월하죠. 그들은 제로와 직접적으로 교류할 수 있는 1급 멤버십에 가입하는 게 목표라며 입 모아 말해요. 그러다 졸업하고 멤버십 가입까지 2년 남았을 때쯤, 1급 멤버십 가입비를 지원하는 작업소에 들어가기는 어려울 거 같다는 생각에 뭐든 자신의 능력을 입증하려 애써요.

하지만 미리 특출나게 쌓아두지도 않은 능력, 입증할 기회가 주어질 리 있나요? 졸업 직전이 되면 다급하게 3급 멤버십 가입비를 지원하는 작업소에 이력서 파일을 보내기 시작하겠죠. 막상 원서를 작성하면서도 이력서를 번드르르하게 쓸 궁리만 하며 섹스를 즐기죠. 결국, 원서조차도 대충 완성하는 거예요. 공식적으로, 대외적으로 인정받은 이력이 없는 메르라를 3급 멤버십 가입비를 지원하는 작업소에서 환영할 리도 없는데 그러다 정신 차려보니 4급 멤버십밖에 가입할 수 없는 처지가 되는 거죠.

응급실에서 이야기를 듣고 있으면 위에 적은 내용처럼 흔해빠진 이야기 말고도 별 사연이 많아요. 적정 멤버십에 가입하지 못한 탓에 제때 적절한 치료를 받지 못하고 사망하는 환자도 많고요. 그런 나에게는 익숙한 소식이지만, 도련님에게는 낯설 법한 소식이 있어요. 예은 씨가 알아보니 연지의 멤버십 코드는 이미 말소된 것처럼 보인다고 하네요. 중죄로 극형에 처했거나, 어딘가에서 사망했을 거라는 소리죠. 이런 소식을 전하게 돼서 유감이에요.

괜찮아요. 무엇이 목표인지는 몰라도, 도련님은 도련님만의 목표를 향해서 나아가고 있겠죠. 허송세월 보내고 있는 것 같은 기분이 들어도 괜찮아요. 어떻게든 행동하고 있는데 조바심 낼 필요는 없어요.

도움이 필요하다면 언제든 편하게 목표를 공유해 줘요. 어느 정도는 도와줄게요.

"벌써 읽었네요? 아직도 안 돌아왔나 싶어서 1층에 갔다 오던 참인데."

도호재가 마지막 문장을 다 읽자마자 사무실의 문이 열리며 최태영이 들어왔다. 물에 빠진 들쥐 꼴인 도호재와는 달리 최태영의 유니폼은 습기에 조금 늘어졌을 뿐, 어디에도 젖은 흔적은 보이지 않았다.

"폐 휴게실 탁자에 아무것도 없기에 그곳에서 대기하다 돌아왔습니다."

도호재는 책상 위에 종이를 뒤집어 놓았다. 목소리는 깊게 가라앉았고, 미처 다 짜내지 못한 물기가 유니폼을 타고 바닥에 뚝뚝 떨어졌다.

"아. 그랬어요? 탁자에 아무것도 없으면 바로 돌아올 줄 알았는데, 좀 미안하네요. 폭우까지 올 줄이야."

최태영은 대수롭지 않은 듯이 반응하며 소파에 풀썩 앉았다.

"아무것도 없다는 걸 알면서 폐 휴게실에 가라고 한 겁니까?"

"그렇죠. 읽었으면 알겠지만 뭐, 좋은 소식은 아니라서요. 체력을 소모하면 잡생각을 덜 하는 데 도움이 될까 싶어서 부탁했어요. 그런데 장대비까지 내리다니, 괜한 짓이었네요."

속이 울렁거렸다. 최태영은 도호재의 모든 것을 이해한다는 듯이 그의 상태를 판단하고 조절하려 들고 있었다. 주제넘은 간섭을 했다는 최태영의 자백에 뒤집힌 종이를 쥔 도호재의 손아귀에 힘이 들어갔다. 한기로 이를 딱딱 부딪치던 그의 몸에서는 어느새 열기가 느껴졌다.

"그럼, 이 글은 뭡니까?"

도호재는 차분하게 말하기 위해 애썼다.

"말했다시피 행복한 소식은 아니라서요. 직접 툭 말하기는 뭐해서 적어봤어요. 그 종이랑 종이에 글자를 적을 만한 걸 구하느라 얼마나 힘들었는데요."

최태영이 자신의 노고를 알아달라는 듯이 자랑스럽게 말했다. 그는 도호재가 이전에 폐 휴게실에서 가져왔던 물품 중에 어렵게 공수한 종이가 있었다느니, 종이에 흔적을 쉽게 남길 수 있을 만한 물질을 찾느라 애를 먹었다느니, 자신의 행보를 만족스럽게 나열했다.

최태영이 쓴 편지는 나름대로 공들여 쓴 티가 나는 글이었다. 정성을 다한 그의 편지는 맥락이 어그러져 있었고, 도호재의 심정은 하나도 헤아리지 못했으며, 오히려 그를 조롱하는 듯한 글로밖에 읽히지 않았다. 정말 아름다운 글귀가 아닐 수 없었다.

"이왕 쓰는 김에 희망도 좀 주려고 응원의 글로 포장했죠."

도호재는 자신이 어떤 식으로 노력하든 간에 상관없이 메르라와 접촉할 기회가 주어지지 않았던 과거가 떠올랐다. 졸업 직전이 되어 다급해져서는 멋대로 메르라 거주 구역으로 넘어왔던 자신의 과거도 떠올랐다. 미친 듯이 성실하게, 모범적으로, 완벽하게, 우월하게, 제로답게 살고 있었는데 지금 그의 손에 남은 건 불완전성과 불안감뿐이었다. 최태영은 귀중한 시간을 흥청망청 써버린 이들의 이야기를 적으며 내심 그 이야기에 도호재를 빗대고자 했을지도 모른다는 생각이 들었다.

"이게 응원입니까?"

도호재는 불안과 분노로 인해 혈액이 혈관의 모든 판막을 뚫고 꾸역꾸역 역류하는 느낌에 휩싸였다. 노력에 대한 배신감, 고작 고용인에게, 고작 메르라에게 멋대로 재단 당하며 조롱당한 수치, 자신의 의도와는 전혀 맞아떨어지지 않는 사회에 대한 괴리감. 이 모든 것으로부터 기인한 억센 힘으로 인해 손마디가 하얗게 질리고, 그의 손에 힘없이 붙들려 있던 편지는 속절없이 구겨졌다.

"응원이 아니라 나를 비꼬는 글 아닙니까? 허송세월? 단 한 번도 그렇게 생각하지 않았습니다. 오히려 그쪽의 글로 인해서 나의 모든 노력이 허송세월로 치부되고 있지 않습니까?"

제로 거주 지역을 벗어나는 중차대한 결정을 내리고 힘없이 으스러지지 않기 위해 필사적으로 살고 있으니 어리석은 메르라의 이야기 따위는 자신에게 해당하지 않는 이야기라는 생각이 들면서도, 자신도 모르는 사이에 주어진 현실에 안주해 버린 모습을 깨닫지 못하고 있는 본인의 이야기가 아닐까 하는 불안감을 조성하는 글이었다. 도호재에게는 그렇게밖에 읽히지 않았다.

"그것뿐인 줄 압니까? 그쪽이 뭔데 나를 마음대로 판단하고 위로합니까? 뭔데 멋대로 내 체력을 소모하는 게 나에게 이로운지 아닌지 결정하느냔 말입니다."

도호재는 산책이든 뭐든 체력을 소모하고 돌아오는 게 자신에게 낫다는 최태영의 주제넘은 판단뿐만이 아니라, 도대체 최태영은 어떤 위대하고 뛰어난 존재이기에 자신을 마음대로 판단하고 흔해 빠진 메르라들과 한꺼번에 묶어서 단정 짓는 건지 모르겠다는 생각이 들었다. 도호재는 도호재만의 길을 걷고, 그만의 업적을 세우고 싶어서 발악하고 있었지만, 최태영에게는 그저 메르라 환자의 이야기 중 하나에 지나지 않았다는 생각이 참을 수 없게 모욕적이었다. 이는 분명 편지로 위로해야겠다는 최태영의 결심이 있기까지, 발악하고 있는 자신의 모습이 그저 위로받아야 할 모습으로밖에 보이지 않았다는 뜻이기도 했다.

도호재는 자신을 불쌍하다고 여긴 적 없었다. 그러나 최태영이 위로를 건넴에 따라 그는 안타까운 인생을 사는 비운의 제로가 되었다.

"같잖은 메르라들이 노력도 하지 않고 실력도 쌓지 않은 채로 1급 멤버십에 가입하고 그 혜택을 누리기 바란다는 이야기는 대체 왜 적어둔 겁니까? 나에게 하고 싶은 말입니까? 내가 생각이 짧고 염치없는 메르라와 다를 바 없다고 말하고 싶은 게 아닙니까?"

도호재는 대면식 참석 명단에서 철저하게 배제당하고 단 한 번도 자신의 능력을 대외적으로 인정받을 기회가 주어지지 않았던 자신의 모습이 떠올랐다. 모로 보나 이우진보다 자신이 월등히 뛰어났음에도 기회는 오직 이우진에게만 주어졌다. 무례를 무릅쓰고 부모님께 기회를 달라고 간청해도 돌아오는 말은 이뤄낸 업적도 없으면서 우월감을 느끼지 않도록 자중하라는 경고뿐이었다.

노력도 하지 않는 글 속의 메르라와 다르다는 사실은 누구보다도 도호재 본인이 잘 알고 있었다. 그러나 자신이 뛰어나다는 사실을 혼자 알고 있어 봤자 아무런 일도 이뤄낼 수 없다. 대외적인 업적을 쌓는 일은 고사하고 기회조차 주어지지 않는 게 현실이다. 무엇보다도 오랫동안 노력했음에도 불구하고 누구의 인정도 받지 못한다면 어쩌면 능력이 있다고 믿고, 능력을 쌓기 위해 노력했던 시간이 그저 자기합리화로 도달한 결론일까 봐 두려워해야 한다는 사실이 견딜 수 없었다.

최태영은 도호재의 반응을 전혀 예상하지 못했다는 듯이 인상을 찌푸렸다. 메르라를 무시하는 도호재의 발언에 배알이 뒤틀렸을지도 몰랐다.

"기껏 신경 써줬는데 성의를 무시하네요? 위로를 비꼬아서 듣는 건 제로의 품격에 걸맞은 일이래요? 나 참, 어이가 없어서."

최태영은 대체 무슨 일이 벌어지고 있는지 이해할 수도 없고, 이해하기도 싫다는 듯이 신경질적으로 손을 털었다.

"내가 위로가 필요하다고 말했습니까? 그쪽에게 사랑과 애정을 갈구하기라도 했습니까? 멀쩡한 나를 멋대로 비참하게 만드는 건 본인이 아닌지 똑바로 생각해야 할 겁니다."

최태영은 도호재의 말에 이제는 황당하기까지 하다는 표정을

184
엔바디

지었다. 그의 눈 밑으로 짙게 내려온 눈그늘이 평소보다 진한 색으로 가라앉았다.

"돌보는 일은 질색이니 선을 지키라 한 건 그쪽입니다. 나도 합리적이라 생각해서 동의한 조건입니다. 이를 멋대로 어기고 나를 보호해야 할 대상으로 취급하지 마십시오."

도호재는 피부병이 걸린 채로 털이 듬성듬성 빠지고 몸에 벼룩까지 뛰어다니는 게 보이는 고양이가 그의 입 안쪽에 구토하기라도 한 듯이 마지막 말을 뱉어내고서 격양된 발걸음으로 사무실을 나섰다. 물기를 짜낸답시고 짜낸 유니폼은 여전히 축축하게 젖어 있었다.

도호재는 30층의 화장실로 내려갔다. 그는 어두컴컴한 화장실 내부로 들어서자마자 기분 나쁘게 몸에 착 달라붙어 있는 유니폼 상의를 금이 간 거울을 향해 거칠게 벗어 던졌다. 흥건하게 젖어 있는 상의는 거울에 착 달라붙었다가 힘없이 세면대로 떨어졌다. 금 간 거울에는 도호재의 팔 한쪽에 흉측하게 남은 흉터가 기다랗게 비쳤다.

최태영의 글이 짜증 났다. 추진 유니폼이 온몸에 들러붙어 있다는 게 찢어버리고 싶을 정도로 성가셨다. 끔찍한 습기가 가시더라도 옷매무시를 가다듬을 수조차 없는 힘없는 원단은 따가운 불에 태워버리고 싶었다. 금이 가 있어서 도호재의 얼굴을 어긋나게 비추는 거울도 부수고, 불화수소산을 부어 녹여버리고 싶었다. 후덥지근한 습기와 열기를 만들어 낸 장대비는 쏟아낸 빗물을 그대로 받아 둔 욕조에 담그고 익사시켜 버려야 했다.

연지의 사망 소식에 큰 충격을 받지 않게 배려한 최태영의 의도는 알겠으나 고작 그딴 글에, 그보다는 과거의 기억에 얽매여 휘둘린 나약한 감정 변화가 수치스러웠다. 그는 최태영에게 역정을 낸 자신의 모습도 보고 싶지 않았고, 3개월가량 엔바디 사회의 실상을 할 만큼 했다고 생각했을 만큼 파헤쳤음에도 여전히 제로와 메르라를 확신에 차서 구분 짓고 있는 자신의 내부도 끄집어내서 살점을 좀먹고 있는 구더기를 파내고 싶었다. 몸 깊숙이 자리 잡은 구더기를 최태영 앞에서 추하게 내뱉어 버린 기억도 조각내어 그칠 줄 모르는 폭우에 흘려보내고 싶었다.

그런 와중에도 여전히 뚜렷한 목표가 없는 자신은 이곳에서 구질구질하게 생명을 연장하고 있었다. 도호재가 제로로서의 가치가 떨어졌다고 판단한 부모님이 옳았다. 제로의 위엄을 떨어뜨리고 명예를 실추시키기만 하는 자신은 위대한 옥토 제로이신 부모님께 반항하지 말고 조용히 5급 거주 구역으로 추방되었어야 한다. 그렇다면 이곳에서 추태를 부릴 일도, 목표네 뭐네 말만 번드르르하게 하며 3급 메르라에게 빌붙어 살 일도, 누구도 이뤄내지 못한 인생의 목표이자 업적과 같은 쓸데없는 말도 생각하지 않을 수 있었다.

분노와 수치, 후회를 비롯하여 위액이 역류하는 듯한 온갖 감정이 뒤엉켜 옷에 남아 있던 빗물과 함께 화장실 바닥으로 뚝뚝 떨어졌다. 도호재는 자신도 함께 녹아내려서 하수구 속으로 흘러 들어갔으면 좋겠다고 생각했다.

처음이자 마지막

최태영은 그날 이후 한동안 자신의 사무실에 방문하지 않았다. 사무실에 들르더라도 생필품만 놔두고 그대로 문을 나섰다. 도호재가 더러운 화장실에서 마음을 추스르고 32층의 사무실로 돌아왔을 때 그곳에 최태영은 없었다. 최태영을 마주하기 껄끄러웠던 도호재는 그런 최태영의 행보가 오히려 다행이라고 생각했다.

쏟아지는 폭우를 맞으며 질척질척한 거리를 뛰어다닌 다음 날, 도호재는 심한 기침을 동반한 몸살감기에 걸렸다. 침을 삼키려 할 때마다 한계까지 부어오른 목구멍에 찢어질 듯한 고통이 엄습했고, 조금만 움직이려 하면 온몸을 두들겨 맞는 듯한 근육통으로

187

인해 몸을 가누기도 힘들었다. 자다가도 뼛속까지 시리다는 말이 무엇인지 알 법한 한기가 불쑥 찾아왔고, 그럴 때면 얇게 덮은 담 요조차 살갗에 스치면 칼날에 베이는 것처럼 아팠다. 그는 제로 거주 구역에서 옥토 제로의 자녀로서 최상급 식단을 마음껏 누리는 삶을 영위했었다. 당연한 듯이 누리던 식사는 제로 거주 구역을 떠나는 즉시 박탈당했고, 이제는 오로지 캡슐로 끼니를 해결하다 보니 캡슐이 제로 거주 구역의 최상급 식단에는 못 미치는 건지, 어쩌면 이곳의 변덕스럽고 청결하지 못한 환경에 적응하지 못한 탓인지 도호재는 예전만큼의 활력을 갖진 못했다.

최태영의 개인 사무실에서 지내면서 체력이 많이 떨어졌음을 자각한 도호재는 기능이 저하된 것은 신체적 체력뿐만이 아니라는 사실을 누구보다 잘 알고 있었다. 자신은 여전히 차분하게 생각하고 냉정하게 상황을 판단할 수 있다고 믿고 싶었으나, 예전과는 달리 그는 충분히 무시할 만한 사소한 일에도 성질을 죽이지 못한다거나 길고 깊게 사색하는 데 어려움을 느꼈다. 제로 거주 구역에서 물리적으로 멀어진 만큼 자신의 내면도 변화하는 느낌이었다. 이를 증명이라도 하듯, 도호재는 최태영에게 역정을 냈던 날의 일은 떠올리고 싶은 마음이 들지 않았다. 자신의 모자란 면모만 확인했던 기억을 다시 떠올려 봐야 좋을 리 없었다.

이성적으로는 최태영에게 사과하든 차분하게 항의하며 담판을 짓든 어긋난 관계를 어떤 방향으로든 해결해야 한다고 생각하고 있었다. 다만 최태영에게 사과하자니 그의 글은 도호재의 아픈 곳만을 정확하게 골라 꼬챙이에 꿰어내었고, 도호재는 아직 자신 내부에 구더기가 살고 있다는 사실을 인정하고 싶지 않았다. 날 때부터 받은 교육에 반하는 새로운 사실을 수용하더라도 하루아침에 바뀌기는 어렵다는 걸 알고 있지만, 다른 누구도 아닌 본인도 이 사례에 해당한다는 증거를 마주하기 껄끄러웠다.

30층 화장실의 금 간 거울은 7월이 다 되도록 교체되지 않았고, 최태영과 도호재의 거북한 침묵도 변함없이 유지되었다.

"예은 씨가 전해달라네요."

며칠이 더 지나, 최태영은 그야말로 오랜만에 도호재에게 말을 걸었다.

도호재가 잡고 있던 패드의 펜을 건네받은 그는 책상 옆에 선 채로 패드에 주소를 적었다. 글씨를 적느라 시야를 가리고 있던 최태영이 물러서자, 패드에는 5급 거주 구역의 주소가 적혀 있었다. 예은으로부터 5급 거주 구역의 주소를 받을 이유는 하나밖에 없었다. 도호재는 해당 주소가 친어머니의 주소임을 한눈에 알아봤다.

"뭔지는 몰라도 그 주소까지 가려면 쉽지 않을 거예요. 4급과 5급 거주 구역을 연결하는 관문까지 이동하는 길이 여기서 멀다는 건 당연히 알고 있겠죠. 근데 그 주소, 5급 거주 구역의 관문에서도 제일 멀리 떨어져 있는 곳이라고 보면 돼요. 처음부터 끝까지 택시를 타도 10시간은 족히 걸리는 거리예요."

"그렇습니까."

도호재는 오랜만에 최태영과 이루어지는 대화가 어색했다.

"뭐, 걸어가게요?"

최태영은 도호재를 물끄러미 내려다보았다.

"되는대로 가봐야 하지 않겠습니까."

도호재는 이어지는 대화에 최태영에게 열등감을 쏟아냈던 과거의 모습이 떠올랐다.

그는 어색함에 자리를 뜨고자 의자에서 일어났다. 반쯤 몸을 일으켰을 때 최태영이 도호재를 다시 의자에 앉혔다.

"말 같지도 않은 소리 마세요. 구식카드 맡길 테니까, 구식카드 결제 단말기가 아직도 설치되어 있는 택시를 타세요. 단말기 없애고 자동으로 결제되는 시스템으로만 결제하게끔 바꾼 택시가 많으니까 탑승하기 전에 미리 확인하고요."

최태영은 탁 소리 나게 카드 한 장을 책상 위에 올려놓았다.

도호재는 아무 일 없었다는 듯이 구는 최태영의 행동이 어색했기에 그의 호의에 고맙다는 인사를 건네거나 신경 쓰지 말라고 성질을 부리는 등의 별다른 반응을 보이지 못했다. 최태영은 생필품만 가져다 놓던 일이 도호재에게 주소를 알려주고 그곳까지 가는 방법을 참견하는 일로 대체된 것처럼 곧장 사무실을 나섰다.

도호재는 최태영이 놓고 간 카드를 벙벙하게 쳐다보다 자리에서 일어섰다. 오전 7시 24분이었다. 4급과 5급을 연결하는 관문까지 약 6시간이라고 가정했을 때, 지금 출발한다면 1시 30분쯤 5급 거주 구역에 도착할 수 있다. 그리고 예은이 알려준 주소까지

10시간 정도 걸린다고 했으니 운이 따른다면 11시 30분쯤 되었을 때는 주소지에 도착할 수 있을 터였다.

그대로 사무실을 나서려던 그는 반쯤 열었던 문을 닫고 돌아와 제로 거주 구역에서 탈출할 때 가져온 가방을 열었다. 가방 안에는 처음 최태영 사무실에 찾아올 때 입고 그 이후로는 각 맞춰 보관하기만 했던 일상복이 있었다. 도호재는 잠시 고민하다 가방 안에 접어두었던 일상복으로 환복했다. 부드러운 원단의 감촉이 느껴지자 피부가 멋대로 추억에 잠기기라도 하듯이 기분이 조금 가라앉았다.

도호재는 구식카드 결제가 가능한지 확인하고서 폭우가 쏟아지는 거리에서 잡은 택시에 탑승했다. 택시 뒷좌석에서는 최태영의 멤버십 코드 번호가 소리 없이 반복되었다. 5급 거주 구역에서 4급으로 상승 이동할 때 제로인 도호재의 멤버십 코드는 관문에 제시할 수 없으니, 신원 보증인으로 신청하라며 최태영이 직접 알려준 코드 번호였다.

5급 거주 구역에서는 단순한 폭우를 넘어서서 폭포수라고 칭해도 될 정도로 억수 같은 비가 내리고 있었다. 나무가 비좁게 심어진 풀숲에 장대비가 내리면서 나는 한여름의 꼬릿한 냄새가 도호재의 온몸을 게걸스레 뒤덮었다. 나무 내부에 처박아 넣어진 배설물이 썩는 냄새. 한편으로는 자연의 청아한 향이 되고 싶었던 토사물이 풀숲에 파묻힌 채로 과하게 오랜 기간 숙성된 냄새와도 유사한 듯했다. 사랑할 만한 냄새가 아니었다. 싸하고 퀴퀴한, 순수한 악취였다. 언제인가 부엌에 발을 들였던 도호재가 설거지가 어지러이 쌓인 채로 관리되지 않고 방치된 싱크대에 다가갔을 때 이런 냄새가 났었다. 그곳의 고용인에게 무슨 냄새냐고 물으니 그는 요리하고 남은 날 것의 특제 고기를 뜨거운 여름날 하루 이틀 정도 수챗구멍에 방치했다고 말했다. 톡 쏘는 냄새가 코의 내벽을 갈고리로 박박 긁어내는 냄새였다.

3급 메르라 거주 구역에 도착했을 때는 출근 시간이라 그런지 한 방향으로 이동하는 메르라 집단을 볼 수 있었고 4급 메르라 거주 구역의 관문 앞에서는 산발적으로 움직이는, 자유롭다면 자유로운 방향성의 메르라들을 관찰할 수 있었다면, 5급 거주 구역의 관문 앞에는 아무도 없었다. 하다못해 들쥐와 같은 생명체도 보이지 않았다. 다리를 버둥거리며 빗물에 떠내려가고 있는 바퀴벌레가 도호재를 제외한 거리의 유일한 생명체였다. 거리의 양 끝단에 밀려 나온 쓰레기가 수북이 쌓여 흐르고 있었고, 그나마 중앙 부근에는 자잘하거나 밀도 있는 쓰레기가 널브러져 있었다.

도호재는 시끄러운 정적과 함께 관문 앞, 천장이 조금 튀어나와서 폭포수와 같은 비를 간신히 피할 수 있는 곳에 우두커니 서서 택시가 지나가길 기다렸다. 따로 호출하지 않아도 간간이 지나다니는 택시가 보였던 3급과 4급 거주 구역과는 달리, 인도인지 차도인지 제대로 분간이 가지 않는 5급 거주 구역에는 택시조차 잘 다니지 않았다. 제로 거주 구역에서야 호출하기만 하면 근처의 차고에서 대기하던 택시가 출발하던 시스템인 데다 대부분은 저택 소속 고용인이 운전하는 차를 타고 다니니 거리에서 택시를 찾아보기 어려웠다. 도호재는 5급 거주 구역도 같은 시스템으로 운영되고 있을 가능성을 따졌다.

톡 쏘는 공기를 불가항력으로 들이마시고 내쉼에 따라 도호재의 폐부터 시작하여 온몸의 내부가 젓갈처럼 깊게 절여질 때쯤, 마침내 택시 한 대가 건물 쪽으로 다가왔다.

도호재는 손을 가볍게 뻗어 탑승할 의향이 있음을 전달했다. 그의 앞에 정차한 택시는 군데군데 움푹 파여 있거나 찌그러져 있었고, 전면부의 범퍼는 떨어져 나가 있었다. 승객의 탑승 욕구를 자극하기는커녕 오히려 도보의 매력을 홍보하는 듯한 외관이었다. 도호재는 잠시 고민했으나, 도보를 선택지로 둘 만한 거리가 아니라는 최태영의 충고를 참작하여 비좁은 택시 뒷좌석 내부로 몸을 구겨 넣었다.

"어디로 가세요?"

도호재는 앞쪽에 설치된 결제 단말기를 힐끗 확인하고서 택시 기사에게 자신의 목적지를 알렸다. 기사는 제로와는 달리 몸집이 볼품없이 작고, 눈은 과하게 어두우며, 언행이 거칠고, 태생이 서로에게 무관심하거나 헐뜯기만을 좋아하는 부류라는 설명에 부합하는 전형적인 메르라의 외향을 가지고 있었다.

택시는 비가 세차게 떨어지는 외부와 차단되어 있었지만, 도호재는 여전히 거리의 악취를 맡을 수 있었다. 기사는 도호재에게 무언가 말을 하려다 이내 입을 굳게 다물고 차를 출발했다.

택시는 정돈되어 있지 않은 도로를 달리며 나는 덜컹거리는 소리와 차창을 때리는 빗소리로 가득 찼다. 속도를 내어 달리는 택시의 창문 밖으로는 5급 거주 구역의 풍경이 빠르게 지나갔다. 외관상 깔끔하지는 않아도 높게 쌓아 올린 건물들로 인해 시야가 멀리까지 확보되지 않았다. 도호재는 빠르게 지나가는 풍경 속에서도 의외로 거리 곳곳에 설치되어 있는 조각상의 존재를 발견할 수 있었다. 방지턱을 넘기 위해 택시가 속도를 줄일 때면 그는 빗물이 우글우글 흐르는 창 너머로 고뇌하듯이 팔을 몸쪽으로 붙인 채로 서 있는 조각상을 감상하거나, 미지의 정체로부터 느끼는 절망감을 묘사한 듯한 조상을 짧게 뜯어보았다. 5급 메르라 거주 구역의 거주민이 티끌 같은 배려심을 발휘하여 나체의 조각상에 옷을 하나씩 입혀준 듯, 하나같이 얇은 옷을 걸치고 있는 모습이 상당히 인상적이었다.

〈이삭을 줍는 여인들〉이라는 그림에 나와 있는 여인들처럼 바닥에 떨어져 있는 행복을 주워 올리듯이 손을 뻗고 있는 조각상을 보던 도호재는 문득 친어머니를 만나서 어떤 이야기를 나눌지 전혀 생각해 보지 못했다는 것을 깨달았다. 그는 이야기는커녕 자신이 어떤 태도를 보여야 할지도 갈피가 잡히지 않았다. 그동안 어떻게 지냈는지부터 말을 꺼내야 하는가? 아니다. 자신의 소개가 우선되어야 할 것이다. 아니, 왠지 도호재가 누구인지 모르는 편이 나을지도 모르겠다는 생각도 막연하게 들었다.

도호재는 자신이 추방당할 뻔했던 것처럼 친어머니도 추방당할 미래를 알고 있었을지 궁금했다. 추방 이후에 제로로부터 제대로 된 숙식은 보장받고 있는지도 확인하고 싶었다. 어쩌면 친어머니도 제로 지원 추첨 대상으로 조작되어 이미 노후를 보장받은 상태로 호화롭고 평화롭게 살고 있을지도 몰랐다. 그런 와중에 제로 사회에서 추방당하다시피 도망쳐 나온 도호재가 찾아옴으로써 어머니 자신의 행복이 깨질까 봐 두려워할 수도 있는 일이었다.

　도호재의 걱정을 털어내려는 듯, 택시가 위아래로 거칠게 흔들렸다. 메르라 5급 거주 구역에 설치된 방지턱은 전부 부서져 있거나 짧게 설치되어 있는지 방지턱을 지날 때면 택시는 덜컹거릴 뿐만이 아니라 한쪽으로 기울어질 때가 많았다.

　도호재는 쓸데없이 우울하게 전개되는 생각의 방향을 전환하고자 택시 기사에게 말을 걸었다.

　"하고 싶은 말이 뭐였습니까?"

　"에?"

　택시 기사는 도호재가 자신에게 말을 걸 줄은 상상도 못 했다는 듯이 화들짝 놀랐다.

　"출발할 때 뭔가 말하려다가 말았잖습니까."

　"아, 아! 아무것도 아니세요. 아무 생각 없이 존나 비싼데 괜찮겠냐고 말하려 했세요. 5급도 아닌 거 같은데, 참, 눈깔이 삐었는지 귀한 분을 못 알아봤지 뭐세요."

　"그렇습니까."

어깨를 잔뜩 움츠린 택시 기사는 헤헤, 하고 웃었다.

그러고 보니 최태영은 갑작스럽게 찾아온 도호재의 뒤치다꺼리를 하느라 금전적으로 여유를 부릴 상황이 아니라는 생각이 들었다. 여유는커녕 오히려 이전에 조금씩 모아두었던 돈까지 끌어다 쓰고 있을지도 몰랐다. 메르라 멤버십 가입자에게는 단 1명의 예외도 없이 의류 지급, 주거지 보장, 식사 보장 등의 여러 가지 풍요로운 복지 혜택이 적용되는 만큼, 사회에 해를 끼칠 정도의 사치를 부릴 수 있는 금전 자체는 적게 주어지는 편이라고 알고 있었다.

도호재는 꼬리를 물고 이어지는 잡념에 눈두덩이를 꾹 눌렀다. 그가 패드로 정리한 엔바디 사회에 관한 내용 중에는 복지 비용은 당시 국가의 재정을 위협할 정도가 되었다는 문장도 적혀 있었다. 복지 재원이 충분히 확보되지 않은 상태가 지속함에 따라 복지 서비스의 질은 저하되었고, 덩달아 오르는 복지 비용으로 인해서 국가는 준부도 사태를 직면했다고도 정리했었다. 국가의 최고 권력 기관이라고 할 수 있는 정부조차 복지 재원을 감당할 수 없었다면, 아직 기업에 불과했던 제로는 어떻게 현재 제로의 위치까지 자리매김하고 당시의 모든 국민이자 현재의 엔바디 사회 구성원에게 이처럼 풍요로운 복지 혜택을 보장할 수 있었는가? 과거의 국가는 고작 복지 재원으로 인해 준부도 상태에 직면할 만큼 대책 없이 위태로운 국고를 보유하고 있었는가? 아니면 복지 비용이 국가의 지출 중에서도 압도적인 비율을 차지하고 있었는가?

아주 조금의 가능성이라도 있다면 가설을 세우고 확률을 따지며 고민하자 서서히 졸음이 밀려왔다. 오전 7시 반쯤부터 끊임없이 이동한 탓인지 상하좌우로 거칠게 흔들리는 택시에 앉은 상태로도 충분히 잠들 수 있을 듯했다. 그는 머리가 멍해지며 몸이 깊게 가라앉는 감각에 순응했다. 잠들기 직전에는 무언가 익숙하면서도 한편으로는 초현실적인 생각과 경험을 한 것 같았다.

"…님! 일어나세요!"

도호재는 기사의 목소리에 눈을 번쩍 떴다.

구멍이라도 뚫린 듯이 퍼붓던 비가 그치고 어느새 밤이 되어 드문드문 설치된 가로등에 빛이 들어와 있었다. 분명 가로등 빛이 있다는 걸 확인할 수 있었지만, 앞이 잘 보이지 않았다. 안경을 벗어 들고 손가락 끝으로 눈두덩이를 꾹꾹 누르던 도호재는 눈을 감고 있어도 따갑게 찔러왔던 빛이 더는 느껴지지 않음을 알아차렸다. 안경을 여전히 손에 든 채로 조심스럽게 눈을 뜨자 고통스러울 정도로 밝았던 빛은 기이하게도 감쪽같이 사라지고 없었다.

도호재는 지금 자신이 있는 곳이 제로 거주 구역인가 싶은 생각에 급히 주변을 둘러봤다. 이가 나간 높다란 건물이 시야를 막고 있었고, 무엇보다도 구릿하고 매캐한 악취가 여전히 나고 있었다.

"도착한 겁니까?"

도호재는 안도감에 작게 숨을 내쉬며 기사에게 물었다. 안경다리를 접어 적당히 왼쪽 가슴께의 주머니에 꽂아 넣은 그는 구석카드를 찾아 손을 뻗었다.

"아, 아니세요."

택시 기사는 안절부절못하고 있었다. 택시는 차도인지 인도인지 모를 곳에 덩그러니 정차해 있었다. 운전대 옆에 놓인 시계를 확인하니 8시가 조금 넘어가고 있었다. 최태영이 10시간 정도 걸릴 거라고 한 걸 생각하면 아직 목적지까지 3시간가량 더 가야 했다.

"그럼, 왜 정차했습니까?"

"밤이 되기 전에 도착하려고 존나 밟았는데도 결국 도착하지 못했세요. 정말 죄송하세요. 말해준 주소까지 꼭 가려 했는데, 여기까지 온 것만 돈 주면 정말, 정말로 감사하세요."

기사는 등껍질을 걷어차인 자라처럼 면목 없다는 듯이 고개를 어깨 쪽으로 한껏 집어넣고 있었다.

그는 3급 거주 구역에서 도호재가 골목에서 만났던 사내와 유사하게 5급 멤버십 가입자 특유의 말버릇을 자랑하면서도 도호재가 그를 위협하거나 호통을 치기라도 한 것처럼 필요 이상으로 자신을 낮추고 있었다. 도호재가 손가락으로 가리키기만 해도 자신의 목숨이 스러질 것처럼 굴고 있었다.

기사의 말은 영문을 알 수 없이 답답했다.

"왜 더 못 간다는 겁니까?"

"그, 귀한 분은 이곳이 처음인가 보센데, 메르라는요, 밤이 되면 가로등이 켜져 있어도 눈이 병신이세요."

그리고 보니 4급 거주 구역에서도 밤이 어둑해질 때쯤이면 거리는 빠른 속도로 한산해졌었다.

"빛이 문제라면 전조등을 켜면 되지 않습니까?"

"전조등 말이세요? 아, 그건 진작에 깡그리 팔아 치웠세요…"

기사의 한심한 대답에 도호재는 할 말을 잃었다. 택시업에 종사하는 인물이 범퍼를 떼어먹을 정도로 택시를 소중히 여기지도 않았고, 본인이 나서서 전조등까지 떼어냈다고 답하니 기사가 곱게 보일 수가 없었다.

"이동한 만큼 값은 치르겠으나, 중간에 내리진 않을 겁니다."

메르라 4급과 5급 거주 구역에서 밤이 될 때마다 멈춰서 시간을 지체하면 예은이 알려준 주소지까지 이동하고 다시 4급 거주 구역의 최태영 사무실로 복귀하기까지 너무 많은 시간을 허비해야 했다. 도호재는 사무실에서 출발할 당시, 식사용 캡슐을 넉넉하게 챙겨오지 않았다. 게다가 식사를 거르는 걸 각오하고 거리 중간에 내린다고 하더라도 5급 거주 구역에서 마땅히 갈 곳도 없었다.

"차라리 직접 운전하겠습니다."

인도와 차도가 합쳐져 있어서 길이 그렇게 좁지도 않았고 누군가가 작정하고 차에 달려들지 않는 이상 텅 빈 도로에서 사고가 날 확률도 희박했다. 게다가 메르라도 할 줄 아는 운전을 자신이 못 할 리 없었다.

"아이고, 그러다 뒤지세요! 제가 어떻게든 해볼게요!"

"아무것도 안 보인다는데 어떻게 믿고 맡깁니까. 내가 하는 게 더 안전합니다. 방법이나 알려주십시오."

도호재는 뒷좌석에서 내려, 과장되게 반응하며 자신의 결정을 뜯어말리는 기사가 타고 있는 운전석의 문 앞에 섰다. 이곳에서는 관문 앞에서 맡았던 찌르는 듯한 악취가 더욱 강렬하게 진동하고 있었다.

길가에는 희미하게 빛나는 가로등 외에도 건물 한 면 전체를 차지할 정도로 큼지막하게 붙어 있는 전광판이 밝게 빛나고 있었다. 건강한 치아를 눈부시게 빛내며 환하게 웃고 있는 남녀가 '평생 먹고살 걱정 없어요!'라고 적힌 말풍선을 달고 서 있었다.

도호재는 마지못해 운전석을 열고 나온 기사에게서 즉흥적으로 운전하는 법을 배웠다. 부딪히지 않을 정도로만 핸들을 돌리고 앞으로 나아갈 정도로 가속페달을 밟고 차가 뒤집히지 않을 정도로만 제동장치를 작동시키면 되었다. 생각보다도 훨씬 쉬운 작동법에 도호재는 그대로 기사를 뒷좌석에 앉히고 택시를 출발시켰다.

밤쯤 되면 4급 거주 구역은 귀를 틀어막은 상태일지라도 한눈에 보기에도 고요하다는 착각이 들 만큼 거리가 한산해졌지만, 5급 거주 구역은 길가에 조각상이 세워져 있는 덕분인지 4급 거주 구역의 밤만큼 한적하다거나 고립된 듯한 느낌은 들지 않았다. 대부분의 조각상은 건물 가까이에 설치되어 있었지만, 몇몇 조각상은 길의 중앙부로 조금 더 나와 있었기에 주의해서 운전할 필요가 있었다. 조각상에 잘못 부딪히기라도 한다면 범퍼조차 없는 차는 반으로 갈라질 터였다.

도호재는 오로지 기억에만 의존하는 기사의 길 안내를 따라 도로를 달렸다. 기사는 복잡한 시가지는 벗어난 지 오래되어 높은 건물이 시야에서 사라질 때까지 직진만 하면 된다고 말했다. 도호재는 도로의 중앙부에서만 벗어나지 않도록 신경 쓰면 되었다. 건물과 조각상만 반복되는 풍경에 전방에 있던 방지턱을 미처 보지 못했는지 차체가 갑작스럽게 크게 흔들리기도 했다. 핸들이 크게 꺾일 뻔했지만, 본능적으로 핸들을 양손으로 꽉 잡았던 덕분에 불상사가 일어나는 일은 막았다.

이 근처에 거주하는 건지, 승객을 태우면 열이면 열 모두 이쪽으로 가겠다며 목적지를 알려주는 건지, 기사는 도호재가 알려준 주소지로 가는 길을 훤히 꿰고 있었다. 어두워서 보이지 않는다는 말이 믿기지 않을 정도로 정확하게 길을 안내하는 기사의 말을 따라 핸들을 꺾으니 집 한 채가 모습을 드러냈다. 기사는 제일 바깥쪽에 있는 파란 슬레이트 지붕이 도호재가 말한 주소지일 거라며 자랑스럽게 말했다. 자정이 넘어 도착한 집은 지붕을 슬레이트로 얹고 투박한 시멘트로 틀을 잡은 엉성한 집이었다. 웅장한 위용까지 기대하지는 않았더라도 적어도 친어머니는 총애, 그래, 총애를 받았던 만큼 깔끔한 외관에 매끄러운 마감재는 사용한 집에서 거주하고 있으리라 생각했었다.

이곳 근처로 자주 왔었다고 헐거운 이를 덜걱거리며 말하는 기사의 모습은 조금 들떠 보였다.

"여긴 처음 오는 분인 거 같으니 소개하겠세요. 거주 구역의 중심부와는 조금 거리가 있지만, 그런 건 생각조차 나지 않을 만큼 거기 있는 32인실보다 훨씬! 좋은 거주지세요! 튼튼한 지붕도 가질 수 있고, 사치스럽게 혼자 쓰는 수도꼭지도 다 있세요!"

기사는 잘 보이지도 않는 눈을 빛내며 마치 자신의 집인 양 시퍼런 슬레이트집의 장점을 나열했다.

"어디 그뿐이세요? 지나왔던 거기는 마음대로 쓸 수 있는 공간이 자기 침대 정도밖에 없세요! 그것도 똑바로 누우면 팔다리가 다 빠져나오는 침대세요! 거기에 비교하면 여기는 조용하고, 음, 모든 걸 혼자서 제 돈 주고 사야 하겠지만 여기서 사는 메르라가 그런 걱정을 할 리 없세요! 방에서 섹스를 즐기지 못한다는 것만 눈 딱 감고 포기한다면 정말, 최고의 집이세요!"

도호재는 만일 자신도 추방될 때까지 제로 거주 구역에서 버텼다면 종국에는 이곳에서 살게 되었을 거란 생각이 들자 온몸에 소름이 돋았다. 자신의 미래가 되는 건 피했으나, 친어머니가 독소가 뿜어져 나올 것만 같은 열악한 환경에 방치되어 살아가고 있는 장소를 눈으로 확인하니 이루 말할 수 없이 끔찍했다.

"결제하십시오."

도호재는 아첨하듯이 나불대는 기사의 입을 막고자 카드를 불쑥 내밀었다. 기사는 실눈을 뜬 채로 카드를 조심스럽게 받고서 택시를 향해 주춤주춤 걸어갔다. 기사가 택시 안으로 들어가서 힘겹게 결제하는 동안 도호재는 눈앞에 보이는 집을 황망하게 살폈다. 허접하고 부식되어 기괴한 분위기를 뿜는 형상이었다.

"언제쯤 돌아갈 거세요?"

"빠르면 1시간쯤 뒤, 늦어도 내일 오전 중으로 출발할 겁니다."

도호재가 있는 쪽으로 다가와 카드를 돌려주던 기사는 함박웃음을 지었다. 군데군데 조금씩 녹아내린 이 사이로 시커먼 암흑이 보였다.

"내일 오전에 출발하세요! 여기 차 안에서 기다리고 있겠세요!"

기사는 도호재가 뭐라고 답할 새도 없이 운전석으로 더듬더듬 들어가 자리를 잡았다. 익숙한 동작으로 조수석 앞쪽의 글러브 박스에서 알약을 꺼낸 그는 물도 없이 캡슐을 삼키더니 운전석의 등받이를 덜컥거리며 뒤로 넘기고 몸을 눕혔다. 도호재가 최태영으로부터 넘겨받는 식사 캡슐과는 다른 색이었다. 3급과 5급에게 지급되는 식사 캡슐이 다른 모양이었다.

도호재는 어차피 돌아갈 때도 택시를 이용해야 하니 기사의 제안도 나쁘지 않으리라 생각하며 시선을 돌렸다. 내일 시가지에 비해서 훨씬 인적도 드물 것만 같은 이곳에서 택시가 새로 지나가기를 하염없이 기다리기보다는 차라리 함께 있는 기사가 내일 오전까지 기다려만 준다면 이편이 나았다. 그는 택시 방향으로 향해 있던 몸을 돌려 파란 슬레이트 지붕의 집을 향해 발걸음을 옮겼다.

몇 걸음만 더 가면 자신을 품고 세상 밖으로 꺼내준 친어머니를 만난다. 도호재는 궁금증을 해소하고 싶은 호기심, 욕망, 이외에도 막연히 있어야 할 것 같은 그리움이 자신의 내면에 내재하고 있다고 생각했고, 이로 인해 무수한 질문을 쏟아낼 준비가 된 동시에 친어머니에 관해 거의 아무런 정보가 없다시피 했기에 아무런 생각도 들지 않기도 했다. 그는 자신의 위치와 시간이 정체된 채로 흘러가고 있다는 무력한 감각에서 벗어나기 위해서 친어머니의 소식과 행방을 쫓은 바나 다름없었다.

도호재는 지극히 이기적인 선택이었다고 생각하며 슬레이트를 이고 있는 집 가까이 다가가 철제 틀로 감싸져 있는 유리문을 두드렸다. 도호재가 딛고 있는 발 바로 옆에 잔뜩 해진 신발 한 켤레가 가지런히 놓여 있었다.

"계십니까?"

도호재가 두드리는 모양 그대로 뚫릴 듯이 위태롭게 흔들리는 불투명한 얇은 유리문 너머로 인기척이 들렸다. 곧 누군가가 나와서 문을 열어주리라는 생각에 도호재는 괜스레 목을 가다듬으며 뒤로 한 걸음 물러섰다. 만나자마자 당신이 낳은 아들이 장성하여 찾아왔다고 하기에는 갑작스러운 감이 있었다. 도호재는 상대가 누구냐고 묻는다면 차라리 제로라고만 답하는 편이 낫겠다고 생각하며 긴장감으로 쪼그라든 폐에 탁한 산소를 공급하고자 작게 숨을 들이마셨다.

심적으로도, 물리적으로도 꽤 오랜 시간이 지났다. 굳게 닫힌 유리문은 도호재가 건드린 이후로 꼼짝 않고 있었다. 그런 와중에도 유리문 너머에서는 여전히 그가 문을 두드린 이후부터 시작된 인기척이 들려오고 있었다.

도호재는 당당하게 침입하기로 마음을 고쳐먹었다.

"실례합니다."

통유리를 감싸고 있는 철제 틀이 뻑뻑하고 울퉁불퉁한 문틀을 따라 옆으로 밀려나며 탁탁 튀는 소음이 발생했다. 문 뒤편으로 꿉꿉하고 저릿한, 마치 염증을 연상시키는 냄새와 함께 간힌 공기가 빠져나왔다. 그 너머에는 비좁은 공간이 보였다. 정면에는 플라스틱 틀로 감싸진 불투명한 유리문이 하나 더 있었다. 왼쪽에 있는 문은 살짝 열려 있기에 엿보니 화장실로 연결된 듯했다.

좀 전부터 들려온 인기척은 정면의 문 너머에서 흘러나오고 있었다. 도호재는 가지런히 정리된 신발 옆에 자신의 신발을 벗어두고 집 안으로 들어섰다. 계단 두 칸 정도 높이의 단을 딛고서 거실인지 마루인지 모를 장소로 올라서니 몸을 움츠려야 할 정도로 내부의 천장이 낮았다. 도호재는 황희선의 강연을 듣기 위해 대강당에 잠입했을 때처럼 허리를 구부렸다. 그 상태로 한 걸음 앞으로 걸어간 그는 맞은편에 있던 문을 좌우로 열어젖혔다.

한눈에 봐도 성치 않은 몸에 누더기를 입은 여성이 어둠 속에서 상반신을 벽에 기댄 채로 비스듬히 앉아 있었다. 비쩍 마른 전신과는 달리, 단단하게 부풀어 오른 배가 대조적이었다. 도호재는 시가지를 벗어나며 조금은 옅어졌던 5급 거주 구역의 싸한 냄새를 압도하는 염증 냄새 근원지를 알 수 있었다. 빛바랜 검은색 유니폼의 하의는 허벅지 부근까지 걷은 상태였다. 흙이 묻은 고구마처럼 생긴 발에, 불쾌하게 생긴 반점이 만연한 다리는 지나가면서 보면 옷을 걷어 올리지 않았다고 착각할 정도로 거무죽죽했다. 다리의 피부는 제일 바깥의 살갗 장벽이 통째로 벌어져 있었다. 가열한 고기의 껍질이 쪼그라들면서 내부의 뼈가 드러난 듯한 모습이었다. 발의 대부분은 곰팡이인지 염증인지 모를 허연 표면으로 온통 뒤덮여 있었다.

도호재는 금방이라도 위산을 쏟아낼 것만 같은 악취에 손가락 뿌리 뒷면으로 코를 막으려다 멈췄다. 당사자 앞에서 취하기에는 무례한 행동이었다. 그는 자신이 취하려던 행동을 눈치챘는지 확인하고자 여성의 얼굴을 확인했다.

도호재는 순간적으로 방에서 뿜어져 나오는 악취를 잊을 정도로 극심한 공포심을 느꼈다. 벌어진 입안에는 3급 거주 구역에서 봤던 메르라와 같이 치아 대부분이 부식되어 사라진 상태이었다. 잇몸에 하얀 이쑤시개를 꽂아 놓은 것 같았다. 입술을 지나 턱을 타고 흐르고 있는 침에는 이상한 거품이 함께하고 있었다. 동공이 풀려버린 눈은 코앞에 얼굴을 들이밀어도 절대 시선을 마주할 수 없다는 걸 직감적으로 알 수 있는 모습이었다. 언뜻 보면 여성은 진작에 사망한 것처럼 보였지만, 목구멍 너머 깊은 곳에서부터 가르륵가르륵 들끓는 소리가 새어 나오고 있었다. 도호재가 문을 두드렸을 때부터 안쪽에서 들려왔던 인기척의 원인이었다.

"누구세요?"

충격에 얼어붙어 있던 도호재는 등 뒤에서 갑작스럽게 들려오는 목소리에 화들짝 놀랐다. 급하게 뒤를 돌아보려다 발을 헛디딘 그는 방 안쪽으로, 여성의 쭉 뻗은 다리를 깔아뭉개며 넘어졌다. 탄탄한 살갗이 아닌 물컹한 촉감이 소름 돋도록 생생하게 느껴졌다. 기겁해서 여성의 상태를 확인하고자 고개를 돌리니 축 늘어져 있는 유니폼의 팔 한쪽이 보였다. 옷감 안에는 아무것도 없었다.

"아이고!"

도호재를 놀라게 만든 목소리의 주인은 바깥에서 한참을 서 있다, 경악성 비명을 지르며 더듬거리면서도 방 안으로 다급히 올라와서 익숙한 듯이 방 안에 있던 전등을 켰다. 메르라의 손이 전등 스위치로 향하는 걸 본 도호재는 급하게 안경을 향해 손을 뻗었지만, 메르라가 스위치를 켜는 게 빨랐다. 도호재는 쏟아지는 빛에 대비해 눈을 질끈 감았다. 눈을 감고 있어도 따갑게 느껴졌어야 할 빛이 전혀 따갑지 않았다. 그는 조심스럽게 실눈을 뜨고 상황을 살폈다. 생각보다도 훨씬 어두운 조명 덕에 도호재는 긴장하며 눈을 완전히 떴다. 눈이 아프지 않았다. 메르라의 낮과 메르라 거주 구역 건물에 설치된 일반적인 전등에 비해서 조도가 훨씬 어두운 조명이 설치되어 있었다.

비스듬히 앉아 있는 여성의 상태를 확인한 메르라는 화장실로 가서 물이 담긴 바구니를 가지고 돌아왔다. 메르라는 앉아 있는 여성의 입안으로 물을 흘려보내고서 남은 물은 여성의 얼굴 위로 뿌렸다. 여성에게 가까이 다가가 상태를 살핀 메르라는 종종걸음으로 화장실에 바구니를 원위치시키고 방으로 돌아왔다.

"쯧, 꼬락서니 보니까 또 잔뜩 처먹었네. 그래서, 누구세요?"

피부병 걸린 동물처럼 머리 곳곳에 두피가 훤히 드러나 보이는 메르라가 도호재를 경계하며 물었다. 누군가에게 여러 번 쥐어뜯긴 이후로 머리카락이 다시 자라지 않는 것 같았다.

"이쪽이 나의 어머니, 아니, 난자 제공자입니다. 사정이 있어서 찾아왔습니다."

도호재는 메르라 문화권에 알맞게, 그들이 알아들을 수 있도록 단어를 바꿨다.

경계하는 기색이던 메르라는 도호재의 인상착의를 찬찬히 훑으면서 찌푸리고 있던 인상을 폈고, 여성이 도호재의 난자 제공자라는 말에는 전혀 반응하지 않다 사정이 있어서 찾아왔다는 도호재의 말을 들은 이후로는 외려 활짝 웃으며 귀한 손님이 온 듯이 그를 반겼다.

"아이고, 이제 오면 어떡하세요! 뭔진 몰라도 이쪽에 사연이 있는 줄은 몰랐네."

"무슨 일이 있었던 겁니까?"

메르라는 택시 기사와 마찬가지로 한껏 아양을 떨었다.

물을 마시는 동시에 끼얹어진 여성의 눈에는 초점이 조금 돌아왔지만, 여전히 정상적인 대화는 할 수 없는 상태였다.

"아, 별일 아니세요. 그냥 아무트를 한꺼번에 많이 처먹어서 그래세요. 이쪽이 좀, 종종 그러세요."

"아무트 말입니까?"

도호재가 아는 한 아무트는 약이 아니라 마약류에 가까운 약물이었고, 꼭 나누자면 약물이라기보다는 독극물에 가까웠다.

"제로님들이 아프지 말라고 5급 멤버십 보유자들에게 아무트를 꽁으로 처방해 주세요. 알잖세요. 하루에 얼마만큼 먹어라, 그런 게 있는데, 자꾸 이쪽이 그걸 무시하고 한꺼번에 많이 구해서 먹는 날이 있으세요."

일전에 도호재가 3급 거주 구역에서 병원으로 이송되었을 때 5급 멤버십 보유자였던 연지에게는 봉합술이 아니라 아무트가 처방되었었다. 이 정도면 의료용 약재인 아무트를 마약으로 잘못 알고 있는 게 아닌지, 제로 거주 구역에서 배웠던 지식이 또다시 왜곡된 진실이었는지 의심스러웠다.

도호재는 짧게 숨을 들이쉬곤, 기존에 알고 있던 지식이 진실에 가깝다고 결론 내렸다. 일반적인 약물은 처방된 권장량을 초과하여 과다복용할 이유가 전혀 없었고 과다복용하고 싶다는 욕구가 들 리도 없었다. 게다가 과다복용의 증상에 대해서 자세하게 알지는 못하지만, 동공이 풀리고 입에 거품을 물며 정신을 놓을 정도의 증상이 나오는 게 안전한 약품일 리가 없었다. 여성의 충격적인 모습으로 느꼈던 공포감과 메르라가 뒤쪽에서 갑작스럽게 튀어나오면서 거세게 뛰던 심장이 진정되며 방 안에서 진동하던 악취가 다시금 코를 들쑤셨다.

"다리를 포함해서, 전체적인 상태는 왜 이렇게 된 겁니까?"

"원래는 4급 멤버십에 가입했었다고 아세요. 완전 먼 과거 이야기는 모르고, 음, 큼."

메르라는 목에 가래가 낀 듯이 목을 가다듬었다.

도호재는 옆에서 가래를 뱉는 소리를 들으며 이제 막 사경에서 벗어나려 하는 여성을 내려다봤다. 아무래도 출산 이후, 5급이 아닌 4급 멤버십으로 추방당했던 것 같았다. 도호재에게 내리려던 처분처럼 5급 거주 구역으로 숨기듯이 유배를 보내서 갇힌 채로 살도록 기이한 보살핌을 내려주는 게 아니라, 말 그대로 홀로 살아남으라고 노동 능력은 있음에도 정규 작업소에 속하지 않는 메르라가 가입하는 4급 멤버십에 가입시켰다는 뜻이었다.

도호재는 의도치 않게 제로의 눈에 띄어 1급 멤버십에 가입했으나, 자신을 1급까지 끌어올린 원흉의 흥미가 떨어짐에 따라 아무런 대비도 없이 다시 늪으로 던져진 여성을 측은하게 여겼다. 다리는 썩고 팔 한쪽은 잘린 채로 금방이라도 쓰러질 듯이 앉아 있는 덩어리가 친어머니라니. 형체를 눈에 담으면 머리는 앞에 있는 게 친어머니라고 착실하게 인식하고 있었지만, 그의 감정은 아직 머리를 따라가지 못하고 뒤처지고 있었다.

"신발 보면 알겠세요. 신발이 다 해져서 밑창을 덧대서 신세요. 그맘때쯤 늦게까지 야근할 일이 많았다고 하더라세요? 매일 밤새다시피 존나게 일하거나, 숙소로 돌아가더라도 기절하듯 잠깐 잠들었다가 바로 출근해야 해세요. 아무트를 안 처먹고는 못 배기세요. 고통을 잊어야 일에도 집중할 수 있는 거잖세요?"

"휴일은 없는 겁니까?"

쉬지 않고 어깨와 고개를 까닥거리며 말하던 메르라는 도호재의 질문에 기겁하며 손사래 쳤다.

"하루를 그냥 쉬겠다는 말이야세요? 아이고, 제로님들도 사회 운영하느라 고생하는 거 뻔히 아는데! 몸만 좀 쓰면 되는데 우리가 쉬어야 써세요? 이유도 없이 일을 쉰다는 건 아니세요. 그건 5급 거주 구역의 중앙으로 뭣도 없이 떨어지고 싶다는 소리세요. 아무튼, 작업반장은 피곤해 뒈지겠다는 애들을 빡빡 밀어붙여세요. 혼자 빠지지 마라, 이 일은 핑계 대면서 농땡이 피우면 사회가 마비되는 일이니, 최선을 다해 뻉이쳐야 한다, 이러면서 딱 뒈지기 직전까지 밀어붙여세요. 맞는 말이긴 한데, 어유, 하루는 이쪽이 작업반장의 그 째지는 목소리를 따라 하는 걸 들은 적이 있는데, 딱 이 년 이빨로 박박 긁어서 목에 구멍을 내버려야 하세요! 더럽게 시끄럽다니까세요?"

메르라는 도호재를 위해서 유쾌한 농담을 한 것처럼 깔깔 웃으면서도 그의 눈치를 살폈다.

도호재는 대화 내용 중 어디가 유머였는지 알 수 없었기에 얼굴을 굳힌 채로 아무런 반응도 보이지 않았다. 그런 그의 모습을 본 메르라는 아무 일도 없었다는 듯이 목을 가다듬으며 말을 이었다.

"차라리 공장에서 밤을 새우면 몰라도, 애매하게 새벽에 숙소로 쫓아낼 때가 있지세요. 새카만 밤거리를 손으로 더듬으면서 숙소까지 기어가야 한다는 말이지세요. 이 멍청한 년이 정신을 빼놓고 사느라 밑창이 다 해진 줄도 몰랐고, 아무트 때문에 고통에 무뎌진 상태에서 밤거리를 돌아다니다가 유리 조각을 발에 박아 넣고 숙소까지 갔세요."

도호재는 더는 갈 수 없다며 절망적으로 말하던 택시 기사의 모습을 떠올렸다. 밤이 되면 순식간에 한적해지던 4급 거주 구역의 거리도 떠올렸다. 메르라가 밤에 길거리를 돌아다닌다는 일은 도호재가 낮에 맨눈으로 메르라 거주 구역의 거리를 걷겠다는 말과 크게 다르지 않은 것 같았다.

도호재는 무의식중에 상의의 주머니에 꽂아둔 안경을 매만졌다. 단단한 안경알을 감싸고 있는 안경의 뼈대가 느껴졌다. 대부분 안경알은 유리를 사용한다. 누군가가 도호재처럼 잠시 안경을 벗어두었다가 거리에 떨어뜨리고, 튼튼한 신발을 신은 누군가가 지나가며 유리를 산산조각 낸다. 그대로 시간이 흘러 밤이 되고, 벽을 더듬으며 정신을 반쯤 놓은 채로 숙소로 이동하던 한 여성이 유리알을 밟고 지나간다. 여러 갈래로 쪼개졌던 유리알 파편 중 하나가 여성을 따라 사라진다.

도호재는 꼬리를 물고 이어지는 끔찍한 상상을 털어내려 했지만, 눈앞에 이미 썩어 들어가고 있는 다리가 놓여 있으니 생각을 멈추기 어려웠다. 어쩌면 누군가 술병을 홧김에 깨버렸을지도 모른다. 3급 거주 구역의 술집에서 도호재와 연지, 다리에 붕대를 감고 있는 사내를 모두 습격했던 그 메르라처럼. 술집 운영자는 홀로 가게 안쪽으로 몸을 숨겨 아무런 피해 없이 살아남았다. 가게를 조금 정리해야 하는 걸 빼면, 그는 금방 일상으로 복귀할 수 있었다.

또다시 쓸데없는 생각에 잠겼던 그는 자신 옆에서 열심히 설명하고 있는 메르라의 목소리에 애써 귀를 기울였다.

"숙소 가서 앵앵대는 섹스 소리를 자장가 삼아서 기절잠 자고 일어났세요. 상처를 발견하긴 했다는데, 드리퍼로 상처를 씻을 수나 있세요? 하루아침에 1급까지 올라가는 소리지세요."

"드리퍼가 뭡니까?"

메르라는 도호재의 질문에 그를 멍청한 눈으로 쳐다보려다 급히 시선을 갈무리하고서 그를 화장실로 데려갔다.

비좁은 화장실은 군데군데 깨진 타일로 뒤덮여 있었다. 벽면 아래에 설치된 수도꼭지에서는 물이 한 방울씩 떨어지고 있었다. 수도꼭지에서 아슬아슬하게 모이고 모여 무거워진 물방울은 바가지 위로 무사히 안착했다. 아까 메르라가 정신을 차리지 못하고 있던 여성에게 쏟아부었던 물이 이렇게 한 방울씩 모인 물이었다. 자세히 살펴보니 '열림'이라고 적힌 부분을 향해 수도꼭지 손잡이의 머리가 끝까지 돌아가 있었다. 24시간 물을 틀어놔 봤자 밑에 대놓은 바가지는 다 채울 수 있을지 의문이었다.

"이 물이 또 완전히 깨끗한 물은 아니세요. 그러다 보니까 이 물로 상처를 씻기는 좀 그렇세요. 5급 병원을 가든지 해야 치료할 수 있지세요. 근데, 일 나가야 하세요. 병원 갈 시간이 없세요. 이제 유리가 박힌 발은 점점 썩어 문드러지세요. 그냥 다치고 낫는 거면 아무트로 어떻게 하겠세요. 생살이 그냥 몸을 타고 올라오면서 썩어가니까 아무트로도 고통을 잊을 수 없었다고 말하더라고세요?"

메르라는 아무트가 마치 병원 다음으로 공신력 있는 만병통치

약인 것처럼 말했다.

"빡 집중해서 일을 해야 하는데 그게 안 되세요. 일하다가 존나
게 아파서 잠깐 한눈을 팔았다는 게, 참 나, 이번에는 팔을 똑 떵
가먹었네세요?"

도호재는 어깨 부근에서 나뭇가지를 꺾듯이 손목을 뒤집는 메
르라의 묘사를 보며 '떵가먹었다.'라는 단어의 뜻을 '떨어져 나갔
다.'라고 해석했다.

"기절하기 전까지 토를 하다가 그대로 병원으로 실려 갔세요.
근데, 이쪽 잘못이잖세요. 작업 중에 누가 한눈을 파세요. 그러다
보니까 멤버십 보험이 적용이 안 되잖세요. 그렇다고 팔을 붙일
정도로 돈을 따로 모을 수도 있었겠세요? 병원은 돈을 내라 하고,
보험은 적용되지 않고, 다리는 썩어가는데, 팔까지 없세요. 항생
제? 진통제? 그런 게 좋다고 하던데, 아무것도 못 샀세요. 지 잘못
에 책임을 져야 하는데, 멍청한 년이 대비도 안 해둔 거세요."

맞는 말이었다. 본인의 부주의에 의한 과실은 보험을 적용받기
어렵다는 내용은 도호재도 알고 있는 내용이었다. 당사자가 모를
리 없었다. 분명 맞는 말인데, 무언가 답답했다. 거대한 회전판에
사지가 묶인 채로 빙글빙글 돌아가고 있는 와중에 누군가가 칼을
던지고, 칼에 맞아서 아프다고 호소하면 본인이 지금보다 가벼웠
어야 판이 더 빠르게 회전해서 칼날을 피할 수 있었을 거라며 구
둣발에 걷어차이는 느낌이었다. 그럼 사지를 결박한 인물에게 자
신을 왜 묶었냐고 울부짖으면 불합리하게 불어난 빚을 탕감하기

위해서라면 무슨 일이든 하겠다 한 건 본인이 아니었냐며 비웃고 있는 듯했다.

"이제 병원에서 또 받을 수 있는 건 돌고 돌아서 아무트밖에 없세요. 보통 메르라 하나가 하루 동안 먹을 양보다 훨씬 많이 받았다고 하더라고세요? 지금도 그때 처먹은 양에 익숙해져서 계속 그 양 그대로 처먹으려고 하는 거지세요. 참, 아무트 받고 바로 5급 멤버십에 가입했다더라고세요."

메르라는 손목으로 툭 튀어나온 턱뼈를 거칠게 긁었다.

"병원에서 아무트를 처방받은 기간이 끝났으면 정신이랑 근성으로 버텨야 하잖세요? 뭐가 잘못됐는지 처음 여기 배정받았을 때보다 순식간에 성격도 변해버리고, 정신도 오락가락하게 되어버렸세요. 그래도 거주지를 여기로 배정받을 정도면 위쪽에 줄이 있다는 건데. 처음 이곳에 왔을 때는 내가 말하는 정도까지는 아니었더라도 꽤 말을 잘했세요. 이제는 저쪽 32인실에 사는 자식들이랑 다를 게 없세요. 무슨 말을 하는 건지 알아들을 수가 없세요. 이쪽에 사는 5급 메르라 격 떨어지게 그거 하나 못 참고. 쯧, 나약한 년."

메르라는 혀를 차며 성가시다는 듯이 고개를 저었다. 그러다 벽에서 그르렁거리고 있는 여성이 자신이 종종 들러보던 메르라 이웃이 아니라 이제는 모종의 사정으로 귀한 분과 엮인 메르라라는 걸 간신히 기억해 낸 듯이 어색한 웃음으로 마지막 말을 얼버무렸다.

도호재는 메르라가 중간중간 여성을 향해 비아냥대거나 답답하

215
처음이자 마지막

다는 듯이 말해도 놀라지 않았다. 저 메르라는 정화 실적을 올릴 건수가 있는지 확인하고자 여성에게 접근하여 과거를 꼬치꼬치 캐묻고, 그 뒤로도 허튼짓하지는 않는지 확인하러 들렀을 게 훤했다. 그런 메르라의 과거가 있었기에 도호재도 메르라의 입을 통해 여성의 과거를 들을 수 있었다. 그래도 도호재가 오니 그제야 여성을 걱정하는 척하는 모습은 가증스러웠다.

"지금까지 나와 그쪽 말고 다른 방문자는 없었습니까?"

메르라는 도호재의 눈치를 살피다 반색했다.

"남정네 하나가 가끔 들르긴 했는데, 딱히 대화를 나누거나 집 안으로 들어오지는 않았세요. 여기 올 때 멀리서 이 집을 보고 있는 걸 본 적이 몇 번 있어서 눈치챈 거세요."

처음 떠오른 인물은 도호재의 비밀을 파헤치고 폭로한 이우진이었다. 그러나 이우진은 대면식에 참여한 이력이 있을 뿐, 이곳에 몇 번씩이나 자유롭게 드나들 자격은 못 되었다. 게다가 메르라의 증언에 따르면 꽤 오래전부터 이곳 근처를 배회했다. 만일 이우진이 이곳에 도호재의 친어머니가 있다는 사실을 진작 알았다면 도호재의 명성을 깎아내리기 위해서 오래전에 소문을 퍼뜨리거나, 증거물로 쓸 친어머니를 제로 거주 구역까지 데려오기 위해서 기를 쓰고 노력했을 터였다.

바로 다음으로 떠오른 인물은 아버지였다. 보물인 척 손에 쥐고 주무르다가 던져버린 메르라가 어떻게 살고 있는지 확인차 방문했을 수도 있다. 그러나 제로의 품격을 중시하는 아버지가 특별한 용

216
엔바디

건도 없이 지저분한 5급 거주 구역에 직접 행차할 리가 없었다. 게다가 아버지가 이곳에 들렀다면, 단 한 번이라도 5급 거주 구역의 저릿하고 퀴퀴한 냄새가 저택으로 돌아온 아버지와 함께했어야 했다. 아무리 짧게 노출되더라도 이곳의 악취는 썩은 갈고리 모양의 분자라도 가지고 있는 건지 옷자락에, 눈알에, 목구멍에, 코의 점막에, 폐 깊숙한 곳에 들러붙어서 도무지 떨어지지를 않았다.

메르라가 증언한 남정네가 누구일지 알 방법이 없었다.

"아이고!"

도호재의 옆에서 숨죽이고 있던 메르라의 목소리가 그의 상념을 뚫고 들어왔다.

"정신이 좀 드나보네세요!"

잘됐다며 호들갑을 떤 메르라는 여성의 얼굴에 자신의 얼굴을 바짝 붙였다. 푹 꺼져 있는 듯한 여성의 입에서 뭉개지면서도 새어 나오는 발음이 웅얼거리며 희미하게 들려왔다.

"그쪽이 여기 있는 분 난자 제공자라며! 사정이 있세다던데! 여기까지 찾아왔다니까! 아니! 내가 말하고 있는 그쪽이, 여기 서 있세는 분! 이분 난자 제공자! 였었다며!"

메르라는 여러 번 반복해서 같은 내용으로 소리를 질렀다.

도호재는 입을 꾹 닫은 채로 꼼짝도 하지 않았다. 자신이 말하면 알아듣지 못할 것이다. 대화도 할 수 없는 상황에서 자신이 직접 그쪽의 아들이라고, 여기까지 만나러 먼 길을 왔다고 소개해봤자 아무것도 바뀌지 않을 것이다. 사실 여성의 앞에서 무릎을

끓고 왜 자신을 알아보지 못하느냐며 오열할 정도로 그다지 애처로운 감정이 들지도 않았다. 이곳까지 오겠다고 선택했더라도 마주하고 있는 상황은 조금은 낯설고, 그보다도 불편했다. 제로 거주 구역에 있던 자신의 침대 위에서 눈을 뜰 줄 알았는데 막상 눈을 떠보니 최태영 개인 사무실의 비좁은 소파였을 때와 비슷한 감각이었다.

풀려 있던 여성의 동공은 이제 시선을 맞출 수 있을 정도로 최소한의 생기가 감돌았다. 침을 튀기며 소리를 지르고 있는 메르라의 얼굴을 주시하던 눈동자가 데룩, 구르더니 도호재에게 향했다. 움푹 꺼진 눈두덩이는 오로지 눈의 모양만으로 간신히 부피감을 유지하고 있었기에 눈동자가 굴러가는 모양이 적나라하게 드러났다. 역겨울 정도로 징그러웠다.

도호재는 위아래로 훑으며 뜯어보지도 않고 멍하게 자신을 쳐다보고 있는 여성의 시선과 대치했다. 익숙하지 않은 감각이었다. 눈을 깜박이지도 않고 시선으로만 합의도 없이 교감하듯이 쳐다보던 여성은 입을 열어 무언가 중얼거렸다. 시선은 여전히 도호재에게 고정한 채였다.

"물? 물 없는데?"

메르라는 곤혹스러운 듯이 여성에게서 물러섰다.

"…물이 필요하다고 합니까?"

도호재는 공허하게 자신을 쳐다보고 있는 여성의 시선에서 벗어나기 위해 메르라에게 말을 걸었다. 발을 옮기면 징그러운 눈동자가 굴러가는 모습을 봐야 할까 봐 함부로 이동할 수도 없었다.

"아, 에. 물을 달라고 하네요. 근데 물은 여기서 좀 나가서 사 와야 하는 건데…"

"나한테 부탁한 모양이니 내가 하겠습니다."

귀찮은 부탁을 들었다는 듯이 말을 늘이는 메르라의 모습에 도호재는 여성의 따가운 시선에 못 이기는 척 부탁을 넘겨받았다. 메르라가 나가버리면 여성과 단둘이 남아야 했다.

도호재의 말에 메르라는 눈에 띄게 얼굴이 밝아졌다. 그의 눈치를 살피며 고맙다고 한 메르라는 방향을 알려주겠다며 함께 나가자고 제안했다. 불을 끄고 나온 메르라는 여성과 마찬가지로 잔뜩 해진 자신의 신발을 더듬더듬 찾아 신었다. 메르라를 따라 집을 나선 도호재는 방에 있는 여성이 아직도 자신을 뚫어버릴 기세로 끈질기게 눈으로 좇고 있음을 애써 무시했다.

"이 길 따라서 발이 작살나기 직전까지 쭉 가면 물을 전문으로 하는 자판기가 하나 나와요. 가격이 좀 싸가지 없긴 한데, 근처에서 물 다루는 곳은 저기가 유일해요."

택시가 서 있는 곳까지 나오자 메르라는 도호재가 이곳으로 올 때 지나왔던 길을 가리켰다.

"나는 바로 윗집에 살세요. 이 집에 가끔 들르기도 하니까, 다음에 한번 와세요!"

파란 슬레이트 지붕을 얹은 집에 가끔 들른다는 말과 다음에 기회가 된다면 자신의 집에 방문하라는 말이 어떻게 연관되는 건지는 몰라도, 메르라는 비굴해 보이는 웃음을 지으며 자신의 집을 향해 길을 더듬어 갔다.

도호재는 악취를 증폭시키는 비가 그쳐서 그나마 다행이라는 생각을 하며 발걸음을 옮겼다. 억수같이 내리는 빗길에 5급 거주 구역까지 이동한 것만으로도 충분히 피곤했다. 그런 와중에 새벽이 되어도 잠들지 못하고 끝없이 걸어야 한다고 생각하니 피곤이 가중되는 느낌이었다. 도호재는 묵묵하게 택시를 타고 돌아왔던 길을 한참 걸었다. 그러다 문득, 택시를 타고 가면 되는 길을 어리석게도 두 발을 혹사하며 걷고 있음을 깨달았다. 돌아가기에는 지나치게 멀리 왔기에 그는 그대로 앞을 향했다.

도호재는 자판기에 의외로 금방 도착했다. 도보로 이동하기에는 피곤하긴 했지만, 발이 부서질 때까지 걸어야 한다는 표현을 쓸 정도로 먼 거리는 아니었다. 5급 거주 구역의 한적한 무인 판매소에서 최태영의 구식카드를 긁고 있자니 부모님의 카드를 훔쳐서 가출한 자녀가 멍청하게도 그 카드로 생필품을 결제하며 자신의 위치를 알리고 있는 것 같았다.

시답잖은 생각을 하며 물을 산 도호재는 판매소 바로 옆의 높다란 기둥에 손때 가득한 버튼을 발견했다. 그러고 보니 무인 판매소까지 오는 길에 같은 모양과 크기의 버튼이 곳곳에 설치되어 있었다. 경비 호출 버튼이라도 되는가 하는 생각이 들었지만, 경비 호출 버튼에 이렇게 지저분한 손때가 한가득 묻어 있을 리가 없었다. 생활감이 가득할 정도라면 일상적으로 사용하려 누르는 버튼일 터였다.

도호재는 손톱 끝으로 버튼을 가볍게 눌렀다. 그의 손에 의해 매끄럽게 눌려진 버튼이 찌그러들었다가 다시 튀어나왔다. 그러자 귓가 가까이에서 들리는 듯이 생생하고 낯 뜨거운 교성이 주변의 스피커에서 도호재가 서 있는 장소를 향해 쏟아졌다. 도호재는 화들짝 놀라 버튼에서 빠르게 멀어졌다. 음질이 환상적인 스피커에서는 축축한 손으로 손뼉 치는 소리와 성대를 긁으며 내는 짐승의 소리가 배배 꼬여서 나오고 있었다. 그는 소리를 없애기 위해 다급하게 버튼을 다시 눌렀다. 버튼은 힘없이 찌그러들기만 할 뿐, 스피커의 소리는 여전했다. 도호재는 자신의 의지와 상관없이 열이 오르는 감각에 황급히 왔던 길을 되짚어 돌아갔다. 스피커의 소리는 도호재의 뒷덜미를 핥으며 꽤 먼 곳까지 따라왔다.

파란 슬레이트 지붕이 달린 집에 가까워지니 처음 이곳에 도착했을 때처럼 아무런 소리도 없이 묵직한 악취가 도호재를 반겼다. 도호재는 어둠 속에서 숨죽이고 있을 여성의 눈알을 마주하기 껄끄러웠다. 여성의 도드라진 눈동자가 공포감을 불러일으킨다는 생각도 들었다. 그는 자신이 고작 이런 일에 공포감을 느낄 리 없다고 과장되게 코웃음 치며 발걸음을 옮겼다.

도호재는 슬레이트 지붕을 얹은 집 앞에 주차되어 있는 택시를 지나쳤다. 기사는 운전석에서 팔자 좋게 늘어져서 자고 있었다. 그러고 보니 기사는 노동력도 있고 실제로 택시 기사라는 직종에 종사하고 있었다. 기사는 5급 멤버십 가입자가 아니라 4급 멤버십 가입자다. 그래서 그런지 택시 안에서 죽은 듯이 잠든 저 기사는 5급 거주 구역 메르라의 평균과는 달리 자신의 치아를 비교적 멀쩡하게 가지고 있었다.

그런데도 비교적 멀쩡한 치아의 기사는 5급 거주 구역의 메르라처럼 보였다. 도호재는 이때까지 무의식적으로 택시 기사를 5급 거주 구역의 주민으로 인식하고 있었다. 단순히 지금 도호재가 있는 장소가 5급 거주 구역이기 때문이라거나, 오로지 택시 기사의 말투가 5급 메르라 특유의 말투였다는 문제는 아니었다. 그보다는 세세하게 형용할 수 없는 그의 동작 하나, 택시에 묻어나는 그의 취향 하나, 도호재를 보는 눈빛 하나, 입꼬리 하나, 그의 선택 하나하나가 그러했다. 도호재가 5급 거주 구역의 메르라를 많이 만나보지는 않았으나, 왠지 기사에게서는 5급 거주 구역 메르라의 느낌이 들었다.

도호재는 택시 기사의 어떤 점이 5급 메르라처럼 보였는지 생각하며 여성의 해진 신발 옆에 자신의 신발을 반듯하게 벗어두었다.

"물 가져왔습니다."

그는 따로 돈을 받지는 않겠다는 말을 덧붙이며 철제로 둘러싸인 바깥쪽 유리문을 열었다. 이제는 정신을 차리고 있는 상태에서 방문자가 누구인지 알고 있기 때문인지, 이전에 노크했을 때와는 달리 아무런 인기척도 들리지 않았다. 그는 철제 유리문 안쪽으로 올라서서 곧바로 플라스틱 틀로 마감 처리한 유리문을 좌우로 열었다.

지지하고 있던 문이 열리자 시커먼 머리카락이 기울어지며 도호재의 다리에 투박하게 부딪혔다. 도호재는 갑작스러운 충돌에 깜짝 놀라 반사적으로 옆으로 물러섰다. 여성은 벽이 아니라 문에 기대어 있었던 건지 도호재가 다리를 치우자마자 그대로 바닥으로 쓰러졌다. 팔로 땅을 짚지도 못하고 바닥에 머리를 그대로 부딪치는 여성의 모습에 도호재는 여성이 다친 곳은 없는지 확인하려다가 관두었다.

온몸의 털이 바짝 서고 심장이 미친 듯이 뛰었다. 근육이 뻣뻣하게 경직됨에 따라 안부를 묻고자 했던 생각을 철회할 수밖에 없었다.

여성은 죽어 있었다. 머리를 바닥에 부딪히면서 기절한 게 아니다. 여성은 문에 기댄 채로 죽어 있었다.

사람

도호재는 얄팍한 숨조차 들이마시거나 내뱉지 않는 여성에게서 눈을 뗄 수 없었다. 공포에 질린 뇌는 갑작스러운 충격에서 벗어나고자 외려 앞에 놓인 공포의 근원지를 샅샅이 살피라고 지시했다. 구석구석 뜯어보면 공포의 정체를 식별하고 별 게 아닌 것에 놀라지 않았냐며 굳은 몸을 다독일 수 있다고 판단한 것 같았다.

여성은 도호재가 마지막으로 마주했을 때와 같이 눈을 부릅뜨고 있었다. 순간적으로 몸이 견디지 못할 만큼의 압력을 받은 것처럼 핏줄이 잔뜩 터져 있는 눈이 어둠 속에서도 또렷이 보였다. 코와 입은 후줄근한 검은색 천으로 엉성하게 틀어막혀 있었다. 바지 쪽의 유니폼을 뜯어내어 코와 입안으로 쑤셔 넣은 모양이었다.

겉으로만 보면 질식사처럼 보였다. 도호재의 뇌는 여성의 상태를 꼼꼼히 살펴볼수록 점점 가중되기만 하는 공포에 필사적으로 저항했다. 누군가가 여성의 코와 입을 막은 뒤에 여성이 숨 쉬는 데 방해되는 이물질을 제거하지 못하도록 팔다리를 결박하고, 여성이 옷감을 뱉어내지 못하도록 입까지 따로 틀어막는 게 아닌 이상 고작 저런 허접한 장치로 사망에 이를 수는 없었다. 게다가 누군가가 여성을 살해하고 도주했다면 여성이 문에 기대어 앉아 있을 수 없었다. 정 꾸미려면 여성의 시체를 끌어다 놓고 문틈으로 시체를 받치며 문을 천천히 닫는 방법이 있긴 했지만, 경비가 시체를 언제 발견할지도 모르고, 발견한다고 하더라도 5급 거주 구역의 살인 사건을 심각하게 조사할 리는 없다. 살인자로 쫓길 확률도 희박한데 쓸데없이 힘을 뺄 이유가 없었다. 굳이 코와 입을 틀어막고 팔다리를 못 움직이게 조처하고 입에 넣은 옷자락을 뱉지 못하도록 또다시 틀어막는 일을 반복할 바에는 차라리 손을 이용해 목을 조르는 편이 빨랐다.

침입자는 없었다. 도호재의 뇌가 내린 결론이었다. 그렇다면 여성은 어떻게 자발적으로 자신의 코와 입을 막았는가? 고작 저걸로 생존하고자 하는 본능을 이길 수 있었다는 말인가? 도호재는 허공을 노려보고 있는 여성의 눈에서 간신히 시선을 떼어냈다. 그는 납득할 만한 근거를 찾아서 공포에서 벗어나자는 뇌의 지시에 충실히 따랐다.

축축하게 젖은 손을 반대 손등에 닦으며 방 안으로 들어서니 동그랗게 말린 검은색 옷자락이 여기저기 떨어져 있었다. 축축하게 젖어 있는 걸 보니 몇 번 입에 넣었다가 뱉어낸 모양이었다. 고작 몇 번 더 시도했다고 해서 절대적인 생존 본능을 이겨냈을 리는 없다. 도호재는 목이 뻣뻣하게 굳은 탓에 몸 전체를 돌려가며 조심스럽게 방을 훑었다. 방 안 곳곳에 여성이 뱉어낸 피떡 옆으로 이전에는 보이지 않았던 전자기기가 있었다. 있어야 할 가전이 아무것도 없는 방에 패드만 덩그러니 있으니 이질적이었다. 구석에 연결되어 충전 중인 패드 옆에는 뚜껑이 열린 빈 통이 넘어져 있었다.

도호재는 패드를 켜보기 전, 중문을 닫았다. 문틀을 사이에 두고 넘어진 채로 굳어 있는 존재를 조금이라고 잊고 싶었다. 다급하게 움직이면 급격하게 밀려올 두려움에 쫓길까 봐 그는 천천히, 자신의 행동은 더는 숨 쉬지 않는 여성을 위한 일인 것처럼, 격식을 차려 여성을 배려하는 것처럼 조심스럽게 문을 닫았다. 목 뒤로 식은땀이 한줄기 흘러내렸다.

쏟아내리듯이 주먹을 쥐었다 펴며 대충 땀을 닦아낸 그는 패드의 화면을 켰다. 아무런 잠금도 없이 켜진 패드는 오랜만에 전원을 켠 건지 밀려 있던 업데이트를 한꺼번에 처리하느라 과열되어 있었다. 모든 걸 다 삭제해 버린 것처럼 극단적으로 깔끔하게 빈 패드 화면 중앙에는 메모장이 하나 떠 있었다. 도호재는 자연스럽게 메모장을 열어 가장 최근에 작성된 메모를 펼쳤다. 조금 전, 그가 물을 찾아 하염없이 걷고 있던 때 작성된 글이었다.

나는 실패햇다. 사회에ㅔ 적응하는 데 실채했고, 멤ㅁ버십 미보유자와 함께 있는 데도 실패했다. 교육ㄱ소에서 배울 때는 주변 메루라와 함께 출생자를ㄹ 제출ㅗ지 않는 멍청이들을 비웃었지만, 막상 내ㅐ가 난자를 재공하ㄱ고 나니 출생자ㅏ를 내 손아귀ㅣ에 들고 있고 싶었다. 그 누구에개도 발설ㄹ한 적 없지만. 1급 멤버ㅗ십까지 단숨에 올ㄹ라가 출생 예ㅈ정자가 내 안에 생겼을 때, 어저면 나의 부론한 욕망이 실ㄹ현되지는 안을까 희망을 품ㅁ었다. 출생ㅇ 예정자는 섹스의 불ㅅ순물이라지만, 나는ㄴ 나으ㅣ 불순물이 갖고 싶엇다.

나를 찢고 불순ㄴ물이 나왓다. 그는 과태료ㄹ를 내더라도 출샌자를 직저ㅂ 키우겟다고 했다. 그의 선택ㄱ으로 나의 범죄에 공모ㅈ자가 생겻다는 사실이 기뻤ㅓ다. 멍청한 년이ㅣ라 착각인 줄도 몰랐다. 그의ㅣ 선택ㄱ은 충동ㅇ적이었는지, 결국 범죄를 저지르기는 싫엇는지, 아니면 은연ㅁ중에 비친 나의 욕망게 장단을 맞추ㅜ어 주었을 뿐이엇던 건지ㄴ는 모르겟다. 그가 1급 거주지에 숨기ㅣ듯 처박아노ㅆ던 나를 찾아왔다. 춣생자를 검역소에 제풀햇다고 말했다. 그리고 이제는 나도 버ㅣ리겠다고 말햇다. 내가 불ㄹ순물을 손에 주ㅣ고 싶엇던 것처럼, 그도 나ㅏ를 가지고 싶었엇나 보ㄴ다. 차이ㅣ점이 잇다면ㄴ 난 여전리히 그 불순ㅁ물이 가지고 싶엇고, 그쪽은 그렇ㅎ지 않다는 거ㅓ다. 그는 절ㄹ차를 잘 처ㅓ리해서 나으ㅣ 노후랄 보장해 주겟다 햇지만, 불순물를 내놓으ㅡ라며 발ㄹ악햇기 때문인지 나는 4급 거주ㅜ 구여게 버려졋다.

불순ㄴ물을 되찾으려 여기ㅣ저기 기웃거렷다. 아무것ㅅ도 나오ㅗ지 안았다. 나의 것슬 되찾ㅈ으려 한는데 내 것이라ㅏ 인정ㅇ바든 건 불ㄹ순물이 아ㅏ닌 멤버십 코드ㅡ뿐이다. 내가 만ㄴ들엇는대 왜? 그는 소유ㅠ권ㄴ을 포기햇으니 불순물은 오로시 내 거시어야 햇다. 주변 메르라ㅏ는 전부 불숨물을 처리ㅣ해 준 사회ㅣ에 감사ㅎ하며 사ㄴ는데 나만 따라가지 목하고 아등바ㅏ등하고 잇었다. 그래서 다리가 석고 팔이 잘ㄹ려 나가는 버를 받은 것 같다.

아픈ㄴ 걸 이즈려다 보ㅗ니 아무트를 만히 먹게 됏다. 며칠식 뭉텅이ㅣ로 사라진는 것 같긴 한대, 시간이 빠르게 흘ㄹ러가니가 마음애 들엇다. 토ㅗ하는 건 짜ㅈ증 났지만, 그럭저럭 괜찮앗다. 그러다 오늘 눈늘 떳다. 처ㅇ음 보는 얼굴리 잇었다. 내 얼굴에 물을ㄹ 끼언즌 메르라가 저ㄱ게 내 불순ㅁ물이라고 시그럽게ㅐ 소릴를 질럿다. 인상ㅇ을 찌푸리ㅣ면서도 꼿꼿하게 서 잇는 모습비 불ㅅ순물이라는 이름ㄱ놔는 어울ㄹ리지 않앗다. 내ㅔ가 저 얼ㄱ굴이었다면 그가 나을 버릴지 않앗을지 생각했덤 것도 갗다. 내가 저럿게 귀티가 낫다면 좋았을 텐데.

그런대 참 욱기다. 불순ㅁ물을 갖ㅈ고 싶어서 날뛰닥가 여기까지ㅣ 추락ㄱ하는 벌를 받앗는데, 가진ㄴ 게 업스니 나

228
엔바디

를 도려내ㅔ면서까지 불순물을 갖고 싶지ㅣ는 않다. 불순
물ㅇ이 곁에 있겠다 해도 갖ㄱ고 싶단는 생각이 다ㅏ시 생
기지ㅣ도 않흘 것 같다. 불순ㄴ물을 가지ㅣ고 잇으면서 끔
직하게 무거운 벌ㄹ금을 내고 싶지 않다. 벌금ㅁ을 낼 수도
업ㅅ다. 그리ㅣ고 불순물도 자신을ㄹ 포기한 나를 가ㅏ지고
싶지는 않을 거ㅓ다. 찌푸린ㄴ ㅇ얼굴이 도뮤지 펴지ㅣ지를
않으니. 어쩌면 나ㄴ는 그냥 사호ㅣ 부적응자가 되고 시픈
미친ㄴ년이엇을지도 모르갰다. 사회에 대들ㄹ고 싶어서 발
악ㄱ하면서 다라오르는 밎친년이엇던 거다.

귀하게 자랏으면 끝까지 귀ㅣ하게 살아라. 나에개 와서 ㅂ불
순물 따우ㅣ가 되지 말고. 이미ㅣ 평생ㅇ을 사회의 짐므로
살앗는데 서로에게가지 짐이 되진는 말자. 나는 사회의 자원
늘 축내는 짐이엇지만, 이제는ㄴ 삶을 꿎내며 사회에 이바지
하려ㅕ 한다. 마지막으로 축ㄱ내는 자ㅇ원은 저 아무츠 한
통이니 저ㅓ 정도는 괜찬흘 거다. 나에ㅐ게서 가져가고 싶
은ㄴ 게 잇다면 가져가라. 녀에게 도움미 된다면ㄴ 짐만 되
는 인ㅅ생은 아니ㅣ게 되겠지.

지금ㅁ이라도 끝을 낸ㄴ다만, 그래도 내가 너였으면 좋앗
겠다. 내가 고작 뭐ㅓ라고 네가 될ㄹ 수ㅠ 잇겠냐 만은, 네
가 너ㅓ무 부럽다. 내가 너랴면ㄴ 나를 차즐 일ㄹ도 없이
즐ㄱ겁게 살앗을 거다. 너라면 귀한 척하ㅏ지 않아도ㅗ 고
고흥할 수 잇다. 허벅ㅈ지를 커터칼ㄹ로 찌르면서 공ㅂ부해

서 3급 거주 구ㅜ역에서 자랐지만, 답지 안ㅎ게 총명하고 3급 출심인 티가 잘ㄹ 안 난다ㄴ는 소리를 간신히 들은ㄴ 나오ㅘ는 다르게 서 잇기만 헤도 귀티 나는 너ㅓ를 보면 그가 너를ㄹ 검역소애 맡기지 않ㅎ앗다는 걸 한눈에 알ㄹ 수 잇다. 그는 너를 제ㅐ로 거주 구역게 바쳤다. 그곳에서 시작ㄱ한 너는 이미ㅣ 작은 불ㅎ행쯤은 다 덮을ㄹ 수 잇을 정도ㅗ의 행복을, 모든 걸ㄹ 다 가ㅏ지고 잇갯지.

내가 너엿다면 행복했ㅅ을 텐데. 이렇게 죽ㄱ지 않ㅎ아도 될 텐대. 흐리ㅣ기만 하던 머리ㅣ가 오늘ㄹ처럼 맑근 적이 없다. 죽기 위해 정신을 차리는 나는 얼ㄹ마나, 얼마나 보잘것없이 숭고한가.

도호재는 메모장에 적혀 있는 글을 반복해서 읽었다. 맞춤법이 엉망진창이었지만, 그렇다고 해서 문장이 비문인 건 아니었다. 오히려 메르라치고 뛰어난 글솜씨를 엿볼 수 있었다. 도호재는 공포심이 조금 가셨다. 그러나 여성의 죽음이 슬퍼지지도 않았다. 더는 대화를 나눌 수 없는 물체가 문 너머에 누워 있다는 사실은 그대로였기에 원초적인 거부감과 사회적 공포가 잔재했다.

도호재를 응시하던 여성의 눈은 강렬했었다. 고통에 저항하며 얼굴을 일그러뜨린 채로 그를 보았던 연지의 마지막 눈과도 비슷했다. 문밖에 누워 있는 여성이 도호재를 따라 끈질기게 좇던 시선은 패드를 보고 있는 순간에도 생생하게 기억났다. 다만, 아무리 소름 끼치던 그 시선을 떠올려 보아도 여성의 눈동자 색만은 기억해 낼 수 없었다. 그는 여성이 자신 앞에 있던 메르라에게 웅얼거리듯이 말하던 모습도 기억했으나, 목소리가 어떠했는지는 귀 기울이지 않았었다. 단 한 번도 서 있는 모습을 본 적이 없으니 여성의 키가 어느 정도인지도 알 리 없었다.

이제껏 만났던 누구보다도 아는 게 없음에도 그는 친어머니라는 단어로 엮인, 아득하고도 기이하게 친밀한 인물에게 졸지에 버림까지 받았다는 사실이 받아들이기 힘들었다. 도호재는 여성에게 자신과 함께 살면서 벌금을 부담하라고 제안할 생각도 없었다. 단한 번도 고려하지 않았다. 생각지도 않았는데, 도호재는 딱 잘라거절당했다. 이전에 제로 거주 구역에서 어머니에게 창피를 당한직후에 고용인에 의해 멋대로 자신의 앞에 놓이던 접시와 같았다.

도호재는 패드의 화면을 끄고 아무 일 없었다는 듯이 자리에서 일어났다. 한 손에는 패드를 든 채로 미닫이문을 연 그는 바닥에 아무것도 없다고 자신에게 되뇌며 정면만을 응시했다. 도호재는 그대로 신발을 신고 택시가 주차되어 있는 곳으로 향했다. 뛰어가고 싶은 생각이 강렬하게 들었다. 뒤에 있는 존재가 움직인다거나 하는 헛된 망상을 하는 건 아니었다. 단지 불쾌한 형태의 시체가 있는 곳에서 한시바삐 멀어지고 싶었다.

택시 운전석 앞에 도착한 도호재는 차 유리를 손마디로 차분히 두드렸다. 택시 기사는 깊게 잠든 건지 미동도 하지 않았다. 그는 조금 전보다 힘을 주어 차창을 두드렸다. 도호재는 여전히 반응이 없는 기사의 모습에 혹시 차 문이 열려 있지는 않은지 손잡이를 잡아당겼다. 문은 열리지 않았다. 손잡이만 덜컥거릴 뿐이었다.

손잡이가 의미 없이 덜컥거리는 소리가 점점 더 빠르고 날카롭게 울렸다. 차가 열리지 않으면 다시 슬레이트 지붕 아래로 가야 했다. 도호재는 어느새 손잡이를 부서지라 흔들며 운전석의 차창을 마구잡이로 두드리고 있었다. 택시 기사가 깨지 않는다면 부패하기 시작하는 시체와 같은 공간에서 여름밤을 보내야 한다. 길바닥에서 밤새 서 있을 수도 없는 일이었다. 끝까지 참던 격한 움직임에 도호재의 심장이 빠르게 뛰었고, 심장의 폭주는 다시 두려움을 자극했다.

도호재는 걷잡을 수 없이 불어나는 불안과 공포로 차를 힘껏 흔들었다. 지금 당장 이곳을 벗어나지는 못하더라도 최소한 살아 숨쉬는 생명체와 같은 공간에 있고 싶었다. 이제는 기사를 깨우기 위해서라기보다는 몸 안에서 넘쳐흐르는 불안과 공포를 발산하기 위한 광분에 가까웠다. 그는 차를 발로 차고 유리를 깨버릴 듯이 주먹으로 내리쳤다. 기사는 흔들리는 차 안에서 좌우로 같이 흔들리기만 할 뿐, 깨어나지 않았다.

도호재는 소리까지 지르면 두려움이 몸을 단숨에 집어삼킬까 봐 압박했던 목구멍에 힘을 풀었다. 그러곤 막혀 있던 숨을 내쉬며 심호흡했다. 이렇게까지 시끄럽게 굴었는데도 깨어나지 않는 거라면 택시 기사도 이미 산소 부족으로 죽은 게 아닐까. 도호재는 고개를 숙여 내부를 확인했다. 기사의 가슴께가 규칙적으로 오르락내리락하고 있었다.

택시의 문을 강제로 열 방법이 없는지 고민하던 그는 문득 기사가 택시로 더듬더듬 돌아가서 문을 닫자마자 삼켰던 알약을 떠올렸다. 3급 메르라에게 지급하는 식사 대용 알약과 5급 메르라에게 배급하는 알약의 모양이 다르다고만 생각한 게 어리석었다. 5급 멤버십 가입자의 복지를 위해 주기적으로 지급되는 알약. 최태영이 연지에게 처방했던 약. 고통에 무디게 만들어 주는 약이자 5급 거주민들의 기본적인 쾌락과 행복을 보장하는 만병통치약. 노란색과 주황색 사이, 수백 갈래의 꽃잎이 달린 금잔화 빛깔의 마약. 기사는 어떻게 구했는지 모를 아무트를 먹고 만족스러운 깊은 잠에 빠져들었다.

도호재는 손잡이를 잡고 있던 손아귀에 힘을 풀었다. 지금 당장 운전석의 창문을 깬다고 해도 기사는 깨어나지 않는다. 관문이 있는 방향으로 고개를 들자 저 멀리 시가지 근처에서 빛나고 있는 전광판이 눈에 들어왔다. 웬만한 크기였다면 눈에 들어오지도 않을 거리였지만, 눈부시게 빛나고 있는 거대한 전광판은 그 위에 적힌 글자를 읽을 수 있을 정도로 압도적인 위용을 자랑했다.

7월 16일, 하반기를 맞이하여 제로 감사제를 개최합니다!
– 빈틈없는 체제, 자애로운 복지, 행복한 사회 –

도호재는 전광판이 밝게 비추고 있는 두 번째 문장을 누구보다도 잘 알고 있었다. 자신이 작년에 엔바디 사회 융합 행사 표어로 제출한 문장이었다. 제로 거주 구역과 가장 멀리 있는 메르라 5급 거주 구역에서 읽어보니 동떨어진 세상의 말 같았다. 지금 자신이 처한 상황에는 전혀 와닿지 않는 문구였다. 만일 5급 거주 구역의 거주민이 전부 도호재와 같은 것을 느끼고 똑같은 상황에 부닥쳐 있었다면 저 전광판은 부서지고, 찢기고, 모욕당하고, 오물을 뒤집어쓴 다음에 불태워졌을 거였다. 전광판은 흠은커녕 귀퉁이에 꺼진 불 하나 없이 깔끔한 외관이었다.

도호재는 아름답게 빛나는 전광판을 뒤로하고 슬레이트 지붕을 얹은 집으로 발걸음을 옮겼다. 밤새 아무것도 없는 길바닥에 서 있을 수는 없었다. 여성의 신발 가까이 다가갈수록 신발보다도 첨예한 존재감을 자랑하는 검은 물체가 마루에 눕듯이 엎어져 있었다. 도호재는 방문을 넘어 집을 빠져나왔을 때처럼 시선을 위쪽으로 고정한 채로 마루로 올라섰다. 바닥에 누워 있는 시커먼 덩어리가 금방이라도 움직여서 도호재의 발을 걸어 넘어뜨릴 것만 같았다.

태연한 척 방 안으로 들어온 도호재는 천천히 미닫이문을 닫았다. 중간에 손에 난 땀으로 인해 미닫이문의 손잡이에서 손이 미끄러졌지만, 도호재는 앞에 누워 있는 물체가 완벽하게 시야에서 사라질 때까지 차분하게 문을 닫았다. 그는 방 깊숙이 스며든 염증 냄새와 여전히 축축하게 젖어 있는 옷감 뭉텅이 몇 조각과 함께 외부로부터 고립되었을 때가 되어서야 긴장감 서린 숨을 내쉬며 벽에 등을 기대어 앉았다.

금방이라도 잠에 빠져들 수 있을 정도로 피곤했다. 그러나 이곳에서는 잠들 수 있을 거라 기대하기는 어려웠다. 도호재는 문 너머에 있는 존재를 잊을 수 없었다. 패드에 적혀 있는 내용으로 보아 여성은 안락한 최후를 맞이하기 위해 자신이 보유하고 있던 모든 아무트를 한 번에 복용했다. 이후, 아무트에 기대어 평화로운 질식사를 맞이하고자 자신의 후줄근한 옷자락을 뜯어 코와 입을 틀어막았다. 불행히도 아무트는 빠르게 퍼지지 않았고, 여성은 몇 번이나 입을 막은 옷 뭉텅이를 본능적으로 뱉어내기를 반복했다. 마침내 여성은 목표를 달성했다. 계획과 달라진 점이 있다면 여성은 생존 본능을 이기고, 아무트의 환락에 젖어서 질식사한 게 아니다. 한꺼번에 여성의 몸을 비집고 들어간 아무트는 여성의 혀를, 턱 근육을, 입술을, 그 외의 사지를 마비시켰다. 평화로운 질식사를 위해 아무트를 복용한 여성은 아무트 덕분에 생을 마감할 수 있었지만, 마지막은 평화롭게 장식하고 싶다는 목표를 달성하지는 못했다. 눕지도 못하고 문에 기대어 눈을 부릅뜬 채로 영영 굳어버린 모습이 여성의 최후가 평온했는지의 여부를 알려주고 있었다.

도호재는 방 안에 하릴없이 앉아 여명이 밝아오기만을 기다렸다. 어쩌다 이곳에서 밤을 지새우고 있는 건지 생각하니 문밖의 여성이 친어머니라는 사실이 떠올랐다. 여성을 발견하고서는 쭉 불편함만 느끼던 감정은 여성이 죽고 나서야 저 시체가 도호재의 핏줄이 맞냐고 묻기 시작했다. 여성의 숨이 붙어 있을 때 그는 처참한 몰골의 여성이 친어머니라는 명제를 받아들이기를 거부했었다. 당시에는 그럴 리 없다고 생각했었지만, 그때 도호재가 느꼈던 감정은 명백한 거부였다. 차라리 지금도 받아들이지 않으면 될 텐데, 감정은 무책임하게 이제야 핏줄의 끈을 붙잡고 있었다. 도호재는 감정이 멋대로 붙잡고 있는 미약한 연결조차도 함부로 끊어낼 강단이 없었다. 도호재는 순수하게 슬퍼하지도, 냉정하게 끊어내지도 못하는 모순이 마음에 들지 않았다. 차라리 이곳을 방문하지 말았어야 했다. 친어머니가 살아는 있는지, 어디에 머물고 있는지 알아내지 말았어야 했다. 쓸데없이 패드를 확인하여 저 여성이 죽음을 결심하는 촉매제가 도호재의 방문과 서 있는 모습, 그가 짓고 있던 표정이었다는 사실을 마주하지 말았어야 했다. 문밖의 숨을 거둔 여성은 자신의 마지막을 준비하며 도호재를 부러워했다는 게 도호재를 비참하게 만들었다.

여성이 살아 있을 때부터 다리가 썩어 들어가고 있었기 때문인지, 후덥지근한 여름날이 시체의 부패를 가속화한 건지 문을 닫고 있어도 살점이 썩어 들어가는 냄새가 문틈을 비집고 방 안으로 들어왔다. 나무가 비좁게 심어진 풀숲에 장대비가 내리면 나는 한여름의 꼬릿한 냄새이자, 요리하고 남은 날것의 특제 고기를 뜨거운 여름날 하루 이틀 정도 수챗구멍에 방치한 냄새. 톡 쏘는 냄새가 코의 내벽을 갈고리로 박박 긁어내는 것만 같은 악취. 5급 거주 구역에 발을 딛자마자 진동하던 냄새와 똑같았다. 도호재는 자신이 5급 거주 구역에 발을 들인 이래로 이때까지 맡고 있던 냄새의 정체가 무엇이었는지 깨달았다.

밖이 밝아지며 꿉꿉한 부슬비가 내리기 시작할 무렵까지 도호재는 주먹을 쥔 손에 힘을 풀 수 없었다. 손톱이 살을 파고들어도 아랑곳하지 않고 꼿꼿하게 앉아 있었다. 그대로 앞만 응시하던 도호재는 저 멀리서 택시 기사가 문을 열고 나오는 소리를 듣고서야 보호막처럼 닫아놓은 문 쪽으로 고개를 돌렸다. 그는 자리에서 일어나 불투명한 유리문 앞으로 다가갔다. 문가에서는 퀴퀴한 냄새가 방 안쪽으로 강하게 흘러들고 있었다. 잠시 심호흡한 도호재는 가슴께에 꽂아두었던 안경을 끼고서 숨을 참고 문을 열었다. 그의 시선은 여전히 정면을 향하고 있었으나, 주변 시야는 착실하게 바닥에 있는 시체를 담아냈다. 시체 근처에 웅덩이가 생긴 것 같았다. 도호재는 눈의 점막까지 따끔거리는 악취를 지나쳐, 해진 여성의 신발 옆에 가지런히 놓여 있는 자신의 신발을 찾아 신고 집을 나섰다. 끈질기게 도호재를 좇던 여성의 눈길이 여전히 그의 등을 따갑게 뒤쫓고 있는 것 같았다.

"아! 출발할 거세요?"

미친 듯이 택시를 흔들어도 절대 깨지 않던 기사는 도호재를 발견하고는 곧장 비굴한 웃음을 지어 보였다. 도호재는 고개만 짧게 끄덕인 채로 뒷좌석 문의 손잡이를 잡아당겼다. 간밤에는 절대 열리지 않았던 것이 야속하게도 문은 큰 힘을 들이지 않아도 활짝 열렸다. 도호재는 5급과 4급 거주 구역을 잇는 관문으로 돌아가기 위해 택시가 덜컹이며 움직일 때까지 앞 좌석의 등받이만 보고 있었다. 코너를 돌자마자 창문 밖으로 퍼런 슬레이트 지붕이 신기루처럼 사라졌다.

"어디 불편하세요?"

기사가 한참이나 얼굴을 굳히고 미동도 없이 앉아 있는 도호재의 눈치를 보며 물었다.

"아닙니다."

도호재는 그제야 뻣뻣하게 세운 허리에 힘을 풀고 앞 좌석 등받이에서 눈을 뗐다.

택시는 어느새 시가지에 접어들어 있었다. 관문까지 그렇게 오래 걸리지는 않을 터였다.

잠시 차창을 타고 흐르는 부슬비를 보던 도호재는 기사를 향해 시선을 옮겼다.

"그쪽은 왜 5급 거주 구역에서 택시업을 하는 겁니까? 단순히 구역 경쟁에서 밀려나서 이곳에서 활동하는 메르라처럼은 보이지 않습니다."

기사는 도호재가 말을 걸어주어 기쁜 듯이 눈썹과 입꼬리를 동시에 끌어 올렸다.

"아! 귀한 분은 역시 통찰력이 남다르네세요. 난 5급 출신이세요. 택시를 몰면서 4급 멤버십에 가입하긴 했세요. 근데 살다 보니까 고향도 그립고 알던 인력도 전부 5급에 있는데 혼자 4급에 가서 뭐 하겠세요? 그래서 5급 거주 구역에서 활동도 하고, 여기에 숙소도 얻을 수 있냐고 물어봤더니 감사하게도 이곳에 숙소도 배정해 줬세요. 여기서 계속 살다 보니 4급 멤버십에 가입했던 것도 자꾸 까먹네세요."

기사는 헤실헤실 웃으며 상세히 답했다.

도호재는 기사의 답변을 들으며 슬레이트 지붕을 얹은 집에서 가져온 패드의 검은 화면을 물끄러미 쳐다봤다. 시커먼 화면에 도호재의 얼굴이 흐릿하게 비쳤다.

"나는 어떤 멤버십에 가입한 것처럼 보입니까?"

기사는 도호재의 질문에 불경스러운 말이라도 담겨 있었다는 듯이 화들짝 놀랐다.

"아이고! 당연히 제로 멤버십에 가입한 귀한 분 아니겠세요!"

"어떻게 확신합니까?"

도호재는 기사가 답하자마자 쉴 틈도 주지 않고 밀어붙였다.

"말투를 따라 하는 손님은 많으세요. 하지만 뭐랄까세요. 느낌이 안 살아세요, 느낌이. 귀한 분들은 우리 같은 무지렁이에게도 베풀어 주는 성스러운 분이세요. 굶지 않게 캡슐도 주고, 얼어 죽지 않게 유니폼도 주고, 포근하게 지낼 수 있는 숙소도 주세요. 그뿐이니세요? 노력하면 노력한 만큼 원하는 작업소에도 갈 수 있고, 작업소에 따라 멤버십 가입비도 지원해 주세요! 5급 거주 구역도 다 만들어 낸 걸 보면 어떻게 감사하지 않을 수 있어세요? 날 봐세요. 5급에서 자랐으면서 4급 멤버십에도 가입하지 않았세요? 나 같은 것들도 그냥 길바닥에 버려버리지 않고 사회에 공헌할 수 있도록 도와주는 분들을 어떻게 알아보지 못할 수 있겠세요?"

기사의 말은 자랑스러운 것 같기도, 감격에 겨운 것 같기도 했다.

아버지는 제로로서 성장하던 도호재에게 제로는 메르라에게 막대한 영향을 끼치는 절대적 존재이니 행동거지나 언행을 매사 위엄 있게 해야 한다고 당부했다. 제로, 특히 옥토 제로의 의지에 따라 엔바디 사회가 변화하고, 사회에 영향을 받는 아둔하고 나약한 메르라가 있으니 제로는 자신의 긍지를 지키기 위해서, 그리고 메르라 또한 제로의 위치를 인정하고 제로를 받들고 있으니 이를 자상하게 여겨, 제로는 품위를 지켜야 한다고도 일렀었다.

도호재는 아버지의 가르침을 묵묵히 회상하다 제정신이 아닌 듯한 문장을 떠올려 냈다. 그렇다면 친어머니의 죽음은 제로가 막을 수 있었던 게 아닌가? 생각의 모든 단계를 비약적으로 뛰어넘은 억측인 데다 말도 안 되는 억지였다. 그러나 생각하면 생각할수록 틀린 말이 아닌 것처럼 느껴졌다.

스스로 생을 마감하는 건 개인의 선택이자 책임이었다. 그러나 만일 제로가 메르라 거주 구역의 거리를 깨끗하게 관리하라고 지시해서 거리 바닥에 조각난 유리 조각이 굴러다니지 않았더라면? 제로에서 5급 거주 구역의 거주민들에게 제공한 식수원이 드리퍼가 아니라 수도꼭지여서, 물이 쏟아졌다면? 그 물이 제대로 정수되어서 음용 가능할 정도로 맑았더라면? 4급 거주 구역에서 업무를 보던 당시에도 업무 강도가 낮아서, 또는 안전장치가 제대로 마련되어 있어서 사고를 당하지 않을 수 있었더라면? 메르라 치료소에서 제대로 된 치료를 제공했다면? 제로가, 사회를 좌지우지한다는 제로가 이런 사회를 만들라고 지시했었다면? 만일 그랬더라면, 친어머니는 4급 멤버십을 거치며 팔과 다리를 잃고 5급 멤버십, 5급 거주 구역까지 추락하여 아무트에 취해 자신이 누구인지도 잊어가며 살다 한순간에 비참함과 부러움을 느끼며 극단적 선택을 한다는 선택지밖에 남지는 않았을 것이다. 이게 개인의 선택이자 책임이라고 할 수 있는가?

도호재의 불경하고도 무례한 생각에 경악하듯이 택시가 상하좌우로 덜컹거렸다. 하마터면 차창에 이마를 부딪칠 뻔한 그는 5급 거주 구역의 방지턱 상태가 도대체 어떻길래 차가 이렇게까지 흔들리는지 확인하고자 바깥 풍경으로 고개를 돌렸다. 창밖을 보니 방지턱이 조각나서 뭉텅이로 떨어져 나간 건지 도호재가 앉아 있는 좌석의 창문에서는 아무것도 보이지 않았다.

방지턱을 넘어가느라 택시가 속도를 한껏 줄인 덕분에 도호재는 어제 퍼붓던 빗물 사이로 살펴보았던 도롯가의 조각상을 세세히 뜯어볼 수 있었다. 지금과는 비교도 안 될 정도로 쏟아지던 전날의 비는 조각상 또한 일렁거리게 했었다. 앞으로 기운 채로 세워진 조각상은 지지대가 약한지 앞뒤로 흔들리고 있었다. 용케 쓰러지지 않고 제자리로 돌아가는 조각상을 보던 도호재는 섬뜩한 느낌에 택시 내부로 시선을 돌렸다. 그는 두근거리는 심장을 부여잡고 택시가 속도를 높이기 전, 용기를 내어 옆에 있는 또 다른 조각상을 살폈다. 도로 곳곳에 설치되어 있는 조각상은 피부의 질감을 잘 구현해 놓았다. 조각상에는 빗물에 젖어 휘날리는 머리카락까지 듬성듬성 심겨 있었다. 조각상 내부에는 다리 근육을 심어둔 것처럼, 그들은 쓰러질 듯하면서도 쓰러지지 않았다.

도호재는 마른 침을 삼키고 다시 속도를 높이는 기사에게 물었다.

"5급 거주 구역에도 방지턱이 있습니까?"

슬레이트 지붕을 얹은 집에서 나오면서 말랐던 손바닥이 다시 축축하게 젖어 들었다.

"방지턱 말이세요?"

기사는 방지턱이 무엇인지 모른다는 듯이 어리둥절하게 되물었다.

"차가 빠른 속도로 이동하지 못하도록 도로 중간에 인위적으로 솟아오르게 쌓은 둔덕 말입니다."

기사는 도호재의 설명에 아리송하게 고개를 갸웃거렸다.

"잘은 모르겠지만, 여기는 워낙 넓어서요. 차가 최대한 빠르게 다닐 수 있도록 제로 님이 길을 전부 평평하게 만들어 줬세요!"

기사의 만족스러운 대답은 도호재가 절대로 듣고 싶지 않았던 답이었다.

"아! 방금 속도를 줄인 건…"

"아닙니다. 조용히 하십시오."

도호재는 무언가 덧붙여 설명하려는 듯한 기사의 입을 틀어막았다.

그는 어떤 교통수단을 이용하든 상관없이 한 번도 멀미한 적이 없었다. 그런 전적을 가진 도호재는 거칠게 흔들리는 택시에 앉아 있는 지금, 속이 거칠게 요동치고 있음을 느꼈다. 그는 단지 멀미를 하기 때문이라고 자신을 다독이며 순식간에 배어 나온 식은땀을 조심스럽게 닦아냈다. 차가 속도를 줄이며 제로가 이곳에 설치하지도 않은 울퉁불퉁한 방지턱을 지날 때면, 도호재는 좌석을 통해 느껴지는 인체의 굴곡을 인식하지 않으려 노력했다.

창문 너머를 보지 않으려 택시 내부에 시선을 고정한 도호재는 주머니에 넣어두었던 물체가 뒤집히며 다리를 콕콕 찌르는 걸 느꼈다. 그는 주머니에서 얇고 네모난 전자칩을 꺼냈다. 손톱보다도 작은 칩은 엔바디 사회의 구성원 전부가 어렸을 때 입 안쪽의 볼에 이식받는 멤버십 칩이었다. 그는 간밤에 구석에 떨어져 있던 칩을 주머니에 넣었었다. 그곳에 거주하던 그 여성이 구토를 반복하다 입안의 살이 녹아내리면서 겉으로 드러나서 걸리적거리는 멤버십 칩을 마침내 뽑아버린 흔적이었을 것이다.

작디작은 멤버십 칩 하나는 그걸 지닌 인물의 멤버십 코드 번호와 함께 칩 보유자가 몇 급인지, 메르라인지 제로인지를 식별했다. 그에 따라 보유자의 복지 혜택과 배정받는 숙소의 위치가 달라졌다. 보잘것없어 보이는 차이는 그들이 고작 몇 명과 방을 공유하는지 따위에서 멈추지 않았다. 더러운 길바닥이나 드리퍼 수도꼭지처럼 다름으로부터 비롯된 사소한 차이는 눈덩이처럼 불어나서 팔 절단과 다리 괴사와 같은 과정을 거쳐 전혀 다른 결과에 도달했다.

게다가 이런 차이는 사실 출생부터 섹스, 사망에 이르기까지 모든 요소에 작용했다. 3급 거주 구역의 검역소에 맡겨진 출생자는 3급 거주 구역의 교육소에서 교육을 받는다. 이들이 등교할 때 보는 모습은 3급 멤버십 가입자들이 출근하는 모습이며, 멤버십 미보유자에게는 그 모습이 자연스럽다. 반면에 메르라 5급 거주 구역의 교육소에서 출발한 멤버십 미보유자들은 아무트에 친숙한 삶을 산다. 친숙함이란 피에 스며드는 세뇌와도 같아서 익숙함에서 벗어난 환경에 처하면 본능적으로 거부하거나 불편함을 느낀다. 제로의 경우는 말할 것도 없었다. 이는 비단 메르라 개인의 문제는 아니었다.

그렇다고 해서 단순히 메르라 집단의 문제도 아니었다. 각각의 거주 구역에서 모인 메르라는 그들만의 문화를 구축했다. 5급 거주 구역의 메르라는 아무트에 절어 조각상이 되거나 방지턱이 되었고, 이들은 그걸 당연하게 여겼다. 이가 녹아내린 정도로 상대방의 노화 수준을 파악할 수 있음을 포함한 그들의 문화는 친어머니의 죽음 또한 으레 일어나는 일로 받아들일 수 있도록 일조할 것이다. 그렇다고 해서 5급 거주 구역에 모인 이들이 무언가를 변화시킬 힘이 있다거나 누군가를 강제하여 이런 문화를 만든 것도 아니었다.

이건 엔바디 사회의 문제였다. 메르라 개인도, 단순히 개인이 모였을 뿐인 집단도 아닌, 누가 위이고 누가 아래인지, 무엇이 좋은 것이고 무엇이 사특한 것인지 사회의 구성원이라면 누구나 분간할 수 있는, 그런 위계질서가 있는 집단. 오직 엔바디라는 사회만이 이 체제를 구축하고 영속화하며, 개인에게 압력을 행사할 수 있었다. 도호재의 친어머니는 자살하지 않았다. 그의 친어머니는 엔바디에 의해 죽임을 당했다.

도호재는 아이러니하게도 제로의 위엄을 강조하던 아버지의 교육관과 인생관으로부터 엔바디 사회의 모순을 이해할 수 있었다. 손톱보다도 얇고 작은 멤버십 칩 하나가 출생자의 일생을 좌우한다는 사실이 우스웠다. 그보다도 멤버십 칩 하나가 출생자의 일생을 좌우하도록 짜인 엔바디의 체제 자체가 터무니없게 느껴졌다.

"도착했세요."

입을 다물라는 제로로서의 도호재의 말에 묵묵히 운전만 하던 택시 기사가 조심스럽게 입을 열었다.

도호재는 기사에게 최태영의 카드를 넘겼다.

"내가 이곳에서 찾아간 숙소에 살던 여성은 내 친어머니입니다."

도호재는 아무런 맥락도 없이 기사에게 불쑥 말했다.

그는 어안이 벙벙해서 눈치를 보고 있는 택시 기사한테 털어놓고서야 비로소 그 시체가 자신의 친어머니였다는 말이 머리로도, 가슴으로도 받아들여졌다. 그 여성은 도호재의 친어머니이다. 그는 아버지로부터 그의 근원을 물려받기도 하였으나, 그 여성으로부터, 친어머니로부터 비롯되기도 했다. 도호재는 이제야 예은이 자신에게 따지며 건넸던 말들을 인정하고, 이해했다. 그의 말에 예은이 왜 그렇게 화를 냈는지도 알 수 있었다. 아버지도, 친어머니도, 최태영도, 예은도, 연지도, 도호재도 모두 제로나 메르라로 나뉜 사람이었다.

이를 스스로 받아들이고 사회에도 납득시키기 위해서는 멤버십 체제를 없애버려야 했다.

계획

　　3급에서 4급 거주 구역으로 처음 이동했을 당시에는 구역질 나던 냄새가 5급 거주 구역에서 올라오니 그렇게 상쾌하게 느껴질 수가 없었다. 32층에 있는 사무실에 도착해서 문을 여니 갇혀 있던 공기가 빠져나오며 도호재의 몸에 끈질기게 붙어 있던 5급 거주 구역의 악취를 걷어냈다.

　　"생각보다 일찍 돌아왔네요?"

　　관문의 경비에게 보증인 확인 절차를 밟아서 도호재가 언제쯤 도착할지 알고 있던 최태영은 사무실 소파에서 몸을 일으켰다.

　　"택시 기사가 어두워지기 전에 도착해야 한다며 유난히 빠르게 이동하는 것처럼 보이긴 했습니다."

"뭐, 시간도 그렇긴 한데 날짜를 말한 거긴 했어요."

최태영은 도호재의 말에 어깨를 으쓱이며 다시 소파 등받이에 몸을 축 늘어뜨렸다.

도호재는 책상에서 조금 빠져나와 있는 의자를 끌어다가 최태영이 앉아 있는 소파 앞에 놓았다. 최태영은 영문을 모르겠다는 표정이었다.

"할 말이 있습니다."

"할 말이요?"

최태영은 귀를 의심한 듯 눈을 가늘게 떴다.

"나는 제로 거주 구역에서 추방당하기 직전에 도망쳐서 그쪽을 찾아온 겁니다."

도호재의 갑작스러운 고백에 최태영은 목에 힘을 풀고 소파에 기대고 있던 머리를 똑바로 세웠다. 한참 전부터 누워 있었던 건지 뒷머리가 납작하게 눌려 있었다.

"고해성사인가요? 계속하죠."

"제로 거주 구역에서 조현병이 의심된다는 진단을 받았었습니다."

눈 끝을 움찔거린 최태영은 도호재의 표정을 찬찬히 살폈다.

"전혀 그렇게 안 보이는데요? 의사로부터 받은 진단인가요?"

"임시 진단이기는 했습니다. 진단을 받기 직전에 단 한 번 환각을 겪은 이후로는 증상이 나타난 적 없습니다. 내가 아는 한에는 말입니다."

도호재는 더 정확한 정보를 전달하기 위해 뒷말을 덧붙였다.

"어떤 환각이었죠?"

"현실적으로 저택에 출입할 수 없는 연지가 제로 거주 구역의 저택에 찾아와서 대화를 나누었습니다."

"양방향 소통이었던 건가요?"

"처음에 어떻게 이곳에 왔냐는 질문 정도만 했던 것 같습니다. 그러다 나중에는 없을 말이 없어서 아무 말도 못 했었습니다. 대체로 연지만 말하고 금방 떠났습니다."

"그러면…"

최태영은 자신이 보기에는 아무런 문제가 없어 보이는 도호재의 증상을 듣고 자신이 직접 판단하려는 듯이 그의 증상이 어떠했는지 캐물었다.

"소속된 분야가 의료계인 만큼 구체적으로 파헤치려는 점도 이해합니다. 그래도 제로 거주 구역에서 만났던 의사에게 이미 충분히 취조당했습니다. 이 기억은 다시 떠올리고 싶지 않습니다."

"뭐, 그렇겠네요. 하던 말 계속하죠."

최태영은 도호재에게 질문을 던지며 무의식적으로 반쯤 세웠던 상체를 다시 소파 등받이에 기댔다.

"문제는 내가 그날 이미 제로의 명예를 실추시킬 법한 행동을 했다는 겁니다. 누구도 행한 적 없던 사고를 치긴 했지만, 이전에는 정도를 걷다 잠시 탈선한 거라고, 말 그대로 순간의 실수에 불과하다고 받아들이던 부모님에게 나의 행보는 오히려 의사의 진단이 정확했다는 근거가 되었을 겁니다. 그러면 탈선은 단순한 실수가 아니게 됩니다. 같은 행동에 대해서도 전조증상이라고 명칭이 변경되는 겁니다."

"잠시만요. 사고를 쳤다는 게 일전에 칼에 찔려서 응급실로 실려 왔던 그 일 말인가요? 딱 봐도 멋대로 제로 거주 구역을 벗어나서 도련님 고용인들이 우르르 몰려왔던 그 일이요?"

최태영은 검지로 허공에 원을 그리며 기억을 더듬었다.

"맞습니다."

"아니, 그게 어떻게 그렇게까지 확대해석할 수 있는 일이죠?"

최태영은 도호재가 들려주는 이야기의 전개가 마음에 들지 않는 것처럼 보였다.

"그럼 제로가 누군가에게 인정을 받지 못해서 아등바등하다가 규칙이나 절차를 지키지도 않고 멋대로 메르라 거주 구역으로 숨어든 일이 제로다운 일입니까? 심지어 그 과정에서 제로 거주 구역에서 일하는 고용인이라고 사칭하기까지 했습니다. 무사히 귀환하지도 못한 데다 아무런 성과도 없이 난장판을 벌여서 질서를 어지럽히기만 했습니다."

"뭐, 그렇게 따진다면요. 도련님이 말한 제로다운 일은 아니긴 하죠."

최태영은 여전히 마뜩잖은 표정으로 미약하게 고개를 끄덕였다.

"나의 실수가 전조증상이라는 단어로 대체되었다는 말은 곧 앞으로 나는 탈선이 정도라 착각하는 일밖에 남지 않았다는 말과 같습니다. 증상이 심각해져서 기행을 일삼다 보면 단순히 제로 거주 구역에서 벗어나는 행동만 보이지는 않을 겁니다. 부모님은 그렇게 결론지었습니다. 어쩌면 지금 내가 있는 곳, 내가 마주하고 있는 그쪽이 부모님의 판단이 옳았다는 근거라고도 할 수 있을지도 모르겠습니다."

도호재는 자조적인 어조로 심정을 솔직하게 털어놓았다.

"그러면 조현병 초기 단계가 의심된다는 진단을 받았다는 그 이유로 도련님을 제로 거주 구역에서 추방하려 했다는 말인가요? 정말 조현병이라고 확정 진단이 내려진다고 하더라도 치료하면 되는 거잖아요? 초기에 발견했잖아요. 추방까지 갈 필요가 있었나요?"

"나를 진찰했던 의사의 말에 따르면 정신병은 감기와도 같아서, 환경이 바뀌어 스트레스를 심하게 받기라도 하면 악화할 여지가 있다고 했습니다. 사실상 내가 제대로 된 제로로 성장하기는 어렵다고 판단할 만합니다."

최태영은 자세히 살피지 않으면 티 나지 않을 정도로 미세하게 얼굴을 굳혔다.

"무엇이 마음에 들지 않는 건지 압니다. 예은과 가까이 지내고 있다면 예은과 비슷한 생각과 지식을 가지고 있지 않겠습니까. 나는 지금 기준의 제로를 말하는 겁니다. 지금 내가 말하고 있는 전형적이고 보편적인 제로로서는 정신병을 앓고 있어서는 안 되지 않겠습니까?"

"아니, 뭐, 무슨 말인지 알아요."

최태영은 자신의 표정은 신경 쓰지 말라는 듯이 한 손을 휘저으며 답했다. 도호재가 짚어낸 지점이 정답이 아니라는 것처럼 보이기도 했다.

"어쩌면 내가 그들의 친자가 아니어서 그들이 나를 쉽게 버리고 대체하려 했는지도 모릅니다. 일전에 내가 제로 사회에서는 부모가 자녀와 함께 가정을 구성한다고 말했던 걸 기억할 겁니다. 직접 낳은, 그들의 핏줄인, 그들의 유지를 이을 친자라는 건, 제로의 일반적인 가정이 가지는 상식적인 기본 전제이자 가장 중요한 근간입니다. 그리고 나는 그 전제에 속하지 않는다는 걸 알아냈습니다. 거짓된 초석으로 가정을 쌓아 올리니, 위에 멋들어지게 지으려던 가정에 흠이 발견되자마자 미련도 없이 쉽게 무너뜨릴 수 있었던 걸지도 모르겠습니다."

도호재는 쉼 없이 이야기하느라 마른 입을 적셨다.

"불완전한 가정은 제로의 품격과 명예를 누구보다 중시하는 아버지의 성미에 맞지 않았습니다. 게다가 나의 제로답지 않은 기행이 제로 사회 전체에 발각되기라도 한다면 옥토 제로로서의 부모님의 입지가 조금은 흔들리기도 했을 겁니다."

"그들이 옥토 제로였다는 말인가요? 양쪽 다요?"

최태영은 한 손을 펴 보이며 도호재의 말을 다급히 가로막았다.

"그렇습니다."

"옥토 제로라고요. 생각보다도 대단한 집단에 있었네요."

대수롭지 않게 긍정하는 도호재의 모습에 최태영은 눈썹을 한껏 끌어 올렸다.

"뭐, 아무튼, 그래서 도망쳤다는 건가요?"

최태영은 이제까지 이어진 도호재의 말을 이해하면서도 한편으로는 공감하기는 어렵다는 듯이 눈동자를 굴렸다.

"처음에는 자택 감금 처분이 내려졌습니다. 매일같이 가던 학교도 가지 않고 집 안에 머물렀습니다. 그러다 결국에는 나를 5급 거주 구역으로 추방하겠다는 논의가 이루어지고 있는 걸 발견했습니다. 그들에게는 어렵지 않은 선택이었을 겁니다."

최태영은 도호재의 말에 제로의 생각과 문화는 말로만 들어서는 전혀 종잡을 수가 없다며 허탈한 숨을 내뱉었다.

"감금당해 사육당하는 삶을 살다 미쳐서 생을 마감하는 것보다는 미치기 전에 무엇이든 하려고 제로 거주 구역에서, 그들의 손아귀에서 도망쳤습니다."

도호재의 고해성사가 끝나고, 최태영은 잠시 생각에 잠겼다.

"그럼 5급 거주 구역에 간 이유는요?"

"예은 씨가 준 주소 말하는 겁니까? 친어머니의 주소입니다."

도호재는 친어머니가 자신의 방문으로 인해 극단적 선택을 했다느니 하는 쓸데없는 소리는 하지 않았다. 굳이 알릴 필요도 없었고, 알리고 싶지도 않았다.

"지금까지 침묵하던 도련님이 갑자기 모든 내용을 말하는 이유는 뭐죠?"

도호재는 잠시 뜸을 들였다.

내뱉는 순간 돌이킬 수 없어질 선택이었다. 이곳까지 오며 굳힌 결심을 철회하기에는 자신이 언제까지 제정신을 유지할 수 있을지, 남은 시간이 얼마인지 알 수 없었고, 혼자 편해지고자 모든 것을 외면하고 싶다는 생각이 들지도 않았다.

"멤버십 데이터를 초기화할 겁니다. 이에 동참해 주었으면 합니다."

최태영은 한참이나 덜 자란 멤버십 미보유자가 '나는 커서 공룡이 될 거야!'라고 외친 것처럼 멀뚱멀뚱 도호재를 쳐다보았다.

그는 도호재가 진심으로 꺼낸 말이었다는 걸 한발 늦게 깨닫고는 소파에 기대어 있던 몸을 똑바로 일으켰다.

"왜 결론이 이렇게 났죠? 뭐, 나를 쫓아낸 제로 사회에 대한 배신감? 복수심? 아니, 그리고, 뭘 믿고 나한테 이런 범법적인 제안을 하는 거죠?"

도호재는 최태영이 당황스럽다는 반응을 충분히 보일 만한 제안이었다고 생각했다.

"나를 경비에게 인계하지 않고 이곳에 머물게 한 것만으로도 충분히 알 수 있지 않습니까? 게다가, 그 전에 그쪽이 직접 말하지 않았습니까? 메르라를 살리고 싶다면 찾아오라고 말입니다. 그쪽이 여타 사회 구성원과는 달리 제로에 충성을 다하지 않는 메르라라는 건 진즉에 알고 있었습니다. 제로가 관리하는 실물 책을 빼돌리고 보관하는 행보에서도 바보가 아닌 이상, 그쪽이 엔바디 사회의 모습에 온전하게 만족하지 않는다는 걸 알 수 있습니다."

최태영은 손등으로 안경을 대충 끌어 올렸다.

"표면상으로는 어떠한 멤버십도 일정 금액을 내면, 낼 수만 있으면 가입할 수 있다고 배웠을 겁니다. 하지만 이미 알고 있지 않습니까? 멤버십은 작업소의 귀천에 따라, 개인이 어떤 위치까지 올라가느냐에 달려 있다고 봐도 무방합니다. 특정 위치의 작업소에 속해야 지원 혜택을 받아서 합리적인 가격으로 멤버십에 가입할 수 있고, 적절한 위치의 작업소의 일원이 되어야만 멤버십 가입비와 유지비를 낼 수 있을 정도의 임금을 받지 않습니까."

최태영은 미약하게 고개를 끄덕였다.

"게다가 제로도 멤버십 등급임에도 자연스럽게 메르라 출신은 그 누구도 도달할 수 없는 멤버십이라고 인식하고 있습니다. 노력만 하면 무엇이든 얻을 수 있다면서 앞뒤가 안 맞지 않습니까. 무엇보다도 실제로 사회 구성원의 대우가 달라지는 기점은 멤버십에 따른 등급 분류를 기준으로 합니다. 그러니 멤버십 자체를 초기화해 버리면 순간적으로는 극심한 혼란이 초래되더라도, 모든 사람이 똑같은 위치에서 시작할 수 있습니다. 멤버십을 초기화하기만 한다면, 사회는 처음부터 시작될 겁니다. 당장은 모든 게 아귀가 맞아떨어지고 있으니 사회가 멀쩡히 굴러가고 있다고 하더라도, 한번 자신을 둘러싸고 있던 제약, 그 모든 것이 사라지면 모두가 자신이 원래 있었던 자리에 다시 돌아가고 싶지는 않을 겁니다. 자신이 5급이 되어 5급의 인생을, 5급 취급을 받기는 싫을 테니 다들 앞뒤가 맞고 납득할 만한 사회를 만드는 데 일조할 겁니다."

최태영은 도호재의 말이 끝나도 크게 놀랍지 않아 보였다.

도호재로서는 최태영밖에 없었다. 그래도 최태영이라면 충분히 그의 계획에 동조할 법한 행보를 보였었다.

한참 동안 아무런 말 없이 앉아 있던 최태영은 마침내 입을 열었다.

"같이하지 않겠냐고 묻는 모양인데, 도련님 진짜 모범생도 맞고 능력도 있는 거 맞아요."

도호재는 최태영을 찾은 선택이 틀리지 않았다는 증명에 속으로 쾌재를 불렀다. 최태영에게 특별한 잠재력이 있다고 생각하는 건 아니었다. 그래도 그라면 문제에 부딪혔을 때 어떻게든 해결책을 찾아내리라는 근거 없는 믿음이 있었다.

함께하겠다고 결정해서 고맙다는 인사를 전하려는 도호재에 앞서 최태영이 다시 말을 이었다.

"그래도 멤버십을 초기화하자는 계획에 나는 빼줘요. 책도 빼돌리고 이것저것 알아보는 건 맞는데, 나는 그냥 연구 기질이 있을 뿐이에요. 간이 작아서 제로에 대들고, 멤버십을 초기화한다느니, 그런 일은 바라지 않았어요."

최태영은 앞으로 쭉 빼냈던 상체를 다시 소파에 기대어 늘어뜨렸다. 도호재는 예상치 못했던 문장에 얼굴을 딱딱하게 굳혔다. 최태영이 거절해서는 함께 목표를 추구할 인력을 구하기 마땅치 않았다.

"그래도 도 도련님 말대로 제로에 호의적이지도 않으니 대화는 비밀로 해줄게요."

최태영은 자신은 엔바디 사회에서 일어나는 일에 초연하다는 듯 굴었다.

도호재는 거절도 거절이지만, 최태영의 태도가 마음에 들지 않았다. 어찌 되었든 엔바디 사회 안에서 살아가고 있는 생명체로서 사회가 변화하면 그 또한 영향을 받을 수밖에 없다. 그럼에도 누군가가 사회를 변화시킨다면 좋으면 좋은 대로, 나쁜 방향이어도 그러려니 묻어가겠다는 안일한 마음가짐은 곱게 보이지만은 않았다. 무엇보다도 그의 말은 현재 엔바디 사회의 모순처럼 앞뒤가 달랐다.

"야망이 없다는 말입니까? 야객을 창설하고 운영하는 지도자가 그쪽 아닙니까. 그런 자가 퍽이나 야망이 없겠습니다."

중간중간 흥미로워하다가도 시종일관 피곤해하거나 못마땅한 눈빛이었던 최태영의 눈매가 삽시간에 매서워졌다.

"지금 나를 떠봐요? 그런 수를 쓸 정도로 절실해요?"

최태영은 눈 하나 깜짝하지 않고 앉아 기계적으로 입술만 움직였다.

"떠볼 필요까지 있습니까? 그쪽이 자비로운 성격도 아닌데 이유 없이 예은과 종철을 살려주고 다니지는 않았을 겁니다. 이유 없이 살려주었다 하더라도 그쪽에게 목숨을 빚진 이들이 모이면 자연스럽게 보답하고 싶어지지 않겠습니까? 그런 이가 주축이 되지 않고서야 어떻게 야객이라는 조직이 굴러가겠습니까. 폐 휴게실에서 가져온 물품도 전부 그쪽 손아귀로 들어가지 않았습니까?

내가 그곳에 무언가를 가져다 놓은 적이 없습니다. 그동안 가져온 것들도 전부 그쪽이 얻고자 해서 얻어낸 것들 아닙니까."

도호재는 최태영의 눈빛을 지지 않고 맞받아쳤다. 그의 말을 끝으로 사무실에는 먼지만이 조용히 내려앉았다.

"제로 거주 구역에서 눈치가 빠르면 도련님이 알아낸 걸 떠벌리면서 능력을 인정받았겠지만, 이곳에서는 아니에요. 눈치가 있으면 입을 닫고 있어야죠."

"협박입니까?"

도호재는 천천히 몸을 뒤로 물렸다.

최태영은 도호재의 질문에 침묵하다 눈가에 주고 있던 힘을 풀었다. 총기가 돌던 눈빛은 온데간데없고 부릅뜨느라 피곤해하는 눈만이 안경 뒤에 가라앉아 있었다.

"뭐, 그냥 앞으로 유념하라는 말이었어요. 도련님 계획 한번 실현해 보죠."

최태영의 움직임에 맞춰 푹 꺼진 소파가 힘없이 흔들렸다.

"왜 갑자기 뜻을 바꾼 겁니까?"

도호재는 최태영이 허무하고도 갑작스레 생각을 바꾼 게 의심스러웠다. 자신이 심사숙고하여 내린 결정과 그에 따른 제안이 가벼이 전달된 것 같아 불쾌하기도 했다.

"아니, 뭐, 제의를 거절했던 게 변덕에 가까운 거죠. 그리고 이걸 야망이라고 칭해야 할지 모르겠지만, 야망이 있는 것도 맞고, 이쪽이 옳은 선택이라는 것도 알고 있죠. 알긴 아는데, 가만히 있다가 세상이 뒤바뀌는 편이 편하니까요. 꼭 사회를 바꾸는 게 나여야 한다는 의무감이나 영웅심은 없었어요."

소파에 삐딱하게 기대어 있던 최태영은 푹 꺼진 쿠션을 손으로 짚으며 몸을 똑바로 세웠다.

"그보다 도련님이 제로와 메르라를 합쳐서 지칭할 때 멤버십 가입자나 사회 구성원이라는 단어가 아니라 사람이라는 단어를 쓴 게 이번이 처음이라는 거 알고 있어요?"

최태영은 이제껏 나눈 다른 대화 내용보다도 가장 중요하다는 듯이 눈을 빛냈다.

"그렇습니까?"

"도련님도 이제 좀 사람 냄새가 나는 것 같네요."

도호재는 떨떠름하게 눈을 피했다.

일전에 최태영 앞에서 자신을 한심하게 만들었느니 어쩌니 역정을 내며 추태를 부렸던 일이 떠오르려 하자, 도호재는 눈을 세게 감았다 떴다.

"호칭 말입니다."

"'도련님' 이거요? '도 도련님'?"

"그냥 도호재라고 부르십시오."

최태영은 도호재의 요청이 의외였는지 눈을 굴리더니, 이내 고개를 가볍게 끄덕였다.

"뭐, 그러죠. 더 필요한 건 없나요?"

"소파에서 나와주십시오. 한숨도 못 잤습니다."

한 치의 망설임도 없는 도호재의 말에 최태영은 상전이 따로 없다고 구시렁거리며 소파에서 나왔다.

도호재는 최태영의 말을 흘려들으며 사무실에 놓인 소파에 앉아 약 40시간 만에 긴장을 풀었다. 너무 많은 일이, 정신적으로 한계까지 몰아붙이는 일만이 쏟아진 시간의 연속이었다.

그는 몸이 옆으로 기울어지는 것 같다고 생각한 동시에 쓰러지듯이 정신의 끈을 놓았다. 다신 없을 단잠이었다.

방 안을 떠다니는 말소리는 도호재의 몽롱한 한쪽 귀로 들어와서 그대로 반대편 귀로 빠져나갔다.

"…그럴듯하네요."

"실 … 방법이 문제죠."

소리가 나는 방향으로 고개를 돌리자 책상 앞의 의자에 앉아 있는 최태영과 뒤돌아 서 있는 2명의 뒷모습이 보였다. 한눈에 보기에도 메르라치고는 큰 덩치를 자랑하는 사내와 그와는 대조적으로 얇은 몸통과 뼈대를 가지고 있지만, 근래에 본 메르라 중에서는 그나마 다부져 보이는 팔다리를 가진 여성이 무언가에 열을 올리고 있었다. 사내는 빨간 유니폼을 입고 있는 모습으로 보아 4급 메르라인 듯했고, 옆의 여성은 어디 소속인지 모를 제복을 입고 있었다. 처음 보는 제복이 어딘가 익숙하다는 기시감에 휩싸인 도호재는 눈을 가늘게 뜨고 제복을 응시했다. 단순히 거친 옷감을 사용한 제복이라고 하기에는 과하게 각을 잡으려 의도한 것처럼 형태가 뻣뻣하게 잡혀 있었다.

남청색 제복을 입고 있던 메르라는 도호재의 시선이 느껴졌는지, 갑작스럽게 몸을 돌렸다. 무방비 상태로 제복만 쳐다보던 도호재는 별안간 눈이 마주친 메르라가 누구인지 기억해 내기 위해 안개 낀 것처럼 흐린 머릿속을 헤집었다.

"깼으면 깼다고 말씀하셔야죠. 왜 음침하게 눈만 뜨고 계세요?"

예은이 얼굴을 구기며 도호재에게 쏘아붙였다.

도호재는 정신을 차리기 위해 얼굴을 쓸어내렸다. 안경이 손바닥에 걸려 덜그럭거렸다.

"아, 안녕하세요. 박종철이에요."

빨간 유니폼을 입은 메르라가 예은과 비슷한 말투를 쓰며 자신을 소개했다. 투박한 말투를 쓸 것처럼 보이는 종철이 예은의 말투를 빼다 박은 듯이 말하니 모양이 맞지 않은 퍼즐을 끼워 넣고 퍼즐을 완성했다고 말하는 것처럼 어색했다.

도호재는 소파에 늘어져 있던 몸을 일으키며 자신을 소개했다.

"메르라 거주 구역에서는 숙소 이외의 장소에 사적으로 3명 이상 모이는 행위가 사상 저작권법에 위배되지 않습니까?"

엔바디 사회에서는 사상 저작권에 위배 되는 행동이 몇 가지 있었다. 메르라 거주 구역에서 숙소 이외의 장소에 사적으로 3명 이상이 모이는 행위를 포함하여, 사상 저작권법으로 보호받고 있는 각종 사상을 멋대로 교육하거나 전파함으로써 저작권을 침해하는 만행을 저지르는 일은 물론이고, 상급자의 지시를 따르지 않고 하급자끼리 단합하여 의견을 통일하여 사회에 해악을 끼치거나, 단합한 의견을 기반으로 집단행동을 함으로써 사회질서를 어지럽히거나, 개인의 능력에 따라 취득한 멤버십을 근거로 하여 차등적으로 제공하는 복지 혜택을 전부 똑같이 제공해 달라고 억지 요구를 하는 등, 저작권으로 보호받고 있는 사상을 정식으로 사용료를 지불하지도 않고 이를 근간으로 하는 행동을 멋대로 함으로써 타인의 저작물을 무단으로 도용해서는 안 된다는 규칙이 있었다.

저작권에 의해 보호받는 사상을 교육하거나 전파하는 행위에는 사상 저작권법에 위배되는 단어를 멋대로 사용하는 행위도 포함되었다. 저작권법에 위배되는 단어로는 '공평'이나 '평등', '인권'과 같이 이미 오래도록 사용되지 않아서 이제는 정확한 의미를 아는 이들 없이 껍데기만 남아 사장된 단어를 포함하여 '계급'이나 '이데올로기', '유토피아'와 같이 불온한 단어들이 포함되어 있었다. 이러한 단어들은 민주주의, 공산주의, 사회주의 등의 사상 저작권의 주요 갈래에 따라 분류되어 있었다. 이외에도 명확한 명칭 없이 기타 사상이라 엮인 저작권 갈래에는 '실증주의'라거나, '기능주의', '구조주의'와 같이 잡스럽지만, 저작물로서 재산권을 인정받는 사상을 모아두었다.

사상 저작권은 존속기간이 따로 정해져 있지 않아 사실상 영구적으로 보호받는다. 이러한 점만 본다면 일상생활을 할 때 신경 쓸 부분이 많기에 다소 불편함을 느낄 것 같지만, 실제로는 평소에 보고, 듣고, 쓰고, 말하지 않는 단어였기에 전혀 접할 일도 없었고, 자연스럽게 해당 단어를 사용하지 않기 위해 심혈을 기울일 필요도 없었다. 길을 걷거나, 일하거나, 잠을 자는 모든 이들은 이런 단어가 존재하는지, 단어를 앞에 놔두더라도 무슨 의미인지도 알기 어려웠다. 그렇기에 엔바디 사회 구성원들은 '메르라 거주 구역에서 숙소 이외의 장소에 사적으로 3명 이상이 모이는 행위'나, '출생자 미제출'과 같이 일상 속에서 자칫 행할 수 있는, 그리고 사회질서를 해칠 법한 자잘한 범죄에만 주의를 기울이면 되었다.

"멤버십을 소멸시키겠다는 목표 자체가 사회질서를 어지럽히는 범죄인데요, 뭐. 그러면 합법적인 일만 해서 목표를 달성하게요?"

최태영은 도호재의 어리석은 질문에 명쾌한 해답을 제시했다.

"도호재 씨도 일어났으니까 지금 상황을 처음부터 제대로 설명하도록 하죠. 도호재 씨가 이곳에서 머무르기 시작할 때쯤부터 여기 있는 셋으로 구성된 야객은 체제 전복을 위해 여러 가지를 준비하고 있었어요."

"내가 메르라 거주 구역에 왔을 때부터 시작됐다고 말한 겁니까?"

최태영이 설명을 시작하자마자 의문점이 생긴 도호재는 그의 말을 잘라먹고 질문했다.

"여길 뜯어고치려면 이 체제를 구축한 제로와 담판을 지어야 하고 그러기 위해서는 제로 거주 구역에도 침입해야 할 건데, 아무런 정보나 준비도 없이 체제를 전복하고 싶다는 헛된 망상을 할 수는 없죠. 그러던 중에 제로인 도호재 씨가 찾아온 거예요."

"내가 그쪽에게 협력할지는 몰랐잖습니까."

최태영은 짧게 소리 내어 웃었다.

"내가 괜히 도호재 씨한테 제로 관리 품목인 책을 가져와 달라고 부탁했을 것 같아요? 특히 그날은 예은 씨도 비번인 날로 맞추느라 꽤 오래 기다렸는데요. 아무튼, 뭐, 중요한 얘기도 아니니까 적당히 운에 맡긴 거로 하죠."

최태영은 연기로 시야를 가리듯이 손을 휘휘 저었다.

"도박을 즐길 줄은 몰랐습니다."

"약간의 유도와 함께하는 뛰어난 감과 견고한 믿음이죠."

도호재는 최태영이 낙천적인 건지 통찰력이 좋은 건지, 본인의 선택과 생각에 대한 확고한 믿음을 가지고 있는 건지 알기 어려웠다. 종잡을 수 없는 태도를 보이는 최태영은 단순히 낙천적이라고 설명하기에는 계획적이었고, 통찰력이 좋다는 말도 해당하는 것처럼 보이긴 하지만 고작 통찰력이라는 단어 하나는 최태영을 제대로 담아낼 수는 없는 말이었다. 솔직히 통찰력을 가지고 있다고 하기에는 그는 다소 가벼운 감이 있었다. 본인의 선택과 생각에 대한 확고한 믿음을 가지고 있다기에는 자택에서 도호재를 유난히 극진히 보좌했던 고용인의 광기 어린 모습을 최태영에게서는 찾을 수 없었다. 최태영은 도호재가 알지 못하는 것을 보고 들으며, 그곳에서 얻어낸 지식을 기반으로 행동하고 있었다. 그게 아니라면, 순간순간 깊게 생각하지 않고 바로 실행으로 옮기는 미친 작자였다.

"아무튼, 지금의 체제를 뒤엎기 위해서는 모로 가도 제로 거주 구역에는 반드시 가야 하죠. 그래서 우선은 어떤 방법을 쓸지 논의하면서도 제로 거주 구역으로 진입할 때 필요한 최소한의 물품을 구비해 두었어요. 도호재 씨가 친히 배달해 준 여러 물품은 그 재료들이었고요."

"안경테도 말입니까?"

도호재는 예은에게 사과를 건넸던 날 가져온 물품을 떠올렸다.

"당연하죠. 도호재 씨가 지금 빛 분자를 어느 정도 차단하는 안경을 끼고 있는 것의 반대 버전이라고 생각하면 편할 거예요. 메르라 거주 구역에서 일생을 보내고 있는 우리는 제로 거주 구역에 진입하기 위해서 반대로 빛 분자를 모아주는 특수 안경이 필요하겠죠. 제로 거주 구역에서 일하는 고용인들의 렌즈까지 만들어 낼 기술은 없기도 하고, 렌즈 형태는 뺐다 끼는 데 오래 걸리니까 안경이 나아요."

최태영은 도호재가 끼고 있는 안경을 손끝으로 가리키며 말했다.

도호재는 머릿속에 펼쳐둔 멤버십 초기화라는 이름을 가진 백색의 퍼즐 판 위에 최태영의 말을 재단하여 정리했다.

"그동안 야객은 사회를 전복시키기 위해서 준비했다지 않았습니까? 난 멤버십 초기화를 목표로 하고 있습니다."

방어적인 도호재의 말에 예은이 그를 안심시키듯이 입을 열었다.

"결국 똑같으니까 걱정하지 마시죠, 도련님. 아, 저희도 그냥 이름으로 불러드릴게요. 도련님이라는 호칭은 이제 듣기 싫다고 하셨다니까. 저희 계획도 도호재 씨랑 같아요. 그동안 논의한 방법이 최소한 열 가지는 넘었어요. 그나마 현실성 있었던 몇 가지를 말씀드리자면, 우선 제로를 몰살하자는 의견이 있었어요."

목표가 사회 전복이라면 제로 몰살은 단선적이고도 명쾌한 해결책이었다. 도호재는 섬뜩한 말을 서슴없이 내뱉으며 상세히 설명하려는 예은의 태도가 오히려 그간의 답답함을 날려주는 듯하여 마음에 들었다.

"일찍 실행되었다면 난 그쪽을 저주하면서 죽었겠습니다."

예은은 팔짱을 끼며 도호재의 말에 맞장구를 쳤다.

"아무래도 그렇겠죠. 그런데 이 방식을 써봤자 엔바디 사회에 뿌리내린 체제는 바뀌지 않아요. 제로의 지위가 그대로 유지된 채로 이름만 바꿔서 다른 사람을 내세운다고 하더라도 또라이 질량 보존 법칙이 적용될 거고요."

"또라이 질량 보존 법칙? 그게 뭡니까?"

도호재는 메르라 거주 구역에 온 이후 처음으로 누군가가 말하던 도중에 상대방이 쓴 단어의 뜻을 속 시원하게 물어보았다.

"하하! 역시! 범생이가 알 리가 없죠."

최태영은 도호재의 질문에 비릿하게 웃으며 옆에 있던 종철의 어깨를 주먹으로 쳤다. 종철은 자신이 틀릴 줄 알았던 것처럼 미적지근하게 낭패라는 표정을 지으며 이마 쪽으로 살짝 빠져나온 머리카락을 손으로 쓸어넘겼다. 이미 짧게 친 스포츠머리라 손으로 고정하고 있지 않아도 이마가 훤히 드러나 있었지만, 최태영은 머리 한 올도 남기지 않고 깔끔하게 잡고 있으라며 종철을 채근했다. 딱, 하고 둔탁하면서도 맑은 소리가 종철의 이마에 부딪힌 최태영의 손끝에서 울렸다. 딱밤을 맞은 종철보다도 딱밤을 때린 쪽인 최태영이 더 아파 보였다. 최태영은 과장된 승리의 미소를 지으며 종철의 이마를 때린 손가락을 주머니에 넣어 숨겼다.

"제로의 직위와 권력을 유지한 채로 대행자만 갈아치워 봤자 폭군으로 변할 새 지도자로 대체될 뿐이라는 거예요. 권력에 취해서 멋대로 행동하지 않을 사람이 지도자의 자질과 감각까지 갖추고 있는 건 정말, 제가 오늘 눈 떠보니 뼛속까지 제로가 되어 있을 확률과도 비슷하겠죠."

예은은 옆의 소란에는 아랑곳하지 않고 말했다.

"또 다른 방법은 아래서부터 위로, 계몽이에요. 도호재 씨도 캐비닛에 있는 책 다 읽으셨을 테니 계몽이 사장된 단어라 하더라도, 뭘 뜻하는지는 알고 있을 테죠. 비밀리에 전광판을 갈아 끼우거나 사람들에게 엔바디 사회의 진실에 대해 직접 설파하고 다닐 수도 있을 거예요. 그런데 이 방법을 쓰면 시간이 지나치게 오래 걸릴뿐더러 계몽이 아니라 이단으로 몰릴 가능성도 있고, 시간을 끄는 계획인 만큼 경비의 단속에도 걸리기 쉽겠죠. 성공 이전에 저희가 처단당할 거예요."

종철을 대상으로 위와 아래를 짚으며 설명하던 예은은 처단이라는 단어를 말하며 종철의 목을 긋는 시늉을 했다. 종철은 괜스레 한 손으로 목을 쓸었다.

"그래서 이제는 목표를 달성할 때까지는 저희의 안전을 보장받을 수 있는 새롭고 구체적인 방식을 논의해야 한다고 말하긴 했는데, 말이 쉽죠. 방법이 쉽게 생각나는 것도 아니고, 저희가 언제나 모일 수 있는 것도 아니고요. 그러던 와중에 도호재 씨가 멤버십 데이터를 초기화하자는 아이디어를 낸 거예요."

예은의 뒤를 이어 최태영이 입을 열었다.

"우리가 보기에도 그나마 가장 현실적인 방법이자, 현실에 가까운 계획이죠. 백지화 이후의 미래를 생각해 봤을 때도 도호재 씨가 말했던 것처럼 새로운 시작, 얽히고설킨 지금의 모습보다는 훨씬 나은 사회를 만들 수 있는 발판이 될 만해요. 멤버십 데이터를 백지화하는 목표를 완수하기만 한다면 말이죠. 나름 성공 확률이 가장 높은 계획이에요."

"그렇다면 다행입니다."

도호재는 자신이 쥐고 있는 거대한 퍼즐 판을 이들과 함께 맞출 수 있음에 안도의 숨을 내쉬었다.

"그래서 지금 우리가 논의해야 할 건 도… 도호재 씨. 죄송해요, 호칭이 익숙하지 않아서. 도호재 씨가 낸 아이디어가 어느 정도로, 음, 실현 가능할지 알기 위해서 멤버십 데이터베이스에 대해 알려주길 원해요. 아마도요."

종철은 도호재의 이름을 입에 담는 행위가 본능에 반하는 것처럼 어색하게 말했다. 자신이 말하는 상황을 꺼리는 것처럼 보이기도 했다.

"멤버십 기록을 보관하고 관리하는 데이터베이스는 옥토 제로가 월요일마다 회의를 개최하는 옥토 제로 회의실에 있습니다. 회의실은 내부와 외부 양쪽에서 잠글 수 있도록 설계되어 있습니다. 데이터베이스의 데이터 같은 경우에는 외부로부터 데이터를 수집하거나 업로드하는 루트만 열려 있고, 데이터를 외부에서 원격으로 조작하거나 유출하는 루트는 전부 차단되어 있습니다."

"정말로 제로 거주 구역으로 직접 가야겠네요."

예은의 추임새에 도호재는 고개를 짧게 끄덕였다.

"게다가 해당 데이터를 담고 있는 페이지에 접속하려면 옥토 제로만 알고 있는 비밀번호와 옥토 제로의 멤버십 칩이 필요합니다."

"그러면 옥토 제로를 생포해야 하려나요?"

고개를 비스듬하게 눕히며 가능성을 가늠하는 최태영의 말에 도호재는 검지를 들어 그를 저지했다.

"제일 중요한 내용이 빠졌습니다. 멤버십 데이터베이스를 열람하기 위해서는 옥토 제로 지도자의 자발적 의지가 담긴 생체 목소리가 필요합니다."

"그게 무슨 말이죠?"

최태영은 눈을 가늘게 떴다.

"정확한 작동 원리는 모릅니다. 목소리의 진동을 분석해서 데이터베이스를 초기화하고자 하는 절차에 옥토 제로 지도자의 자발적 의지가 담겨 있는지 파악할 수 있다고만 들었습니다. 말도 안 되는 소리처럼 들리겠지만, 허투루 하는 말은 아닐 겁니다."

최태영이 머릿속으로 짧은 시간 동안 떠올렸던 가능성을 혼란스럽게 폐기하는 동안, 도호재는 잠시 뜸을 들였다.

"아버지가 나에게 거짓을 전하지는 않았을 겁니다."

그의 말에 예은이 길을 가다 당일 교육소에서 배운 제로의 자애로운 복지가 마침 전광판에 떠 있는 걸 발견한 멤버십 미보유자처럼 올곧은 손가락으로 도호재를 짚어냈다.

"아버지요? 출신 아버지가 옥토 제로라고요?"

예은은 최태영으로부터 가정이란, 아버지와 어머니까지 포함해서 구성되는 피로 연결된 반영구적인 소속 집단이자 출신이라는 설명을 들었다고 덧붙였다.

"맞습니다."

도호재의 수긍에 예은은 어깨를 뒤로 한껏 젖혔다.

"와. 도호재 씨 출신 장난 없으시네요. 혹시 아버지 성함이 어떻게 되세요? 식품부 관리하는 그쪽이신가요?"

도호재는 빠른 어조로 물어오는 예은의 질문에 차분히 답을 주었다.

"도 호자 태자입니다."

"도호태? 제가 알고 있는 그 도호태요? 옥토 제로 지도자 도호태? 아버지 성함이 도호태라고요?"

호기심 가득하게 질문한 예은은 도호재의 답을 듣고 순식간에 목소리가 커졌다.

격양된 목소리가 복도로 새어 나가지는 않았을지 문을 힐끗 쳐다본 예은은 지금이라도 입을 닫으면 자신의 목소리를 들었던 이가 있더라도 무슨 내용이었는지 잊어버리기라도 하는 것처럼 입을 꾹 다물었다. 종철은 물론이고, 도호재의 부모가 모두 옥토 제로임을 알고 있던 최태영 역시 아버지가 옥토 제로 지도자임을 유추하지 못했던 듯이 놀란 기색이었다.

"제로 거주 구역에서 쫓겨나기 직전에 도망쳤으니 그들로부터 도움을 받을 수 있다는 생각은 하지 않는 게 좋을 겁니다."

"그래요? 아쉽네요. 도호재 씨가 소속 집단을 배신하다시피 도망치지만 않으셨더라면 저희의 계획이 훨씬 쉬워졌을 텐데요."

예은이 못마땅하게 혀를 차며 기울어져 있던 몸을 곧게 세웠다.

"그, 신경 쓰지 마세요. 아버지와 연이 닿을 정도라면 이곳까지 와서 있을 리가 없잖아요. 예은 씨도 다 알고 있는데 저러는 거예요."

예은의 모습을 본 종철이 도호재를 달래듯이 황급히 말을 덧붙였다.

"아! 짜증 나게 굴지 마세요!"

도호재는 성질을 부리는 예은 너머로 종철에게 눈인사를 건네며 말을 이었다.

"불행 중 다행이라면, 아버지와 어머니를 따라 옥토 제로 회의실에 자주 갔었습니다. 덕분에 어깨너머로 회의실 출입 비밀번호 정도는 외우고 있습니다."

"그럼 제로 거주 구역까지 이동하고, 내부에서 멤버십 데이터를 초기화하는 일만 고안하면 되겠네요."

최태영의 말에 도호재는 작게 고개를 끄덕였다.

"멤버십 데이터를 초기화하기 위해서 반드시 거쳐야 하는 절차를 확인하고, 이를 실현하기 위한 보조 계획을 세우는 방향이 좋겠습니다."

최태영은 패드 메모장에 제로 거주 구역부터 메르라 5급 거주 구역까지 상상도를 그려 자신들이 있는 위치를 짚었다. 그의 그림 실력은 끔찍하게도 형편없었다.

"제로 거주 구역까지 빠르게 진입하기 위해서는 전원이 최소한 3급 거주 구역에 모여 있어야 하겠네요. 제로 거주 구역까지 빠르게 이동할 수 있는 장치가 설치된 통로는 3급이 마지막이니까요. 사무실이 있는 4급 위치로는 어림도 없어요. 이곳에서 3급으로 올라간다고 해도 제로 거주 구역까지 연결하는 통로가 있는 관문까지 또 택시로 몇 시간 걸릴 거예요. 길바닥에서 시간을 버릴 순 없죠."

최태영이 되는대로 그려놓은 지도를 짚어가며 이야기하자 예은이 3급 거주 구역을 손으로 가리켰다.

"3급에서 숙소를 얻는 일은 둘째치고, 도호재 씨는 여전히 제로 멤버십 보유자로 등록되어 있거나 멤버십 코드 자체가 말소되었을 거예요. 4급까지는 경비가 적당히 보증인을 세워서 보내줬다고 해도, 3급 거주 구역은 경비가 허술하지 않아요. 반드시 멤버십 리더기를 한번 대보기는 할 테고요. 3급 거주 구역으로 올라가는 관문조차 통과하기 힘들 거라는 말이죠."

거리에서 누군가 철제 쓰레기와 부딪치는 소리가 희미하게 났다.

"차라리 5급 멤버십 코드 칩이 있으면 모를까, 도호재 씨가 가지고 있을 제로의 칩은 수동 보안 AI까지 엮여서 함부로 건들 수도 없어요. 조작했다가는 계획이 시작하기도 전에 도호재 씨는 제로 거주 구역으로 끌려가고 저는 사회의 질서에 해악을 끼치려 했다며 처벌받겠죠."

단호한 예은의 말에 도호재는 순간적으로 뇌리에 무언가 스치고 지나감을 느꼈다.

"5급 멤버십 칩이 있으면 이 문제를 해결할 수 있습니까?"

"꼭 멤버십 데이터 자체를 바꾸지 않아도 코드 인식 과정에 손을 대면 되니까요. 5급 칩이 있다면 가능하죠."

예은의 답에 도호재는 다시 패드를 향해 시선을 돌렸다.

"그럼 해결되는 겁니다. 5급 멤버십 칩을 가지고 있습니다. 다음으로는 뭘 준비해야 합니까?"

"예?"

도호재는 예은이 5급 멤버십 코드를 담고 있는 칩의 출처를 묻지 못하도록 빠르게 계획 짜는 일에 이목을 집중시켰다.

도호재를 힐끗 본 최태영은 두루뭉술하게 형태만 알아볼 수 있는 수제 지도 위에 모두의 이름을 머리글자로 하나씩 적기 시작했다.

"뭐, 칩 문제가 해결된다면 된 거죠. 어떤 계획을 세우더라도 제로 거주 구역에는 꼭 들어가야 할 테니 미리 생각해 둔 게 있어요. 지금 정리해 보자면 도호재 씨는 5급, 나는 3급, 종철 씨는 4급, 예은 씨는 2급 멤버십을 가지고 있는 거죠. 즉, 도호재 씨와 종철 씨가 머무를 장소가 걸리는 거예요. 종철 씨, 배달업 종사자의 거주지 선정은 어떻게 이루어진다고 했죠?"

최태영은 종철을 겨냥해 패드 펜을 치켜들었다.

잠시 대각선 위쪽으로 눈동자를 굴린 종철은 조심스럽게 목을 가다듬었다.

"큼, 담당 구역이 4급이나 5급일 경우에는 담당 구역에 잘 곳을 마련해 주지만, 제로에서 3급까지의 구역을 담당하면, 그, 뭐였죠? 업무지? 아, 업무지로의 출퇴근이 가능하도록 3급 거주 구역에 거주지를 배정받죠."

"그걸 노릴 거예요. 종철 씨는 담당 구역을 지금의 4급에서, 제로 거주 구역 담당으로 바꾸는 거죠. 그러면 종철 씨는 일단 제로 거주 구역에 진입할 수 있어요."

최태영은 종철의 말이 끝나자마자 말을 바로 이었다.

"도호재 씨는요?"

최태영이 패드에 적힌 종철의 이름 위에 가로로 선을 긋자 예은이 물었다.

"예은 씨가 칩의 코드를 조작할 수 있다고 했지만, 쓸데없는 위험은 최대한 피하도록 하죠. 내가 도호재 씨를 임시 조수로 고용하면, 역시 임시지만, 4급 멤버십 코드가 나올 거예요. 그 뒤에는 예은 씨의 요청에 따라 도호재 씨를 데리고 내가 담당의로 2급까지 올라갈게요."

"그래도 도호재 씨는 여전히 4급인데요?"

예은은 고통스러웠던 기억을 의식의 수면 아래로 집어넣으려는 듯이 손끝으로 책상을 두 번 정도 두드렸다.

"가성비가 좋지 않아서 다들 잊고 살지만, 위대한 제로님들께서 멤버십 체험 서비스를 운영하고 있죠. 거금을 지불하고 거주지만 한 단계 높이는 서비스를 제공하는 거예요. 단, 정식으로 멤버십이 격상된 건 아닌 만큼 유니폼도 기존에 속해 있던 멤버십 색깔의 유니폼을 제공하고 각종 복지 혜택도 변함없이 그대로 유지되는 거죠. 그래서 사람들이 이용하지 않고 있지만, 우리에게는 더할 나위 없이 좋은 선택지예요."

최태영의 해결책은 꽤 구색을 갖추고 있었다.

"음, 그럼 3급 멤버십 체험 신청을 하고, 단계, 아니, 절차를 밟아야겠네요. 그런데 멤버십 체험도 돈이 많이 든다고 했잖아요. 그 돈은 어디서 구해요?"

종철이 조심스럽게 물었다. 어딘가 주눅 들어 보이는 모습이었다.

"나도 거기서부터 막혔죠. 뭐, 일단 도호재 씨를 임시 조수로 고용하는 단계부터 시작하고 찬찬히 생각하다 보면 임기응변으로 할 수 있을 거 같기도 하고요?"

"안 됩니다. 완성하지 않은 계획은 성공할 수 없습니다. 해결책은 반드시 있을 겁니다."

대책 없이 마무리되는 최태영의 이야기에 도호재는 그의 농담을 딱 잘라 막았다.

그는 최태영이 쥐고 있는 펜을 넘겨받아 얼기설기 그려진 임시 지도 위에 불쑥 떠오르는 단어들을 적었다.

"기본적으로는 우리가 들키지 않도록 움직이는 게 중요합니다. 하지만 그에 못지않게 제로의 시선을 돌리는 것도 놓쳐서는 안 됩니다. 그들의 시선을 제대로 돌릴 수만 있다면 우리의 성공 확률은 비약적으로 높아질 겁니다."

건물 밖에서 누군가 고함치는 소리가 들렸다.

"재무부를 관리하는 옥토 제로가 따로 있습니다. 그는 다소 과시를 즐기고 호들갑을 떱니다. 우리는 방정맞은 그의 성격을 이용할 겁니다. 자금 데이터가 비정상적으로 적게 수집되는 곳을 발생시켜서, 재무부가 자체적으로 조사단을 꾸리도록 유도합니다."

"그 정도로 시선이 분산될까요?"

예은의 미심쩍은 질문에 도호재는 고개를 저었다.

"이때는 본격적으로 움직이지 않고 예은 씨가 속한 부서도 재무부의 조사단에 협조할 테니 그때 멤버십 감시 및 관리가 조금은 소홀해진 틈을 타서 종철 씨의 업무 담당 구역을 제로 쪽으로 바꿀 수 있을 겁니다. 딱 그 정도의 속임수입니다."

"그럼, 다음에는요?"

예은이 도호재에 의해 패드에 빠르게 적히는 정갈한 글자들을 눈으로 좇으며 채근했다.

"자금 데이터가 비정상적으로 적게 수집되는 원인인 거짓 모반 집단을 생성합니다. 오류의 정체가 드러나는 겁니다. 모반 집단의 목표는 적당히 만들면 됩니다. '독자적인 자금 보유량을 늘림으로써 제로가 관리하지 않는 자체적인 금고를 설립한다. 금고에서 보유하면서 굴린 자금으로는 새로운 연금 시스템을 구축하고자 한다.' 이 정도면 제로가 완벽히 지배하고 있는 엔바디 사회의 시스템에서 사회 구성원의 선택지를 늘림으로써 그들의 자유를 존중한다는 정당화도 적당히 쥐여줄 수 있을 겁니다."

"좋아요. 본격적이네요."

최태영은 단숨에 나온 계획에 짧게 숨을 뱉었다.

"그러면 3급 멤버십 체험을 신청할 돈도 겸사겸사 빼돌릴 수 있겠어요. 제로가 운영하는 공식 은행의 저축 통장으로 돌아오는 양이 점진적으로 줄어들고 있는 것처럼 돈을 빼돌리고, 그 돈을 우리 소유로 돌림으로써 3급 멤버십 체험을 신청할 돈도 확보하죠."

예은이 패드에 적힌 단어들을 가볍게 두드렸다.

"거짓으로 생성한 이 모반 집단은 제로의 자본 독점 체제를 파훼하려는 움직임이기 때문에 이전보다도 대대적인 조사가 들어갈 겁니다. 단순히 자금 수금 상황이 조금 좋지 않다는 이유로 꾸려진 조사단과는 비교도 되지 않을 겁니다. 그만큼 우리는 본 목적을 위해 움직이기는 더 수월해질 테지만, 본격적인 조사가 이루어지는 만큼 모반 집단이 허황하게 급조된 집단이라는 것 또한 금방 눈치챌 겁니다. 그러면 제로 측에서는 눈속임이라는 것을 알고 본체를 찾으려 할 테니, 우리가 곧장 배후로 발각되는 결과를 맞이하고 싶지 않다면 본체 또한 거짓으로 생성해야 합니다. 이중장치가 필요한 겁니다."

"그렇게까지 할 필요가 있나요? 차라리 본 계획에 집중하는 게 낫지 않을까요?"

최태영이 머리를 짚으며 말하자 도호재는 짧게 고개를 저었다.

"최후의 순간까지 몸을 숨기고 본 계획의 실행에 집중할 수 있다면, 그보다 도움이 되는 일은 없을 겁니다."

도호재는 다시 패드에 몇 가지 단어를 적었다.

건물 밖에서는 둔탁한 파열음이 들렸다.

"제로 측이 납득할 법하면서도 실제 목적과 동떨어진, 모반 집단을 거짓으로 만들어야 했을 정도의 본체 집단이 있다면 그들의 목적은, 한때 논의 대상이었던, 계몽을 목적으로 하는 집단일 겁니다. 계몽을 꾀하는 집단이라면 제로의 시선을 분산시키고 활동의 제약을 없애기 위해서 모반 집단을 거짓으로 만들 필요성을 느꼈을 법합니다. 더불어, 자본 독점 체제 파훼가 제로의 물질적 기반을 무너뜨리려는 움직이라면, 계몽은 정신적 기반을 약화하는 불온한 움직임이니 모반 집단에 대한 반응만큼이나 제로의 시선이 쏠리거나, 본 집단이라고 간주해서 더더욱 철저하게 조사하려 들 겁니다. 이를 위해서 계몽에 관한 파일을 업로드할 수 있고, 메르라 멤버십 가입자는 누구나 접속할 수 있는 서버를 구축하여 그곳에 제로의 이목을 집중시킬 허황된 파일을 몇 가지 업로드해야 할 겁니다. 계몽은 메르라를 대상으로 해야 하니 제로의 조사는 3급에서 5급 거주 구역부터 이루어질 테고, 자연스럽게 계몽을 꾀하는 집단의 기지 역시 하급 거주 구역에 위치한다고 간주할 테니 1, 2급의 전산 기록과 거주 구역에 대한 경비 수준은 기존과 동일하게 유지되거나 약해질 겁니다."

도호재는 속사포처럼 말을 쏟아내고서 고개를 들었다.

종철은 눈을 데룩데룩 굴리면서도 고개를 끄덕였고, 예은과 최태영은 떨떠름한 표정이었다.

"도호재 씨, 믿음직스러워 보이기도 한데, 좀 질려요."

"사람 냄새 난다고 했던 거 같은데, 철회할게요. 경솔했어요."

예은이 말하자 최태영 또한 예은의 말에 동의하듯이 덧붙였다.

"그래도 괜찮은 계획 같네요. 문제는 이걸 누가 어떻게 다 해내냐는 거죠. 다 천천히 만들어 내다가는 금방 발각돼요. 말이 안 되잖아요."

예은은 어지럽게 적힌 단어 다발을 가리키며 어깨를 으쓱였다.

"만든 직후부터 바로 들켜도 상관이 없고, 발각되기 위해 구축하는 거지 않습니까. 본 계획을 성공시키기만 하면 됩니다. 그 이후는 생각할 필요 없습니다. 누가 무엇을 어떻게 하는지는 누구보다도 본인이 잘 알지 않습니까. 제로 거주 구역에 들어갈 수만 있다면 워낙 다양한 고용인이 있고, 거주 구역 자체가 넓으니 고용인 유니폼으로 멀끔하게 차려입고 눈에 튀는 행동만 하지 않는다면 옥토 제로 회의실이 있는 건물, 어쩌면 회의실 문 앞까지도 방해 없이 들어갈 수 있을 겁니다."

도호재는 패드의 메모장에 제로 거주 구역이라 적혀 있는 부근을 짚었다. 제로 거주 구역 근처는 아무것도 적혀 있지 않고 공허하게 비어 있었다.

"이 중에서 적임자는 저밖에 없긴 하네요. 감시 체계를 제가 관리하다시피 하기도 하고, 애초에 할 줄 아는 사람이 저밖에 없다니. 제 능력이 없으면 성립할 수 없는 계획이네요."

"내가 그런 능력을 알아보고 예은 씨를 개인적으로 치료해 준 걸지도 모르죠."

최태영이 의례적인 어조로 말하자 예은은 퍽 그렇겠다는 듯이 눈을 굴렸다.

"일단은 이 정도로 마무리하고 나중의 일은 또 생각해 보도록 하죠. 더 있다가는 밖이 어두워져서 돌아가기 어려워질 거예요."

이어진 최태영의 말에 예은은 계획이 복잡해졌다며 고개를 끄덕였고 종철도 사뭇 심각한 표정으로 동의했다.

계획이 깔끔하게 마무리되지 않은 채로 모임이 파하자 도호재는 찝찝한 느낌이었다. 마치 호기롭게 편직물을 짜겠다고 뜨개질을 시작하다, 탁자에 버려둬서 하나씩 풀리고 있는 실을 치켜만 보고 있는 감각이었다. 다만 석연치 않은 감정이 드는 이유는 오로지 계획이 완벽하게 짜이지 않았기 때문만은 아니었다.

도호재는 예은과 종철이 시차를 두고 차례로 사무실을 나서고 최태영이 나갈 채비를 할 때쯤 그를 불러세웠다.

"내가 그쪽을 찾아왔을 때부터 체제 전복을 준비했다고 하지 않았습니까?"

"그렇죠?"

최태영은 하던 일을 계속하며 쉽게 답했다.

"처음부터 계획에 합류시키는 방법을 바로 고려하지 않은 이유가 뭡니까? 제로가 계획에 본격적으로 합류한다면 단순히 정보를 알아내는 걸 넘어서서 다양하게 활용할 수 있었을 것 아닙니까."

최태영은 패드 화면을 끄려다 멈추고 그의 의중을 가늠하려 애썼다.

"글쎄요. 세상 물정도 몰라 보이고, 선호가 아니라 의무감을 신조로 살아가는 제로처럼 보여서가 아닐까요? 도호재 씨는 자신이 제로임에 자부심을 느끼고 있었고, 제로로서 착실하게 살아온 티가 났죠. 정보 정도는 어떻게든 알아내려 하긴 했지만요. 머리가 똑바로 돌아가는 메르라라면 누가 갑자기 나타난 제로의 무엇을 믿고, 비밀스럽고 목숨이 달릴 정도로 중요한 일에 포함하려고 하겠어요?"

맞는 말이었다. 맞는 말이면서도 구멍이 뻥 뚫려 있는 말이었다. 도호재가 믿음직스럽지 못해서 계획에 포함하기 어려웠다면, 그가 계획에 합류하지는 않은 채로 정보만 제공했을 때, 신뢰하지 못하는 이에게서 얻은 정보를 최태영은 어떻게 활용할 수 있다는 말인가? 이 계획은 한 치의 오차도 용납해서는 안 되는 제로와 엔바디 사회에 대한 반역이자 모반이었다. 위험천만한 계획에서 불확실한 정보를 바탕으로 계획을 세운다는 건 이해하기 어려웠다. 그런 점에서 봤을 때 최태영의 말은 심각하게 의심스럽지도, 그다지 믿음직하지도 못했다.

"그런데 그건 왜요? 인제 와서 빠지기라도 하게요?"

"내가 제안했던 일인데 그럴 리 있겠습니까."

최태영은 책상에서 멀어지며 3급 거주 구역으로 이동할 채비를 재개했다.

"다만 나는 이 일에 가담하는 게 옳았기에 이 길을 선택했다는 정의감보다도, 관념적이고 개인적인 이기심에 휩쓸려서 선택한 게 아닌지 자신으로부터의 의심과 책망을 피하지 못하고 있습니다."

최태영은 미간을 찌푸리며 오른쪽으로 단 한 번, 고개를 반 정도만 짧게 내저었다.

"추상적이라 이해하기 어렵네요."

"5급 멤버십 코드가 입력된 멤버십 칩을 가지게 된 건 5급 거주 구역에 방문했을 때 그곳에 거주하던 친어머니의 죽음을 목격했기 때문입니다. 그게 내가 가진 칩의 출처입니다."

담담하게 말했지만, 명백히 죽음에 관한 이야기였다.

"친어머니? 아. 전에 제로의 가정은 뭐, 정석적이지 않은 가정이라고 했었던가요?"

"그렇습니다. 아버지는 정자 제공자가 맞습니다. 어머니가 난자 제공자가 아닌 겁니다. 엄밀히 말하자면 속했던 제로 가정에서의 완벽한 타인은 아닙니다만, 그렇다고 해서 완전한 가정도 아닙니다. 나의 난자 제공자는 5급 거주 구역으로 추방당해 예은 씨가 전해준 주소로 거주지를 배정받았습니다. 그곳에 방문하여 친어머니와 서로의 모습을 처음 확인한 당일 친어머니는 극단적인 선택을 한 겁니다."

직접 겪은 과거였음에도, 입에서 흘러나오는 말들은 그다지 와 닿지 않았다.

"그게 도호재 씨가 꺼낸 이야기랑 무슨 상관이죠?"

도호재가 자신의 난자 제공자가 극단적인 선택을 했다고 말하는 의도가 무엇인지 전혀 알 수 없다는 듯한 무미건조함이었다. 친어머니의 죽음을 목격한 도호재에게 위로의 말을 건넨다거나 슬픔, 안타까움과 같은 감정은 떠올리지조차 않은 즉답이었다.

"그녀의 선택은 그야말로 개인적인 선택, 기호, 성격의 집합체이자 결과입니다. 그러나 그녀는 4급 거주 구역에 소속된 이후 늦게 끝난 업무로 인해 칠흑 같은 밤에 거주지로 돌아가야만 했습니다. 그러다 차단된 시야와 더러운 길거리, 밑창이 다 떨어진 신발이라는 요소는 그녀의 발바닥에 유리 파편을 꽂아 넣는 결과를 초래했습니다. 제대로 된 치료를 받을 시간도, 치료를 지원받을 정도의 멤버십 자격도 없었고, 그렇다고 해서 거주지에 상처를 씻어낼 정도의 맑은 수도가 무한정 제공되는 것도 아니었기에, 살은 그대로 썩기 시작했습니다."

축축한 거리는 고요히 숨죽이고 있었다.

"살이 썩는 고통과 그로 인한 아무트 남용으로 그녀는 근무 중 팔이 떨어져 나갔습니다. 이전과 마찬가지로 팔을 봉합할 정도의 수술을 지원받을 권한은 없었습니다. 그녀는 그대로 5급 멤버십과 아무트를 받고 5급 거주 구역으로 거주지를 옮겨야 했습니다. 그곳에서 다 썩지 못한 다리의 상처는 허벅지를 타고 올라오며 염증과 고름, 살이 벗겨지는 고통을 생생하게 선사했고 그녀는 이를 감내하며 아무트를 복용했습니다. 기적적으로 상처가 회복된다고 하더라도 새로운 팔이 돋아날 리 없으니 3급, 1급, 4급 멤버십을 전전한 그녀의 삶은 마침내 5급에 이르러 강제로 정착하게 되었습니다."

사무실의 희미한 전등이 일순, 파랗게 빛났다.

"5급에서 벗어날 수는 없었을 겁니다. 3급이 어떠한지, 1급은 어떤 대우를 받는지 알게 된 그녀가 마침내 5급에 이르렀을 때 어떤 심정이었겠습니까. 그렇게 아무트만 복용하며 죽음을 기다리던 그녀 앞에 누구와는 달리 아름다움만 보고, 듣고, 취사선택하며 자란 온실 속의 거목이 나타났습니다. 자신이 쥘 수도 있었던 미래가, 그 온실이 찾아온 겁니다."

그는 어느새 파란 슬레이트 지붕 아래, 고름 냄새가 가득 찬 방 안에 서 있었다. 그곳에는 어머니의 눈이, 피골이 상접하여 둥글게 드러난 눈알이 빠질 것처럼 끈덕지게 쳐다보던 친어머니의 눈이 있었다. 그 안에 담겨 있는 감정 중 일부가 무엇이었는지는 그곳의 숨 막히는 방에서 가져온 패드에 적혀 있었지만, 당시에 도호재를 담았던 그녀의 눈은 오로지 그곳에 적힌 내용이 전부는 아니었을 것이다. 끝끝내 세상에 밝히지 못하고 도호재에게 전할 수 없었던 추악한 감정들은 썩어가는 다리에 묻어둔 채로, 그녀는 패드의 화면을 끄고 이를 영원히 감추는 선택을 했을 것이다.

"아무트로 과거를 잊고 자신이 있는 위치만 보다, 결국에는 현재까지 잃어가고 있던 그녀는 존재해서는 안 될 희망을 확인했습니다. 희망을 부여잡고 함께하고 싶었던 욕망이, 타락하고 추락한 자신을 벗어나고서 고결하고 아름다운 존재로 거듭난 걸 확인한 겁니다. 과거와 현재, 닿지 못했던 미래를 강제로 확인당한 그녀는 이를 견뎌내지 못하고 그대로 목숨을 끊었습니다."

도호재는 잠시 입을 닫고 초조하게 마른 입을 적셨다.

한참이나 어렸을 적, 근엄하게 앉아 있는 아버지께 자신의 죄악과 억측을 고하기 직전으로 돌아간 것만 같았다.

"나는 그녀의 죽음이 엔바디 사회에 의한 타살이라고 감히 결론 지었습니다. 그런데 한편으로는 메르라 거주 구역의 낮이 유난히 밝고 메르라에게 그들의 밤은 전혀 보이지 않는 암흑이라는 환경 자체는 사회에 지대한 영향을 미친다던 전지전능한 제로도 재량이 닿지 않는 요소라는 생각이 듭니다."

한밤중의 파란 슬레이트 지붕은 빛을 받지 못해 어두웠다.

"모두가 제로 거주 구역에서 함께 살았으면 어떨까 하는 생각도, 말이 되지 않는 문장이라는 걸 압니다. 모든 인물이 똑같은 상황에 처할 수 없고, 똑같은 능력을 갖출 수 없고, 똑같은 노력을 기울이지도 않으니 멤버십도, 멤버십에 따른 복지도 차등적으로 지급되어야 합니다. 멤버십별 복지라는 보상에는 그들이 어떤 환경에서 생존할지도 포함될 겁니다. 제로 거주 구역이라는 가장 좋은 환경도 한정적인 게 당연하고, 그곳에서 모든 이들이 살 수 없는 게 당연함에도 나는 자연스럽게 제로를 원망하고 있습니다. 어쩌면 지금 나의 원동력은 도리를 향한 갈망이 아니라 그저 나를 쉬이 포기해 버리고 5급으로 추방하겠다는 결정을 내린 부모에게 복수하고 싶은 마음이 당위를 핑곗거리로 만들어 낸 게 아닌지, 의심을 지울 수 없습니다."

도호재는 온갖 말을 늘어놓으며 변명하고 싶은 충동과 사실은 이런 생각은 전혀 하지 않았다며 말을 철회하고 싶다는 욕망을 억누르며 끊김 없이 말을 이었다.

어쩌면 지금의 선택과 행보는 옳지 않은 일일지도 몰랐다. 오히려 상식 밖의 일이었다. 일평생 상식이 아닌 것에는 눈길도 보내지 않았고, 상식이 아닌 말은 듣지도 않았고, 상식이 아닌 말은 입에 담지도 않았고, 상식이 아니면 행동하지도 않았다. 그런 일생을 통째로 부정하고 있는 자신의 모습이 제로 거주 구역에서 마주했던 의사가 도호재는 미쳐가고 있다며 내린 진단의 증거밖에 되지 않을까 두려웠다. 사실은 어제의 충격으로 인해 심신미약 상태였던 자신이 아직도 충격에서 헤어 나오지 못하고 충동적으로 잘못된 선택과 옳지 않은 결정을 내린 것일지도 몰랐다.

"사적인 감정이 전혀 섞이지 않은 행동은 성립할 수 없죠. 누군가의 욕심과 상황을 배제하고 절대적 진리, 완벽한 정의를 추구할 수 있다는 건 오만하고 가당찮은 말이에요."

묵묵히 듣던 최태영은 어느새 짝다리를 짚고 있었다.

"나는 제로 관리하에 보관되어 있던 책을 빼돌릴 때 도호재 씨에게 가져와 달라고 부탁했죠. 원래는 내가 하던 일이었고, 그

때도 충분히 내가 갈 수도 있었어요. 하지만 도호재 씨에게 부탁함으로써 나는 그쪽이 책에 관심을 가지고 내가 원하는 정보를 제공해 주도록, 그쪽이 협력하기를 바라는 마음이 있었죠."

최태영은 고개를 미세하게 치켜들었다.

"나는 내가 정의를 추구하고 있다고 믿어요. 그런데 내가 도호재 씨에게 부탁한 일은, 도호재 씨가 나의 부탁을 들어주겠다 한 말 때문만으로 부탁한 것도 아니고, 정의를 위해서만도 아니고, 솔직히 내가 편하기 위해서 부탁했다는 이유도 있었어요. 사적인 귀찮음이 섞여 있었죠. 순수하게 내 몸 하나 편해지자고 부탁했다고 하기에도 불순한 의도가 섞여 있었고, 정의를 추구하기 위한 선택이었다고 하더라도 깔끔하거나 순수한 마음은 아니었죠."

굴곡진 소파는 일그러졌음에도 여전히 사무실에 있었다.

"그런데 내가 원했던 바가 따로 있었다고 해서 죄책감을 느껴야 하나요? 내 선택이 잘못되었나요? 나의 행동이 옳다고 생각한다면 개인적인 감정이 좀 들어갔더라도 죄책감을 느낄 필요는 없죠. 도호재 씨의 고민도 마찬가지예요. 제로 거주 구역의 환경이 한정되어 있다는 요소는 빼놓고 생각하더라도 제로는 메르라 거주지의 생활 전반을 결정할 수 있는 절대적인 권한을, 권력을 쥐고 있죠. 차등적으로 멤버십 혜택을 줘야 한다는 말도 맞겠죠. 그래도 이렇게 극단적으로 열악한 상황을 고의로 만든 것만은, 고의가 아니더라도 이 지경까지 방치했다는 책임만은 피할 수 없어요. 이건 명백히 잘못된 게 아닌가요?"

최태영이 짧게 얼굴을 찌푸리자, 눈썹 사이로 뚜렷한 주름이 생겼다 사라졌다.

"도호재 씨는 그녀와 똑같은 상황과 마주했다 하더라도 목숨을 끊어버리는 선택이 아닌, 완벽하게 깔끔하고 도덕적이고 진리라고 자랑스럽게 내세울 수 있는 해결책을 찾을 수 있다고 확신하나요? 그쪽의 친어머니가 극단적인 선택을 한 이유는 그저 아둔하고 엔바디 사회에 융합되지 못한 채로 추악한 욕망만을 추구했기에 타락했으며, 회개하지 못할 정도로 나약했기 때문인가요?"

최태영은 도호재에게 화를 내거나 언성을 높이지 않았다. 그는 도호재를 관찰하고 있었다.

"그렇게 생각한 건 아닙니다."

도호재는 우둘투둘한 사무실 벽면을 향해 시선을 돌렸다.

손바닥으로 쓸어내면 먼지와 시멘트 가루가 잔뜩 묻어날 것만 같은 희끄무레한 벽면이 도호재가 발견해 주기만을 기다리고 있었다는 듯이 숨죽이고 있었다.

"쓸데없는 생각이 많네요. 자신을 의심하며 불안하게 만들 바에는 잠이나 자고, 할 일이 없으면 어떻게 해야 제로 거주 구역에 들어가서 멤버십 데이터를 초기화할 수 있을지나 생각해요. 넷 중에서 가장 한가한 잉여 인력 같은데요."

최태영은 의사 가운을 접어서 팔에 걸쳤다.

사무실을 떠날 준비를 끝낸 그는 조용한 복도를 확인했다. 그러다 문득 잊고 있었던 용건이 생겼는지 팔에 걸치고 있던 가운의 주머니를 뒤지며 도호재와의 거리를 좁혔다.

"이거, 하루에 한 알씩 챙겨 먹어요. 도호재 씨의 증상을 완벽하게 아는 건 아니지만, 그쪽이 받았다는 진단명에 효능이 있다는 약이니까요. 불치병이라 분류된 질병을 앓는 이들은 전부 5급 멤버십으로 격하되었으니 이쪽 분야 관련해서도 깊이 있는 연구가 이루어지지는 않았지만, 또 모르죠. 이걸 먹고 기적적으로 나을 수도 있죠."

알약 봉투를 건넨 최태영은 간단한 인사를 나누고선 복도를 다시 한번 확인하고 사무실을 나섰다.

최태영까지 3급 거주 구역으로 떠나자, 도호재는 사무실에 홀로 잔류했다는 생각이 듦과 동시에 급격한 피로가 몰려왔다. 제로 거주 구역에서 살던 때에 비교하면 확실히 체력이 저하된 듯했다. 도호재는 이를 부정하고자 캐비닛에 쌓여 있는 책 몇 권을 꺼내 들고 운동을 하기 시작했다. 숨이 차올라서 목구멍이 좁아 들고 속이 불편하지도 않은데도 호흡만 하면 토기가 치밀어 올라도 아직 한계에 도달하지 않았다며 끝까지 버텼다.

그는 결국 30층의 화장실까지 뛰어가서 세면대에 위액을 쏟아냈다. 도호재는 쓰린 목구멍이 진정될 때까지 세면대를 붙잡고 서 있었다. 그는 깨진 거울에는 눈길도 주지 않은 채로 최태영이 준 알약을 삼켰다. 수도꼭지를 올리고 수돗물과 함께 약을 삼키려면 멤버십 코드를 인식시켜야 했다. 멤버십 코드를 인식시키지 않으면 화장실의 수도꼭지는 물을 뱉어내지 않았고, 불도 켤 수 없었다.

화장실에서 빠져나와 사무실까지 계단으로 이동한 도호재는 어쩌면 깨져 있던 거울이 교체되어 정면을 봐도 되지 않았을까 하는 생각이 들었지만, 이내 고개를 내저었다. 여태 교체되지 않던 깨진 거울이 그새 바뀔 리 없었다.

개미지옥

도호재는 사무실에 틀어박힌 지 이틀 만에, 그야말로 순식간에 계획을 완성했다. 종철은 이전에 논의했듯이 제로 담당 배달원으로 조작하여 제로 거주 구역에 출입할 수 있는 권한을 부여받는다. 도호재는 종철이 배송하는 상자 안에서 제로 거주 구역으로 잠입한다. 둘은 제로 거주 구역에 진입하는 즉시 고용인 유니폼을 입고 그곳에 녹아들어서 데이터베이스를 초기화할 핵심 역할을 맡을 최태영을 백업한다. 그리고 예은은 이들의 정보가 조작된 것이 발각되더라도 최소한 계획이 성공할 때까지의 시간을 벌 수 있도록 2급 거주 구역에서 대기한다.

도호재의 아버지는 도호재를 비밀리에 추적하고 있을 테지만,

도호재가 제로의 품격을 훼손하고 다니지 않도록 사전에 제거하기 위함이 목적인 만큼 제로 사회 내에서도 협력자를 구하기 어렵고, 예은과 같이 추적에 능력 있는 메르라의 도움을 받기도 어려운 상황이라 유추할 수 있었다.

도호재가 고안한 계획은 아버지의 성향을 알고 있었기에 확신을 가질 수 있었다. 만일 아버지가 제로에 대한 자부심도 없이 소시민적인 삶을 사는 제로였더라면, 제로도 메르라도 모르게 비밀리에 도호재를 추적하고 있으리라는 확신도, 최태영이 도호재의 위치를 알려주겠다며 내건 협상의 조건이 제로의 위대함을 눈으로 직접 마주하게 해달라는 광기 어린 부탁이어도 아버지가 이를 당연하게 받아들이리라는 믿음도 가질 수 없었다. 물론, 아버지가 그러한 성향이었더라면 도호재가 더는 제로로서의 품위를 안정적으로 유지할 수 없게 되었다는 진단을 받았을 때, 그의 추방을 쉬이 결정하지 않았을 테니 도호재가 지금에 이르지도 못했을 거라는 생각도 들었다.

도호재는 머리가 지끈거려 관자놀이를 문질렀다. 언제나 어둠 속에서도 방향 표시등이 밝게 빛나는 대로 따라가면 정확하게 정해진 답이 있었던 제로 시절의 문제들과는 달리, 지금 마주하고 있는 난관은 목적지가 어디인지만 흐릿하게 인지할 수 있을 뿐, 앞이 전혀 보이지 않는 곳에서 길을 개척하며 나아가야 하니 훨씬 피곤했다.

그간 피로가 쌓인 탓인지 책상에 앉아 있거나 소파에서 잠을 청하려는 순간에 별안간 환각이 찾아왔음을 인지하기도 했다. 절대로 자신 앞에 존재할 수 없는 연지가 찾아와 왜 자신을 3급 거주 구역의 병원에 치료도 받지 못하게 방치하고 혼자서만 도망쳤냐고 그의 목을 조르려 하기도 했고, 이미 몸속의 모든 체액이 몸속에서 빠져나와 갈고리로 비강을 긁어 내리는 것만 같은 악취와 함께 슬레이트 지붕 아래의 바닥을 흥건하게 적시고 있을 친어머니가 여전히 도호재를 눈으로 좇고 있는 환시를 겪기도 했다.

그는 새로운 환시와 환청을 겪긴 했으나 처음으로 환각을 겪었을 때 몸이 뻣뻣하게 굳어서 옴짝달싹할 수 없었던 때와는 달리 환각에 반항하려 팔다리를 휘젓는 행동은 취할 수 있었다. 최태영이 준 알약은 환각을 경험할 때마다 그에게 씌워져 있던 신체적 제약으로부터 조금은 자유롭게 해주는 효능이 있는 것 같았다.

"M4-AL293."

지루해서 미쳐버리기 직전인 듯한 목소리가 들렸다.

"그쪽 멤버십 코드 번호잖아요. 정신 차려요."

도호재는 옆에서 제복을 입은 채 거만하게 앉아 있는 예은이 낮게 속삭이는 소리에 정신을 차렸다.

도호재가 계획을 세우고 나서 최태영에게 아버지의 성격과 특징을 기반으로 한 계획이라며 설득 아닌 설득을 하는 동안 예은은 제로가 관리하는 금고로 돌아오는 양이 점진적으로 줄어들도록 조작하고선, 유령조직을 거짓으로 설립하여 그곳으로 자금을 빼돌렸다. 발각되기 위해 조작한 모반 집단인 만큼 예은과 도호재는 유령조직이 발생했음이 제로 측에 알려지고 따로 옮겨둔 자금의 사용이 제한되기 전, 빼돌려 둔 자금으로 도호재의 3급 멤버십 체험부터 결제하기 위해 멤버십 체험 신청자 심사장에 와 있었다. 때마침 10일 넘게 이어지던 억수 같은 빗줄기가 잠시 그친 날이었다.

도호재는 머뭇거리며 일어섰다. 그러곤 반구 모양으로 구멍이 나 있는 곳 외에는 불투명한 유리와 투박한 벽면으로 가려진 창구 앞의 허름한 의자에 주춤주춤 앉았다.

"M4-AL293. 본인임요? 한 번에 못 듣는 거 보니까 존나 5급 같은데요."

창구 건너편에 앉아 있던 심사 담당자가 눈치를 보며 의자에 앉는 도호재의 모습을 지켜보다 불만족스럽게 혀를 찼다.

심사 담당자는 온몸이 잔뜩 부어올라 손끝이 보라색과 파란색이 섞인 색으로 파리하게 질려 있었다.

예은은 최태영을 주치의로 지목했다. 최태영은 2급 거주 구역으로 향하는 출장을 위해서는 임시 조수가 필요하다며 프리랜서 총괄 관공서에 도호재가 보유하고 있는 5급 멤버십 칩 보유자를 임시 조수로 활용하겠다고 신청했다. 이로 인해 도호재가 가지고 있던 5급 멤버십 칩은 4급 멤버십 칩으로 격상되었고, M4-AL293이라는 코드 번호를 부여받았었다. 도호재가 보유하고 있는 칩이 4급 멤버십에 가입함에 따라 도호재 또한 4급 거주지에 숙소를 배정받았으나, 메르라 말투와 4급처럼 행동하는 모습이 익숙하고 자연스러워질 때까지 최태영의 개인 사무실에서 혹독하게 연습하느라 여지껏 배정받은 거주지에 들어가서 자본 적이 없었다.

"시비 털지 말고 대충 처리나 해줘임요."

도호재는 도무지 입에 잘 붙지 않는 단어와 말투를 구사하며 심사 담당자의 말이 귀찮은 척 애써 표정을 관리했다.

심사 담당자는 도호재의 말투에 얼굴을 구기더니 잠시 기다리라며 창구 뒤편으로 사라졌다.

정석적인 방법으로 작업소에 속하여 멤버십 가입금과 유지비를 지불하며 반영구적으로 3급 멤버십에 가입하는 게 아니라, 터무니없이 비싸고 거주지만 한 단계 높여서 변경하되 각종 혜택은 기존의 멤버십 등급 그대로 유지되는 체험판 멤버십 심사였다. 최태영은 신청한 체험 멤버십 등급보다 한 단계 낮은 등급의 멤버십 가입자라는 자격과 제출한 돈의 액수만 맞으면 심사가 빠르게 처리된다고 했다. 말만 심사지, 신청하고 자격만 맞으면 바로 승인 처리해 주는 간단한 절차였다. 게다가 멤버십 등급이 정식으로 격상되는 게 아니라 단지 과시용 사치품의 일환으로서 인식되고 취급되는 종류의 상품인 만큼 깐깐한 심사나 복잡한 절차는 점차 간소화되고, 비용만 점진적으로 오르는 추세였다.

"멤버십 코드 번호 확인요."

자리로 돌아온 심사 담당자는 혀를 차더니, 창구 맞은편에 앉아서 손가락을 까딱거렸다.

도호재가 창구 가까이에 얼굴을 가져다 대자 담당자는 살가죽에 밀려 반쯤 감긴 눈으로 코드 감식기에 뜬 번호를 확인했다. 그는 앞에 놓인 패드에 도호재의 멤버십 코드 번호를 옮겨적었다.

"돈은. 입금했음요?"

4급 멤버십 가입자들에 물든 말투와 피곤함이 뚝뚝 묻어나는 목소리에 도호재는 짐짓 여유로우면서도 사치를 부리는 자신에 취해 있는 것처럼 거만한 목소리로 그렇다고 답했다.

심사 담당자는 오랫동안 자리에서 일어나지 않아 손이 저린지 왼손으로 오른손 손바닥을 힘주어 누르며 패드 화면만 빤히 바라보고 있었다. 그러다 그는 창구를 감싸고 있는 벽 너머, 도호재가 확인할 수 없는 곳에 위치한 또 다른 화면을 확인하는 듯이 무언가를 한참 동안 살폈다.

그는 곧이어 흉측하게 부어오른 이마를 문지르며 불만족스러운 한숨을 내쉬었다.

"이 정도 돈이 어디서 났는지 알아야겠는데요. 4급 멤버십에 가입한 지 좆도 안 됐다고 뜨거든요. 엔바디 사회의 돈을 빼돌린 거면 사회질서 교란죄로 경비에 끌려가는 거임요."

도호재는 초조하게 손바닥을 허벅지에 문질렀다. 그는 옆의 창구 앞에 앉아 있는 메르라도 알아차리지 못할 정도로만 손을 살짝 문지르고 허벅지에서 조심스럽게 떼어냈다.

그는 5급 멤버십에 가입하기 전부터 열심히 일해서 모은 돈을 4급 멤버십에 가입하고 나서야 전부 모았다고 대답할 요량으로 입술을 달싹였으나, 심사 담당자의 이어진 말에 다시 입을 꾹 닫았다.

"이제 보니까 멤버십 코드 번호가 M4-AL293라면, 원래는 M5-AL 어쩌구였다는 말이죠. 팔이랑 다리도 흉이었나 본데, 다 나았나 봐요? 어떻게 나았지?"

담당자는 이마를 문지르던 손에 기름기가 묻은 걸 확인하고 유니폼에 기름기를 닦아냈다.

"존나. 궁금한 것도 많나 봄? 돈의 출처가 궁금하면 저쪽에 있는 제복 입은 분께 여쭤봐요."

이러다가 멤버십 코드 번호의 원소유주가 팔이 잘려나가고 다리는 썩어 문드러졌었다는 기록을 발견하기라도 한다면 상황을 적당히 얼버무릴 수 없다는 생각에 도호재는 다급히 어설픈 욕설을 끼워 넣어 아무렇게나 지껄였다. 그의 입에서 나오는 독특한 말투는 도무지 입에 붙지 않았고, 그 탓에 도호재는 얼굴이 홧홧하게 달아올랐다.

심사 담당자는 심각한 부정교합이 있는 5급처럼 턱을 움직이며 머뭇거리다 제복을 입은 예은을 호출했다. 제복을 입고 과할 정도로 곧게 앉아 있던 예은은 자신을 호출하는 소리를 듣자 앉아 있던 자리에서 일어났다. 창구로 다가오는 발걸음은 각도기로 잰 듯이 절제되어 있었다. 예은은 자리에서 일어나며 구겨진 제복을 당겨 폈지만, 가까이서 보니 제복 상의 하단과 하의의 상단에는 여전히 구겨진 자국이 크게 남아 있었다.

"용건은?"

예은은 턱 끝을 위로 향한 채로 심사 담당자를 내려다보다 그곳에서 근무하던 직원이 가져다준 의자에 한쪽 다리를 꼬고 앉았다. 도호재가 앉아 있는 등받이도 없이 허름한 삼발이 의자와는 달리 등받이도 있고 멀끔하게 닦아서 보관한 가죽 의자였다.

"아, 그. 미안, 아니지. 죄송해요. 이쪽 심사를 하는데 자금의 출처로 지목해서 호출했어요. 딱 한 번만, 죄송하지만, 코드 번호를 확인해도 괜찮을까요?"

심사 담당자는 죄송하다는 말이 꼭 포함되어 있어야만 예은에게 말이 전달되는 것처럼 말을 더듬었다.

"다시, 공손하게."

"아, 넵!"

예은은 등받이에 기대지도 않고 꼿꼿하게 앉아 있었다.

심사 담당자는 튀어 오르듯이 자리에서 일어나서 창구 벽 너머를 가로질러 달려갔다. 창구와 대합실을 연결하는 유일한 통로를 빠져나온 심사 담당자는 차라리 무릎을 꿇었으면 시야가 더 높았을 정도로 허리를 굽신거리며 손을 비볐다. 도호재를 대하던 태도와는 영 딴판이었다.

"그럼, 정말 죄송하지만, 확인 부탁할게요."

담당자는 멤버십 코드 감식기를 양손으로 공손하게 잡고 여전히 허리를 한껏 구부린 채로 예은의 멤버십 코드를 확인했다.

"네네, 확인했음요. 죄송해요, 감사해요."

심사 담당자는 허리의 연골이 순식간에 닳아도 이상하지 않을 것처럼 격정적으로 몸을 앞뒤로 흔들며 감사 인사를 전했다. 그는 나머지 절차를 마무리하기 위해 예은에게 양해를 구하고 다시 창구 건너편으로 달려갔다. 담당자는 패드에 이것저것 적어넣으며 도호재와 예은을 곁눈질하다 예은에게 조심스럽게 말을 건넸다.

"그, 이 자식 데려가서 재미 좀 보려나 봐요."

담당자는 비굴하게 얼굴을 찡긋거렸다.

"이쪽은 4급 주제에 호강해요. 이제는 평소에도 나 같은 3급 거 주민들과 즐길 수 있을 테니, 복에 겨웠죠. 누군 심지어 3급인데도 작업소 위치 때문에 4급에서 지내고 있는데 말이죠. 게다가 2급인 이분이 종종 찾을 거 같은데. 아, 나랑도 즐길 수 있으면 개좋은데. 3급 멤버십 가입자에게 제공되는 거주지면, 8인실이죠. 8인실이면 딱 적당해요. 정신없이 즐길 수 있어요. 2급분과도 이 즐거움을 나눌 수 있다니, 상상만 해도 존나 꼴리네요."

처음에는 예은에게 조심스럽게 말하던 심사 담당자는 막상 생각하니 도호재가 부러우면서도 간밤에 자신의 숙소에서 단체로 뒤엉켰던 난잡한 행위가 떠오르는지 점점 초점이 흐려지며 느물느물한 미소를 지었다.

도호재는 담당자의 구역질 나는 언행에 소름이 끼쳤다. 그러나 불쾌감을 드러내야 하는지 자신도 기대하는 중이라고 답해야 하는지, 어떤 반응이 4급 멤버십 가입자로서의 옳은 반응인지 알 수 없었기에 얼굴만 굳힐 뿐이었다. 그런 그를 제치고 예은이 천천히 고개를 끄덕였다.

"확실히, 얼굴이 이 정도라면 다른 연놈들이 채가기 전에 데려가야지. 제로 님들께서도 아직 발견하지 못하셨으니."

예은의 긍정적인 대답에 심사 담당자는 흥분감을 감추지 못했으나, 예은이 표정을 딱딱하게 굳히자 음흉하게 빛나던 그의 눈동자는 삽시간에 두려움으로 뒤덮였다.

"그런데 나까지 엮어서 상상하다니. 선을 넘었어. 그쪽이야말로 사회질서를 교란하고 있군, 그래. 4급에 물든 3급 주제에 나를 모욕해?"

"아니에요! 모욕이라니요! 내가 멍청했어요! 내가 뭘 알고 말했겠어요. 난 아무것도 알지 못해요! 죄송해요, 죄송해요, 죄송해요! 정말 죄송해요! 경비에게 신고하지 말아 줘요! 난 사회질서를 사랑하고 사회질서를 지키기 위해 무엇이든 할 거예요! 사회질서가 나고 내가 사회질서예요! 사회질서에 해를 끼칠 만한 행동은 생각조차 해본 적 없어요!"

사회질서 교란이라는 말을 듣자 심사 담당자의 통통 부은 얼굴에 핏기가 싹 가시며 허옇게 질렸다. 그는 양손을 좌우로 빠르게 흔들면서 자신이 무슨 말을 하고 있는지도 잘 모르는 것처럼 횡설수설했다. 그의 모습은 도호재에게까지 공포감이 전달되기에 충분했다. 담당자는 다닥다닥 붙은 옆 창구에 있는 메르라들의 귀에 사회질서 교란죄에 해당하는 자신의 행동과 지금의 상황이 흘러들어가는 일을 막기 위해 작은 목소리로 정확한 발음을 내고자 필사적으로 노력했다.

예은은 담당자의 절박한 해명이 끝나기도 전에 그의 말을 짓누르고 그 위에 자신의 말을 얹었다.

"나를 비롯한 지금의 상황을 입에 담는 순간 넌 다른 버러지들의 머리에 사회질서를 교란하는 행위를 전파했다고 판결 날 거다. 아무리 멍청해도 사상죄의 적용 구조는 알고 있겠지. 똑같이 생각하도록. 이렇게 설명해 줘도 이해할 수 없을 정도로 지능이 딸린다면, 지금의 일을 떠올리기만 해도 경비에게 끌려가서 제로 님들의 이름으로 가혹한 처벌을 받을 거라는 사실만 기억해 둬라."

예은은 의자에서 일어나 담당자가 걱정하지 않아도 된다고, 아예 오늘 일은 잊어버리겠다며 고개를 빠르게 끄덕이는 걸 확인하고서 창구의 벽을 주먹으로 내리쳤다. 심사 담당자는 화들짝 놀라더니 덜덜 떨리는 목소리로 절차가 완료되었으니 떠나도 된다고 말했다. 그는 두껍게 부은 손으로 간신히 식은땀을 닦아내고 있었다.

"일어나."

예은은 도호재의 머리를 손끝으로 눌러 힘주어 밀어버리고 멤버십 체험 신청자 심사장의 출입구로 향했다.

가만히 앉아 있다 영문도 모른 채로 옆으로 밀려난 도호재는 창구 너머의 심사 담당자를 확인하고서 예은의 뒤를 쫓아 발걸음을 옮겼다.

둘은 출입구를 빠져나와 소란에서 멀어졌다. 심사 담당자의 더러운 언행이 옅어질 때쯤, 도호재는 예은에게 하는 말이 아닌 것처럼 앞을 주시하며 입을 열었다.

"연기가 자연스러워서 놀랐습니다."

예은 역시 도호재 방향으로 고개를 돌리지 않고 입술만 달싹였다.

"연기는 아니에요. 이게 제 기본 행동 지침이니까요. 저 2급 멤버십 가입자예요. 2급이라면 4급 정도는 휘어잡을 줄 알아야죠."

예은은 입에 넣은 알약이 터진 것처럼 텁텁하게 말했다.

도호재는 심사장에서 머리를 밀친 건 미안했다며 사과하는 예은에게 신경 쓰지 말라고 답하며 말을 이었다.

"메르라 거주 구역에서 사는 모두는 섹스에 미쳐 있는 것 같습니다."

도호재는 자신이 처음 메르라 3급 거주 구역에 당도했을 때 골목에서 보았던 난잡한 장면과 이를 당연시했던 연지의 반응, 메르라 거주 구역 곳곳에 붙어 있는 섹스 관련 표어나 전광판 화면, 4급 거주 구역에서 흘러나오는 섹스 관련 방송, 5급 거주 구역에서는 거리에 널린 버튼만 누르면 생생하게 들리던 외설적인 소리, 황미선 섹스/양육 전문가의 강연 내용, 거리에서 배부하는 각종 섹스 용품, 그리고 조금 전 심사 담당자가 더럽게 추억했던 미지의 장면을 떠올렸다.

"눈을 떴을 때 내가 제로가 되어 있는 게 아닌 이상 가장 짜릿한 일이니까요. 눈을 뜨면 어제와 똑같은 업무를 봐야 하고, 모든 걸 제공해 주는 것에는 제로에게 감사하지만, 일상 속에서 받는 스트레스를 해소할 방법이 마땅치 않아요. 스트레스를 해소할 수 있는 무언가를 하려 해도 2급에서 4급은 실행할 수 있는 시간도 주어지지 않고요."

예은은 그래도 자신은 나름 특별 대우를 받는 편이라고 덧붙였다.

"아무튼, 그렇다고 해서 누군가에게 이유 없이 스트레스를 퍼부으면 사회질서를 교란한다고 중죄로 분류되어 처벌받으니까 스트레스를 해소할 방법도 여건도 되지 않아요. 그런데 섹스만큼은 제로 측에서도 장려하는 쾌락 행위예요. 거주지에 돌아가면 얼마든지 즐길 수 있고, 거리에서도 통행에 방해되지 않도록 구석만 찾는다면 스트레스를 쉽고 빠르게, 그리고 효과적으로 해소할 수 있죠. 게다가 제로가 공인한, 사회질서를 넘어서 사회를 유지하는 데 도움이 되는 행위라니요. 더할 나위 없이 좋은 향락 행위이자 스트레스 해소책, 사회에 기여하고 있다는 만족감을 주는 행위인 거죠. 특히 4, 5급 가입자는 섹스에 유달리 광적으로 집착한다고 말할 수 있겠네요. 3급 가입자는 가끔 접할 수 있는 저작식 식단에 집착하는 경우도 있을 테니까요."

예은은 주변에 누군가가 지나갈 때마다 입을 굳게 다물고 허리를 꼿꼿하게 세웠다.

"그럼 지금처럼 마음에 드는 하급 멤버십 가입자에 거금을 들여서 멤버십 체험 신청을 하게 만드는 일이 흔합니까?"

심사 담당자가 곧장 이야기를 꺼내는 걸 보면 이전에도 겪어본 적이 있는 것 같았다.

도호재의 의문에 예은은 마주 보며 다가오던 이가 지나가서야 대화를 이었다.

"있긴 있더라고요. 멤버십 체험 신청 자체가 흔한 일은 아닌 데다 거금을 들이면서까지 굳이 하급 멤버십 가입자와 섹스해야 할 필요성도 못 느끼고, 거금을 지불할 수 있는 능력이 있는 멤버십 가입자가 애초에 몇 없어서 빈도수가 높지는 않지만, 그래도 몇 건 정도는 기록이 존재하고 있는 걸 확인했어요."

도호재는 이들의 문화가 여전히 낯설게만 느껴졌다.

각각 3, 4급 멤버십에 가입한 최태영과 종철도 예은의 말에 해당하는지 잠깐 고민한 그는 무례한 생각을 하는 것 같아 생각의 방향을 틀었다.

"메르라 멤버십 가입자끼리도 대우가 이렇게나 차이 납니까? 그저 제로로부터 보장받는 복지의 수준이 다를 뿐이라고 알고 있었습니다만, 심사 담당자나 예은 씨가 취한 태도를 보면 그렇지만은 않아 보입니다."

예은은 고개를 끄덕였다.

남청색 유니폼을 입고 걸어가는 예은의 맞은편에서 걸어오던 두 남녀가 예은을 힐끗거리며 귓속말을 하고 있었다. 도호재가 3급 멤버십 가입자에게 제공되는 유니폼을 입고 4급 거주지를 돌아다녔던 때와 비슷한 눈빛, 어쩌면 그때보다도 강렬한 반응이었다. 그들의 행동은 4급 거주 구역과 어울리지 않는 예은의 복장을 지적하며 조롱하거나 따돌리며 배척한다기보다는 오히려 선망, 부러움, 질투가 뒤섞여 예은이 자신들을 봐주기를 바란다는 느낌이 강했다.

"따지자면 복지의 수준이 다른 게 전부죠. 그래도 그 말만으로 모든 걸 설명할 수는 없어요. 멤버십에 가입하기까지의 노력과 능력, 가입한 멤버십의 등급에 따라 제공받는 복지가 다름으로써 달라지는 주거지의 질, 이런 건 전부 내가 저들보다 뛰어나거나 열등하다는 증거니까요. 결과가 다시 원인으로 돌아가는 거예요. 계속해서 순환되다 보면 차이가 열등과 우등으로 나뉘는 거죠. 자연스럽게 멤버십 등급에 따라서 우러러보거나 깔보게 되는 거고요."

맞은편의 남녀가 근처를 지날 때 예은은 잠시 말을 멈추고 고개를 빳빳이 들며 그들을 지나쳤다. 예은의 모습에서는 2급 멤버십 가입자의 명예를 실추시키지 않아야 한다는 소속감이 엿보였다. 도호재는 예은이 엔바디 사회의 구조의 허점과 거짓된 정보를 교육하는 행태에 대해 비판적인 시각을 가지고 있으면서도, 앞장서서 2급 멤버십 가입자로서의 위엄을 세우는 모습이 모순적으로 느껴졌다.

"굳이 이렇게까지 해야 하는 건지 이해하기 어렵습니다."

예은은 다시금 작게 고개를 끄덕였다.

"도호재 씨가 제로라서 그럴 거예요. 제로와 메르라의 차이가 무엇보다도 극명한데, 메르라 멤버십 사이에서도 이 정도로 차등을 둬야 하나 싶은 거죠."

거리에는 나지막이 수군거리는 소리가 퍼졌다.

"막상 메르라 멤버십에 가입한 이들의 입장은 달라요. 제로와 극명한 차이가 있으니 메르라 멤버십 사이에서도 내가 더 우월한 위치에 서 있다는 걸 공고히 하고 싶은 게 아니겠어요? 특히 전부

한 단계 차이라고 해도 5급과 4급이 가장 격차가 심하고, 2급과 3급 사이에도 뚫기 어려운 벽이 있죠. 추락하기는 쉬워도 기어오르는 건 불가능에 가까워요. 그중에서도 3급과 4급 멤버십은 그나마 왕래가 쉽다는 인식이 강하기에 오히려 3급 멤버십 가입자들이 위기의식을 느끼고 단체로 4급을 단체로 배척하는 분위기가 형성되는 거죠. 나는 등급의 숫자가 다른 저들과는 확실히 다르다는 걸 보여주고 싶은 거예요."

예은은 거리의 작은 소음을 의식한 건지, 목을 길게 빼냈다.

도호재는 예은과 처음 만났을 당시 예은을 격분하게 만들었던 상황을 떠올렸다. 자신이 제로이기에 누구보다도 뛰어나고 모든 것을 다 알고 있다고 믿고 있었지만, 오히려 제로이기에 이해할 수 없는 상황이나 받아들이기 어려운 지식도 있다는 걸 예은을 통해서 알게 되었었다.

"도호재 씨를 탓하는 건 아니에요. 도호재 씨는 그저 제로로서 그렇게 교육받아 오셨다는 거죠."

예은이 도호재를 달래듯이 덧붙였다.

어쩌면 예은이 자신을 처음 만났던 순간에 격분했던 이유와 당시에는 그조차 몰랐지만 지금 생각해 보면 허울뿐이었던 사과를 별다른 의심도 없이 쉽게 받아준 이유, 그리고 현재 자신과 우호적인 관계를 맺고 있는 이유가 전부 도호재가 제로 출신이기 때문은 아닐까 하는 억지스러운 생각이 들었다.

"제로 출신이면 뭐합니까. 누구도 알아서 대우해 주지 않습니다. 허울뿐인 제로도 아니고 그저 내면만 제로로 물든 기이한 사회 구성원이 됐을 뿐입니다. 완벽하게 어울리지는 못한 채로 기시감만 극대화하는 부적응자 말입니다."

"에이, 심각하게 생각하지 마세요. 심사 담당자가 괜히 딴지를 건 것도 다 도호재 씨가 쓸데없이 화려하게 생겨서 이런 일이 생긴 게 아니겠어요? 머리를 덥수룩하게 길러서 얼굴을 가리고, 고개도 좀 숙이고 다니세요. 제로 티 팍팍 내면서 다니지 말란 말이죠. 아무리 3급, 4급 멤버십 가입자에게 지급되는 옷을 입어봤자 조금만 대화를 나누거나 관찰하면 언제나 메르라 멤버십에 속했던 자신들과 도호재 씨는 뭔가 다르다는 걸 다들 느낄걸요? 제로가 이곳에 있을 거라고는 미처 생각하지 못할 테니까 도호재 씨에 대한 불쾌감이 극대화되는 데 그치겠지만요."

예은은 실없이 웃으며 팔꿈치로 도호재의 옆구리를 가볍게 찔렀다.

"최태영 씨 개인 사무실에 놔둔 짐이나 챙기러 가시죠. 3급 거주 구역 정도라면 그래도 몸을 누일 수 있을 정도는 될 거예요."

최태영의 사무실이 있는 건물에 도착한 예은은 아직 위장용 서버와 업로드할 파일을 완성하지 못했으니 바로 돌아가야겠다며 도호재에게 인사를 건네고 몸을 돌렸다.

예은과 인사를 나누고 건물 내부로 들어온 도호재는 엘리베이터의 버튼을 누르고 세 걸음 정도 뒷걸음질 쳤다.

노후한 엘리베이터는 위아래 층으로 움직이거나 문이 진동하며 가까스로 반쯤 열릴 때마다 고막을 날카롭게 찢고 들어오는 소음이 발생했다. 끔찍한 소음에 비례하는 만큼 느린 속도를 자랑하기도 했다.

좁다란 통로의 벽에 기댄 도호재는 일상이 전체적으로 이렇게 평화로워도 되는 건지 고민했다. 엔바디 사회의 문제점을 파헤치고 있노라면 그는 걷잡을 수 없이 분개했지만, 일상을 살고 있자면 엔바디 사회는 아무런 문제도 없이 돌아가고 있었다. 오히려 분개했던 자신의 반응이 과민했던 것처럼 기억되었다.

멤버십 초기화를 위해 움직이고 있는 지금도 그랬다. 하루하루 자신들이 꾸미고 있는 얄팍한 술수가 발각될까 두려움에 떨거나 사회의 모순이 개탄스러워야 한다는 생각이 들었지만, 도호재가 겪고 있는 현실은 정반대였다. 의식적으로 지금 하는 일의 의미가 무엇인지, 무엇을 목표로 하는 과정인지 생각하지 않으면 사회의 기본적인 규칙에 반하는 행동을 하고 있다는 사실을 잊을 만큼, 짧게 지나가는 단편적인 긴장감을 제외하면, 도호재의 전체적인 일상은 평화로웠다.

도호재는 철판을 이로 바득바득 갈아내는 듯한 소음을 감내하며 32층에 도착했다. 지시한 층수에 도착했음을 알리는 알림음과 함께 반쯤 열린 엘리베이터는 32층의 바닥보다 계단 한 칸 정도 아래에 도착해 있었다. 문틈 사이로 몸을 끄집어낸 그는 뜨겁게 정체된 공기가 가득 차 있는 복도를 지나 최태영 사무실 문의 손잡이를 돌려 열었다.

"아, 음, 도호재 씨?"

아무도 없을 줄 알았던 사무실에는 의외로 종철이 소파에 엉거주춤 앉아 있었다. 뙤약볕에 쉼 없이 걷다 이곳에 도착한 지 얼마 안 된 듯 그의 목덜미를 타고 무수한 땀방울이 거침없이 흘러내리고 있었다.

"아직 근무가 한창일 시간 아닙니까?"

도호재는 후텁지근한 사무실 문을 닫고 들어와 책상 위에 올려 두었던 최태영의 패드 화면을 켰다. 냉방 장치는커녕 창문이 없어서 환기도 되지 않는 사무실은 6월 말로 접어들면서 급격하게 올라가는 온도와 습도로 답답함이 가중되고 있었다. 본격적으로 한여름에 접어들면 사무실에서 1시간만 소파에 앉아 있어도 산소 부족으로 쓰러질 지경이 될 것 같았다.

"배달 지역으로 이동하던 도중 함께 이동하던, 뭐라 하더라, 아, 인력이 죽은 덕분에 잠시 정비 시간을 받았어요."

"함께하던 동료의 죽음을 직접 목격했다는 말입니까?"

종철의 대답은 전혀 예상치 못했던 내용이었다.

도호재는 최태영의 패드에 자신이 메모했던 파일을 5급 거주 구역에서 가져온 패드로 옮기는 작업을 하며 바삐 움직이던 손가락을 멈추었다.

"옆자리에 앉아 있다가, 창문 쪽으로 고꾸라지는 걸 보고, 숨이 붙어 있는지 확인하고, 그대로 작업반장에게 직접 보고하러 갔으니까요, 네, 그렇네요."

종철은 동료의 죽음을 목격한 사건과 그 이후 발생한 일련의 일을 덤덤하게 이야기했다. 정말 어렵게, 난생처음 저작식 식단을 접했다는 내용이라기보다는, 아침 식사로는 알약을, 점심 식사로도 알약을, 저녁으로도 알약을 먹었다는 지극히 일상적이고 당연한 말을 굳이 풀어서 얘기하는 모습에 가까웠다.

"충격이 크겠습니다."

도호재는 그를 과하게 걱정하지도, 아예 무관심하게 보이거나 무례하게 반응하지도 않을 적당한 말을 골랐다.

종철은 책상 앞에 우두커니 서 있는 도호재의 말을 듣고 눈썹을 위로 끌어 올리며 눈을 깜빡였다.

"충격이요? 1인분도 제대로 못 하는 인력이었어요. 작업반장도 그러더라고요. 노쇠한 바람에 생산력이 많이 떨어져서 최근에는 엔바디 사회에 도움이 된다기보다는 짐이 되는 메르라였으니 사회에, 음, 기여하는 명예로운 죽음이라고요. 이제 그 자리에 생산력 높은 인력이 들어올 수 있을 테니 환영할 죽음이죠."

도호재는 마냥 착해 보였던 종철의 매정한 말에 놀라움을 금치 못했다. 매정하다는 말로도 형용할 수 없었다. 사고구조 자체가 달랐다. 그는 오로지 사회에 도움이 되는 정도의 지표인 생산력으로만 누군가가 생존할 가치가 있는지를 판단하고 있었다.

"종철 씨는 슬픔이나 애통함, 비애, 애수, 비통함, 이런 감정은 못 느끼는 겁니까? 동료를 애도할 마음이 티끌도 들지 않는 겁니까?"

종철은 도호재의 질문이 당혹스러운 듯 땀이 흐르는 목덜미를 손끝으로 긁었다. 목덜미를 적시던 땀이 그의 손끝으로 옮겨가며 손까지 축축하게 만들었다.

"음, 배송지로 이동하던 인력이 갑자기 조용하니, 낯설?, 네, 낯설었어요. 슬픈 마음도 드는 거 같긴 한데, 덕분에 정비 시간도 받을 수 있었고, 위로금도 받을 수 있으니까요. 완전 슬프다기보다는 기쁜 소식, 희소식이라고 생각하고 있었어요. 그렇게 생각하고 내가 할 일을 제대로 할 수 있도록 잠깐이라도 마음 놓고 쉬는 게 사회와 모두를 위한 일이라고 다들 말하기도 했고요."

종철은 떨떠름한 표정으로 축축하게 젖은 손을 때 묻은 유니폼에 문질러 닦았다. 유니폼의 허벅지 부근에 손가락 끝 모양 그대로 반달 형태의 땀 자국이 스며들었다.

도호재는 종철의 바지에 남은 땀 자국이 멤버십 체험 심사장에 있던 반달 모양 창구와 똑 닮았다고 생각했다. 쉼 없이 이어지던 대화가 끊어지자 종철은 도호재의 눈치를 살피며 입을 열었다.

"저기, 인력이 바뀌, 대체되는 상황이 슬퍼야 하는 거였나요? 도호재 씨에 비하면 부족한 게 많을 테니 내가 틀렸을지도 몰라요."

종철은 확신 없이 웅얼거렸다.

도호재는 자신이 느끼는 감정이 무엇인지 고민했다. 무엇이 옳은지 판단할 수 없고 제 생각에 확신이 없어 보이는 종철이 안쓰럽게 느껴진다기에는 이질적이고 낯선 것을 볼 때 느껴지는 불쾌한 감정이 섞여 있었고, 그렇다고 종철이 자신의 눈앞에서 사라졌으면 좋겠다고 말하기에는 그의 도드라진 불안정성이 측은하게 느껴졌다.

"…감정에는 당위가 없습니다. 종철 씨가 그렇게 느낀다면, 그런 겁니다. 내가 아는 사고방식과는 차이가 있을 뿐입니다."

도호재는 말을 하는 동시에 자신이 내뱉고 있는 말을 부정했다. 이는 허울 좋은 위로일 뿐, 옳은 내용이 아니었다. 감정에는 상황에 따라 마땅히 느껴야 할 당위가 있었다. 자신의 실수에 대해서는 부끄러운 줄 알아야 하고, 사회 구성원이 합심하여 구축해 둔 질서와 규칙을 누군가가 독단적으로 교란하는 행위를 목격하면 분노를 느끼는 게 옳았다. 함께 일하던 가까운 동료의 죽음에 대해서는 슬퍼하고 애도하는 게 마땅했다.

종철과 도호재의 차이는 성격의 차이라고 단정 지을 수만은 없었다. 종철은 단 하루의 쉼도 없이 엔바디 사회의 운용을 위해 일한다. 그러던 중 동료의 죽음 덕분에 의도치 않은 휴식 시간을 얻을 수 있었고, 그 동료는 생산력이라는 제 기능을 하지 못하는 사회의 짐이자 다른 메르라의 자리를 뺏는 메르라였다. 특히 죽은 동료 또한 생산력을 일정 부분 창출할 수 있었기에, 그의 능력을 인정받았기에 4급 멤버십에 가입할 자격을 얻을 수 있었을 터였다. 노쇠한 지금에 이르러서는 4급에 속할 자격을 잃은 파렴치한 이 작업장에 뻗대고 있었던 상황이었을 것이다. 이런 전제를 바탕으로 종철과 같은 상황, 같은 환경에 노출되어 있었던 집단인 4급 멤버십 가입자가 동료의 죽음을 마주했다면, 종철을 포함한 4급의 동료들 또한 자연스럽게 업무로부터의 해방감과 마땅히 죽어야 할 동료가 자리를 비워줬다는 일종의 졸렌적 사고, 4급 멤버십의 자격을 한층 높이는 동시에 사회에 기여할 수 있는 자들만이 4급 멤버십에 가입한다는 자부심과 같은 감정을 느끼는 게 당연했다. 그에 반해 도호재는, 도호재가 속한 사회에서는 가까운 동료나 지인, 가족의 죽음에 상실 외의 소득은 없으니 그저 그들의 죽음을 애도해야 마땅한 일이었다.

도호재는 친어머니의 죽음, 그리고 죽음을 선택해야만 했던 그 순간이 자꾸만 떠올랐다. 지금 자신이 느끼는 감정과 생각하는 흐름이 그때와 별반 다르지 않다는 생각이 들며 시퍼런 슬레이트 지붕 아래에 방치되어 있을 끔찍한 악취가 자신의 몸속 깊숙이에서부터 스멀스멀 기어 올라오는 것만 같은 감각에 사로잡혔다.

도호재는 축축하게 젖은 손을 비비듯이 쥐었다 펴며 땀을 없애려 노력했다. 그새 어두워진 패드의 화면을 다시 켜기 위해 비밀번호를 입력하려 했지만, 손가락에 서린 물기로 인해 터치에도 어려움을 겪었다.

"그래도 작업소 차원에서 직원의 죽음에 나름의 애도를 표하기는 하는 것 같습니다. 위로금과 개인 정비 시간을 주는 걸 보면 말입니다."

한참이나 침묵을 지키던 도호재를 살피며 불편하게 앉아 있던 종철이 도호재의 말에 고개를 내저었다.

"예? 아, 개인 정비 시간은 아니에요. 트럭 정비 시간이죠."

"그럼 트럭 정비가 끝나면 그 즉시 업무에 복귀하는 겁니까?"

종철은 의아하게 되묻는 도호재의 말이 말 그대로 상식적인 사안이기에 딱히 설명할 말이 없다는 듯이 괜히 이것저것 관련된 말을 갖다 붙이기 시작했다.

"그렇죠. 떠도는 소문에 의하면 예전에는 인력이 갑자기 바뀌, 아, 자꾸 이러네, 대체되어야 할 상황이 되면 하루 정도는 업무를 보지 않았다고 들었어요. 그러다가 제로 측에서 1일의 비번을 지급하는 방안과 3일 치 임금을 위로금으로 지급하는 방법 중 선택지를 고르라고 해서 당시 작업자들이 3일 치 임금을 달라고 했었다고 하더라고요. 그래서 원래대로라면 누가 죽든 말든 일을 계속해야 했는데, 인력이 왜 죽었는지도 제대로 밝히지 않고 공장을 다시 돌리니까 같은 이유로 작업자가 계속 죽었다더라고요. 그래서 그 뒤로는, 음, 사인을 밝히고, 예를 들어서 가스관 새는, 누수가 원인이었으면 가스 밸브를 잠그는 것처럼 작업장을 재정비한 뒤에 다시 업무를 보기로 했대요."

종철은 한 손으로 1을 표시하고 다른 손으로는 3을 표시했다. 그는 1과 3중에 무엇이 더 큰 숫자인지는 자명하다는 듯이 3을 표시하고 있는 손을 방정맞게 흔들었다.

"트럭 정비 시간을 받았다는 말도 같은 맥락에서입니까?"

"아마도요? 사인이 무엇인지 밝혀내고, 제대로 정비하지 않으면 인력을 또 잃게 될지도 모르니까요. 업무에, 그, 차질이 생기면 사회질서를 유지하는 데 문제가 생기잖아요. 그거야말로 중죄죠. 도호재 씨도 그렇게 생각하죠?"

313
개미지옥

종철은 도호재의 기준에 맞지 않은 발언을 했던 이전의 실수를 반복하지 않으려는 듯이 도호재의 의사를 확인했다.

"…사회질서를 해치지 않도록 행동하는 게 상식이긴 합니다."

도호재는 공감을 끌어내려는 종철이 점점 더 이질적으로 느껴졌다.

종철은 외부적으로 표현된 도호재의 동의로 시름을 덜었는지 뒷말을 편하게 이었다.

"급전이 필요한 몇몇은 빨리 아무나 죽었으면 좋겠다고 말하긴 하는데, 나는 그건 좀 꺼림칙하다고 생각했어요. 내가 죽을 수도 있잖아요. 저번 달에는 인력 하나가 쓰러졌는데 바로 옆에 있던 인력이 신고하지도 않았다고 하더라고요. 쓰러진 인력이 그대로 죽는다면 위로금도 받고 작업장 정비 시간도 확보할 수 있으니까요. 결국, 쓰러진 인력은 죽었지만, 사인을 조사하다가 기능하지 못하는 인력을 방치한 게 들통나서 방치한 쪽은 처벌받았죠. 이대로 두다가는 서로가 쓰러지기만을 기다리며 쓰러진 인력을 방치하여 죽이다 공장을 돌릴 인력이 남아나질 않을 테니까요."

진지한 종철의 어조에 속이 울렁거렸다.

그래도 원할 때는 감정을 마음껏 표현하되 예를 차릴 때는 표정을 갈무리해야 한다며 혹독하게 교육받았던 시절이 갑자기 사라질 리가 없었다. 종철이 본 도호재는 그의 말에 깊이 공감하며 경청하는 것처럼 보였다.

"인력들 사이에, 그, 규칙은 아닌데 규칙인, 아, 불문율처럼 퍼진 말이 있어요. '죽을 것 같으면 작업장으로.' 하나가 죽으면 작업장을 점검하느라 길게는 반나절 정도 쉴 수 있게 해주니까요. 밤에 죽었, 음, 부고가 들려오면, 다음날 출근했을 때 작업반장 몰래 나누는 이야기는 정해져 있죠. '출근 시간이나 정오쯤까지 버티다가 작업장에서 죽지, 끝까지 무능한 인력 같으니라고.' 매번 반복되는 이야기지만, 언제나 안 나올 수 없는 말이에요. 밤에 들린 부고는 안타깝고 원망스럽고, 낮에 들린 부고는 행복한 소식이죠."

"이해합니다."

도호재는 진심을 담아 말했다.

이질적이면서도 파렴치한으로 보였던 종철이, 조금이지만, 다시 친근하게 느껴졌다. 여전히 종철의 이야기에 공감하기는 어려웠다. 그럼에도 본인이 종철이었다면, 종철의 삶을 살고 종철이 속해 있는 곳에 함께 속하며 그곳에서 주변 이들과 교류했더라면 동료와 사회를 위하는 진정으로 선량한 마음을 가지고서도, 오히려 진심으로 이들을 위하는 마음에서 비롯된 종철의 말들을 자랑스럽게 뱉고 있었을 거라는 생각이 들었기 때문이었다.

도호재는 책상 위에 놓인 패드로 시선을 옮겼다.

"간만에 휴식 시간을 얻었으니 이곳에서 푹 쉬십시오. 때마침 이곳을 비울 참입니다. 3급 멤버십 체험 심사가 통과되어 짐을 옮기고자 들렀습니다."

도호재의 말에 종철은 난처한 웃음을 지었다.

"시간이 떴으니 조금이라도 준비하는 일을 거들까 해서 들렀는

데, 아무도 없더라고요. 앉아서 조금 생각해 보니 다들 계획 준비로 바쁜데 나만 아무것도 돕지 못하고 있는 것 같다는 생각도 들었어요. 음, 아무래도 4급 멤버십에 가입할 정도라면 특별한 재능이나 능력은 없는 거니까요. 그래서 할 일을 맡길 수 없다는 것도 잘 알아요. 아, 쓸데없는 일을 벌일까 걱정은 안 해도 돼요. 주제 파악을 잘하거든요."

종철은 괜히 소파의 너덜너덜한 주름을 만지작거렸다.

"종철 씨는 유달리 체격이 좋지 않습니까. 나보다도 말입니다. 계획이 본격적으로 시작되면 종철 씨는 제로 거주 구역에서 누구보다도 도움이 될 겁니다."

종철의 멋쩍은 움직임을 힐끗 본 도호재는 최태영의 패드에 작성해 둔 마지막 파일을 옮기며 대꾸했다.

"큰 체격이 도움이 되나요?"

"아무리 은닉형 범죄를 계획하고 있다고 해도, 마찰이 생기면 그때는 은닉이고 지위고 뭐고 다 던져버리고 난투를 벌여야 할 겁니다. 원초적인 싸움이 된다면 타고난 체격만큼이나 유리하게 작용하는 게 없습니다. 그런 점에서 종철 씨는 이미 자격을 갖추었지 않습니까?"

마지막까지 발각되지 않을 수 있더라도 최소한 최태영이 멤버십 데이터를 초기화할 때까지 아버지를 막는 역할이 필요했다. 도호재가 이 역할을 자처할 수도 있었으나, 아버지 하나를 막는 데 2명이 합세하면 성공 확률을 높일 수 있을뿐더러, 그보다는 사실 자신이 직접적으로 아버지를 거역한다는 게 두려웠다. 정석의 길을 걷고 있는 아버지를 거역한다는 건 반드시 옳지 않은 일이라는 생각에, 중요한 순간에 이르러 머뭇거릴 것만 같았다. 엔바디 사회에 모순이 많다는 걸 뼈저리게 알고 있는 와중에도 세포 하나하나에 뿌리내린 제로의 교육과 본능이 도호재의 뇌를 결박하고 있었다.

"한 번도 장점이라 생각해 본 적 없어요. 어렸을 때는 덩치가 커서 사회의 식량을 몰래 축내고 있다고 오해를 많이 받았었고, 멤버십에 제대로 가입하고 나서는 나만을 위해 멤버십 유니폼을 따로 만들어야 해서 쓸데없는 노동을 시키게 만든다고 여기저기 눈치를 많이 봐야 했거든요. 4급 멤버십에 가입하게 해준 것도 감사할 정도로 사회에 폐를 끼치며 살아왔다고 생각했는데, 이제는 도움이 된다니 말이라도 기쁘네요."

종철은 쑥스러운 듯이 입꼬리를 죽 늘렸다.

"입에 발린 소리는 하지 않습니다. 그러니 마음을 써줬다며 감격하는 일은 관두십시오."

"아, 네. 도호재 씨가 의도하지 않았더라도, 더 고마운 말이네요."

도호재는 자신의 말을 진중하게 듣지 않는 듯한 말투로 진심을 담아 고맙다고 하는 종철이 짜증 났다. 그가 자신의 말을 격 없이 아양 떠는 말로 지금보다도 더 격하시켰다면 당장 그만두라고 외쳤을 테지만, 때마침 종철은 슬슬 트럭 정비 시간이 끝나간다며 자리에서 일어났다.

그는 도호재와 인사를 나누고, 복도에 누군가 지나가지는 않는지 확인하고서 복도 끝의 계단으로 향했다.

도호재는 종철과 대화를 나누느라 잠시 제쳐두었던 일을 재개했다. 그는 최태영의 패드에 있던 모든 기록을 깔끔하게 삭제하고, 꽂혀 있던 메모리칩을 제거하고서는 최태영이 구해둔 새 메모리칩으로 갈아 끼웠다.

그간 최소한의 짐만 챙겨서 이동한 데다 이곳에서도 최태영이 지급받은 물품을 빌려서 썼던 터라 챙길 짐이 많지도 않았다. 제로 거주 구역에서 메르라 3급 거주 구역으로 도망치듯 나올 때 가지고 왔던 가방을 다시 들자니 당시의 기억이 생생하게 나는 것만 같았다.

도호재는 마지막이 될지도 모를 사무실을 눈에 담았다. 습하고 답답한 공기가 가득 찬 밀폐된 사무실이었지만 어떤 곳보다도 아늑했었다는 생각에 그는 작게 한숨을 내쉬고서 문을 열었다.

"아씨, 놀라라."

문고리를 향해 손을 뻗고 있던 최태영이 깜짝 놀라 뒤로 물러났다.

"이제 3급 거주 구역으로 갈 건데 이곳에는 어쩐 일입니까?"

처음 왔을 때부터 방치된 티가 나던 사무실에 도호재가 짐을 빼는 지금 다시 방문할 이유가 있는지, 그가 왜 이곳에 있는지 알 수 없었다.

"안 그래도 짐을 뺀다길래 와봤어요. 개인 사무실이 별로 쓸모가 없어서 실물 책을 보관하는 용도로만 쓰고 방치하고 있었는데,

뭐, 누가 여기서 살게 될 줄은 몰랐었죠. 괜히 시원섭섭해서 와봤어요."

"그렇습니까."

의외로 감상적인 답이었다.

도호재는 어색하게 대꾸하며 최태영이 사무실로 들어갈 수 있도록 출입문에서 비켜주었다.

"예은 씨의 준비가 끝나면 나를 지정해서 담당의로 호출할 거예요. 그때 조수 자격으로 도호재 씨도 2급 거주 구역으로 호출될 테니까 멤버십 코드 번호 잘 기억하고 있으세요. 거주지 전광판에서 자기 앞으로 온 호출 메시지를 확인했을 때 도호재 씨 코드 번호인 줄도 모르고 지나쳐 버리면 안 되니까요."

도호재는 최태영의 당부에 걱정하지 않아도 된다고 짧게 답하고 사무실을 나섰다.

사무실 내부만큼이나 후덥지근한 대기를 가두고 있는 복도는 도호재가 엘리베이터를 향해 발걸음을 옮기는 소리로 가득 메워졌다. 한 발자국 디딜 때마다 복도에 고르게 분포해 있던 열기가 좌우로 갈라지는 바다처럼 양옆으로 밀려나는 듯했다. 도호재는 32층까지 엘리베이터를 끌어 올리기 위해 버튼을 누르며 엘리베이터의 현 위치를 확인했다. 1층에서 여러 명이 타고 있는지 위를 향한 화살표가 깜빡거릴 뿐, 엘리베이터가 올라올 기미는 보이지 않았다.

1층에서 엘리베이터를 기다릴 때와 마찬가지로 승강기로부터 두세 걸음 정도 물러선 도호재는 조금 전 최태영의 개인 사무실에서 마주한 친숙하고 선량한 종철의 이질성을 떠올렸다. 그러고 보니 종철은 최태영이나 예은과는 다르게 도호재를 유난히 어려워하고 그의 눈치를 살피는 경향이 강했다. 넷 중에서 가장 큰 몸집을 가지고 있음에도 불구하고 어딘가 주눅 들어 보이는 그는 말을 할 때 올바른 단어를 써야 한다는 강박증이 있는지 단어를 신중히 고르거나, 말하는 도중에도 단어를 고치는 습관이 있었고, 여태껏 자신의 의견을 강하게 피력하는 모습을 보지 못했다.

도호재가 잡다한 상념에 빠져 있는 사이 엘리베이터는 굉음을 내며 32층을 향해 천천히 올라오고 있었다. 32층이 건물의 최고층은 아니었으나 그래도 꽤 높은 층수에 속했다. 웬만한 이용객은 이곳까지 올라오기 전, 중간 층수에서 내려서 자신의 목적지를 향해서 바삐 이동했다. 도호재는 오늘 웬일인지 중간 층수에 멈추는 일 없이 단숨에 32층을 향해 올라오는 엘리베이터를 보며 처음으로 이곳보다도 더 위층을 향하는 인물이 타고 있다는 결론을 내렸다. 제로 거주 구역에 있었을 당시, 학교로부터 멀리 떨어진 곳으로 현장 체험 학습을 갔더니 그곳에서 연설하는 아버지를 우연히 만났을 때처럼 괜히 반가운 마음이 들었다.

안 그래도 느린 엘리베이터가 32층을 지나쳐서 더 위로 올라갔다가 다시 32층까지 내려오는 걸 가만히 서서 기다려야 한다는 사실은 이러한 반가움과는 별개였다. 도호재는 차라리 종철에 관한 판단과 생각을 정리할 겸 계단을 이용해야겠다는 결심에 32층에 가까워지며 점점 커지는 엘리베이터의 소음을 뒤로 한 채로 비상구의 문을 열었다.

32층 정도면 당연히 엘리베이터를 이용해서 건물을 이용하는 게 상식인지라 비상구에 들어서자 오로지 도호재가 내는 숨소리와 조금 전 열었던 출입문이 닫히는 소리만이 끝없이 펼쳐진 계단으로 이루어진 비상구의 정적을 깨고 있었다. 도호재는 이곳의 상식을 깼다는 생각이 들자 가벼운 헛웃음을 흘렸다. 고작 비상구 하나 이용하겠다는 결심으로 상식을 어겼네, 마네, 생각하는 자신이 어이없어서 뱉은 웃음은 후텁지근하면서도 공허한 층계를 치고 위아래로 잘게 퍼져나갔다. 공명하여 돌아온 헛웃음을 다시 들은 도호재는 아래층으로 향하려던 발을 멈추었다.

도호재를 포함한 넷이 하려는 일은 엔바디 사회의 모순에 대적하기 위해, 모순을 상식이라 유지하고 있는 체제의 뿌리부터 전복시키고자 계획을 세우고, 행동하고 있었다. 다시 말해 엔바디 사회와 사회의 정점에 서 있는 제로에 대적하여 반역을 꾀하기 위해서는 지금의 사회구조가, 사회의 교육이 거짓되었음을 인지 및 인정하고 이에 저항하고자 한다는 명제가 전제되어야 했다. 그러나 종철은 누구보다도 엔바디 사회의 사상에 물들어 있었고, 이를 진리라 믿고 있었으며, 엔바디 사회의 질서에 누를 끼치지 않기 위해 최선을 다하고 있었다. 종철은 지금의 사회에 불만이 있다거나 모순에 저항하고 있지 않았다. 오히려 그의 말과 생각은 엔바디 사회의 번영을 위해 취해야 할 태도와 행동이 무엇인지 열정적으로 고민하고 있었다.

일생을 살며 진리의 집합체이자 결과물, 표본이었던 아버지라
는 존재를 직접적으로 거역하는 일에 거부감을 느낄 뿐, 엔바디
사회가 일그러진 채로 구성되어 있음을 알고 있는 자신과는 달리,
종철은 엔바디 사회가 표방하고 주창하는 상식을 진정으로 진리
라고 믿고 있었다. 둘은 상식이라 간주되는 대상을 거역하는 행위
에 대한 거부감이 몸속에 각인되어 있다는 점은 비슷했지만, 종철
은 사회의 체제 자체를 거부하고 있지 않았다는 점에서 사시이비
했다. 종철은 오히려 착실히 따르는 편이었다. 그런 그가 대체 무
엇을 위해 멤버십 데이터를 초기화하고자 하는 계획에 가담하고
있는지 알 수 없었다.

최악의 경우에는 종철이 제로 측과 내통하고 있을 가능성도 있
었다.

도호재는 계단을 반쯤 내려가려던 몸을 돌려 문고리에 손을 올
렸다. 최태영과 긴급하게 논의해야 할 사안이었다. 녹슨 문고리
를 힘주어 돌리려는 순간, 이곳을 향해 오래도록 움직이던 엘리베
이터가 마침내 32층에 도착했다는 안내음이 울렸다. 힘겹게 열리
는 승강기 문소리와 함께, 둘이나 셋 정도의 발소리가 복도를 메
웠다. 전체적으로 통일된 발소리는 아니었으나, 개개인이 규칙적
으로 발을 내딛음으로써 반복되는 각 잡힌 소리가 어지러이 뒤엉
켜 있었다. 엘리베이터 내에서는 도호재가 내려가고자 눌러두었
던 버튼의 작용으로 인해 '내려갑니다'라는 안내 음성이 들렸지

만, 문이 닫힌 이후로 엘리베이터는 꼼짝도 하지 않았다.

도호재는 복잡한 소리 중에서도 최태영의 개인 사무실로 거주지를 옮긴 이후 단 한 번도 들어본 적 없는 구둣발 소리에 자신도 모르게 숨을 죽였다. 천이나 고무 재질의 신발과는 달리 딱딱한 바닥에도 짓눌리지 않고 거칠게 저항하며 본연의 존재감을 과시하는 구두 굽 소리가 들렸다. 마치 표적을 오차 없이 겨냥한 채로 권총을 한 발, 한 발 서슴없이 쏘는 듯하기도, 토산을 단호하고 무자비하게 붕괴시키는 폭발음이 멀리서부터 연쇄적으로 발생하는 소리처럼 들리기도 했다.

엘리베이터에서 차례로 나온 발소리는 도호재가 손을 떼지도 못하고 출입문의 손잡이를 잡은 채로 엉거주춤 굳어 있는 비상구를 지나 양옆으로 사무실이 나열된 복도 쪽으로 멀어졌다. 소리를 내지 않기 위해 온몸에 힘을 주고 있는 터라 도호재의 손에서는 땀이 배어 나왔다. 땀은 녹슨 손잡이를 적시고 시큼한 쇠 냄새를 멀리 퍼뜨렸다. 덥고 습한 공기 곳곳에 쇠 냄새가 퍼지며 비상구 밖에서도 쇠 냄새를 맡을 수 있을 것만 같았다. 도호재는 냄새의 산포보다 저들의 발걸음이 더 빠르길 기원하며 턱선을 타고 흐르는 땀을 닦지도 못한 채 미동도 없이 서 있었다.

마침내 발걸음 소리가 멈추고, 저들이 어딘가의 문을 두드리는 소리가 들렸다. 얼마 지나지 않아 누군가가 안쪽에서 문을 열기 위해 문고리를 돌리는 소리가 들렸다.

"두고 간 거라도 있어요?"

최태영의 목소리였다.

그저 구둣발 소리를 듣지 못하고 문을 두드린 인물이 도호재라 생각한 건지, 아니면 도호재가 이곳에 오기 전 구둣발 소리의 주인이 최태영과 밀회를 나누고 떠났던 건지 분간하기 어려웠다.

최태영의 목소리를 마지막으로 모든 발소리는 사무실 내부로 들어갔다. 사무실 문이 굳게 닫히는 소리가 들리자 도호재는 땀으로 인해 미끄러워진 손잡이에서 천천히 손을 뗐다. 손에 시큼한 쇠 냄새가 배어 진동했지만, 도호재는 이를 인지하지 못할 만큼 혼란스러운 상태였다.

구두는 최소한 1급 멤버십 가입자부터 구할 수 있는 신발이었다. 그러나 1급 멤버십 가입자에게 구두란 최고급 사치품이었으며, 그들이 구할 수 있는 구두의 품질은 그다지 좋지 못했다. 고무를 단단하게 굳혀 엉성하게 완성한 구두의 뒷굽은 바닥을 디딜 때 멀리 퍼지는 맑은 소리를 낸다기보다는 안쪽으로 먹혀들어 가는 뭉툭한 소리를 내기 십상이었다. 최태영의 사무실로 들어간 구둣발의 주인은 제로라고 결론 내릴 수밖에 없었다.

도호재는 손에 있는 땀과 쇠 냄새를 유니폼에 대충 문질러 없애고 비상구 출입문의 손잡이를 조심스럽게 돌려 열었다. 그는 복도를 작게 울리는 쇠의 마찰음이 저들의 귀에 들어가지 않았길 바라며 조심스럽게 복도로 나왔다.

신발이 바닥에 달라붙어서 움직일 때마다 바닥에서 신발이 떨어지는 소리가 나지 않게 주의를 기울이며 최태영의 사무실 쪽으로 천천히 다가간 그는 문가 가까이에 몸을 숨겼다. 안쪽에서는 누군가가 분주하게 걸어 다니며 내부를 헤집는 소리가 새어 나오고 있었고, 도호재를 긴장시켰던 구둣발 소리의 주인은 의자든 소파든 어딘가에 앉아 있거나 서 있는지 구두 소리는 전혀 들리지 않았다.

"제로 관리하에 있어야 할 서책이 캐비닛에 쌓여 있습니다."

사무실에 있는 캐비닛 경첩의 신음이 들린 직후, 누군가가 덤덤한 어조로 입을 열었다.

제로 거주 구역에서만 쓰는 말투를 구사하되 고품질의 구두를 신은 인물의 발소리는 오직 하나뿐이었던 것으로 짐작하건대 화자는 제로 거주 구역의 고용인인 듯했다.

"회수하십시오."

도호재는 반사적으로 숨을 들이켰다. 잊을 수 없는 목소리였다.

그는 공개 수배자를 체포하기 위해 밤낮으로 근무하던 경비가 무방비하게 자던 도중 갑작스레 침입해 온 수배 범죄자에 의해, 자신이 쫓던 자에 의해서 되려 허를 찔린 듯한 놀라움과 경악으로 숨이 거칠어졌다. 그는 흥분을 가라앉히기 위해 입을 벌리고 호흡을 가다듬었다.

그는 자신의 뇌가 순식간에 내린 결론이 정확한지, 틀렸으면 좋겠다는 바람과 함께 검산했다. 유난히 익숙한 구두 소리, 낯익고 일정하면서도 규칙적인 보폭, 부드럽게 움직이면서도 바닥을 내려찍는 듯이 위엄 있게 퍼지는 유일무이한 발소리, 제로라면 언제나 힘 있고 낮은 목소리를 유지하고, 경박하게 소리 지르면 안 되며, 감정 표현은 자유롭게 하되 품격과 질서를 위한 예를 차릴 줄 알아야 하며, 저급한 단어가 아닌, 문맥에 맞고 격식 있는 단어를 써야 한다고 강조했던 경식 선생의 가르침을 누구보다도 완벽하게 구현해 내는 제로는 도호재가 헷갈리려 해야 헷갈릴 수 없는 인물이었다.

도호재는 초조함으로 인해 순식간에 건조해진 입을 적시며 전혀 예상치 못한 곳에서 마주한 아버지의 목소리에 귀를 기울였다.

"제로가 관리하는 서책을 빼돌리는 일은 고작 3급 메르라 홀로 모의할 수는 없는 일입니다. 공모자를 고해바친다면, 이를 갸륵히 여겨 자신의 분수에 맞지 않은 것을 탐하여 사회의 질서를 교란한 죄로 극형에 처하는 일은 반려해 주겠습니다."

도호재가 최태영의 사무실 쪽으로 이동하는 동안 서로 통성명을 끝낸 건지, 아니면 최태영은 아버지가 누구인지 얼굴을 보자마자 알아차리고 아버지 또한 최태영의 신상을 전부 파악하고 왔기에 사회의 질서를 어지럽힌 범죄자에게 통성명 따위의 절차를 지킬 필요성을 못 느껴서 서로 생략한 건지 모르겠으나, 아버지는 최태영에게 본론을 들이밀고 있었다.

도호재는 최태영이 아버지와 사전에 만남을 계획하지는 않은 것 같다고 생각하며 아버지의 제안에 대한 최태영의 답을 기다리다, 이내 속으로 고개를 내저었다. 둘은 통성명을 생략하지 않았을 것이다. 아버지는 제로뿐만 아니라 메르라, 메르라 중에서도 범죄자에게까지 자신을 위해, 제로를 위해 예를 차리고도 남을 인물이었다. 첫 만남에 통성명하는 행위 또한 아버지 자신을 위한 예의 일부분이었다.

"만나 뵙게 되어 영광이네요. 믿을지는 모르겠지만, 책을 빼돌렸던 일은 말이죠, 제로 님께 조금이라도 더 가까이 다가가기 위해서 벌인 짓이에요. 잘못되었다는 건 알고 있었어요. 그래도 제로 님, 나는 제로 님과 가까워지기 위해서, 그리고 제로 님의 뜻에 따라 움직였다는 걸 알아주면 감동해서 매일 밤마다 울 것 같아요."

사무실의 문틈 사이로 최태영의 비굴한 목소리와 함께 거슬린다는 듯이 아버지가 혀를 차는 소리가 새어 나왔다.

도호재는 눈을 깜빡이듯 자연스럽게 제로를 경외하고 우러러보면서도 선망하는 메르라의 연기를 하는 최태영의 대처에 순수하게 감탄했다. 자신이 최태영이었다면 본인이 몸담은 사회에서 가장 높은 위치에 있는 절대적인 존재이자, 적대시하고 있다는 감정과 계획을 들키면 안 되는 당사자를 전혀 예상치 못한 상황에 마주했다는 사실에 차라리 그간 삿된 사상과 계획을 꾸몄음을 자백하고 고해 이후의 심판을 기다리는 선택을 했을 것만 같았다.

짧은 정적이 지나고, 아버지의 목소리가 들렸다.

"도타입니까?"

"네, 네, 맞아요. 덕분에 제로 님들이 메르라를 위해 어떻게 힘써 주었는지, 메르라를 얼마나 배려해 주었는지 배울 수 있었죠."

문 너머로 최태영이 그답지 않게 고개를 여러 번 끄덕이는 모습이 보이는 것만 같았다.

"도타 내에서는 분수에 맞지 않게 제로의 것을 탐하는 일이 없도록 교육합니다."

아버지의 음성은 도호재의 귀에는 빤히 들리는 최태영의 말에 숨겨진 거짓을 샅샅이 파헤치려 최태영의 발밑에 거짓을 고하면 빨려 들어가는 작은 소용돌이를 만들어 내고 있었다.

그는 소파를 손끝으로 두드렸다. 아버지는 대지처럼 견고하고 모래처럼 끈덕지게 최태영의 말을 곱씹으며 그의 말에 내재한 거짓을 파고들었다. 최태영의 발칙한 의도가 발각되었다간 그대로 바싹 마른 채로 뜨겁게 달궈진 모래 지옥으로 끌려갈 게 분명했다. 눈을 감아도 파고드는 모래 알갱이는 집요하게 눈꺼풀과 연약한 안구 사이를 헤집으며 모든 수분을 흡수하고 생채기를 낼 것이며, 코와 입을 통해서도 흘러들어와 폐를 비롯한 온갖 장기에 스며든 거짓을 찾아내려 몸을 모래로 가득 메울 게 훤했다.

"교육은 들었어요. 듣긴 했는데, 이게 참, 바람직하지 않은 욕망을 미처 참지 못하고 이런 짓까지 손을 대게 되었네요. 아무래도 내가 메르라다 보니까 제로 님들과는 달리 욕망을 참는 능력이 많이 부족하잖아요."

최태영은 위협 속에서도 꿋꿋하게 허구를 진실이라 말했다. 오히려 자신의 무능을 과장되게 강조하며 이게 어떻게 거짓일 수 있겠냐고 항변하는 그의 담력에 도호재는 자신이 최태영의 담력을 가지고, 이를 뽐낼 수 있었다면 제로 거주 구역에서도 아버지와 어머니로부터 인정을 받고 메르라와도 교류할 기회가 충분히 주어졌을 거라는 미련한 생각이 들었다.

불쾌한 기색으로 소파를 두드리던 아버지는 소파를 두드리던 손가락을 멈추었다. 도호재는 아버지가 멀찍이 그어놓은 자비로운 선까지도 최태영이 버릇없게 넘어버렸음에 숨죽였다.

"'내가'가 아니라 '제가'입니다."

"네? 아, 네. 제가."

최태영의 당황스러운 음색이 들렸다.

아버지가 다시 소파를 가볍게 두드리는 소리가 새어 나왔다.

대화의 공백을 메운 건 의외로 최태영이었다.

"제가 한 일이 잘못된 일인 건 알지만, 제로 님께서 메르라 4급 거주 구역까지 와서 찾는 건 서책이 아니라는 생각이 드는데, 맞을까요?"

"서책이 아니면 무엇 때문에 이곳까지 왔겠습니까. 설마, 내가 3급 메르라 하나를 보자고 이곳까지 하림했겠습니까?"

아버지는 최태영의 무례한 발언에 그에게 창피를 주려는 듯이 예사롭게 이야기했다.

"도련님을 찾으러 온 게 아닌가요?"

도호재는 문에 조금 더 가까이 다가갔다.

심장이 너무 거칠게 뛰어서 속이 불편해지고 등허리에 끈적한 땀이 맺히고 있었다.

"입을 함부로 놀리면 사지가 함부로 달아나기도 하는 법입니다."

아버지는 무력한 단어를 실현할 힘이 있었다.

최태영은 옥토 제로의 명확한 위협에도 굴하지 않았다.

"아니에요, 어떻게 제로 님들 앞에서 거짓말을 하거나 제로 님을 떠볼 수 있겠어요? 그냥, 도련님이 아버지라는 존재를 설명하며 언젠가 아버지가 자신을 찾을 거라고 말한 적이 있어요. 제로 님께서 서책을 보관해 둔 이곳까지 왔는데 위대한 제로 님께서 아직 메르라 협력자 하나를 못 찾아서 나에게 자수하라고 말할 리도 없고요."

"'나에게'가 아니라 '저에게' 또는 '제게'."

가차 없이 내려지는 판단과 지적에 최태영은 입을 다물었다.

불편하게 이어지는 정적을 깨려는 듯, 엘리베이터가 어딘가를 향해 움직이기 시작하는 소리가 복도에 울려 퍼졌다.

"도호재는 어디에 있습니까?"

"말할 수 없어요."

도호재가 사무실 출입문 옆의 벽 뒤에 몸을 숨기고 숨죽이고 있는 상황만 아니었다면 품위 없게 입을 떡 벌리고 그의 저용에 감탄했을 법한 대답이었다.

도호재는 복도에 호탕하게 울려 퍼지는 아버지의 웃음이 마치 자신의 멱살을 억세게 잡고 흔드는 것만 같은 감각에 벽에 기대고 있던 몸을 조금 움츠렸다.

"황당하게 만드는 재주가 있지 않습니까."

아버지는 색다른 발견에 호쾌하게 웃었다.

"3급 메르라가 도호재의 행방을 알고 있다면, 나의 선택지는 3급 메르라를 그대로 추궁실로 동행해서 오로지 진실을 말할 때까지 고문 같은 추궁을 하는 방법이 있지 않겠습니까."

아버지는 왼쪽을 찌르면 오른쪽으로 피할지 뒤로 물러날지 시험하는 것처럼 최태영을 주저 없이 찔렀다.

"제로 님의 말을 거부하는 게 아니에요. 나를 먹여주고 재워준 은혜가…"

"'저를'."

아버지는 최태영의 말이 끝나기도 전에 말속의 오류를 교정했다. 도호재는 아버지의 모습이 또렷하게 상상되어 작게 몸서리쳤다.

"아. 저를, 저를 먹여주고 재워준 은혜가 있다는 걸 아는데 어떻게 제로 님의 부탁을 거절하겠어요. 그래도 도련님 또한 제로인 걸 알고 있는 이 메르라의 안타까운 처지를 고려해 주길 바라는 거예요. 제로인 도련님이 자신의 위치를 누구에게도 알리지 말아달라 부탁했으니 나는, 아니, 저는 이 또한 어길 수가 없어요. 서책을 빼돌린 것도 제로인 도련님의 뜻이에요. 제로 님들을 위해서라면 죽음을 각오하고 있어요. 알량하고 얄팍한 충성심으로 이런일을 벌인 건 아니에요. 나를, 저를, 고문하겠다면 제로 님의 뜻에 따르겠지만, 메르라는 생각보다 쉽게 죽고 저는 그런 쉬운 죽음을 각오하고 있으니 고문으로 도련님의 위치에 대한 정보를 얻을 수는 없을 거예요."

"추출했습니다."

제로에게 죽음을 각오하여 헌신하는 자신의 노고를 알아달라는 최태영의 말이 무색하게 끝남과 동시에 고용인의 영문 모를 사무적인 말이 둘 사이를 파고들었다.

도호재는 불현듯 아버지 옆의 고용인이 누구인지 깨달았다. 제로 거주 구역의 저택에서 지낼 때 식사, 저택 관리, 고용인 교육 등 저택과 고용인에 관련된 모든 사안을 총괄하던, 아버지가 총애하는 고용인의 목소리였다. 고용인들이 아버지, 어머니, 그리고 도호재의 식사를 가져올 때면 반드시 아버지의 식기만을 관리하던 고용인이 이곳에서까지 아버지를 보필하고 있었다.

"'내가'와 '제가'의 차이를 알려주니 이 정도는 알아듣는다는 게 놀랍습니다. 겉으로 표방할 뿐, 내재한 차이점은 이해하지 못하는 게 흠이겠습니다만."

도호재는 고용인이 아버지에게 무엇을 추출했다고 보고한 건지 아버지의 이어진 말을 통해 유추하려 했으나, 이에 대해 일언반구도 없는 내용에 홀로 실망했다.

"제로 사이에서 고심하는 메르라에게 해결책을 제시해 주겠습니다. 분에 넘치는 조건만 아니라면 아량을 베풀어 줄 의향이 있으니 원하는 조건을 말해보십시오."

"정말인가요?"

도호재는 하마터면 최태영과 똑같은 말을 뱉을 뻔했다. 그는 움찔거렸던 입을 꾹 닫았다. 아버지의 기분이 상당히 좋은 게 틀림없었다.

"멤버십 데이터를 정리한 리스트를 보고 싶어요. 엔바디 사회의 질서를 지켜주는 기준의 웅장함을, 능력에 부합하는 혜택을 받을 수 있도록 보장해 주는 위대함의 근원을 제 눈으로 직접 보고 싶어요. 그러한 멤버십 데이터를 구축하고 관리하는 제로 님이라면 도련님께는 미안하지만, 메르라로서 너무 뿌듯할 것 같아요."

도호재는 최태영의 당돌한 요구에 경탄했다.

그는 갑작스럽게 들이닥친 옥토 제로의 심기를 거스르지 않으면서도 제로에 반기를 들고자 함께 계획한 멤버십 초기화를 위한 첫 단계를 옥토 제로의 눈앞에서 밟고 있었다. 진정으로 옥토 제로에 주눅 든 메르라였다면 생각지도, 찾지도 못했을 길이었다.

"수용하겠습니다. 지금 제로 거주 구역으로 이동할 테니 함께하십시오."

최태영의 부탁을 수락하겠다는 아버지의 통보와 함께 옥토 제로의 무게에 목이 짓눌려 있던 허름한 소파에 숨통이 트이는 소리가 들렸다. 아버지와 최태영, 고용인의 말소리 외에는 소파를 손끝으로 두드리는 소리만 들리던 사무실 내에서 갑작스럽게 정교하게 만든 구두가 바닥을 차는 소리가 들렸다. 도호재가 사무실 내부에서 들려오는 대화의 전개 방향과 둘의 반응에 집중하느라 정신이 팔린 사이, 사무실 중앙부를 박차던 구둣발 소리는 순식간에 두세 걸음만으로 문 가까이 다가왔다.

무슨 상황인지 알아차렸을 때는 이미 사무실 출입문 앞에 그림자가 져 있었다. 당장 비상구로 달려간다면 간신히 몸을 숨길 수 있을지도 모르지만, 문 앞에서 다급하게 도망치는 날카로운 발소리를 좇아 순식간에 덜미를 잡아챌 옥토 제로의 추격을 피할 수는 없었다.

도호재는 이러지도 저러지도 못한 채 뻥 뚫린 복도가 자신의 존재를 숨겨주기를, 아버지가 엘리베이터만을 바라보느라 시야가 좁아진 채로 고개를 빳빳이 들고 걸어가기를, 고용인이 옥토 제로인 아버지의 안위를 신경도 쓰지 않고 복도를 살피지 않기를 간절하게 바랐다. 저들 중 누구도 화답하지 않을 기도였지만, 도호재는 짧은 순간 뼈를 갈아내는 심정으로 빌었다.

기도가 무색하게도 구둣발 소리가 멈춘 사무실 안에서는 문고리를 돌리는 쇳소리가 들리기 시작했다. 도호재는 아버지가 벽에 기대어 웅크리고 있는 자신을 발견한다면 과연 제로 거주 구역을 벗어나자마자 체면을 지키지도 못하고 있는 모습을 보며 느낄 한심함과 행적으로 보아 절대 치료될 수 없는 병에 걸린 게 틀림없다는 경멸, 자신의 핏줄이 어떻게 이런 행동을 하고 있는지에 대한 경악 중 어떤 감정을 먼저 느낄지 두려웠다.

"제로 님. 멤버십 데이터를 보기 위해서는 몸과 마음을 경건하게 정돈하고 찾아야 할 것 같아요. 제로 님들의 대면식이 있을 때면 화장실에 길게 줄을 늘어서서 몸과 마음을 단정히 하거든요. 멤버십 데이터를 보는 일도 대면식과 다르지 않다고 생각해서요. 괜찮을까요?"

도호재의 기도에 화답하듯이 최태영이 아버지를 멈춰 세웠다.

"메르라가 씻는 시간을 기다리라는 말입니까?"

도호재는 심장과 폐가 뾰족한 손톱으로 쥐어짜이는 듯한 고통에 소리를 억누른 채로 숨을 몰아쉬었다. 시야가 부옇게 흐려지고 정신을 차리기 힘들었다. 당장 비상구 쪽으로 이동하기는커녕 안에서 들려오는 둘의 대화를 제대로 듣고 이해할 정신도 없었다.

"어우, 아뇨, 아니에요. 저는 화장실로 가서 준비를 마치고, 병원 측의 일정도 조정한 다음 제로 거주 구역으로 바로 따라갈게요. 저 때문에 모두의 일정이 어그러지면 안 되잖아요."

"일주일입니다. 시간을 더 지체하지 말고 도착해야 할 겁니다. 지금은 메르라의 멤버십 코드만 추출하고 돌아갈 겁니다. 제로 거주 구역으로 올 때 지나칠 관문에 메르라의 멤버십 코드를 등록해 둘 테니 경비에게 시간을 허비하지 마십시오."

제로 거주 구역으로 돌아가겠다는 아버지 말을 희미하게 들은 도호재는 깊게 자던 중 별안간 뺨을 여러 대 맞은 듯이 혼미한 의식을 필사적으로 부여잡고 벽에 기대어 있던 몸을 일으켜 세웠다. 지금 비상구로 몸을 피하지 않는다면 정말로 이곳에서 아버지에게 발각되어 제로 거주 구역으로 끌려가듯 동행하게 될 게 분명했다.

발소리, 숨소리, 옷자락 스치는 소리, 하다못해 눈을 깜박이는 소리도 내지 않게 조용히 이동한 도호재는 비상구 문의 손잡이를 조심스럽게 돌려 열고 무수한 계단이 늘어져 있는 비상구 안쪽으로 들어갔다. 그는 문을 닫을 때 튜블라 래치가 안쪽으로 밀려나다 한 번에 튀어나오며 폭발음을 내지 않도록 안쪽 문의 손잡이를 돌린 채로 비상구의 출입문을 천천히 닫았다.

출입문의 손잡이를 미처 원 상태로 돌려놓기 전, 사무실이 열리는 소리가 복도에 울렸다.

"제로 거주 구역으로 이동하기 전, 도호재에게 전하십시오. 자신의 능력을 입증하고 싶어서 지금처럼 무모한 일을 벌이고 있는 거라면 당장 그만두는 게 좋을 거라고 말입니다."

손을 떼도 아무런 소리가 나지 않도록 손잡이를 천천히 위쪽으로 올리던 도호재는 복도를 울리는 아버지의 목소리에 간담이 서늘해졌다. 비상구의 출입문이 투명한 유리 재질이라 더위와 긴장감으로 인해 땀을 흘리며 숨어 있는 도호재가 훤히 보이지만, 애써 아버지를 피하고자 하는 도호재의 노력을 갸륵히 여겨 최태영에게 말하는 척, 돌려서 이야기하는 것만 같았다.

그러나 한편으로는 분노가 들끓었다. 아버지가 최태영에게 이른 말은 아버지에게 도호재는 여전히 자신을 봐달라고, 능력을 인정해 달라며 철없이 사고를 치고 다니는 꼬마 제로라는 말과 다를 바 없었다. 예은을 만나 메르라 멤버십에 가입한 모든 이들이 제로와는 전혀 다른 종족이라고 배운 대로 치부하고, 평생을 배우고 믿어왔던 진리를 거역하며 엔바디 사회의 모순을 깨닫고, 존재 자체로 친어머니의 자살을 부추기면서 마침내 결심한 멤버십 데이터 초기화 계획은 고작 아버지를 비롯한 제로에게 인정받기 위해 할 결심이 아니었고, 그렇게 가벼이 치부되어서도 안 되었다.

아버지는 특유의 벼락같은 구둣발 소리를 울리며 비상구 가까이, 엘리베이터를 향해서 이동했다. 도호재는 행여 고용인과 아버지가 자신의 작은 기척이라도 눈치챌까 봐 비상구 출입문 바로 앞에 서서 한 발자국도 옮기지 않았다. 저들 중 누구라도 확인차 비상구의 문을 연다면 그대로 발각될 위치에 있었기에, 땀방울조차 바닥에 떨어져서 공명하지 않기를 바랐다.

"외람된 말인 줄 압니다만, 저 메르라에게 왜 그런 특혜를 베풀어 주셨는지 여쭤봐도 되겠습니까?"

엘리베이터가 32층으로 가까워지는 소음과 함께 고용인의 음성이 비상구 근처에서 작게 들려왔다.

"1급도 아닌 3급 메르라와 말을 섞은 것, 4급 거주 구역에 위치한 메르라의 사무실로 직접 방문한 것, 메르라의 무례한 언행을 감내한 것, 메르라의 적절치 못한 의복을 적발하지 않은 것, 도호재의 행방을 아는 메르라를 즉시 추궁실로 보내지 않은 것, 범죄를 저질러 사회의 질서를 어지럽힌 메르라를 즉시 경비에게 인계하여 처벌하지 않은 것, 메르라의 부탁을 들어준 것, 메르라에게 일주일이라는 차고 넘칠 정도의 말미를 준 것. 이외에도 많습니다. 어떤 특혜를 뜻하는지 구체적으로 언급하십시오."

아버지의 음성이 고용인에게 무겁게 내려앉았다.

"죄송합니다. 메르라의 간청을 들어주신 것에 대해 여쭙고 싶었습니다."

"저 메르라는 제로인 도호재의 존재와 그의 격 떨어지는 행보를 알고 있습니다. 그런 메르라는 사회에 존재할 수 없습니다. 그의 존재를 지우는 대가로 마지막 소원을 들어준 것이니 신체의 죽음과 더불어 과거에 존재했고, 현재에 존재하며, 미래에 존재했을 저 메르라의 소멸에 대한 대가를 지불한 겁니다."

고용인은 아버지의 답에 무어라 답했으나, 도호재는 32층에 가까워진 엘리베이터의 굉음으로 인해 더는 저들의 대화를 듣지 못했다.

승강기가 도착했음을 알리는 알림음이 거친 잡음과 함께 복도를 울렸다. 저들이 엘리베이터에 탑승할 때까지 꼼짝 않고 두려움과 분노가 뒤섞인 감정에 맞선 도호재는 엘리베이터의 문이 닫히고 승강기를 내리는 쇠의 마찰음이 점차 멀어지다 잘 들리지 않을 정도로 옅어졌을 때쯤에야 조심스럽게 비상구의 문을 열었다. 그는 복도가 다시 고요해졌음을 확인하고서 최태영의 사무실로 빠르게 발걸음을 옮겼다. 금방이라도 반대편 복도나 맞은편 사무실에서 고용인이 튀어나와 자신을 잡아챌 듯한 감각에 도호재는 최태영 개인 사무실의 비밀번호를 쫓기듯이 입력하고 문을 재빠르게 열었다.

"아, 또 놀랐잖아요."

아버지가 휩쓸고 간 사무실은 순식간에 들이닥친 모래폭풍이 비좁은 사무실을 터트릴 듯이 메웠다 돌아간 느낌이었다. 서랍이란 서랍은 죄다 빠져나와 바닥에 뒹굴고 있었고, 내용물은 쏟아져 서랍과 함께 바닥을 다채롭게 꾸미고 있었다. 활짝 열린 채 방치된 캐비닛 앞에는 최태영이 정리해 두었던 식사용 알약을 비롯한 개인 물품이 어지러이 흩어져 있었다. 그중 어디에서도 캐비닛에 빼곡하게 꽂혀 있던 서적은 흔적조차 찾아볼 수 없었다.

"아버지와 즐거운 인사를 나눈 것 같습니다."

도호재가 사무실을 훑으며 말하자 사무실 바닥에 구부정하게 앉아 있던 최태영은 얼굴을 찌푸렸다.

"그럼 좀 끼어들지 그랬어요? 아버지와 극적인 화해를 하고 하하호호 계획에 동참시키면 딱 좋았을 것 같은데요."

"그쪽은 추궁실을 거쳐 사상죄로 극형에 처하고 나는 5급 거주 구역으로 추방당했다가 소리소문없이 죽임당하는 계획을 말하는 겁니까?"

"아, 어쩐지 밖에서 다 듣고 있을 거 같더라니."

최태영은 몸을 끌어 사무실 벽면에 허리를 기대었다.

바닥에 널브러진 잡동사니가 그의 움직임에 따라 밀려나거나 몸 아래에 깔리면서 바닥을 긁었다.

"허풍이 심하지 않습니까? 그걸 어떻게 압니까?"

"도호재 씨가 나간 지 얼마 지나지도 않아서 그쪽 아버지라는 제로가 들이닥쳤잖아요. 엘리베이터에서 마주치고도 남았을 시간인데 여전히 그쪽 행방을 알지 못하고 있었으니 도호재 씨는 어떻게든 피해 있었다는 결론밖에 안 나오죠. 그리고 아버지가 이 사무실로 들어오는 걸 확인했다면 나 같아도 문 앞에서 몰래 엿듣겠어요. 궁금해서 미칠 거 같은데 안 듣고 배겨요?"

최태영은 벽에 등을 기대고 앉아 다리 한쪽을 세운 채로 숨을 길게 내쉬었다.

"내가 아버지와 내통하고 있다는 생각은 안 한 겁니까?"

자신이 최태영이었다면 도호재가 사무실을 나간 지 얼마 안 되어 들이닥친 옥토 제로라는 타이밍과 옥토 제로와의 대화가 끝나자마자 돌아온 그의 모양새가 수상쩍게 보였을 법했다.

최태영은 도호재의 물음에 어처구니가 없다는 시선으로 화답했다.

"그런 생각은 왜 해요? 그렇게 긴 기간은 아니라도 그간 봐온 게 있잖아요. 도호재 씨를 의심한다는 건 아무런 의미도 없고 소모적인 일이라고요. 도호재 씨가 인제 와서 옥토 제로랑 내통한다고 해서 딱히 얻을 이득도 없고요."

최태영은 온몸에 힘이 풀렸는지 삐딱하게 고개를 떨구었다.

"그렇습니까?"

"그렇죠."

도호재는 최태영의 평이 얼떨떨했다. 자신의 감정이 타인에게도 거짓이 아닌 진심으로 공유되었다는 생각에 불필요한 만족감도 들었다.

"그런데 이쪽으로 이야기가 나온 이유는 또 뭐예요? 계획이 의외의 면에서 순조롭게 풀렸으니 자체적으로 서로 의심이라도 하고 싶은 건가요?"

최태영은 한쪽으로 목을 기울인 상태가 불편한지 다시 목을 바로 세웠다.

"그럴 리 있겠습니까. 그러고 보니 아버지와 마주치지 않은 건 순전히 운이 좋았습니다. 이곳에서 종철 씨와 나눴던 이야기를 곱씹으려 비상구로 향했다가 종철 씨에게 석연치 않은 점이 있어서 다시 사무실로 돌아오려던 차에 구두 소리를 듣고 자리를 피했었습니다."

도호재는 최태영에게 비상구 계단 앞에서 생각했던 종철의 석연치 않았던 점을 설명했다. 첫 만남 때부터 오늘에 이르기까지 변함없이 엔바디 사회의 규칙에 충실하고 사회의 번영을 위해 노력하는 종철의 모습을 설명하고 있으니 최태영은 고심하듯이 침묵을 지켰다.

"여전히 종철 씨가 진정으로 우리 계획의 뜻과 목표에 동조하거나 필요성을 느끼고 있는 것 같지는 않으나, 반대로 만일 종철 씨가 제로에 충성을 다하는 간자였다면, 아버지는 나의 위치를 알기 위해 최태영 씨의 사무실까지 찾아올 일도 없었을 겁니다. 이곳은 제로가 가벼이 오기에는 역겨운 곳입니다."

최태영은 도호재의 마지막 말에 눈동자를 굴렸다.

"말을 참 고급지게 하네요. 아버지를 닮았나 봐요?"

"메르라 거주 구역이라서 역겹다는 게 아닙니다. 그저 악취가 심하다는 뜻입니다."

도호재는 최태영의 반응에 설명을 덧붙였다.

"뭐, 당장 3급 거주 구역과 4급 거주 구역만 다녀봐도 차이점이 느껴질 정도니까요. 제로 님들의 코에는 영 역겹겠죠."

최태영은 변함없이 빈정거렸다.

"…역겹다는 단어를 쓴 건 미안합니다."

그는 도호재의 사과에 어깨를 가볍게 으쓱일 뿐, 별다른 반응을 보이지 않았다.

"좀 놀라긴 해도 일이 잘 풀려서 다행이네요. 제로를 너무 자비 없는 작자들로 생각했는지 몰라도 부탁을 들어줄 거라고는 생각도 못 했어요."

최태영은 안경을 밀어 올리며 피로가 쌓인 눈두덩이를 지그시 눌렀다.

도호재는 아버지가 그의 부탁을 들어준 의미가 무엇이었는지 이야기할 수 없었다. 어차피 아버지는 최태영이 도호재의 위치를 발설하기 전까지는 최태영의 안전을 위협하지는 않을 것이며, 최태영이 멤버십 데이터를 열람한 순간에는 데이터를 초기화할 것이었기에, 그의 안전이 위협받는 일은 일어나지 않는다. 괜히 쓸데없는 걱정을 늘렸다가 계획 진행이 틀어지기라도 하면 성가실 일이었다.

"기한이 일주일이라면 사거일이 정해졌습니다. 월요일마다 회의실에서 옥토 제로의 전체 회의가 예정되어 있으니 다음 주 화요일쯤에 계획을 진행해야 할 겁니다."

"오늘이 토요일이니까 다음 주 화요일이면 3일 정도 남은 건가요? 예은 씨가 준비되는 대로 바로 진행하긴 해야 했죠. 엉성해도 구색만 갖추는 대로 출발해야겠네요. 완벽하면 좋겠지만요."

도호재는 아버지가 최태영의 마지막을 준비하고 있다는 생각에서 벗어나고자, 그리고 자신은 이를 알고 있음에도 전부 털어놓지 못하고 있다는 일종의 죄책감을 잊고자 화제를 돌렸다.

"고용인이 무언가를 추출했다고 아버지께 보고하던데, 그건 무엇을 말했던 겁니까?"

"아, 그건 뭐, 잘은 모르지만, 패드 파일을 복사해 간 것 같아요. 어차피 우리는 메모리칩을 갈아 끼우기도 했고, 패드 자체를 회수해 가지도 않아서 추가적인 분석이 이루어진다거나 할 일은 없을 테니, 신경 쓰지 않아도 돼요. 패드 파일을 복사해서 분석해 봤자 알아낼 수 있는 건 없죠."

최태영은 입안에 껄끄럽게 남아 있던 잔여물을 없애버리듯이 마지막 문장을 얘기하기 직전에 작게 혀를 찼다.

"그렇다면 다행입니다."

"도호재 씨는 슬슬 3급 거주 구역에 배정받은 거주지로 가요. 좀 있으면 밤이에요. 예은 씨한테는 기한이 촉박해졌다고 연락을 넣을게요. 예은 씨가 준비를 끝내는 대로 계약한 병원 측으로부터 코드 번호 호출이 갈 테니 어딜 가든 화면에 도호재 씨 코드 번호가 뜨는지 꼭 확인하고요."

최태영은 쓰러지듯이 앉아 있던 몸을 일으켰다.

"최태영 씨도 3급 거주 구역으로 돌아가야 하지 않습니까?"

"이렇게 난장판을 해두고 어떻게 가요. 어차피 사무실을 좀 둘러보다가 가려 했으니 치우고 가야죠. 정 안 되면 이곳에서 자도 되고요."

최태영은 사무실 소파를 엄지손가락으로 가리켰다.

그는 옥토 제로가 돌아오지도 않을 텐데 거리낄 게 있냐는 말과
함께 도호재를 배웅했다. 엉겁결에 사무실에서 밀려 나온 도호재
는 사무실 출입문 옆의 벽면에 쪼그리고 앉아 있느라 잔뜩 구겨진
유니폼을 무심결에 털고서 엘리베이터를 향해 발걸음을 옮겼다.

흔들리는 사다리

    3급 거주 구역으로 올라온 도호재는 관문 건물의 화장실에서 3급 멤버십 가입자에게 지급되는 유니폼으로 갈아입었다. 멤버십 체험 신청을 한다고 해서 체험하는 멤버십 등급의 유니폼이 지급되는 건 아니었지만, 그는 최태영의 유니폼을 가지고 있었다.

  멤버십 체험자가 체험하는 멤버십 등급의 유니폼을 입는 건 원칙에는 어긋나는 일이었다. 그러나 도호재는 4급 멤버십 가입자에게 지급되는 유니폼을 입은 채로 3급 거주지에 들어갔다가는 3급 멤버십 가입자들의 쓸데없는 관심과 더불어 불필요한 온갖 절차를 통과해야만 간신히 침구에 몸을 누일 수 있을 것이며, 4급 유니폼을 입고 있으면 침구에 누워서도 같은 방을 사용할 3급 멤버십 가입자들의 배척에 쉬이 잠들지 못할 거라는 최태영의 조언에 따라 그의 유니폼을 챙겨왔었다.

그는 3급 유니폼으로 갈아입고 건물을 빠져나왔다. 제로 거주 구역에서 이곳으로 처음 내려왔을 때와는 달리, 4급 거주 구역에 상주하다 올라온 3급 거주 구역의 공기는 상쾌하다고 표현할 정도로 맑고 깨끗하게 느껴졌다.

오늘따라 관문 앞을 지키는 경비의 수가 적었다.

"놔요!"

도호재는 날카롭게 울리는 외마디 비명에 반사적으로 소리의 근원지를 향해 고개를 돌렸다.

"나를 끌고 가지 말고, 쟤를 살려줘요! 나는 가만히 있을 테니까, 쟤부터 살리라고!"

경비 두엇이 잔머리가 여기저기 삐져나오도록 머리를 헐겁게 묶은 메르라 하나를 붙잡고 실랑이를 벌이고 있었다. 얼마나 헐겁게 묶었는지 머리카락의 절반도 채 묶이지 않은 듯했다. 메르라는 엉성하게 자른 티가 나는 머리를 늘어뜨린 채로 광견병에 걸린 말 한 필처럼 날뛰었다.

양팔을 붙잡히고도 어깨가 빠질 듯이 격렬하게 저항하는 메르라는 자신을 붙잡고 있는 경비와 관문 내부에 있는 경비를 향해 침을 튀기며 악악대고 있었다.

"무슨 일인가요?"

도호재는 주변인에게 조심스럽게 물었다.

"몰라요."

그는 도호재를 힐끗 보고는 일말의 망설임도 없이 자리를 피해 버렸다.

매몰찬 반응에 당혹감을 느낀 도호재는 그 또한 장소를 벗어나려 했으나, 그 옆에 있던 다른 메르라가 턱 끝으로 경비의 손아귀에서 벗어나고자 길길이 날뛰고 있는 메르라를 가리키며 입을 열었다.

"함부로 이것저것 아는 척하다가 괜히 저쪽이랑 엮일까 봐 저래요. 그냥 들은 걸 말해주는 건 큰 문제 안 되니까 괜찮을 텐데."

메르라는 아마도, 라고 덧붙였다.

"저기 발광하는 4급이 배달이나 하는 강미라는 메르라인데, 같이 방을 사용하며 각별해진 메르라가 하나 있나 봐요. 이름이 운향이라고 하던가? 아무튼, 그 운향이라는 4급이 자신의 몫으로 지급되는 식사 캡슐도 조금씩 팔아치우면서 강미는 물론이고, 정말 아무도 모르게 얻어낸 돈을 깡그리 끌어모아서 비공식 기관에서 자금을 불리려 했나 봐요. 그쪽에 한꺼번에 돈을 맡기면 자금 보존비 같은 각종 서비스 이용료를 할인해 준다고 그랬나? 아마 그랬을 거예요. 그러다가 최근에는 자신의 능력을 입증받아서 값을 후하게 받을 수 있다면서 합법·불법 가리지 않고 닥치는 대로 할 수 있는 일은 전부 다 하고, 공공으로 제공되는 물을 밤마다 받아다 몰래 팔고, 업무지에서 다른 인력의 잔업까지 전부 자처하면서 환전되지도 않을 돈을 악착같이 모았다더라고요. 그러다가 강미가 오늘 아침쯤인가? 정확한 날짜는 잘 모르겠는데, 운향에게 요새 유난히 피곤해 보인다며 주변이 잘 보이지도 않는 밤에 쏘다니지 말고 얌전히 잠이나 자라고 말했는데, 운향은 오히려 자신의 앞길을 막지 말라고 화를 냈고요."

메르라는 그 또한 어디선가 상세한 이야기를 캐묻고 온 참이었던지, 도호재에게 강미의 이야기를 술술 풀어주었다.

"운향이라는 메르라가 피로를 이기지 못하고 쓰러진 건가요? 살려내라고 소리 지르고 있는 걸 보면요."

도호재는 생각보다도 흥미로운 냄새를 풍기는 이야기에 무심코 질문을 던졌다.

"아뇨, 아니, 그렇긴 한데, 쓰러진 건 나중 일이에요. 일은 그사이에 있었죠. 강미는 운향이 최근 들어서 돈이 되는 일이라면 닥치는 대로 하는 이유가 차세대 화폐로 환전할 수 없다 하더라도, 정말 잠깐이라도 부를 쌓은 듯한 기분에 중독되어서 그런 줄 알았다나 봐요. 그런데 오늘 운향이 강미를 만나서 하는 말이, 자신은 거금을 지급하고 3급 멤버십에 가입할 거라고 말했다네요. 가입비를 전부 마련했다면서요. 화폐가 변경된다는 소식을 아직도 접하지 못했던 거죠."

메르라는 비릿하게 코웃음을 쳤다.

"운향이 최근 들어 악착같이 모았던 돈은 물론이고, 이전부터 비공식 기관에 맡겨두었던 자금까지 출처가 불분명한 돈으로 분류되어 모조리 전산상의 기록으로밖에 남지 않게 된 건데, 그걸 몰랐던 거예요. 그것도 모르고 먹지도, 마시지도, 자지도 않아 가면서 쓸 수도 없는 자금을 모은 거죠."

그는 코를 씰룩거리며 웃음을 참았다.

"강미가 이걸 알려주니 운향은 믿지 않고 화를 내다가 뛰쳐나가서 전광판의 뉴스를 확인했다고 하더라고요. 강미의 말이 진짜라는 걸 알게 되고서 이제껏 자신이 들였던 노력은 어떻게 되는 거냐며 횡설수설하다가 경비를 찾아 소리를 지르기 시작하더니 결국 쓰러졌다나 봐요."

"역시 4급은 멍청해요. 먹여주고 베풀어 주는 사회 돌아가는 소식도 모르고, 소식을 들어도 이해도 못 하고, 사회 돌아가는 속도에 맞출 줄도 모르고. 사는 법을 모르니까 번듯한 작업소 하나 못들어가고 4급 멤버십이나 가입하죠."

어느새 주변에는 아닌 척 귀 기울이고 있는 메르라가 모여 있었다. 몇몇은 운향의 멍청함을 비웃으며 자기들끼리 시시덕거렸다. 그중 운향의 부주의함을 비웃는 무리를 선동하다시피 하는 메르라 하나가 큰 소리로 운향의 행보를 업신여기며 빈정거렸다.

"그래서요?"

강미의 이야기를 알려주던 메르라와 도호재를 감싸고 모여 있던 무리 중 하나가 그에게 다음 이야기를 채근했다.

"강미가 쓰러진 운향을 끌고 4급 거주 구역 병원까지 갔대요. 운향의 상태를 확인하던 의사가 어쩌다 쓰러진 거냐고 물어서 강미가 이것저것 답하다 보니 의사도 운향이 사회의 질서를 교란하는 행동을 했다는 걸 알게 된 거죠. 사회질서 교란죄에 해당하는 범죄자는 제일 약한 처벌도 멤버십 등급 강등인 거 알죠?"

주변에 모인 메르라 전부가 고개를 끄덕이며 호응했다.

"그러면 치료도 그곳에서 받으면 안 되잖아요. 5급 거주 구역에 있는 의료시설에 가야죠. 강미는 의사가 치료할 수 없다고 하니까 의사에게 화를 내고, 운향은 그사이에 상태가 심각해져서 3급 거주 구역의 병원에는 가야 치료할 수 있을 정도가 되었고요. 그래서 강미가 자신의 담당 구역인 3급 거주 구역의 병원에까지 찾아와서 멤버십 혜택으로 할인받는 것도 없이, 심지어 3급 거주 구역의 치료 서비스 금액을 감당할 능력도 없으면서, 막무가내로 의사에게 당장 운향을 치료하라며 달려들다가 경비에게 제압당했대요."

주변으로 숨을 집어삼키는 소리가 퍼져나갔다.

"앞뒤 못 가리는 꼴 하고는! 빨리 5급 거주 구역으로 갔으면 치료할 수 있었을 텐데요!"

큰 소리로 운향의 멍청함을 비웃던 메르라가 이번에는 강미를 비웃었다.

"그러면 결국 의사에게 달려들었기 때문에 제압당한 건가요? 하긴, 상식에 어긋나긴 하죠."

주변의 메르라가 말을 얹자, 전기수처럼 이야기를 풀던 메르라가 고개를 저었다.

"그런 이유도 있긴 한데 그게 다가 아닌가 봐요. 다들 알다시피,

멤버십 등급별 혜택에 관한 개선 요구는 자신이 속한 멤버십 등급만, 그리고 그중에서도 자신이 받은 혜택에 대해서만 발언할 수 있잖아요? 그거죠. 강미는 자신이 연관되어 있지도 않은 운향, 그냥 한때 방 하나 같이 썼을 뿐인 타인의 일에 간섭하지 말라는 상식을 어긴 거죠. 아까 뭣도 모르는 4급이라고 딱하게 여겨서 도와주려는 3급 메르라가 하나 있었는데, 강미를 도와주면 자기도 죄목 그대로 적용될 거라고 하니까 바로 거주지로 돌아갔어요. 아무래도 사회질서 교란죄는 죄목이 무거운 만큼 이 얘기가 나오면 많이 조심스럽긴 해요. 사상죄 다음으로 강하게 처벌하고 있는 부문이니까요."

"선량한 메르라를 떼거지처럼 모아두고 통행을 방해하는 인력도 사회질서를 해치고 있는 게 아닌가?"

뭍으로 올라와 그대로 육지를 향해 돌진하는 물고기처럼 날뛰던 강미를 그새 진압했는지, 경비가 도호재 옆에 가까이 다가섰다.

경비의 서슬 퍼런 기색에 바글바글 모여 있던 메르라 무리는 순식간에 얼어붙었다. 도호재는 경비 반대 방향으로 천천히, 티 나지 않을 정도로 고개를 돌렸다. 수상쩍게 행동하면 괜히 경비의 이목을 끌 수도 있었다.

"아이고! 이렇게 많이 모인 줄 몰랐어요! 그냥 이 인력이 어떻게 된 일이냐고 물어서 답만 해줬지, 모인 건 이 인력들이에요! 난 아무 잘못 없어요! 거주지로 돌아가고 싶은 나를 둘러싸고 있던 이 인력들이 잘못한 거라고요!"

메르라의 주목을 즐기던 전기수는 순식간에 태도를 바꾸어 도호재를 향해 삿대질하더니, 이내 자신의 이야기를 듣던 이들을 제물로 바쳤다. 경비는 전기수가 손가락 끝으로 가리킨 도호재를 힐끗 쳐다봤다. 도호재는 혹여나 경비가 자신을 알아볼까 봐 심장이 툭 내려앉았다.

"아이, 무슨 말이 그래요! 우리는 그저 이 인력이 흥미로운 이야기를 하길래 옆에서 듣다가, 그래, 4급의 멍청함을 조금 나무랐을 뿐이에요, 경비님! 이제 막 거주지로 가려 하는데, 이 메르라가 가지 말라고 막 애원하는 것처럼 자꾸 새로운 이야기를 풀지 않겠어요? 사회질서 교란죄라니요! 전혀, 한 번도, 진짜! 그런 생각을 한 적도 없어요!"

강미와 운향의 멍청함을 큰 소리로 비웃던 메르라가 자신은 무고하다며 항변했다.

경비는 입을 밑으로 죽 늘이며 어깨를 귀 쪽으로 한껏 끌어 올린 그의 모습을 무뚝뚝하게 바라보았다.

"해산!"

경비의 말에 전기수를 빙 둘러싸고 모여 있던 메르라는 수천 마리의 바퀴벌레가 어두운 방에 드글드글 모여 있다가 불을 켠 순간 순식간에 벽 쪽으로 사라지듯이 각자의 거주지로 재빠르게 흩어졌다. 경비의 주의를 끌지 않으려 숨죽이고 있던 도호재 또한 한 마리의 바퀴벌레가 되어 경비의 시야로부터 멀리 벗어났다.

그는 3급 거주 구역의 중심부에 있는 거주지로 이동하기 위해 택시를 잡았다. 곳곳에 제로가 펼치는 정책과 관련된 현수막과 전광판이 붙어 있던 4, 5급 거주 구역에 못지않게 3급 거주 구역에도 많은 문구가 빼곡하게 정리된 전광판이 건물 숲을 뒤덮고 있었다.

택시의 뒷자리에서 빠르게 지나가는 현수막과 전광판을 눈에 담던 그는 수많은 전광판 중에서도 3급 거주 구역 곳곳에 유달리 우뚝 솟아 있는 거대한 전광판을 발견했다. 단순히 사회 구성원이라면 항시 알아야 하거나 유념해야 할 내용의 글귀를 적어놓았다기보다는 최근의 소식을 실시간으로 알려주는 전광판인 듯했다.

전광판 내용에 따르면 제로 측은 도호재가 제로 사회를 떠나 있는 사이, 화폐 단위를 변경하겠다고 발표한 것 같았다. 전광판의 뉴스는 계약금을 걸어두었거나 저축을 위해 임금을 은행에 맡겨두는 등, 시중에 통용되고 있거나 공식 기관을 통해 기록 및 관리되고 있는 상태의 화폐 자금은 앞으로 사용될 화폐의 단위로 자동으로 환산된다며 특종을 보도하고 있었다.

깔끔한 복장으로 뉴스를 전달하고 있는 아나운서는 사회의 질서에 어긋나지 않고 오히려 질서를 견고히 하며 착실히 생활하던 메르라라면 화폐 단위의 변경이라는 중차대한 사회의 변화에도 아무런 지장 없이 일상을 영위할 수 있되, 불법적으로 자금을 관리하던 메르라는 이번 화폐 단위 변경 기간에 자금이라는 사회의 근간을 멋대로 빼돌리며 사회에 해악을 끼치고 질서를 교란한 죄를 마주하게 될 것이라며 화폐 단위 변경이라는 정책의 뛰어난 편의성과 효율성, 그리고 사회에 착실히 기여하고 있는 메르라의 노

353
흔들리는 사다리

고를 치하하는 제로 표 정책의 의의를 열띤 목소리로 보도하고 있었다.

도호재는 앞에 서 있으면 십중팔구 침 범벅이 될 것처럼 역동적으로 움직이는 아나운서의 입 모양과 화면 하단부의 큼지막한 자막으로 이어지는 옥토 제로의 찬양 문구에 전광판으로부터 고개를 돌려버렸다. 제로 거주 구역에서 받았던 교육 내용을 떠올리면 전광판에 홍보되고 있는 정책을 더 자세히 알아보지 않아도 세부적인 내용을 충분히 유추할 수 있었다. 엔바디 사회의 경제 순환에 이바지하지 않는 메르라들의 불법적인 자금은 심사 기관에 의해서 가차 없이 몰수될 터였다. 게다가 아래에 잠깐 스쳐 지나갔던 전광판 자막에 의하면 화폐를 변경한다는 발표를 한 시점 이후로 공식 기관에 비정상적으로 들어오는 자금은 단 하나의 예외도 없이 합계 및 환산되지 않는다고 적혀 있었다. 운향처럼 어떻게 해서든 비밀리에 자금을 빼돌린 이가 있었다면 단숨에 일망타진할 수 있는 이 정책은 사회를 관리하고 운영하는 제로 입장에서는 획기적인 묘안이었다.

화폐 변경안에 대해 곰곰이 생각하던 도호재는 촉박하게 느껴졌던 사거일이 오히려 이보다 좋을 수 없다는 생각에 다다랐다. 전광판에서 특보로 전하는 소식을 바탕으로 유추하건대, 분명 아버지가 최태영의 개인 사무실에서 제로 거주 구역으로 급하게 돌아간 이유는 화폐 변경과 관련하여 세부적으로 조정해야 할 부분이 있기 때문이다. 화폐 변경 기간을 적극적으로 이용할 수 있다면 제로 측에 가해지는 혼란이 가중되어 그들의 대응이 평소보다 더 느려지리라 기대할 만했다. 이뿐만 아니라 화폐가 공식적으로 변경되고, 새로운 화폐가 엔바디 사회에 자리 잡은 이후에는 제로의 절대적인 자본과 엔바디 사회에서 제로의 위상이 더욱 공고해질 게 분명했다. 이제는 제로가 명목상으로도 멤버십 개념을 초월한 위치에 다다르려 할지도 모르는 일이었다.

도호재는 자신이 배정받은 거주지 앞에 다다라 기사에게 최태영의 구식카드를 내밀었다. 5급 거주 구역에서 돌아온 직후에 최태영에게 카드를 돌려줘야 한다는 걸 잠시 잊었었으나, 이후 그에게 카드를 돌려주니 자신은 카드를 쓰지 않을뿐더러 도호재야말로 앞으로 쓸 일이 있을지 모르니 가지고 있으라는 대답을 들었다. 요금 결제를 끝낸 그는 거주지 건물의 출입문으로 향했다. 그는 주변에 메르라가 가끔 지나다니긴 해도 자신의 목적지만을 향할 뿐, 누구도 자신에게 눈길을 주지 않음을 확인하고 배정받은 방 호수와 침구 번호를 확인했다.

엘리베이터는 최태영 개인 사무실이 있던 건물과 크게 다르지 않은 속도였다. 긴 복도를 걸어 방 앞에 도착한 도호재는 4589호라 적힌 명패가 걸린 문 앞에 이르러 발걸음을 멈췄다. 내부가 고요한 것으로 보아 같은 호수에 배정받은 인원은 이미 잠들었거나 아직 돌아오지 않은 듯했다.

그는 얕은 숨을 내뱉고 호실의 문을 열었다. 창도 없이 불이 들어오지 않아 어둑했다. 출입구 맞은편에는 큰 화면이 비치되어 있었고, 위아래로 2개의 침구를 올린 침대 프레임이 조립된 가구가 방의 네 면에 밀착해 중앙을 둘러싸듯이 배치되어 있었다. 각각의 침구 위에는 유니폼이 널려 있거나 해진 이부자리가 어지러이 뒤엉켜 있을 뿐, 특별히 눈에 띄는 오물이 있지는 않았다. 그런데도 방 안을 진동하는 구릿한 냄새는 단순히 밀폐된 공간에 여럿이 오랫동안 부대끼며 각자의 체취가 뒤섞였다고 하기에는 과하게 지독하고 끈질긴 면이 있었다.

도호재는 8개의 침대 중 유일하게 유니폼이 올려져 있지 않은 입구 좌측의 2층 침대로 다가갔다. 그는 금방이라도 떨어져 나갈 듯이 위태롭게 흔들리는 사다리를 붙잡고 침대의 2층 프레임으로 기어 올라갔다.

침구는 몸집에 비해 짧고 좁았다. 정자세로 누울 수 없었던 도호재는 벽면을 마주 본 채로 웅크리듯이 누웠다. 옆으로 누우려니 익숙지 않았던 탓에 잠들지 못할까 했던 우려가 무색하게 졸음이 발끝에서부터 빠르게 그의 몸을 잠식해 갔다. 낯선 장소에서 무방비하게 잠들었다가는 어떤 상황이 벌어질지 모른다는 생각에 애써 선잠을 자던 도호재는 중간에 방문이 열리는 소리와 몇몇이 내부로 들어와 크게 이야기를 나누는 소리, 침대 프레임이 흔들리는 감각을 느낀 듯하였으나 졸음을 이기지 못하고 그대로 깊은 잠에 빠져들었다.

아침이 되어 도호재를 제외한 모두가 방을 떠난 시간에 도호재는 그곳에서 새로운 환각을 경험했다. 두렵고 강렬한 기억을 근간으로 하는 환각이 주를 이루었던 이전과는 달리, 이번에는 제로 거주 구역과 메르라 1급 거주 구역을 연결하는 관문 건물의 옆에서 에클레르를 팔고 있다는 안내문을 또렷이 보았다.

자신의 옆을 지키고 있는 고용인과 함께 에클레르를 팔고 있다는 상점으로 들어가니 검지 정도의 모양과 크기를 가진 빵 위에 빛을 그대로 반사하는 시럽이 딱딱하게 굳어 있었고, 그 위에는 산딸기 하나가 곱게 올라가 있었다. 그는 에클레르를 한 번도 씹어본 적이 없었기에 낯선 디저트를 흥미롭게 관찰하다, 불현듯 지금의 감각은 현실의 감각이 아니라는 생각이 들었다. 분명 자신이 관문을 지날 때는 이러한 안내문이 없었다고 기억해 내자, 환각에서 벗어날 수 있었다.

도호재는 환각을 겪었으나 이것이 환각임을 깨닫고 마침내 자력으로 벗어났노라고 기뻐했다. 그는 주체하기 어려운 기쁨에 고용인에게 이를 알리며 고용인이 맛보라며 가져온 에클레르를 음미했다. 입안을 적시는 에클레르가, 벗어난 줄 알았던 환각에서 보았던 관문 건물의 에클레르라는 사실은 전혀 깨닫지 못했었다. 도호재는 마침내 환각이 그를 놓아주고서야 비로소 환각이 환각이었음을 알아차렸다.

모두가 각자의 업무지로 떠난 방에 홀로 앉아 마른세수를 할 때쯤 방 내부에 설치된 전광판에 멤버십 코드 'M4-AL293'의 호출이 있음을 알리는 안내문이 밝게 빛났다. 그는 깊게 숨을 들이마셨다가 내뱉으며 어제보다도 탁해진 공기로 흐린 정신을 환기하고서 방에서 나왔다.

곧장 최태영이 근무하고 있는 병원으로 향한 도호재는 병원 내부의 화장실에서 4급 메르라 유니폼으로 갈아입고 최태영과 만나 공적으로 만난 사이답게 사무적인 인사를 나누었다.

관문을 거쳐 예은의 숙소에 도달하자 예은이 문을 열고 둘을 반겼다. 예은의 방은 도호재가 배정받은 3급 거주 구역의 방보다도 컸고, 출입문 기준 양옆 벽면에 단층 침대가 놓여 있었다. 예은의 방은 도호재가 머무르는 방처럼 창이 나 있지 않았으나, 내부에 향을 내는 오브제를 놓아둔 지 오래된 듯이 강한 향이 방 안 곳곳에 깊게 스며들어 있었다. 문고리나 침대 프레임의 쇠 냄새조차 덮을 정도로 강한 향은 평화롭게 음미하며 향긋하다고 감탄하기보다는 이곳이 자신의 영역이라고 강력하게 주장하는 것처럼 공격적이고도 진한 농도였다.

"일은 어느 정도 진척되었습니까?"

"1차 모반 집단 생성은 다 끝났고, 시간이 촉박해서 조금 엉성해 보이긴 하지만, 메르라가 쉽게 접속할 수 있는 루트로 계몽 집단 서버도 구축했어요. 서버에 업로드할 전단 파일이랑 계몽 프로그램은 순차적으로 올라가도록 조치 취해놨고요. 제로 입장에서는 위협적으로 다가오긴 할 거예요. 두 분이 오시기 직전에는 종철 씨의 담당 지역을 제로 거주 구역으로 바꾸었어요. 도중에 제로 측 수동 보안 AI에 걸리지 않길 바라야죠."

예은은 도호재의 질문에 답하며 노트북 잠금화면에 비밀번호를 입력했다.

"종철 씨가 제로 거주 구역 중에서도 어떤 구역을 담당해야 하는지 배정해야 했을 겁니다."

"실제로 배송할 것도 아니고 진입에만 활용할 테니 어떤 구역에 배정되든 딱히 상관없지 않나요? 특별히 맡아야 할 구역이 있나요?"

도호재는 의아하다는 듯이 노트북에서 시선을 뗀 예은을 향해 고개를 내저어 보였다.

"구역이 아닙니다. 멤버십 코드 번호 'Z0-OC359' 앞으로 배정해야 합니다. 제로 거주 구역의 배송은 택배원이 담당하지 않습니다. 택배원은 제로 거주 구역의 관문 내부 건물의 택배실까지 물품을 옮겨놓기만 할 뿐, 실제로 저택까지 배송물을 옮기는 건 각 저택에 상주하는 고용인입니다. 그래서 종철 씨가 '구역'을 담당하게 되면 제로 거주 구역 담당이더라도 내부까지 들어오지는 못합니다. 예외로, 직전에 언급한 코드 번호를 보유하고 있는 제로는 구역 단위로 택배원을 배정받지 않고 전담 택배원이 따로 있습니다. 종철 씨가 해당 코드를 보유한 제로를 담당한다면, 제로 거주 구역 내부까지 쉽게 들어갈 수 있을 겁니다."

예은은 그의 말이 끝나자마자 기다렸다는 듯이 질문을 던졌다.

"그 코드의 주인은 누구길래 도호재 씨가 코드 번호까지 정확하게 알고 있는 거예요?"

"이우진이라고, 일전에 가까이 지내던 제로입니다."

도호재는 이우진의 비열한 모습을 떠올렸다. 자신보다도 한참

모자랐던 그와의 마지막 추억은 이우진이 도호재를 모욕함에 따라 서로 연을 끊겠다고 선언하던 상황이었다. 도호재는 자신이 잠시나마 이우진을 떠올렸음에 얼굴을 찌푸렸다.

"그래요? 일단 그 부분은 수정할게요. 이건 어렵지 않은데, 문제는 다른 부분에 있어요."

"무슨 말입니까?"

팔짱을 끼자, 유니폼이 힘없이 구겨졌다.

"엔바디 사회에서 운용하는 서버의 전반적인 운영이나 관리는 제가 소속되어 있는 부서에서 담당하고 있는 거 아시죠? 엔바디 사회의 서버를 건드릴 수 있는 유일하다시피 한 부서지만, 그런 저희도 제로 측의 보안 관련해서는 원칙적으로 손을 댈 수가 없어요. 제로 측의 보안과 관리는 수동 보안 AI를 따로 두어, 해당 기술이 총괄하고 있다고 보시면 돼요. 이러다 보니 제로 측의 보안에 대해서는 아는 게 거의 없어서 멤버십 데이터의 보안 구성 방식에 대해서 따로 알아봤었어요."

예은은 조급한 기색 없이 차근차근 설명했다.

"현재 옥토 제로가 사회를 운영하는 방식은 전부 초대 옥토 제로의 이념을 근간으로 한다는 거, 아시죠? 초대 옥토 제로의 육신은 한계까지 연명하다가 죽었어도 그의 인격과 사상은 서버에 추출하다시피 구현해서 수동 보안 AI에 결합해 두었다는 것도 아실 테고요."

"물론입니다. 엔바디 사회에 등록된 사상에는 수십, 수만 가지가 있다지만, 그중 막대한 사상 저작권료를 받을 수 있었음에도, 엔바디 사회에 사는 모두가 압도적인 액수를 사용료로 지불하지 않고도 이를 기반으로 행동하고 발언할 수 있도록 허용해 준 건 오로지 초대 옥토 제로의 사상밖에 없죠. 사상 저작권료를 받지 않겠다는 지침은 전부 초대 제로의 뜻이 있었기 때문이라는 것도 엔바디 사회 구성원이라면 누구나 알아야 하는 상식 아닙니까."

최태영이 도호재의 말에 끄덕이며 침대맡에 걸터앉았다.

"상식이죠. 저작권료 면제라는 게 지금까지도 떳떳하게 가능한 건 수동 보안 AI 상에 결합되어 있는 초대 옥토 제로의 인격이 살아생전 그의 실제 인격이나 사고 방향과 매우 높은 일치율을 보였다는 실험 결과를 근거로, 사상 저작권료에 대한 보안 AI의 판단을 초대 옥토 제로의 판단이라 여기고, 그가 고안한 사상을 저작권료를 받지 않고 사용할 수 있도록 보안 AI 측에서 여전히 허용해 주기 때문이고요."

"그게 지금의 계획에 어떤 차질을 초래했다는 말입니까?"

도호재는 상식적인 내용만 오가는 대화의 방향성을 틀어 예은을 채근했다.

"멤버십 데이터를 삭제하기 위해서는 초대 옥토 제로의 권한으로 이를 수락하는 절차가 필수적이에요. 제로 거주 구역에 잠입해서, 옥토 제로 회의실까지 도달하고, 회의실 비밀번호를 입력하고, 옥토 제로만이 알고 있는 비밀번호와 옥토 제로 수장의 자발적인 음성으로 멤버십 데이터를 열람하고 이를 삭제하려고 해도, 초대 옥토 제로의 동의가 없으면 전부 소용이 없다는 말이에요. 보안 AI 와의 접촉을 사력을 다해서 피해도 모자랄 판에 보안 AI 속 어딘가에 있을 초대 옥토 제로의 수락까지 받아야 한다는 말이죠."

예은의 입에서 나온 내용은 전혀 생각지도, 들어보지도 못한 이야기였다. 더는 살아 숨 쉬지도 않는 초대 옥토 제로로부터 멤버십 데이터를 초기화하겠다는 허락을 받아야만 목표를 달성할 수 있다는 말은 그야말로 청천벽력이었다.

"그럼 어쩌자는 거죠? 지금 와서 발을 빼기에는 너무 늦어버렸어요. 예은 씨는 이미 나와 주치의 자격으로 계약을 맺어버렸고, 멤버십 칩을 도용한 도호재 씨를 조수로 고용했으며, 도호재 씨는 예은 씨의 보증을 받아, 예은 씨가 조작해서 빼돌린 자금으로 멤버십 체험 심사를 완료했어요. 이미 사회의 질서를 체계적으로 교란했다는 증거가 대차게 남아버린 거죠. 재정비할 시간도 없어요."

최태영은 자신의 입술을 안쪽으로 끌어들여 초조하게 핥았다.

"그것뿐만이 아니에요. 이번에 이례적으로 감사를 진행한다고 공지가 내려왔어요. 아무래도 화폐 변경 기간을 거치면서 우리가 구축해 둔 1차 가상 집단을 빠르게 적발한 것 같아요. 사회의 질서를 집단 차원에서 흐리려는 움직임을 확인했으니 일상적이지 않은 행보를 보인 인력을 전수조사하려는 거겠죠."

"감사 일정은 언제입니까?"

상황을 하나씩 정리할 필요가 있었다.

"오늘 밤이요."

"당장 오늘이란 말입니까?"

도호재는 어처구니없는 일정에 예은의 얼굴을 살폈다.

예은은 흔들림 없이 진실하여 보였다.

"그 사이 강구한 계책이라도 있습니까?"

그는 뜻을 같이한 이들이 뛰어난 이들이라 믿어 의심치 않았다. 지극히 개인적인 계기를 발판으로 세워진 자신의 결심보다도 앞서서 엔바디 사회의 문제점을 깨닫고 이를 파훼하고자 준비해 온 이들이라면 계획의 중대한 결함에 대한 해결책 또한 충분히 준비했을 거라 믿고 싶었다.

"잘 모르겠어요. 이 사실을 알아낸 지 얼마 안 되기도 했고요. 감사 일정을 우리의 계획 시행일인 화요일 이후로 미루거나 취소해 내더라도 감사관이 이곳에 들이닥치기 전에 초대 옥토 제로의 승인을 어떻게 받아낼지도 모르겠어요."

예은은 도호재의 철없는 희망을 고갯짓으로 일으킨 미약한 바람으로 손쉽게 꺼뜨렸다.

"종철 씨는 이 상황을 알고 있습니까?"

의미 없는 질문에 최태영이 발로 바닥을 가볍게 차며 입을 열었다.

"종철 씨는, 글쎄요, 오늘 업무가 일찍 끝나긴 하겠죠. 3급 거주 구역에 새로이 배정받은 임시 거주지로 짐을 옮겨야 할 테니까요. 그의 일정이 끝나는 대로 지금 상황을 알리긴 해야겠죠. 하지만 그 전에 우리는 이 상황을 타개할 방법을 찾아야 해요. 여유롭게 움직이다가는 감사관과 맞닥뜨릴 테니까요."

셋 사이에는 독성을 품은 짙은 안개와 같은 침묵이 무겁게 내려 앉았다. 누구도 입 밖으로 내지는 않았으나, 숨을 들이마시기만 하면 고통스러워도 확실하게 죽음을 선물해 주겠다는 새콤한 유혹의 안개가 깔려 있음을 알고 있었다. 이대로 숨을 들이켜서 적 어도 자신의 마지막을 주체적으로 결정하고 당장이라도 골치 아 픈 일에서 벗어날 수도 있었으나, 누구도 서로에게 이를 발설하거 나, 안개를 흡입하라고 권하지 않았다.

도호재는 가볍게 손을 내저었다.

"초대 옥토 제로의 승인 없이도 멤버십 데이터를 조작할 방안이 있는지 찾아야 합니다. 모든 계획을 파기해 버릴 수는 없는 노릇 아닙니까."

"보안 AI 자체를 무력화할 방법은 어때요?"

예은이 곰곰이 생각하다 말했다.

"그게 가능합니까?"

"가능하게 만들어야죠. 보안 AI의 승인이 멤버십 데이터를 초기 화하는 마지막이자 가장 중요한 단계이니까요. 영구적으로 무력 화하는 건 어렵더라도 잠깐 교란하는 정도라면 할 수 있을 거예 요. 잠깐의 틈이 생겼을 때 멤버십 데이터베이스를 통째로 초기화 해야죠. 그 정도 코드는 짜낼 수 있을 거예요."

예은은 이것저것 가능성을 가늠하듯이 눈을 가늘게 뜨고서는 머리를 정신 사납게 두드렸다.

"와. 예은 씨를 누가 영입했는지 참 잘 뽑았네요."

최태영은 전혀 감탄스럽지 않은 표정으로 예은을 향해 익살스럽게 엄지를 추켜세웠다.

예은은 아무런 대꾸 없이 몸을 돌리고선 꽤 오랜 시간을 중얼거리거나, 고뇌하거나, 타자하거나, 머리를 쥐어뜯었다. 도호재는 예은이 작업하는 동안 예은의 룸메이트 침대에 걸터앉아 조용히 고뇌했다.

불안정 속 그가 내린 결론은, 파격적인 선택을 해야 한다는 내용이었다.

"차라리 오늘 진행하는 게 좋을 듯합니다."

그의 제안에 방에 있던 모두가 이해되지 않는다는 표정으로 도호재를 쳐다봤다.

"뭐를요? 우리 계획을요? 오늘요? 미쳤어요?"

최태영은 본인의 질문 하나마다 짧게 끄덕이는 도호재의 모습을 보며 점점 황당하다는 기색을 내비쳤다.

"감사 일정을 조작한 게 과하게 티 나지는 않도록 하루만 미루고, 종철 씨와 연락이 닿는 대로 제로 거주 구역으로 향해야 합니다. 이미 벌여놓은 일이 있고, 어떤 식으로든 꼬리가 그들의 발끝에 차이는 순간 계획은 전부 허사로 돌아갈 겁니다. 그럴 바에는 준비가 완벽하지 않더라도 도전하는 게 낫습니다."

손에 열이 오르고 땀이 배어 나왔다. 그는 초조한 기색을 감추고자 주먹을 쥐거나 땀을 닦아내지 않았다. 행여 침을 삼키는 모양새가 불안의 반증이라도 될까 봐 우려되었기에 입안에 침이 고여도 식도로 흘려보낼 뿐, 의도적으로 삼키지도 않았다. 모든 경우의 수에 관한 빛과 어둠을 생각하고 시험해 볼 시간은 없었고, 누구의 안전도 보장되지 않는 선택지였지만, 도호재는 이 선택지만이 정답이라는 확신이 들었다.

"이렇게 급하게 도전할 일이 아니라는 건 누구보다도 도호재 씨가 제일 잘 알고 있다고 생각했는데요. 목표를 달성하기 위한 계획에만 신경을 쓰는 게 아니라 목적이 밝혀지지 않도록 위장용 변두리 계획에도 심혈을 기울인 장본인이잖아요."

예은은 이해하기 어렵다는 듯이 숨을 내뱉었다.

"위장용 계획까지 세워가며 준비한 우리의 목표가 헛되이 물거품이 되지 않도록 당장 오늘 계획을 수행하자는 말입니다."

"너무 급하지 않아요? 아직 아무것도 들킨 건 없어요. 딱히 시간을 질질 끌고 있는 것도 아니고요."

예은은 자신이 지향하는 바에는 아무런 거짓도, 부정도, 부정의도 존재하지 않음을 드러내듯이 양손을 위를 향해 가감 없이 펼쳤다.

"아무것도 들키지 않았기 때문에 최태영 씨가 방해 없이 나의 아버지를 만나러 갈 수 있는 거고, 저들이 방심하고 있기에 종철 씨 또한 문제없이 제로 거주 구역을 드나들 수 있는 겁니다. 어차피 위장용 계획도 예은 씨가 큰 틀은 마무리했고, 예은 씨가 보안 AI의 승인 절차를 회피할 수 있는 코드만 완성한다면 지금 당장 제로 거주 구역에 진입해도 전혀 문제 될 게 없습니다."

"아니, 그렇긴 해도, 갑작스러워요. 보안 AI의 승인 절차를 회피하는 일이 정말 가능할지도, 가능하다고 하더라도 언제까지 코드를 완성할 수 있을지도 모르는 일이고요."

예은은 잠시 머뭇거릴 뿐, 이내 고집스럽게 고개를 내저었다.

균형을 이루던 둘의 대치 사이로 이를 지켜보던 최태영이 불쑥 끼어들었다.

"미친 거 같긴 한데, 도호재 씨 말에 동의해요. 불확실한 상황을 질질 끌어봤자 불확실성은 커지기만 하죠. 종철 씨의 숙소에 오늘을 위해 준비한 물품 중 제일 중요한 물품을 놔뒀어요. 종철 씨의 담당 구역이 바뀌면서 새로이 배정된 거주지로 이사하는 날이 오늘이에요. 어차피 오늘 거주지를 옮겨야 했으니 4급 거주 구역에 들렀다가 전부 챙겨서 올라오면 되겠네요. 종철 씨가 서두르면 낮이 끝나기 전에 제로 거주 구역으로 이동할 수 있어요. 오늘 진입하는 쪽으로 생각하고 준비하죠. 실행 가능할지는 예은 씨에게 달렸어요."

도호재는 자신이 제안하기는 했으나 최태영 또한 적극적으로 동의할 거라고는 생각지 못했었다.

예은은 둘을 번갈아 가며 쏘아보다가 노트북을 향해 돌아앉았다.

"일단은, 일단은 시작할게요."

예은은 못마땅한 표정을 짓고서, 종철이 예은의 숙소 앞이라는 소식을 전할 때까지 입을 굳게 다문 채 자판을 두드리다 한참을 멈추기를 반복했다. 최태영은 종철에게 연락해 계획이 변경되었음을 알렸고, 기존에 처리하고 있어야 할 업무를 살피며 예은과 마찬가지로 바쁜 시간을 보내는 듯했다.

　마침내 종철이 예은의 거주지 앞에 도달했다는 소식이 들렸다. 예은이 종철의 출입을 위해 직접 거주지 1층으로 내려가는 순간부터 도호재는 밀려오는 현실 감각과 긴장감으로 삽시간에 호흡이 가빠졌다.

　금방 돌아올 줄 알았던 예은은 꽤 오랜 시간 동안 돌아오지 않았다. 예은은 거주지 건물 출입구로 내려갔을 때 예정보다 일찍 방문한 감사관이라도 마주친 건지 도호재와 최태영이 우려하기 시작한 지도 오래 지나서야 돌아왔다. 어처구니가 없다는 표정으로 들어오는 예은의 뒤에는 어깨를 앞쪽으로 한껏 말고 있는 종철 외에도 빨간 유니폼을 입은 메르라 하나가 불친절한 기세로 뒤를 따르고 있었다.

　"뭡니까?"

　도호재는 낯선 이의 인상착의를 훑어내렸다. 빨간 유니폼의 메르라는 두피를 쥐어짜듯이 머리카락을 뒤쪽으로 넘겨 강하게 묶었으나, 모근째로 뽑힐 정도로 강하게 묶었음에도 머리칼이 곳곳에서 흘러내려 지저분하게 늘어져 있었다. 길게 늘어진 억새 같은 잔머리는 고무줄로 어찌할 수 있는 게 아니라는 듯이 고집스럽게 바닥을 향하고 있었다. 제로 거주 구역을 벗어난 이후, 몇 달 사이 메르라 거주 구역을 다니며 비슷한 유니폼에 비슷하게 생긴 이를 많이 봐서 그런지 익숙한 외형이었다.

　"저랑 똑같이 말씀하시네요. 종철 씨든 저쪽이든 아무한테나 여쥐보세요. 어처구니가 없어서. 아니, 종철 씨는 대체 왜!"

예은은 치밀어오르는 화를 뚝 잘라버리고는 문단속이 제대로 되었는지 한 번 더 확인했다.

"이게 무슨 상황이죠?"

마찬가지로 유쾌하지만은 않아 보이는 최태영이 묻자 종철은 우물쭈물 입을 오물거렸다. 그는 최태영에게 연락을 받은 대로 오늘 배정받은 일정을 마치고 4급 거주 구역으로 이동했다고 말했다. 그는 그곳에서 최태영이 종철에게 맡겨둔 물건을 비롯하여 거주지에 보관하던 짐을 빼고, 3급 거주 구역에 배정받은 4급 전용 거주지에 자신의 물품을 놔둔 뒤에 최태영이 말한 나머지 물건도 챙겨서 예은의 거주지까지 도달했다고 항변했다.

"그래서요?"

최태영은 이 상황을 쉽사리 설명하지 않고 있는 종철을 채근했다.

"예은 씨가 데리러 내려왔을 때 여기, 이쪽이 요즘 1급 거주 구역을 담당하면서 택배업에 종사하는 메르라인데, 갑자기 나타나더라고요. 예은 씨가 2급 거주지에 무단침입한 죄목으로 경비를 부르기 전에 꺼지지 못하겠냐고 이쪽을 위협하니까, 그, 자기도 제로 거주 구역에 데려가라고, 그러지 않으면, 음, 오히려 자신이 경비를 불러서 다 일러바치겠다고 협박해서 일단 같이 올라왔어요."

종철은 신중하게 말을 고르며 상황을 설명했다. 그는 어떻게 이렇게 철딱서니가 없냐고 꾸짖는 부모님께 자신에게는 잘못이 없고 모든 잘못은 옆에 서 있는 형제가 저질렀다고 피력하는 철부지처럼 보였다.

"그쪽은 우리가 제로 거주 구역에 간다는 걸 어떻게 알게 된 거
죠?"

최태영이 콧대와 눈물언덕 사이의 안경 지지대가 닿는 곳을 꾹
누르며 한숨을 쉬듯이 물었다.

빨간 유니폼을 입은 불청객은 되바라지게 눈을 홉뜨고 서 있었다.

"그 전에 확인할 게 있습니다."

도호재는 빨간 유니폼을 입은 메르라가 이곳에 발을 들인 순간
부터 들었던 기시감에 대한 해답을 확인하고자 했다.

"이름이 강미 아닙니까?"

"맞으면 어쩔?"

도호재는 강미의 대답을 듣는 순간 예은이 왜 종철의 말투를 뜯
어고쳤다고 했는지 단숨에 이해했다.

"아! 도호재 씨도 아는 사이였군요!"

종철은 구원자를 찾았다는 듯이 감격에 겨운 숨을 내쉬며 크게
외쳤다.

"3급 거주 구역의 관문 앞에서 난동을 피우는 것을 목격하고, 주
변인으로부터 사연을 조금 들었을 뿐, 아는 사이는 아닙니다."

도호재가 강미와의 접점을 부정하자 종철은 멋쩍으면서도 불안
한 눈빛으로 다시 어깨를 조금 말아 넣었다.

"그래서 그쪽은 어떻게 제로 거주 구역에 간다는 사실을 알았
고, 왜 데려가 달라는 거죠?"

"안 데려가면 그대로 경비한테 꼬바를 건데."

강미는 아래턱을 좌우로 흔들며 손목을 꺾었다.

최태영도 강미의 언행이 거북한지 입을 굳게 닫자, 방에 들어온 뒤로 분을 삭이며 가만히 앉아 있던 예은은 강미를 제외한 나머지 인원을 가까이 불러 모았다. 강미와 칸막이 하나 세워져 있지 않았지만, 강미와의 구분 선을 긋기에는 충분한 태도였다.

"지금 정말 데려가자고 묻고 있는 거예요? 누구인지도 모르고, 어떻게든 정보를 입수해 낸 다음에 거짓말로 사연을 꾸며내서 우리의 계획을 훼방 놓으려는 첩자일 수도 있는데요?"

작게 이야기하던 예은은 잠시 숨을 들이켜더니 소리 없이 거의 입 모양으로만 말하듯이 속삭였다.

"내가 저걸 여기까지 데려온 이유는, 여기서 처리하고 당장 떠나기 위해서였다고요. 시간이 없어요. 우리의 계획에 방해가 됐으면 몰라도 도움이 될 작자는 아니에요. 묶어놓든, 기절시키든, 뭐든 해야 해요."

"처리? 죽이자고요?"

예은의 말에 길잡이 역할을 한 종철의 얼굴이 하얗게 질렸다.

"종철 씨. 어차피 제로 거주 구역에 가면 경비든 고용인이든 제로든 구분할 거 없이 충돌이 생기면 누군가는 죽여야 해요. 그렇지 않으면 이쪽이 죽을 테니까요. 그리고 그 역할은 웬만하면 종철 씨가 맡아야죠. 나는 그 자리에 없을 테고, 그러면, 의사인 최태영 씨가 죽여요? 그곳에서 나고 자라서 일면식이 있는 도호재 씨가 죽여요? 체격적인 면에서도 그렇고, 종철 씨가 제일 잘 어울려요. 그리고 제로 거주 구역에서 이 역할을 종철 씨가 맡을 거라면 지금 예행연습을 해두는 것도 나쁘지 않겠죠."

예은은 눈꼬리를 매섭게 잡아당겼다.

"내가요? 아니, 그런 게 어딨어요. 난 그러고 싶지 않아요."

종철은 그런 예은의 말에 손사래를 치면서도 거절하는 게 맞는지 고민하는 눈치였다.

그러는 동안에도 시간은 흐르고 있었고, 시간이 지체될수록 선택지마다 가지는 확신과 행동으로 옮겼을 때의 성공 가능성은 석탄이 소진된 불 마냥 조금씩 사그라들고 있었다.

"강미가 첩자라면 오히려 정보가 더 새어 나가고 저쪽이 대비하기 전에 빠르게 치기 위해서라도 지금 당장 움직여야 합니다."

도호재는 어떤 선택이든 신속하게 결정을 내릴 것을 채근했다.

죽이든 말든, 선택해야 했다. 도호재의 말에 예은이 종철을 압박하듯이 인상을 찌푸리자, 강미가 옆에 놓인 침대 프레임을 갑작스럽게 후려치며 소리 질렀다.

"존나 못 들어주겠네. 첩자? 첩자 같은 소리 하네. 뭣도 없는 종철이 갑자기 제로 거주 구역을 담당한다는데, 이상하게 보이지 않겠음? 머리에 그득히 든 우동사리를 좀 돌려보셈. 멍청한 4급 메르라의 눈에 어떻게 보일지는 신경도 안 썼지? 게다가 허술하게 뒤를 밟히기까지 하다니, 제로 거주 구역에 가려는 의지는 있음? 같잖은 정의감에, 뭐? 종철한테 다 들었음. 체제를 전복? 뭐라도 되는 것처럼 씨부리는데, 그래 봤자 너희가 이 사회를 가지면 뭐가 다를 거 같음? 모든 걸 다 할 수 있는 위치에 취해서 아무것도 안 할 거잖음. 멤버십을 뒤엎는 게 아니라 제로가 되고 싶은 연놈들 주제에 나를 더럽히지 말라고!"

"강미 씨!"

강미의 날 선 말에 외려 종철이 사색이 되었다.

예은은 강미의 말을 들으며 기존에 자신이 제시했던 선택지 쪽으로 마음이 기운 듯이 얼굴을 딱딱하게 굳혔다.

도호재는 예은이 방을 살피며 범행 도구를 찾는 듯한 모습에 강미의 동태를 살폈다. 강미 역시 그런 예은을 주시하고 있었다.

어느 쪽이든, 유혈사태가 날 상황이었다.

"일단 임시로만 합류시키죠?"

의외의 말을 꺼낸 건 최태영이었다.

"강미라고 했죠? 우리는 그쪽 사정 모르고, 그쪽도 우리의 사정을 몰라요. 딱 이 정도 거리를 유지하도록 하죠. 선 넘지 말고요. 제로 거주 구역에 데려가 달라는 요구는 이쪽 계획에 방해가 되지 않고, 할 수 있는 선에서만 들어줄 거예요. 그쪽을 도울 테지만, 결국 제로 거주 구역에 들어갈 수 있는지 최종적으로 결정하는 건 제로 측이에요. 그건 한낱 메르라가 관리할 수 없어요. 그쪽을 챙기기 위해서 기존의 목표를 포기하지도 않을 거고요. 이걸로 만족하면, 동행해요."

예은은 최태영의 독단적인 행동이 기가 막힌다는 듯이 그를 쳐다보았다.

"제로 거주 구역 들어가면 어디까지 감?"

강미는 최태영의 제안에 잠시 고민하다 물었다.

"옥토 제로 회의실까지 가죠."

"같이 감."

강미는 최태영의 답에 만족스럽게 고개를 끄덕였다.

강미의 합류는 벼락처럼 결정되었다. 강미가 어떤 돌발행동을 할지 알 수 없었기에 그곳에서부터 나오는 두려움이 있었다. 그러나 만일 강미가 제로 거주 구역에서 이들과 분리되어 난동을 피움으로써 제로와 경비의 시선을 강미 쪽으로 분산시킬 수 있다면, 오히려 호재로 작용할 가능성도 있었다.

"방금 그 결정 때문에 일이 잘못되면, 최태영 씨, 그쪽은 제로나 경비가 아니라 내가 죽일 거예요."

도호재가 생각을 정리하는 동안 예은은 최태영의 멱살을 그러쥐었다가 던지듯이 놓으며 불쾌감을 표했다.

최태영은 예은의 으름장에도 아랑곳하지 않고 한쪽 무릎을 꿇고서 종철이 가져온 짐을 뒤졌다.

"이거 받으세요."

그러다 마침내 목표로 했던 물건을 찾았는지 무언가를 꺼내 강미 쪽으로 가볍게 던져 건넸다.

"예은 씨 몫까지 만들어 뒀던 안경이에요. 제로 거주 구역에서도 잘 보이게 도와줄 거예요."

그는 강미에게 대략적인 설명을 해주며 종철이 모든 물품을 가져왔는지 마저 확인했다.

"최태영 씨."

예은이 최태영에게 작은 칩 하나를 내밀었다.

"보안 AI를 교란할 코드가 담겨 있는 칩이에요. 멤버십 데이터를 관리하는 기기에 올려두면, 자동으로 동기화되어 작동하도록 만들어 뒀으니 다른 기기에 닿지 않도록 주의하고요."

예은은 옥토 제로 회의실에 반드시 들어갈 예정인 인물은 그밖에 없지 않냐며 최태영의 손에 칩을 넘겨주었다. 그러고선 곧장 자신이 작업하던 곳으로 성큼성큼 이동했다.

"코드 번호 불러. 신원 조회해 보게."

강미는 예은의 말에 콧잔등을 찡그렸으나, 순순히 자신의 멤버십 코드 번호를 읊어주었다.

예은은 강미의 코드 번호를 입력해 보더니 몸을 돌려 강미를 마주했다.

"무슨 꿍꿍이인지는 몰라도, 우리 계획을 방해하면 그대로 그쪽 멤버십 코드 번호만 적발 신고를 넣을 거다."

강미는 명백한 협박에 대놓고 예은을 비웃었다.

양쪽 입꼬리를 전부 올리며 밝게 웃는 강미의 모습에 예은은 혼잣말을 중얼거리며 고개를 돌려버렸다.

"출발하죠."

최태영은 자리에서 일어나서 방 안에 있는 모두를 둘러보며 말했다.

"새로운 시작에서 다시 만날 때는 제로 거주 구역의 저택에 들르십시오. 모두가 쉴 수 있는 공간이 충분할 겁니다."

도호재는 이곳에서 자신들을 보조할 예은에게 작별하며 덧붙였다.

"그 저택이 도호재 씨와 도호재 씨의 소속 집단 앞으로 남아 있을 때의 얘기죠."

예은은 눈썹을 가운데로 모으면서도 짓궂게 웃었다.

최태영을 선두로 하여 모두가 복도로 빠져나오고 방문이 닫힐 때까지, 예은은 자리를 지키며 이들을 배웅했다.

2급에 있는 관문에서, 이들은 멤버십 코드를 확인받고 1급을 지나 제로 거주 구역으로 향하는 이동 장치에 탑승했다. 최태영은 제로 거주 구역의 관문에서 자신이 옥토 제로로부터 호출을 받았으며, 강미가 동행해야 한다고 우겼다. 경비는 제로로부터 출입 허가를 받은 그의 요구에 머뭇거리다 수긍했다. 마지막 관문에서 아버지로부터 직접 출입 허가를 받는다면 강미 또한 제로 거주 구역에 발을 들일 수 있었다. 도호재는 1급 거주 구역의 관문 건물에서 비좁은 플라스틱 상자에 몸을 구겨 넣었다. 밋밋한 상자 냄새가 도호재의 코를 파고들었다.

제로 거주 구역에 있는 마지막 관문에 도착하니 어느덧 저녁으로 접어들고 있어서 그런지, 그곳에서 출입하고자 대기하고 있는 인원은 초조하게 발을 구르고 있는 고용인 하나 외에는 도호재네

무리가 전부였다.

도호재를 운반하고 있는 종철이 가장 먼저 경비 앞에 도착하고, 고용인을 사이에 두고 그 뒤로 최태영과 강미가 차례를 기다렸다.

"딸빡아, 택배는 저쪽이잖아!"

메르라 거주 구역으로 처음 나가려 할 때 도호재에게 살갑게 굴던 경비가 관문 밖으로 나가려는 종철을 향해서 거칠게 외치는 소리가 들리고, 매끄러운 바닥 위를 지나가던 노거가 투박하게 멈춰섰다.

"이거, 직접 배달하는 거임요."

상자 안에서 숨죽이고 있으니 종철의 떨리는 목소리가 들렸다.

"직접 배달? 무슨 소리 하는 거야. 직접 배달하는 4급은 하나밖에 없다고. 걔가 어제도 가져왔었는데. 거짓말을 해도 좀 알아보고 쳐야지. 말해봐, 수취인이 누군데?"

경비는 상자를 툭툭 치며 종철이 어디까지 갈지 지켜보는 듯했다.

종철이 선을 넘으면 경비는 곧장 그에게 덤벼들 테지만, 웬만해서는 귀찮으니 돌려보내고 싶은 기색이었다.

"이우진이라고 적혀 있음요."

경비는 종철의 답에 작게 탄식했다.

"아, 그 자식. 제로 거주 구역에 들어갔다고 다 떠들고 다닌 건가? 입단속이 안 되네. 운서 씨, 멤버십 코드 리더기 다시 가져와요. 여기에 네 코드가 등록 안 되어 있으면 넌 그대로 잡혀가는 거다?"

경비의 말에 신참의 경쾌한 발걸음 소리가 가까워졌다.

발걸음 소리가 상자 바로 옆에 멈추고, 코드 리더기를 주고받는 소리가 작게 들렸다. 도호재는 상자가 흔들리지 않도록 전신에 힘을 주고 몸을 부여잡았다.

별안간 도호재의 머리 위쪽에서 상자의 포장을 끊어내는 소리가 들려왔다. 예리한 칼날로 포장을 깔끔하게 잘라내는 소리가 들리더니 암흑이던 상자 속으로 갑작스럽게 빛이 새어 들어오기 시작했다. 상자가 완전히 열리는 즉시 밖으로 뛰쳐나가야 하는가? 칼날은 상자의 옆면을 자르고, 도호재 머리 바로 위쪽의 포장을 길게 그어 난도질했다. 당장 결정을 내려야 했다. 상자의 포장이 잘려나가는 모습을 이제야 발견한 듯한 종철의 당황스러운 목소리가 들려오고, 도호재는 여전히 결정을 내리지 못한 채로 고개를 푹 숙이고 있었다.

상자의 뚜껑이 비스듬하게 열리며 외부의 빛이 본격적으로 상자 내부로 쏟아져 들어왔다. 도호재는 당장 도망쳐야 하는지, 바깥의 인물을 공격해야 할지 고민하느라 머리가 터질 것만 같았다.

"헉!"

도호재의 머리 위쪽에서 숨을 집어삼키는 소리가 들리더니 누군가가 바닥에 주저앉는 소리가 들렸다. 상자의 뚜껑이 빠르게 닫히며 도호재는 다시 암흑으로 돌아왔다. 상자를 연 이는 분명 도호재를 보았다. 상자 내부가 완벽하게 밝아질 정도로 뚜껑이 열렸었다. 상자를 연 경비가 장님이 아닌 이상, 그는 상자 안에 도호재가 숨어 있다는 것을 눈치채고도 남았다. 미칠 듯이 빠르게 뛰는 심장 탓에 자신도 모르는 사이에 소리를 지를까 두려웠다. 상자 너머에서 누군가가 당황스러운 숨을 몰아쉬는 소리가 또렷하게 전달되고 있었다.

"미쳤어요? 이우진 님 앞으로 온 택배는 열면 안 되는 거 몰라요!?"

종철의 멤버십 코드를 확인하던 경비가 급하게 다가오는 소리가 들렸다. 그는 이미 덮인 도호재 위의 상자 덮개를 열린 적 없었다는 듯이 꾹 눌렀다.

곧이어 상자 옆에서 쓰러져 있던 이가 멱살잡이를 당한 채로 끌려 올라가는 듯한 소란이 일었다. 종철의 멤버십 코드를 확인하던 경비는 도호재의 상자를 연 신참에게 위협적으로 으르렁거리고 있었다.

"네? 아, 죄송해요! 습관적으로, 죄송해요!"

신참이 갓 태어난 새끼 가젤처럼 힘이 풀린 다리로 똑바로 서기 위해 멀끔한 바닥을 불안정하게 디디려 노력하는 소리가 애처롭게 울렸다.

"교육 제대로 안 들었어요? 잘리고 싶어요? 범죄자 따위가 되어서 저 새끼보다 못한 5급으로 추락하고 싶으냐고요. 안에 있던 게 도망치기라도 했으면 그쪽 과실이었어요. 알긴 해요?"

경비는 자신이 관리하는 시간에 사건이 생길 뻔했다는 사실에 울화통이 치미는지, 들고 있던 리더기로 신참의 머리를 내려쳤다.

"아뇨, 아니에요! 한 번만 봐주세요! 비밀로 해주세요! 다시는 이런 실수 안 할게요!"

신참 경비는 고통을 참으며 다급하게 용서를 빌었다.

신참 경비의 콧대와 툭 튀어나온 광대뼈 사이의 골을 타고 축축한 땀이 배어 나왔다.

"확인은 끝났어. 들어가. 담당이 바뀌었으면 말을 해줄 것이지. 얘는 신참이라 뭣도 모르고 실수한 거니까, 괜히 소란 피우지 말고. 이우진 님한테는 비밀로 해."

경비는 종철에게 신신당부하며 그에게 빨리 관문을 통과할 것을 요구했다.

'다음!'이라고 카랑카랑하게 외치는 경비의 목소리가 상자의 틈을 비집고 들어왔다. 상자를 얹은 수레는 매끄러운 바닥 위를 굴러가기 시작했다. 도호재는 잘게 흔들리는 상자 속에서 충격에 휩싸인 채로 몸을 웅크리고 있었다. 이우진이 돼먹지 못한 제로임은 알고 있었지만, 그가 정말로 메르라까지 들여오는 악질인 줄은 몰랐었다. 상자의 뚜껑을 연 신참 경비뿐만 아니라, 상자를 다시 굳게 닫아버린 경비 또한 도호재가 웅크리고 있는 모습을 봤을 게 분명했다. 그런데도 종철은 도호재를 담은 상자를 들고 관문을 통과할 수 있었다. 그 말은 곧 이우진은 이미 숨이 끊어졌든 살아 있든 구분 없이 제로 거주 구역에 메르라까지 들여오고 있었다는 말이었다.

종철은 관문에서 빠져나와, 건물에 가려지는 으슥한 곳에 이르러 도호재를 꺼내주었다. 종철은 택배 업무를 위해 주차해 둔 차를 대기시키기 위해 자리를 이동했고, 도호재는 덜덜 떨리는 손으로 고용인 옷으로 갈아입었다. 그는 초조하게 주먹을 쥐었다 피며 최태영과 강미가, 혹은 최태영만이 관문에서 나와 자신들과 합류하기를 기다렸다.

곧바로 뒤따라올 줄 알았던 최태영은 의외로 오랜 시간 동안 모습을 드러내지 않았다. 너른 잔디밭이 바람에 나부끼는 소리와 쇠가 긁히는 듯하기도, 기계의 경고음 같기도 한 끈질긴 소음만이 도호재가 숨어 있는 건물 뒤편과 관문 사이를 메우고 있었다.

그러던 와중에 갑작스럽게 관문 쪽에서부터 소란스러운 잡음이 들렸다. 무언가가 바닥에 투박하게 부딪히는 소리와 함께 고통과 두려움에 찬 듯한 앓는 소리가 새어 나오더니, 정체 모를 물체가 규칙적으로 바닥 혹은 단단한 모서리에 충돌하며 금 가다 깨지고 박살 나는 소리가 풀 위를 미끄러져 도호재의 귀까지 들어왔다. 난장판에 가까운 소리가 잦아들자마자 관문 건물의 출입구에서 최태영과 강미가 도호재가 숨어 있는 건물로 달려오는 모습이 보였다.

"어떻게 된 일입니까?"

최태영과 강미가 숨을 고를 틈도 없이 고용인 복장으로 갈아입는 와중에 도호재는 관문 건물에서 난 소리가 무엇인지 물었다.

"내 멤버십 코드 번호는, 잠시만요, 출입 가능하다고 등록되어 있긴 했어요. 그런데 강미 씨까지 출입 가능한지 확인해야 하니, 도호태 옥토 제로에게 연락해 달라고 부탁하는 데에 시간이 좀 걸렸고, 나중에 연락이 어떻게 닿긴 했는데, 상의 좀 줘요, 아, 갑자기 내 출입 허가까지 철회한다고 하더라고요."

최태영은 정신없이 유니폼을 갈아입으면서 빠르게 숨을 골랐다.

"그런데, 뭐, 강미 씨는 몰라도 나한테 보안 AI를 막을 칩이 있잖아요? 무슨 일이 있어도 들어가야겠다 싶어서 안경을 빼고 섬광탄을 터뜨렸죠. 저쪽은 싸구려 렌즈를 끼고 있으니 우리처럼 빠르게 움직일 수 없어서 그대로 눈앞이 안 보이게 됐고요. 그때 기절시키고 쉽게 나올 수 없게 가둬놨어요."

최태영이 제작해 둔 섬광탄은 소음은 제하고 오로지 강한 빛만 나오도록 개조한 물품이었다. 메르라 거주 구역의 조도에 익숙한 인물은 눈을 감는 정도로 멀쩡하게 버틸 수 있었지만, 메르라가 빛을 모아주는 렌즈를 끼고 있거나 제로가 섬광탄과 마주하게 되면 시야에 치명적인 손상을 입힐 수 있는 물품이었다.

"무언가를 부수는 소리도 나지 않았습니까?"

최태영은 고용인용 유니폼을 이리저리 헤집었다.

"아, 그렇죠. 혹시 몰라서 연락 수단도 죄다 부수고 나왔어요. 아니, 이건 어떻게 입는 거야? 쓸데없이 복잡하게 만들어 났어? 뭐, 아무튼 그랬어요. 그렇다 해도 소란을 피우면서 들어왔으니 최대한 빠르게 움직이도록 하죠."

최태영은 유니폼을 엉성하게 걸치고는, 때마침 종철이 몰고 온 택배차의 짐칸을 열었다.

도호재는 가장 먼저 뛰어올라 탄 강미와 그 뒤를 이은 최태영을 따라 어두컴컴한 내부에 들어갔다. 짐칸에서는 낯설지 않은 냄새가 났다. 낯설지 않을 뿐, 절대 익숙해지지 않는 5급 거주 구역 냄새가 차에 희미하게 배어 있었다. 도호재는 자신이 몸담은 공간에 깊게 스며든 죽음의 향에 목덜미의 잔털이 쭈뼛 섰다.

"여긴 또 냄새가 왜 이래요?"

도호재는 시큼한 냄새에 당혹스러워하는 최태영의 반응에 아무런 말도 얹지 않았다. 이 차는 이우진의 집까지 가지 않고, 중간에 있을 집무실 건물에 멈춘다. 그때까지만 참으면 되었다.

도호재는 입으로 숨을 쉬며 아무런 냄새가 나지 않는다고 자신을 세뇌했다. 필터 없이 들어오고 있을 냄새를 생각하면 구역질이 날 것만 같았다. 죽음의 냄새가 밸 정도로 짐칸에 죽음을 운반하고 이곳에서 죽음을 선사했을지도 모르는 이우진의 낯짝을 떠올리니 그의 얼굴을 떠올리는 것만으로도 역겨웠다. 도호재는 올라오는 신물을 삼켜내며 짐칸의 문이 열리자마자 누구보다도 먼저 이곳에서 벗어나리라고 다짐했다.

종철이 모는 차는 순조롭게 이동하여 목적지에 멈춰 섰다. 종철이 짐칸을 열자마자 재빠르게 바깥으로 뛰어내린 도호재는 제로 거주 구역의 신선한 공기를 가득 들이마셨다. 트럭은 분명 제로 거주 구역 도로 위를 달리고 있었지만, 짐칸에 갇혀 있는 동안은 5급 거주 구역에 있는 감각과 유사했다.

뼛속까지 맑게 만들어 주는 제로 거주 구역의 공기를 깊게 들이마시는 도호재 시야에 옥토 제로 사무실과 회의실이 있는 건물이 들어왔다. 건물은 밴댕이처럼 좁다랗게 지어져 있지 않았다. 품이 넓은 용의 형상처럼 우아하고 웅장하게 딛고 선 건물은 길이만 늘인 다른 건축물과는 확연히 달랐다. 흑요석을 갈아 만든 듯한 매끄러운 돌판이 외벽을 장식하여 중후한 멋을 가미하고 있었고, 흑단처럼 입체적으로 결이 요동치는 오브제가 건물 곳곳에서 깨질 듯 깨지지 않는 아름다움이란 무엇인지 모두에게 가르침을 내리고 있었다. 아름다운 외형을 갖춘 구조물은 바라만 보아도 경주마의 허벅다리와 같은 힘을 감추다 못해 뿜어내고 있었다. 건축물에서 느껴지는 힘에 매료되어 돌연 자신이 딛고 있는 땅에 대한 사랑의 세레나데를 부르고 싶을 지경이었다. 자신이 이 모든 것을 부정하고 무너뜨리기 위해 방문한 게 아니었더라면, 정말 실행에 옮겼을지도 몰랐다.

종철까지 고용인 복장으로 갈아입은 뒤, 넷은 외곽의 창고 부근으로 조용히 이동했다. 이들은 탁 트인 곳으로 나가기 전에 몸을 숨긴 상태로 주변을 살피며 숨을 골랐다. 제로 거주 구역의 누구도 숨을 거칠게 내쉬며 걸어 다니지 않으니 이곳에서 숨이 완벽히 차분해질 때까지 대기해야 한다는 도호재의 말에 강미는 눈을 한 바퀴 굴렸으나, 의외로 군말 없이 그의 지시에 따랐다.

지나다니는 행인도 없이 바람도 잦아들고 힘겹게 몰아쉬던 숨이 이제는 본인의 숨소리조차 들을 수 없을 정도로 안정되었을 때쯤, 도호재는 언젠가부터 근원지를 찾을 수 없는 소음이 귀의 내부에서부터 진하게 울리고 있음을 알아차렸다. 제로 거주 구역에서 지내는 동안 단 한 번도 들어본 적 없는 소음은 리코더의 가장 높은 음을 안정적으로 부는 소리 같기도, 악사가 낼 수 있는 가장 높은 음을 녹음해서 흔들림 없이 반복 재생하는 것처럼 들리기도 했다. 원치 않게 재생되는 음은 아름답지 않았다. 근원지의 방향을 찾을 수 있는 여타 소음과는 달리 이 소음은 도호재의 내부에서부터 들려오는 소리였다. 도호재는 알 수 있었다. 자신이 듣고 있는 소리는 메르라 거주 구역에 처음 갔을 때 느꼈던 사방에서 들리는 소음 같은 게 아니었다. 그가 듣고 있는 소음은 그의 뇌에서 들리는 잡음이었다. 도호재는 초조하게 마른 침을 삼켰다.

그는 빠르지도, 느리지도 않은 걸음과 과하게 젖히지도 구부리지도 않게 등을 세운 채로 걸을 것을 당부하고서 자신들을 내려다보고 있는 건물을 향해 발걸음을 옮겼다. 종철과 도호재가 앞서서 걷고, 최태영과 강미가 열을 맞춰 뒤를 따랐다.

"저기, 그런데 왜 여기는 경비가 없어요? 건물 입구를 지켜야 하잖아요."

건물에 들어서기 전, 종철이 작게 물었다.

"경비는 필요할 때 부르면 되지 않습니까. 번잡스럽게 입구를 지켜야 합니까?"

도호재는 의외의 질문에 미간을 살짝 찌푸리며 되물었다.

"누가 들어와서 난동을 부리면 어떡해요?"

건물 내부가 신기한 건지, 자신을 수상쩍게 보는 제로가 없나 불안한 건지 종철이 눈을 정신없게 굴리며 속삭였다.

"이곳에 누가 난동을 부린단 말입니까? 용건이 있는 이만 들어와서 업무를 보면 되지 않습니까."

"네? 아니, 제로 중에 아무나, 그럴 수도 있지 않나요? 고용인이 멋대로 들어온다거나, 지금처럼 말이에요."

도호재는 반사적으로 입을 열었다가 문득 드는 생각에 입을 다시 닫았다.

잠시 뜸을 들인 그는 아무 일도 없다는 듯이 자연스러움을 연기했다.

"제로 거주 구역에서는 상식에서 벗어나는 행동이나 사회질서를 해치는 상황이 발생하지 않는다는 강한 믿음이 있고, 실제로 이 믿음이 강력하게 작용하고 있기 때문이 아니겠습니까."

돌이켜 보니 제로 거주 구역은 메르라 거주 지역과 접해 있는 관문을 제외하고는 따로 경비가 비치되어 있지 않았다. 이에 비해 메르라 거주 지역에서는 관문 내부와 관문 근처 외에도 거주지 출입문 근처의 데스크, 메르라 거주 지역에 세워진 각종 관공서, 하다못해 길거리에도 경비가 상주하고 있었다. 그리고 도호재는 이 차이점을 당연하게 여기고 있었다.

메르라 거주 구역에만 경비가 곳곳에 상주하고 있다는 건 두 가지로 해석할 수 있었다. 첫 번째는 실제로 메르라 거주 구역에서 난동을 피우는 경우가 많다는 해석이고, 두 번째는 메르라 거주 구역에서 난동을 피울 반동분자가 더 많으리라는 우려가 있어서 메르라 거주 구역에만 경비를 더 많이 배치했기 때문이다. 이제껏 도호재가 겪은 바로는 메르라가 난동 피울 확률이 더 높다지만, 그렇다고 해서 그들이 진심으로 사회질서에 해악을 끼치기 위해서 날뛰고 있다고는 생각하지 않았다. 저들은 강미의 경우처럼 그저 해소할 방안이 없거나, 해결책을 모르기 때문에 답답하고 다급한 나머지 앞뒤 가리지 않고 자신이 처한 상황에서 벗어나기 위해서 난동을 피웠다. 그는 자신이 그렇게 생각하고 있다고 믿고 싶었다.

그러나 마음 한편으로는 저들이 인내심이 없거나, 품위를 비롯한 교양이 무엇인지 몰라서 날뛰는 게 아닐까 하는 생각이 강하게 들었다. 5급 거주 구역에서 도호재가 마주한 친어머니는 정말 한계까지 내몰려서 타의로 벼랑 끝까지 떠밀렸다. 과연 강미는 그렇게까지 난동을 피워야만 했던가? 심지어 강미가 날뛴 이유는 본인 일도 아니고, 운향이 사회의 시스템에 귀 기울이지 않아서 스스로 몰락했기 때문이었다.

도호재의 생각을 좀먹고 있는 발상은 특히 예은에게는 들키면 안 되는 의심이었다. 이를 알고 있었지만, 한번 싹튼 의심을 완벽히 없앨 만한 증거를 찾아내지 않는 이상, 의심을 잘라내는 데는 징그럽게도 소질이 없었다. 이러한 성향이 있었기에 예은과의 마찰이 엔바디 사회의 모순을 파헤칠 원동력이 되었다지만, 이제는 오히려 도호재의 발목을 잡고 있었다.

이때까지의 제로의 행보가 잘못되었다고 하더라도, 메르라 중에는 정말 선천적으로 인내심이 부족한 이도 있지 않았을까? 제로와 메르라의 구분은 종족의 문제까지는 아닐지라도, 어쩌면 선천적으로 인내심이 부족한 이들이 전체 집단에서 차지하는 비율에 극명한 차이가 있지는 않을까? 예은이 제로와 메르라를 구분 짓고 있는 행태에 대해 격분하고 있다지만, 예은도 과연 뼛속까지 이런 생각을 전혀 안 하고 있을까? 이곳에서 나고 자란 예은이 정말 엔바디 사회의 모순된 모든 생각에서 완벽히 자유로울까?

뒤늦은 의구심에 축축하게 젖어 드는 사이, 이들은 매끄럽게 건물 입구를 통과하고, 아무런 방해 없이 눈부신 복도를 걸어가고, 다른 멀끔한 고용인을 자연스럽게 지나쳤으며, 예사스럽게 널찍한 엘리베이터를 이용해 아버지의 집무실이 있는 최정상 바로 아래에 도달했다.

도호재는 자신들 곁으로 제로 거주 구역의 고용인이 지나칠 때면 종철이 부자연스럽게 구는 걸 알아차렸으나, 오히려 마주 보며 지나친 고용인은 도호재네 일행에 아무런 관심을 두지 않거나, 종철이나 강미의 허접한 보폭에 비웃음을 보낼 뿐이었다.

넷은 물 흐르듯이 원활하게 도호태 집무실 문 앞에 도착했다. 도호재는 최태영을 돌아보며 집무실 쪽으로 눈짓했고, 최태영 또한 광활한 복도를 눈치껏 살피고서는 집무실 문을 두드리겠다는 뜻으로 허공에 팔을 어정쩡하게 올린 채로 주먹을 가볍게 쥐어 보였다.

도호재는 강미와 종철을 대각선 맞은편의 방으로 밀어 넣었다. 이제껏 살아오며 한 번도 출입한 적 없는 아버지의 집무실이 최태영의 노크로 인해 열릴 참이었다. 종철이 2급 거주 구역의 거주지에서 대기하고 있을 예은에게 현재 상황을 알리는 사이 최태영은 짧게 심호흡하고서 집무실 문을 두 번 두드렸다.

최태영이 문으로부터 한 발자국 물러서는 모습을 보며 도호재는 자신의 심장이 거칠게 뛰고 있음을 느꼈다. 곧 문틈 사이로 아버지의 모습을 볼 수 있었다. 심장 박동과 연동되어 있는지, 스트레스에 반응하는 건지 뇌에서부터 뿌리내린 잡음은 다시금 그의 고막을 울리기 시작했다. 냉정하게 판단하건대, 잡음은 고막이 찢어질 정도로 크게 들리고 있지는 않았다. 그런데도 도호재는 도무지 사라질 기미가 보이지 않는 몸속의 잡음이 귀에 창을 내리꽂아서 얇은 고막을 찢고 그 안으로 소음을 쏟아붓는 것과 다름없이 감당하기 어려울 정도로 시끄럽다고 느꼈다. 도호재는 존재하지 않는 고통을 감내하며 건조하게 마른 입안의 살을 으깨듯이 깨물었다.

"반응이 없어요."

도호재는 종철의 속삭임 덕에 잡음에 파묻혀 허우적거리던 처지에서 벗어났다.

집무실 방향을 확인하니 최태영이 우두커니 서 있었다.

"이곳에서 한 발자국도 움직이지 마십시오."

도호재는 입안에 감도는 비릿한 피를 삼키고 홀로 집무실로 향했다. 노크 소리가 들리면 문이 열리든 잠금이 채워지는 소리가 나든 둘 중 하나의 반응은 돌아와야 했다.

그는 집무실 문을 망설임 없이 열어젖혔다. 문 너머 공간은 세균 하나 용납하지 않을 것처럼 빛나고, 이염 하나 허용하지 않는 어두운 곳이었다. 개성이라고는 없이 오로지 흰색 혹은 검은색으로만 구성된 집무실은 이곳에 발을 디딘 도호재와 최태영의 색마저도 탈색시켜 버릴 듯한 단합심과 통일감을 자랑했다. 흑백만이 존재하는 공간에서 유일하게 이질적인 색을 가지고 있는 건 새까만 흙 위에 돋아난 이름 모를 식물이었다. 까만색 화분에 담겨 있는 식물은 나름대로 싱그러움을 유지하고 있었으나, 방 안의 통일된 색상으로부터 뿜어져 나오는 중압감으로 인해 뿌리부터 줄기를 거쳐 조금씩 말라 죽어가는 듯했다.

"뭐가 어떻게 된 거예요? 이 시각이라면 집무실에 있을 거라고 했잖아요."

최태영이 툭 튀어나와 있는 서랍 뒤쪽의 공간을 확인하며 작게 물었다.

"아버지께서는 일요일 오후라면 반드시 이곳으로 향했습니다. 월요일 오전과 일요일 오후는 단 한 번도 일정에서 벗어나신 적이 없었습니다."

도호재는 새하얀 책상 뒤쪽으로 돌아 들어가서 먼지 한 톨도 없는 책상 위에 유일하게 올라가 있는 화면을 켰다. 아버지의 동선에 변동이 생겼다면 그것이 정리된 일정표가 있을 법했다.

누군가가 고용인 옷차림을 한 2인조가 주인 없는 집무실에 멋대로 들어가는 모습을 목격했을까 봐 초조해하며 켠 화면은 아니나 다를까 자물쇠 표시로 굳게 잠겨 있었다.

"이거 그냥 서랍인 줄 알았는데, 아니네요? 터치로 작동하고. 바로 앞에 띄워져 있는 화면이 뭘 뜻하는지 모르겠네요. 온도는 방 안 온도를 조절하는 거 같고, 날씨는 바깥의 날씨 표시? 강수량은 뭐, 비 올 때만 표시되는 거고, 조도는 방 안에 있는 조명의 조도를 조절하는 거 같은데, 이 모든 것들의 마지막에 있는 '적용'이라고 적힌 버튼은 뭘까요? 조절할 수 있는 것과 없는 게 섞여 있는데요?"

최태영은 높은 서랍으로 추정했던 물체와 책상 사이로 들어가 이것저것 건드려 보고 있었다.

"쓸모없는 호기심에 허비할 시간 없습니다. 이대로 발각되어 허무하게 사상범으로 처벌받을 계획이 아니라면 아버지의 현재 위치를 알아내는 게 우선입니다."

도호재는 자신이 아버지의 비밀번호를 본 적이 있는지 기억을 더듬으며 퉁명스레 답했다.

아버지의 소재를 알아내기 위해 제로 거주 구역을 전부 뒤질 수는 없는 노릇이었다. 만일 아버지를 찾아 정신 나간 토끼처럼 제로 거주 구역을 뛰어다니다가 아버지와 마주치기라도 한다면, 그는 홀로 돌아와 자중의 시간을 가졌다고 고해성사를 풀어놓기는커녕, 고용인의 유니폼을 구겨 입고서 제로 거주 구역에 무단침입한 메르라를 이끌고 아버지의 집무실을 헤집고 있었다는 사실을 들켜 굴욕적인 취급을 당할 것이 틀림없었다.

도호재는 어렸을 적 옥토 제로 회의실에서 보았던 멤버십 코드 데이터 비밀번호를 이곳에도 입력해 보기 위해 화면에 뜬 키패드를 조심스럽게 눌렀다.

"그만! 무슨 짓입니까?"

확인 버튼에 손가락을 누르기 직전, 도호재는 손바닥으로 책상을 세게 내려치는 듯한 단호한 명령에 심장이 뚝 떨어졌다.

집무실 문을 닫았어야 했다. 그는 패드 화면에서 눈을 떼지도 못한 채로 집무실에서 최대한 신속하게 빠져나갈 일만을 생각하고 문을 열어둔 채로 집무실에 들어온 몇 분 전의 자신을 질책했다. 이대로 잡히면 자신 또한 5급 거주 구역으로 요양 아닌 요양을 하러 가는 게 아니라 사상죄, 사회질서 교란죄 등의 온갖 명목으로 가장 끔찍하게 처벌받는다는 최저층 처벌실로 끌려갈 게 훤했다. 무엇보다도 제로 거주 구역에서 벗어나며 폭죽 같이 살고 죽겠다고 결심한 다짐이 전부 수증기가 되어 흩어질 터였다.

그때 최태영이 움직이고 있는 모습이 주변 시야로 보였다. 거대한 서랍처럼 생긴 구조물에 가려 집무실 출입구에서는 최태영이 보이지 않는 모양이었다. 집무실 출입구에서 내부로 천천히 다가오는 누군가의 발소리와 함께 최태영은 섬광탄을 터뜨릴 준비를 하고 있었다. 도호재는 최태영이 움직이는 순간에 손으로 눈을 최대한 가릴 요량으로 몸을 긴장시켰다. 타이밍을 완벽하게 맞춰야 했다. 빨라도, 늦어도 안 된다.

자신을 향해 다가오는 발걸음 소리와 최태영의 움직임에 집중하던 도호재는 별안간 한심하게 눈을 깜빡였다. 이곳이 아니라면 아버지의 행방을 알 길이 없었다. 섬광탄을 터뜨리고 집무실에서 도망치면 그들이 딱히 어딘가에서 정보를 얻을 수 있는 것도 아니었다.

짧은 고민 끝에, 도호재는 고개를 들어 미지의 목소리를 똑바로 마주했다.

"도련님?"

아버지와 함께 최태영의 사무실로 밀고 들어갔던 저택의 고용인이었다.

도호재는 자신에게 다가오려는 고용인을 향해 손을 들어서 가까이 다가오지 말 것을 경고했다. 한 발자국만 더 가까워진다면 고용인이 최태영의 존재를 눈치챌 거리였다.

"그동안 어디 계셨던 겁니까? 복장은 어쩌다 그리되신 겁니까?"

고용인은 도호재의 처지가 안타깝다는 듯이 쳐다보며 피곤함에 찌들어 보이는 얼굴을 축 늘어뜨렸다.

고용인의 피곤한 얼굴 한편으로는 운 좋게 도호재와 맞닥뜨렸다는 만족감이 서서히 번지고 있었다.

"나를 쫓았습니까?"

도호재는 지끈거리는 머리를 정리하려 지극히 당연한 질문을 던졌다.

"저택의 고용인이라면 마땅히 도련님의 뒤를 따라야 하지 않겠습니까. 도련님을 전담으로 보필하던 고용인도 도련님의 실종 이후 좌천되었습니다."

도호재는 의외의 소식에 눈썹을 살짝 끌어 올렸다.

발견 즉시 범죄자 취급을 하지 않는 고용인의 태도 또한 의외였
다. 그는 도호재를 끝까지 어화둥둥 도련님 취급을 하다 아버지께
본인의 공로를 자랑하고자 멀쩡한 모습으로 데려갈 심산인 듯했다.

"어디로 좌천되었습니까?"

"이젠 저택 내부가 아니라 일반 업무 담당으로 배정되었으니 이
건물에 있을 겁니다. 고용인을 만날 용의가 있으시다면 도호태 님
을 뵙고 난 이후에 도련님께서 계시는 장소로 데려가겠습니다."

눈앞의 고용인은 도호재가 쫓기는 처지라 하더라도 제로 출신이
라는 변치 않는 사실로 인해 여전히 그에게 격식을 차리고 있었다.

아버지를 보고 난 이후에 고용인을 자신 앞에 데려다주겠다는
말은 곧 감옥에 얌전히 갇혀 있으면 고용인과 대화를 나눌 자리를
마련하겠다는 말이었지만, 도호재는 그런 굴욕적인 자리는 갖고
싶지 않았다. 고용인도 분명, 이를 다 알고 있었다.

"그럴 필요 없습니다. 그보다 환복하고 아버지를 뵈러 직접 갈
겁니다. 적절한 의복을 갖추지도 못했는데 쓸데없이 나의 위치를
보고하여 아버지의 심기를 거스르지 마십시오. 아버지께서는 지
금 어디 계십니까?"

철없는 술래잡기는 끝내고 자수를 하겠다는 말과 다름없는 도
호재의 말에 고용인은 외려 난처한 표정을 지었다.

"옥토 제로 회의실에 계십니다."

예상치 못한 행보였다.

"1시간 내로 집무실로 오실 겁니다. 저는 그동안 도련님께서 입으실 옷을 가져다드리겠습니다."

"그렇게 하십시오."

고용인은 도호재에게 정중한 인사를 건네고서 집무실을 빠져나갔다.

제로이면서 고용인 옷 따위나 입고 있는 도호재에게 마땅한 옷을 가져다주겠다는 그의 말에는 명백한 조롱이 섞여 있었다.

"옥토 제로 회의실? 원래 여기 있어야 한다고 했잖아요. 그곳에는 왜 갔대요? 잠깐 들른 건가?"

집무실 문이 닫히고 도호재의 안색을 살핀 최태영은 틈 사이에서 나왔다.

"반드시 확인해야 할 사안이 있나 봅니다. 고용인에게는 가져오라고도 하지 못할 내용이 담긴 소중하거나, 은밀하거나, 중대한 물품이 아니겠습니까."

도호재는 곧 아버지와 만나게 될 최태영이 다시 3급 유니폼으로 갈아입고, 고용인이 광활한 복도에서 사라지기를 기다렸다가 집무실 문을 신경질적으로 열어젖혔다. 아버지의 위치를 파악했으니 고용인이 도호재가 입을 만한 옷을 가져오기 전에 아버지에게로 빠르게 이동하기만 하면 되었다.

도호재는 안절부절못하고 있는 종철과 그런 종철에게 저지당하고 있는 강미에게 따라오라고 눈짓하고서 지체하지 않고 비상구로 들어갔다. 그는 옥토 제로 회의실이 있는 위층을 향해 계단을 단숨에 오르며 자신들의 계획은 중간에 음 이탈이 있었을지라도 착실히 피날레를 향해 치닫고 있음에 전율했다. 이 계단만 오르면 최태영은 아버지와 조우할 테고, 멤버십 데이터베이스만 보여준다면 도호재의 신상을 넘기겠다는 달콤한 제안에 아버지는 마지못해 맞장구를 쳐줄 것이며, 최태영이 예은으로부터 넘겨받은 교란 칩을 기기에 올리는 순간, 마침내 영광스럽게도 멤버십 데이터를 초기화해 낼 터였다.

아버지가 관문에서 최태영과의 만남을 거절했었다는 전적과 여전히 강미가 무엇을 위해 그들의 뒤를 따르는지 명확하게 알 수 없다는 사실이 마음에 걸렸지만, 도호재는 유니폼을 갈아입는 게 귀찮아 죽겠다며 불평하는 최태영의 말을 한 귀로 흘리듯이 자신의 불안감 또한 계획에서 배제했다.

"문밖의 복도만 걸어가면 옥토 제로 회의실입니다."

도호재는 비상구 출입문 손잡이에 손을 얹으며 말했다.

"강미 씨는 어디까지 갈 생각입니까?"

"가는 길 같으니까 계속 가셈."

지금쯤이면 강미가 다른 곳으로 이동해서 난동을 부려주지 않을까 하는 바람으로 물었던 도호재의 질문은 단칼에 잘려 나갔다.

그는 찰나 동안 강미를 못마땅하게 쳐다보다 종철과 최태영 방향으로 몸을 돌렸다.

"계획이 실현되기 전에 마지막으로 편하게 이야기를 나눌 기회는 지금이 유일합니다. 이곳을 나간 순간부터는 데이터베이스를 초기화한다는 목표를 위해 바쁘게 움직여야 할 테고, 그 이후에는 정형화되고 고착화된 멤버십을 대체할 새로운 시스템을 고안하느라 정신이 없을 겁니다.”

비상구에서 벗어나면 더는 잡담을 나눌 수 없었다. 승리를 결정지을 장소를 목전에 두고 온몸에 긴장감이 감돌았다. 자신을 괴롭혔던 일생의 목표에서 벗어난다는 생각으로부터 기인한 시원섭섭한 감정마저 느껴졌다.

“비좁은 사무실은 잊지 못하겠네요.”

최태영이 추억하는 듯한 말을 꺼내자, 그의 성급한 추억에 종철이 콧등을 찡그렸다.

“예은 씨도 여기 있으면 좋았을 텐데.”

“새로운 사회가 안정되면 다시 편안하게 대화할 수 있을 겁니다.”

도호재는 어색하게 미소 짓는 종철을 안심시키고는 비상구 출입문 문고리를 힘주어 그러쥐었다.

“멤버십이 없는 사회에서 만납시다.”

문을 열고 복도에 아무도 없음을 확인한 도호재는 광장처럼 넓게 탁 트인 복도로 몸을 끄집어냈다. 그는 허허벌판을 가로지르듯이 이동하여 강미와 함께 회의실에 이르기 직전에 있는 가장 가까운 방으로 몸을 숨겼다.

최태영과 종철은 회의실 문 가까이 다가갔다. 높게 세워진 회의실 문 너머에 그들이 찾던 아버지가 있다. 그와 함께 친어머니를 죽게 만들고, 전혀 자유롭지 않은 규칙과 기이한 상식을 엔바디 사회에 살아 숨 쉬고 있는 모두에게 고착화한 원흉, 멤버십 데이터베이스가 그곳에 있었다.

마침내 최태영과 종철이 회의실 문 앞에 멈춰 섰다. 도호재는 둘이 곧장 문을 두드리기를 기대하며 숨을 죽였다. 귓가에서 그를 찢을 듯이 감돌던 잡음은 사라지고 이제는 누군가가 말하는 소리가 속삭이듯이 들려왔지만, 도호재는 충분히 잡음에 신경을 빼앗기지 않을 수 있었다. 이곳에서 소란스럽게 속삭인다는 한심한 범실을 저지를 리는 없다. 그러니 속삭임은 명백한 환청이었고, 그는 환청 따위에 의해 엔바디 사회 멤버십 최후의 순간이 시작되는 일생일대의 명장면을 놓칠 수는 없었다. 노크 한 번으로 멤버십의 종말이 시작된다.

눈을 깜빡이지도 않고 종철이 회의실 문을 노크하는 순간을 기다리던 도호재는 문득 꺼림칙한 기분을 느꼈다.

종철은 억겁 같은 시간이 지나도록 회의실 문을 두드리지 않았다. 그들은 회의실 앞에 멈춰 서서 서로의 얼굴을 쳐다보더니, 도호재가 숨어 있는 방향을 난처하게 힐끗거렸다.

도호재는 영문 모를 상황에 얼굴을 찌푸리다 무엇이 문제인지 알아차렸다. 도호재 내부에서 변함없는 높낮이로 이어지던 잡음이 누군가의 속삭이는 소리로 대체된 게 아니었다. 소리의 근원지를 찾을 수 없었던 이전의 잡음과는 달리 도호재는 변화한 잡음의 명확한 근원지를 짚을 수 있었다.

누군가가 굳게 닫힌 회의실 너머에서 말을 하고 있었다. 정확히 표현하자면 말을 하는 게 아니라 대화를 나누고 있었고, 회의실에서 대화를 나누는 인물은 두세 명은 족히 넘었다. 회의실 너머에 들어갈 수 있는 건 옥토 제로밖에 없다. 옥토 제로가 그곳에서, 일요일임에도 예정에 없는 회의를 하고 있다. 회의실에 아버지를 포함한 옥토 제로가 모여 있다.

옥토 제로가 회의실에 모여 있다니. 그래선 안 됐다.

사실과 믿음

도호재는 충격적인 상황에 코가 뭉그러질 듯이 아리고 눈알이 빠질 것만 같았다. 도호재의 옷을 가지러 간 고용인이 집무실에 돌아와 도호재가 사라진 것을 발견하면 그 즉시 아버지에게 도호재가 제로 거주 구역에 와 있음을 알릴 게 틀림없었다. 그렇게 되면 최태영은 아버지와 도호재의 행방을 가지고 거래를 제안하기는커녕 아버지의 눈에 띄는 그 즉시 멤버십 코드 말소 하이패스 코스에 당첨될 것이었다. 아니, 그게 아니더라도 최태영이 회의실에 들어간다면 최대 8인 전체가 모인 옥토 제로 앞에 3급 유니폼을 입고 그대로 노출될 것이고, 아버지는 체면을 구기지 않기 위해 최태영을 어떻게든 깔끔하게, 다시는 이런 일이 벌어지지 않게 처리해 버릴 미래가 생생했다.

도호재는 현실을 외면하고 싶다고 아우성치느라 깨질 듯한 머리를 뜯으며 몸을 웅크렸다. 진퇴양난이었다. 지금에 이르러 물러날 수도 없고, 떠밀리듯이 회의실에 들어간다고 해도 그대로 갈가리 찢길 신세였다. 도호재는 알루미늄 포일을 찌그러뜨린 것처럼 한껏 굽힌 다리 사이에 좁다랗게 보이는 바닥을 보며 숨을 몰아쉬었다.

그러다 그는 갑작스럽게 크게 울리는 맑으면서도 무거운 충격음에 고개를 들었다. 자신 뒤쪽에 같이 수그리고 앉아 있어야 할 강미가 두터운 회의실 문을 두드리고 있었다. 온몸을 뒤덮고 있는 피부의 답답한 겹 사이로 차게 식은 피가 깡그리 빠져나가는 느낌이었다.

도호재는 정신을 차릴 새도 없이 몸을 숨기고 있던 방에서 뛰쳐나가 여전히 문을 대차게 두드리고 있는 강미의 팔뚝을 잡고 회의실 문으로부터 멀리 밀쳤다. 강미가 광이 나는 복도에 힘없이 나뒹구는 동안 도호재의 머릿속에서는 강미가 문을 두드리는 정신 나간 짓은 저지했어도 그로 인해 파생될 결과로부터 최대한 멀리 벗어나야 한다는 생각이 경고 알람을 미친 듯이 울리고 있었다.

목뼈를 부러뜨릴 기세로 빠르게 비상구 방향으로 고개를 돌린 도호재는 급한 대로 가까이 서 있는 최태영의 유니폼을 끌어당기며 생존을 위해 온몸의 근육을 수축시켰다. 공포에 질린 본능을 따라 회의실로부터 모든 힘을 쥐어짜 간신히 한 발자국 멀어졌을 때, 천천히, 물가에서 노련하게 접근하는 악어처럼, 회의실의 거대한 문이, 양쪽 문이 모두 열리기 시작했다.

천국으로 향할 줄 알고 호기롭게 내디딘 발은 그대로 지하 끝까지 처박혔고, 모든 것을 녹이는 불구덩이를 담은 거대한 항아리에서 죄악에 대한 대가를 치르고 있는 영혼들이 비명을 지르느라 귀가 먹을 것 같은 회개의 장소로 통하는 유일한 지옥문이 열리고 있었다.

도호재는 최태영의 유니폼을 잡아끌던 손아귀에 힘을 풀고 회의실을 향해 반사적으로 몸을 곧추세웠다. 회의실 내부에 고여 있던 절망적인 빛이 문 너머로부터 쏟아져 나와 어정쩡한 자세로 허리를 꼿꼿이 세우고 있는 도호재와 휘청이다 간신히 균형을 잡은 최태영, 극심한 두려움에 온몸을 사시나무 떨듯 격렬하게 진동시키고 있는 종철, 그리고 복도에서 몸을 일으키고 있는 강미를 차분하게 덮쳤다.

"도호태 씨의 자제분 아닙니까?"

충격적이라는 목소리로 입을 연 옥토 제로는 빗장뼈 아래 부근에 손가락을 점잖게 얹으며 부자연스럽게 서 있는 도호재를 샅샅이 훑었다. 얄쌍한 얼굴에 자리 잡은 뚜렷한 콧날이 잘 두드러지는 각도로 비스듬하게 고개를 꺾은 그녀는 깔끔한 수트가 자신의 부드러운 움직임을 따라 구겨져도 전혀 지저분해 보이지 않도록 잡아주는 다부진 체격이었다.

"가객께서는 망측하게도 고용인 행색을 모방하고 있지 않습니까."

다음으로 입을 연 옥토 제로는 도호재의 행색을 뜯어보며 입이 찢어질 듯이 웃고 있었다.

도호재는 재무부를 총괄하고 있는 옥토 제로인 이명석을 한눈에 알아봤다. 언젠가 유행을 선도하겠답시고 소매의 끝단을 접고 그 위에 단추를 채우고 돌아다니던 그와 마주쳤던 날, 아버지는 하늘이 쪼개지는 한이 있더라도 절대 이명석 앞에서는 추태를 부리지 말라고 당부했었다. 오늘, 도호재는 아버지가 신신당부했던 이명석 앞에서 제로 거주 구역에 무단침입하여 옥토 제로의 회의를 방해한, 고용인 복장의 도주자 신분으로 서 있게 되었다.

도호재는 기쁨으로 가득 차 주제넘게 넘실거리는 이명석의 눈을 보며 그가 자신의 저택으로 돌아가 본인의 아들인 이우진에게 어떤 고상한 말을 지껄일지 훤히 들을 수 있었다.

"품위는 전부 어디에 떼어놓고 다니느냐. 네 몸이 그 옷에 들어가는 걸 부끄럽게 여겨라."

도호재는 놀란 기색도 없이 실망과 분노가 담긴 아버지의 음색에 속절없이 떨리는 입술을 열었다.

"제가 올 걸 알고 계셨습니까? 아버지의 충실한 고용인이 일러바쳤습니까?"

"고용인과 만담을 나누고 메르라 거주 구역을 헤집고 다닐 시간은 있으나 제로로서 교양을 떠올릴 시간을 부족해 보이는구나. '보고'라는 표현이 적절하지 않으냐."

허리에 걸린 올가미가 서서히 조여드는 듯했다. 단단하고 얇은 줄 하나로 허리를 끊어먹으려는 올가미의 끝을 쥔 밀렵꾼은 허리가 고작 줄 하나로 끊어질 리 없다거나, 외려 끊어져야 아름답다는 말을 지껄이고 있었다. 밀렵꾼의 말은 듣지 않아도 다 들렸다. 도호재는 이미 전부 들었던 말이었다.

"제가 이곳에 당도할 줄 알았으면 회의실에 이르기까지 왜 그대로 놔두셨습니까? 아니면 제가 고용인의 보고보다는 빠르게 움직였나 봅니다?"

그의 한심한 비꼼에 아버지는 깊게 한숨을 내쉬었다.

"업적을 세우기 위해 노력한다는 사실을 모르는 바 아니다. 그러나, 이번 일은 도가 지나쳤다. 소꿉놀이는 관둬라. 철없이 행동할 나이는 진작에 지났다."

"그러게 말입니다. 사실상 그쪽 아드님의 행보는 사상죄에도 해당하고, 사회질서 교란 미수에도 해당하지 않습니까? 이것 참. 이 정도는 제로의 갓난쟁이도 아는 상식이라고 생각했습니다."

입이 찢어질 듯이 웃고 있던 이명석은 듬성듬성 나 있는 눈썹을 가리고자 진하게 덧바른 송충이 눈썹을 꿈틀거리면서 행복하게 끼어들어 말을 거들었다.

도호재는 그의 말에서 무엇이 잘못되었는지 단숨에 알아차렸다. 두려움에 떠는 가젤처럼 긴장하며 머리에 달린 뿔을 흔들어대던 그는 심장을 가득 메우던 공포가 원색 물감을 섞듯이 진한 비관과 충격으로 변화하는 걸 생생하게 느꼈다.

"제가 뭘 목표로 했는지 이미 알고 계신 겁니까?"

"소꿉놀이에 어울린 메르라 하나 단속하지 못하고 있지 않으냐."

아버지는 이명석이 답할 틈을 주지 않고 도호재를 질책했다.

아버지의 답변은 혼란스러웠다. 누군가가 이미 옥토 제로와 접촉하여 멤버십 데이터를 초기화하겠다는 자신들의 계획을 전부 일러바쳤다. 3급 거주 구역의 개인 사무실에서 아버지와 접촉한 최태영인가? 그때 일을 계기로 제로와 연락을 취했을 수도 있다. 아니면 엔바디 사회의 규율에 뼛속 깊이 물들어 있던 종철인가? 종철은 제로와 엔바디 사회에 충성스러운 면모를 보여줬을뿐더러, 계획에 가담한 직접적인 이유를 들어본 적도 없었다. 그것도 아니라면, 갑작스럽게 나타나서 합류하게 된 강미인가? 강미에 대해서는 정말, 아무것도 알고 있는 게 없었다.

누가 제로와 접촉했는지 당장 알아낼 순 없어도 확실한 사실이 하나 있었다. 그는 상황이 지금에 이르기까지 전혀 눈치조차 채지 못했고, 자신들은 그저 아버지의 손아귀 위를 기어다니는 개미나 다를 바 없었다.

"처음에 도호태 씨께서는 옥토 제로 전체 긴급회의를 소집해서서 반동분자가 있다고만 알렸습니다. 그러나 당신께서 제어할 수 있다며 직접적으로 방해하지는 말자고 하셨습니다. 당시에는 가당찮은 말이라고 생각했습니다만, 듣다 보니 그럴듯했습니다. 멤버십 데이터베이스가 이곳에 있고, 내부의 보안만 하더라도 완벽하기 그지없는데 두려울 게 뭐가 있겠습니까."

도호재는 이명석의 느긋한 말에 의해 자신들의 목표가 정말로 빠짐없이 알려졌다는 걸 확인했다.

"그런데, 지금 보아하니 도호태 씨는 아들이 극악무도한 사상 범죄자였음을 숨기려 하셨나 봅니다!"

자랑스럽게 손뼉을 치며 입을 방정맞게 놀리던 이명석은 무언가 생각난 듯 별안간 크게 웃음을 터뜨렸다.

"나를 즐겁게 만든 건 그뿐만이 아닙니다. 재무부 측에서는 진작에 엔바디 사회의 자금이 유출되고 있음을 알아차렸었습니다. 도호태 씨가 긴급회의를 소집하기 이전부터 말입니다. 진작에 조사 팀을 꾸리고 곧장 대응책을 강구하라는 지시를 내린 상태였습니다. 그런 와중에 깨달은 겁니다. 화폐를 변경해 버리면 그런 더러운 곳으로 흘러간 돈은 없애버리고, 그에 동조한 메르라도 한꺼번에 처리할 수 있지 않은가? 이것 참, 절묘한 혜안이지 않습니까?"

도호재는 3급 거주 구역의 택시를 타면서 본 뉴스를 떠올렸다. 과격해 보일 정도로 역동적으로 입을 움직이던 아나운서와 화면 하단부의 큼지막한 자막으로 이어지는 옥토 제로의 찬양 문구로부터 고개를 돌렸을 때, 옥토 제로가 왜 하필이면 그 시기에 화폐를 변경하겠다고 나섰는지 생각했어야 했다. 옥토 제로 측에서 너무나도 신속하게 대응한 탓에 화폐 변경안이 자신들의 기반을 전부 뒤흔드는 묘책이라고는 미처 생각하지 못했다. 저들은 조사할 필요가 없었다. 나무뿌리가 썩어가면 어디가 썩어가는지 알아내서 섬세한 치료를 진행할 게 아니라 밑동을 통째로 베어버리고 거대하고 단단한 줄기에 접을 붙여버리면 되었다. 도호재는 거대한 전광판에서 보도하는 뉴스를 보며 지금이 움직이기 좋은 시기라고만 생각했던 과거의 자신을 향해 자조를 담은 경의를 표했다.

"그런데 참 색다르긴 합니다."

이명석은 싱글벙글 웃고 있는 입꼬리는 그대로 둔 채로 눈썹을 살짝 찌푸렸다.

과거를 추억하는 것처럼 비스듬하게 천장을 바라보던 그는 천천히 입을 열고 자신의 대단한 생각을 멋대로 나누기 시작했다.

"엔바디 사회에서 멤버십 체제가 제대로 자리 잡은 이래로 체제를 뒤엎으려 한 건 도호재 씨가 처음입니다. 우리도 평화에 절어진 채로 지내다 보니 관문의 경비 수가 부족하다는 것도 몰랐지 뭡니까. 아무리 그래도 그렇지, 뒤쪽에 서 있는 나머지 메르라들은 참, 배은망덕하지 않습니까."

그의 말을 듣자 같은 제로였음에도 저들은 진실이라 알려진 게 사실은 거짓이라는 걸 그들끼리 공유하고, 도호재 자신은 조작된 진실이 진리라고 믿고 이를 기반으로 행동했던 과거가 떠올랐다. 그와 함께 자신의 무능을 고용인이 비웃던 순간, 그리고 도호재를 비롯한 메르라를 광대처럼 속이고 놀린 건 저들이면서 오히려 속은 자들이 멍청하다고 비웃고 있는 행태에 대해 허무한 분노가 들끓었다.

"배은망덕하다니, 자만심이 심하신 게 아닙니까. 메르라 멤버십 가입자를 난자 제공자, 정자 제공자로 둔 이들은 절대 제로 멤버십에 가입할 수 없습니다. 그래서 제로와 메르라라는 명확한 경계선을 그을 수 있었던 게 아닙니까. 그런 시스템을 구축해 놓고 그 안에 모두를 가두어 놓고서, 멋대로 군림하고 있잖습니까. 가능한 범위 내에서의 절대적 자유를 보장하고 다른 이들에게도 자유를 보장하기 위해 사회질서를 최우선시하라고, 그게 상식이라고 세뇌한 일은 쏙 빼놓고 말씀하십니다. 자유라니, 가당치도 않습니다. 이들에게 그런 선택권이 주어지기는 합니까? 이들이 자신에게 주어지지 않은 선택지를 찾아내서 선택한다고 하더라도 이들의 결정을 뒷받침하기는커녕 없는 지지대마저 무너뜨리고 체계적으로 말려 죽이고 있지 않습니까!"

팔을 휘저으며 항변하자 고용인 유니폼이 힘없이 흔들렸다. 낙담과 자조로 인해 불안정하게 넘실거리던 감정이 도호재의 분노를 더욱 부추기고 있었다.

이명석은 도호재가 열을 올리는 내내 충격적이라는 표정을 짓다 그의 말이 끝나자마자 기다렸다는 듯이 도호태를 돌아보며 입을 열었다.

"난자 제공자, 정자 제공자라니! 세상에, 이제는 천박한 말까지 쓰고 있는 겁니까? 도호태 씨, 자랑스러운 아들이 어쩌다가 이렇게 타락한 겁니까. 필시 모두를 속이고 시커먼 속내를 감추고 있었던 게 틀림없습니다."

도호재는 이명석의 호들갑에 아버지의 표정을 살폈다.

아버지는 심기가 불편해 보였지만, 분명 이명석 때문은 아니었다.

"도호재. 감정을 표현하라고 했지, 아무 데나 표출하고 다니라고 가르친 적 없다. 절제하지 못한다면 감정을 표현하는 제로가 아니라 감정도 조절하지 못하는 메르라와 같은 짐승이라는 걸 잊지 마라. 이명석 씨도 그만 진정하고 경비를 호출하십시오.”

이명석은 엷은 입술을 좌우로 한 번씩 못마땅하게 끌어당겼다가 원위치시켰다.

“취급 참 감사하네요.”

회의실 문이 열린 이후로 단 한마디도 하지 않다가 끼어든 최태영의 말에 이명석은 경비를 호출하기 위해 움직이다 말고 몸을 바로 세웠다.

“배은망덕이라니. 메르라에게 베풀었다고 하기에는 스스로 어이없지 않아요? 하급 메르라가 먹는 건 알약 캡슐이 전부예요. 그쪽은 식사할 때 입안에 음식물을 넣고 침을 묻혀가면서 추접스럽게 잘게 자른다죠? 게다가, 제로에게는 식수라는 게 따로 있다던데요? 메르라 거주 구역은 화장실에서 나오는 물이 전부인데 말이죠. 5급 멤버십 가입자에게는 그마저도 없고 드리퍼 외에는 기본으로 주어지는 게 없다네요. 아주, 감사해 뒈지겠어요.”

최태영은 어깨를 가볍게 으쓱이며 말을 이었다.

“멤버십 등급 얘기가 나와서 말인데, 거주지는 더 형편없어요. 그래도 메르라 1급과 2급 거주지는 호화롭게 2인실까지도 베풀어 준다죠? 그럼 3급부터는요? 비좁은 방 하나가 8인실이죠. 층마다 화장실도 있어요. 여기 화장실은 시설 관리는 안 돼도 그런대로 물줄기가 세게 나오는 편이죠. 4급 거주지부터는 정말 달라요.

3급 거주지와 같은 크기의 방인데 창문도 없고, 냉방 장치는 물론이고 난방 장치도 없고, 정말 아무것도 없는데 16명을 밀어 넣죠. 방 안에서 지나다니기도 힘들어요. 여름에는 열기와 습기 때문에 염증과 물집이 생기고, 상처 사이로 온갖 벌레가 기어들어 가서 알을 낳죠. 그걸 하나하나 직접 파내야 해요. 겨울에는 춥고, 건조해서 코피가 시도 때도 없이 흐르다 못해 코안이 헐어버려요. 이뿐인가요? 건물에 화장실은 10층에 1개 정도씩밖에 없어요. 그마저도 물을 쓰거나 불을 켤 때마다 자신의 멤버십 칩을 인식해서 요금을 먼저 결제하고 써야 하고요."

최태영의 말에 비위가 상하는지, 회의실 안쪽에 서 있던 옥토제로 하나가 손으로 입을 가렸다.

"뭐, 여기까지도 5급에 비하면 감사해서 절을 하고도 남겠네요. 5급 거주지는 32인실이에요. 방 크기는 여전히 그대로죠. 4급 거주지에도 없는 냉방 장치나 난방 장치가 있을 리도 없고요. 그리고 한 건물에 화장실도 딱 하나밖에 없어요. 이곳은 선불제 사용은 아니지만, 드리퍼 수도꼭지가 기본 보급형이고요. 화장실에 들어가면 악취 때문에 눈이 따갑지만, 방에서 나는 악취도 화장실에 못지않을 정도죠. 방에는 썩은 고름과 토사물, 벌레 사체가 가득하니까요. 와, 편하고 놀라워라! 이곳이 그렇게 좋은 거주지라면, 제로 님들도 5급 거주지에서 옹기종기 모여 살면 참 좋을 텐데!"

최태영은 제로에게 할 말을 미리 연습해 두기라도 한 듯이 거침없이 쏟아냈다.

도호재는 이명석이 최태영의 말을 한 귀로 듣고 한 귀로 흘릴 줄 알았으나, 이명석은 의외로 진지한 표정으로 최태영의 말을 듣고 있었다. 말문이 막힌 듯이 입을 여닫기를 반복하던 이명석은 마침내 할 말을 정리했는지 비장하게 숨을 들이마셨다.

　"마음에 들지 않으면 더 노력해서 더 높은 등급에 가입했어야 하지 않습니까?"

　그는 황당하다는 듯이 고개를 비스듬하게 기울였다.

　"메르라는 왜 자신이 가입하지도 않은 4급이나 5급 멤버십에 대해 쓸데없는 관심을 가지는 겁니까? 유니폼을 보니 3급 멤버십 가입자이지 않습니까? 이렇게 당연한 말을 하게 만들 줄은 몰랐습니다. 옥토 제로는 노력한 메르라가 만족할 만한 보상을 받도록 특별히 신경 써주었을뿐더러, 아무것도 하지 않은 메르라도 생존할 수 있도록 아량을 베풀었습니다. 게다가 제로와 메르라의 대우를 비교하기에는 우리가 메르라에게 베푼 온정이 지나치게 많습니다. 안타깝게도 우월한 교육도 받지 못하고 열등하게 태어난 메르라를 위해 천천히 설명하자면, 나는 배은망덕이라는 단어를 충분히 쓸 자격이 있습니다. 아니, 오히려 써야만 합니다. 메르라가 지금 숨 쉬고, 먹고, 자고, 추저분하게 배출하며 생존할 수 있는 자체가 전부 제로에 의해서 유지되고 있기 때문입니다."

　이명석은 허공에 자신이 말하는 것들이 항목으로 나열되어 있기라도 한 듯이 손가락으로 콕콕 짚으며 말을 이었다.

　"지금 내 눈앞의 타락한 제로와 메르라 무리에게는 특별히 알려주겠습니다. 어차피 이곳을 빠져나갈 수 없을 테니."

그는 순간을 음미하며 이어질 말을 위해 뜸을 들였다.

"이곳은 '메트료시카르'라는 구조물 내부입니다."

도호재는 뜸을 들이며 말에 무게를 실은 것 치고는 영문도 모르겠고 의미도 없는 이명석의 말에 눈을 두어 번 깜빡였다. 최태영 역시 도호재와 별반 다르지 않은 감상을 받았는지 곧바로 이명석의 말을 비웃었다.

"어머나. 이때까지는 어쩌면 정말로 제로가 더 똑똑할지도 모른다고 생각하고 있었는데요. 꼭 그런 건 아닌 거 같네요. 여긴 당연히 구조물 안이죠. 건물이 구조물이잖아요. 머리가 그 정도로 딸리세요?"

묵묵히 서 있던 강미까지 이명석을 소리 내어 비웃자, 이명석은 얼굴을 딱딱하게 굳히고서는 책상을 내리치며 그들의 웃음을 단호하게 끊어냈다.

"열등한 메르라 같으니라고. 미래가 너무나도 암울해서 말뜻 하나 이해하지 못하겠습니까? 이 건물을 벗어나서 하늘이랍시고 올려다보는 건 천장이고, 땅이라며 밟는 장소는 모두 인위적인 구조물 받침대이며, 빛을 선사하는 건 태양이 아니라 인공 발광체에, 메르라가 지나칠 정도로 많이 허비하고 있는 산소마저도 전부! 제로에 의해서 생산 및 관리되고 있다는 말입니다."

도호재는 엉뚱하게까지 느껴지는 이명석의 말에 그가 난생처음으로 진중한 목소리로 농담을 하고 있는지까지 잠깐 고민했다.

이명석이 씩씩대며 지껄인 말은 예은을 처음 만났을 때 느꼈던 충격과 비슷했다. 만일 저게 진리라면 어쩌면 더 끔찍한 비밀을 알아버린 걸지도 모르겠다는 생각도 들었다.

"무슨 말 같지도 않은 소리 집어치워요."

조금은 기세가 수그러든 최태영의 목소리가 도호재의 귀를 스치고 지나갔다.

"메트료시카르 바깥에서 삶을 영위하던 때도 있었습니다. 그러나 황금기의 끝은 존재했고, 당시의 메르라 같은 열등한 존재가 생존하기 어려울 정도로 기후가 괴이해지고 식량 보급에도 덩달아 차질이 생겼습니다. 그렇다고 해서 당시 제로의 생존을 위협할 정도는 아니었습니다. 제로는 충분히 그곳에서 살아갈 능력이 있었습니다. 직접 일궈낸 능력이! 준비성 없는 메르라들과는 다른 철저한 능력이!"

이명석은 메르라라는 단어를 언급할 때마다 최태영과 강미, 종철을 번갈아 가리키며 말을 강조했다.

"당시의 정부라는 작자들이 굶주림에 허덕이고 극한의 추위와 최악의 무더위에 마땅히 사라져 가는 메르라를 전부 수용할 수 있을 정도의 건축물을 지어달라고 부탁하지 않겠습니까? 이에 대비하지 않은 건 메르라임에도 책임은 억울하게도 제로가 지게 생겼었습니다."

이명석은 답답하다는 듯이 어깨를 으쓱였다.

"당시 사회의 최고 권력자는 정부였습니다. 제로는 정부의 요구에 복종해야 했으나, 정부라는 기관에 제로의 권리를 보장해 달라며 반항할 정도의 힘은 가지고 있었습니다. 정부라는 건 명목상으로 유지되는 기관일 뿐, 사회의 실질적인 생존은 제로가 보장하고 있었으니 말입니다. 그래서 당시의 제로는 메트툐시카르를 세워주겠다고 약속하며 이를 빌미로 많은 보험을 들었습니다. 모든 사회 구성원의 안전과 생명을 책임지는 중책을 떠맡고 있고, 시공할 때는 물론이고 메트툐시카르 내부의 온도 유지와 건물 보수 등 온갖 일에서도 천문학적인 돈이 소모되니 제로에게 메트툐시카르의 운영권을 맡기되, 제로가 자체적인 사이클 내에서 원금을 회복하고 차익까지 내지 못할 경우, 국가 전체가 변상해 주기로 약조했었습니다. 제로가 마땅히 얻어냈어야 할 수익금과 투자한 자재의 원금, 시간, 노력, 그동안의 회의, 인력비 모두를 합하여 이자까지 계산해서 말입니다."

이명석의 말이 사실이라면, 이라는 가정도 생각하기 힘겨웠다.

도호재는 제로 거주 구역에서 사는 동안 봄이 되면 땅을 뚫고 올라오며 자연스럽게 공기 중에 가득 퍼진 생명력 넘치는 풀잎 향을 즐겼고, 여름에는 축축한 공기가 뜨거운 빛에 타오르는 열정을 만끽했으며, 가을에는 높아지는 하늘에 공기마저 덩달아 떠올라 버렸을 때 미처 따라가지 못하고 떨어진 낙엽이 발밑에서 바스러지는 향이 붕 떠버린 공기의 간극을 메꾸는 것을 사랑했고, 겨울에는 얼어버린 공기를 들이마시며 폐를 차갑게 식히는 경이로움을 사시사철 잊지 못했다.

자신이 사랑한 모든 것들이 조작된 환경이었다는 걸 받아들이기 어려웠다. 이미 자신이 믿었던 행동의 기준이자 상식이라는 진리를 내다 버렸는데, 이제는 이명석의 잔인한 증언으로 인해 감정적인 추억마저도 전부 강탈당하고 있었다.

이명석은 팔짱을 꼈다가, 팔 하단부만 비스듬하게 올렸다가, 팔을 푸는 걸 반복하며 휘적거리며 말을 이어가다 별안간 종철을 겨냥해 삿대질했다.

"아. 거기 고용인 옷을 입고 있는 덩치, 너! 아는 척 서 있지만, 시공이라는 기초적인 단어 하나조차 모르지 않습니까. 메르라란! 더 오래전으로 거슬러 가면, 당시에는 시공사를 선정하는 단계를 거쳤습니다. 지금에서야 제로가 모든 것을 관리하고 있으니 쓸데없는 경쟁을 피할 수 있다지만, 세상에, 그때는 정해진 결과가 있음에도 제로는 언제나 통째로 흡수당할 이들과 보여주기식 경쟁을 하고, 주최자인 정부에게 부스러기 같은 뇌물을 쥐여줘야 했습니다."

도호재는 이명석이 본인이 태어나지도 않은 시절의 거짓된 추억에 잠겨 있는 동안 아버지의 동태를 살폈다.

아버지는 오히려 도호재의 반응을 평가하듯이 지켜보고 있었다. 한참 전부터 그의 행동을 관찰하고 있던 것 같았다. 도호재는 자신의 복장이 적절하지 않다는 생각에 최소한 주름이라도 없애고자 애꿎은 옷자락만 몰래 잡아당겼다.

"다시 돌아가서, 메트료시카르는 성공적으로 완성되었습니다.

이곳에 들어오고자 모여드는 이들로 인해 건물 밖을 함부로 나설 수도 없을 정도였습니다. 그래, 모든 메르라가 들어갈 수는 없으니 당연한 결과가 아니겠습니까?"

"언제까지 시간을 허비할 셈입니까?"

이명석의 말이 끝날 기미가 보이지 않자 회의실 문이 처음 열렸을 때 가장 먼저 입을 열었던 옥토 제로가 불만족스러운 의사를 표했다.

도호재는 이제야 그녀가 누구인지 알아볼 수 있었다. 복지부를 총괄하는 연경은 윤기 있는 긴 머리를 깔끔하게 정리해 넘겨두어 잔머리라고는 찾아볼 수 없었음에도 자신의 머리를 결 방향대로 쓸어넘겼다. 연경의 행동은 단정하고자 하는 자신의 강박에 의해 조종당하는 행동이었고, 그럼에도 불구하고 그녀의 정돈은 완벽하고 깔끔했기에 오히려 고고해 보였다.

"저들에게 마지막 선물을 베푸는 것도 제로의 덕목 아니겠습니까? 개인적인 즐거움이기도 하니, 부디 양해해 주십시오."

이명석은 인위적으로 그려 넣은 송충이 같은 눈썹을 씰룩거렸다.

아직도 이명석의 말이 끝나지 않았음을 직감한 도호재는 회의실에 있는 옥토 제로를 둘러보다 회의실에 옥토 제로가 7명밖에 없음을 알아차렸다. 회의실에 있는 제로의 얼굴을 찬찬히 뜯어보던 그는 어머니가 없다는 걸 알아차렸다.

"메트료시카르를 건립하고 소유하고 있는 제로는 급속도로 성장할 수 있었습니다. 사회 내의 모든 반역 기업을 흡수했고, 마침내 사회의 모든 기업을 우리의 발밑에 둘 수 있었습니다. 자연스럽게, 세상을 전부 삼켜낸 겁니다."

잠자코 이명석의 말을 듣던 도호재는 진리랍시고 듬성듬성 주어지는 말들에 어이가 없을 지경이었다.

그는 여전히 모든 것은 인공적인 구조물이었다는 사실에 충격을 받은 상태이긴 했지만, 그러한 자신의 상태와는 별개로 이명석은 지나치게 말이 많았고 어쩌다가 자신들이 메트료시카르라는 구조물에 갇히게 되었는지에 관한 이야기를 들을 수 있다는 것 외에 나머지 말은 전부 믿음직스럽지 못했다.

"입에 거짓을 담으면 부끄럽지 않으십니까? 국가라는 사회에 그런 상황을 방지하는 철칙이 없었다고 믿길 기대하는 겁니까? 게다가 국가가 복지 비용으로 인해서 준부도 사태에 직면했다는 허무맹랑할 정도로 단편적인 기록물을 확인했습니다. 해당 내용부터 의심스러우나, 좌우간 모종의 이유로 국가의 힘이 약해진 틈을 타 제로도 반역을 일으킨 게 아닙니까?"

도호재의 말에 이명석은 오히려 손가락을 튕기며 그의 말을 반겼다.

"복지! 말 한번 잘 꺼내셨습니다. 아주 좋은 문장을 읽으셨나 봅니다. 정말이지, 복지라는 단어를 들으면 아주 치가 떨리면서도 전율이 입니다. 국가가 복지 비용으로 인해서 준부도 사태에 직면했다는 글을 읽었고, 이해가 되지 않는다고 하지 않았습니까? 그렇다면 정부가 알 수 없는 이유로 복지 비용을 감당할 수 없다며 국민의 대부분이 근속하고 있던 기업인 제로에 복지를 전부 책임지라고 떠넘겼다면 어떻게 받아들일 겁니까? 이것도 거짓 같습니까? 여전히 반역으로 국가와 정부 형태의 체제를 무너뜨린 것 같습니까?"

도호재는 이명석의 질문이 당황스러웠다.

분명 최태영의 개인 사무실에서 읽은 문헌에서 묘사된 정부는 국가를 대표하고 책임지는 최종 결정권자였고, 모로 보나 막대한 권력을 가지고 있었다. 그런 절대자가 그토록 허무하게 제로에 국민에 관한 권한 자체를 넘겨버렸다는 사실은 쉽게 믿기 어려운 내용이었다. 황당무계한 내용이라 이해하고 납득하기는커녕 종교적으로 믿어야만 받아들일 수 있을 내용이었다. 국가의 몰락이 오로지 복지라는 요소 때문이라는 설명은 불충분하고, 부적절한 설명이었다.

이명석의 일장 연설은 도호재의 혼란은 전혀 신경 쓰지 않고 계속되었다.

"고매하신 초대 옥토 제로께서는 무책임하고 무능한 당시의 정부를 대신하여 전 메르라에게 복지를 제공해내는 쾌거를 이루어내셨습니다. 그뿐입니까? 그분께서는 번거롭고 영양가 없는 식사 대신 모든 끼니를 캡슐로 해결할 수 있는 미래 식품 개발까지 성공하셨습니다. 덕분에 지금의 메르라가 지극히 한정적인 자원 속에서도 아사하지 않고 생존할 수 있는 겁니다. 이러니 삶의 터전이 무너져가고 미래가 어떻게 변화할지 전혀 알 수 없는 불안정한 상황에서 모든 메르라가 어디에 의지하겠습니까. 그들의 소유권을 하나씩 사회 최고의 기업인 제로에 넘겨버리는 무능한 정부? 아니면 자신들을 부양하는 제로?"

이명석은 감격에 겨워 두 손을 맞잡았다.

"마침내 무능한 정부가 국가를 지탱하는 시스템 대부분을 제로에 떠넘기고, 제로가 자상하게도 사회의 모든 이들을 책임짐으로써 국가와 정부의 시대가 끝나고 엔바디 사회의 막이 오른 겁니다."

이명석이 갑작스레 눈을 부릅뜨자, 종철이 눈에 띄게 몸을 움츠렸다.

"이렇게 메트료시카르라는 완벽한 보호막 아래에서 살려주고, 보호해 주고, 먹여주고, 잘 곳까지 마련해서 재워났더니. 감히 제로에 반기를 들 생각을 떠올린다는 말입니까? 이래서 사상범이 끔찍한 범죄자인 겁니다, 도호재 씨. 제로도 처벌을 피해가기 쉽지 않을 겁니다. 그러니 메르라에게는 배은망덕하다는 말로도 부족하다, 이 말입니다!"

이명석의 입에서는 덩어리진 침이 튀어나왔다.

도호재는 의구심과는 별개로, 이명석의 말을 들을수록 위산이 역류하듯이 슬픔이 식도를 타고 올라옴을 느꼈다. 왜 자신은 제로 출신에 제로 거주 구역에서 자랐음에도 이 모든 것들을 알지 못하고 살아야 했던가? 자신이 아무것도 모르는 철부지였기에 아버지는 능력을 인정해 주지 않았고, 메르라 거주 구역까지 진출하여 활약한 이우진과는 달리 제로 거주 구역의 학교에 갇혀, 우물 안에서, 우물 안의 성적에 만족하며 지내야 했던가? 그래서 고용인에게서도 만만하게도 비웃음의 대상이 되었던가?

도호재는 여전히 상황을 지켜보고만 있는 아버지를 향해 고개를 돌렸다.

"아버지. 저는 왜 아무것도 모르고 자랐습니까? 제가 그렇게 미덥지 않으셨습니까? 저는 이 모든 걸 알 자격이 없었던 겁니까?"

도호재는 차마 자신이 입양되어 가족으로 받아들여지지 못한 거냐는 질문까지는 뱉지 못하였고, 두려운 질문을 던질 수 있는 답조차 없음을 두려워했다.

"자격, 없었다. 엔바디 사회의 역사는 옥토 제로가 되어야만 접근 권한이 주어진다."

아버지는 도호재가 무엇을 묻고 있는지 알고 있으면서도 대답을 회피하고 있었다. 제로의 삶에서 알게 모르게 배제되던 시절에 관해서 묻고 있다는 걸 알아들었으면서도, 아버지는 엔바디 사회의 역사에 관해서만 답했다. 도호재는 답답한 마음에 숨이 막힐 지경이었다. 어쩌면 아버지는 그의 의중까지 알아차리고 그에 대한 답으로 자격이 없었다고 답했을 수도 있었다.

"메르라 거주 구역의 낮이 제로 거주 구역에 비해서 지나치게 밝은 이유는 무엇입니까? 과거에는 같은 환경에 섞여 살던 이들이었다면, 메트료시카르라는 구조물을 구성하고 이를 관리하는 게 전부 제로의 뜻이었다면, 메르라는 태생적으로 밝은 환경에서만 앞을 제대로 볼 수 있었던 게 아니지 않습니까. 그 사이에 무슨 일이 있었던 겁니까? 아무런 사유도 없이 메르라 거주 구역의 낮이 지나치게 밝아진 건 아니지 않습니까. 메트료시카르의 운영 유지비만 해도 자원 소모가 크다고 한 건 제로 측입니다. 차라리 메르라 거주 구역을 전부 암흑으로 조성하여 어둠 속에 처박아 놓지 그러셨습니까."

도호재는 낙담한 티를 내지 않으려 억지로 화제를 돌렸다.

아버지에게 건넨 질문이었으나, 엉뚱하게도 질문에 대한 답을 준 건 식품부를 담당하는 옥토 제로였다.

"다른 분들께서 거듭 언급하지 않았습니까. 제로는 메르라를 수용해 주었습니다. 오히려 저들의 거주지가 밝으면 세로토닌 분비가 늘어나서 저들이 행복해진다기에 거주지 위에 떠 있는 조명을 밝게 해주었을 뿐입니다. 제로는 메르라의 주거 환경을 진심으로 신경 써주었습니다."

아버지는 도호재를 향한 실망이 극대화되는 듯했고, 엉뚱하게도 이명석도 그와 아버지의 수준을 알만하다는 듯이 으스대며 깔보는 눈치였다.

도호재는 이제껏 제로의 역사를 떠들어 대던 이명석도, 자신이 질문한 대상이자 옥토 제로를 통솔하는 아버지도 아닌 식품부를 담당하는 옥토 제로가 난입해서 답을 주어 자존심이 상했다. 그 또한 옥토 제로임을 충분히 인지하고 있으나, 그렇다고 해서 자신만 소외되던 감정이 사라지는 건 아니었다.

게다가 도호재는 메트료시카르 내부의 자원을 아껴야 한다는 이전의 말도 그다지 믿음직스럽지 않았다. 메르라 거주 구역에 있는 최태영의 개인 사무실에서 여름을 보낸 도호재는 메르라 거주 구역의 여름이 어떠한지 뼈저리게 알고 있었다. 자원이 부족했다면, 제로는 여름 내내 메르라 거주 구역에 그토록 지독한 폭우를 퍼부으면 안 되었다. 저들은 분명 제로의 위상을 드높이기 위해 메르라를 위해주는 위대한 제로라는 연극에 몰입하며 가식을 떨고 있었다.

"말만 번드르르할 뿐, 제로가 메르라의 눈을 인위적으로 멀게 만들지 않았습니까."

이유는 몰라도, 저들은 메르라를 위해서가 아니라 제로를 위해서 제로 거주지의 낮과 메르라 거주지 낮의 조도를 달리했음이 틀림없었다. 그는 자신의 직감을 믿었다.

"제로와 메르라는 구분되어야 마땅합니다. 메르라 사이에서도 능력에 따라 보상을 차등 지급해야 하는 것도 도호재 씨라면 충분히 인지하고 있다고 믿습니다. 그 보상에 거주지도 포함됩니다. 자신의 능력을 마음껏 뽐내고 입증할 기회를 주는 겁니다."

도호재는 저들과 대화를 이어갈 의지를 상실하고 있었다.

식품부를 총괄하는 옥토 제로의 대답은 같은 자리만 빙빙 돌고 있었다. 알아내고 싶은 내용은 절대 쉽게 얻어낼 수 없었다. 옥토 제로는 의기양양하게 자신들을 쳐다보고 있었으며, 아버지는 여전히 도호재를 찢어버릴 듯이 샅샅이 뜯어보고 있었다.

도호재를 비롯한 누구도 다시 입을 열지 않은 채로, 쏟아진 정보를 정리하거나, 각자가 처한 상황을 정리하고, 혹은 처음부터 끝까지 두려움에 떨며, 회의실에는 무거운 정적이 내려앉았다.

최태영이 이명석을 비꼴 때 함께 웃은 것 외에는 한참을 조용히 있던 강미가 회의실에 들어오고 나서 처음으로 운을 띄웠다.

"그래서 화폐 변경안을 추진한 게 누구라는 것임?"

이명석은 강미의 말에 경기를 일으키듯이 질색하며 얼굴을 티나게 구겼다.

"이제껏 무엇을 했습니까, 4급! 내가 아니라면, 재무부를 총괄하는 내가 아니라면, 누가 그런 생각을 할 수 있었겠습니까. 4급이 이런 위대한 혜안을 생각해 냈겠습니까? 똑같은 말을 반복하는 것도 시간 낭비입니다. 자신에게 주어진 시간도 허비하고 있으니 메르라 4급 멤버십에 가입해 있지 않습니까, 4급! 새로운 화폐는 제로 주도하에 전자화되어 관리될 것이며, 엔바디 사회는 건립 이래 어느 때보다 효율적으로 운영될 겁니다."

이명석은 손으로 가볍게 짚고 있던 탁자에서 멀어지며 강미 가까이 다가갔다. 이명석이 강미 바로 앞에 붙어 서자, 그와 강미의 덩치가 극적으로 대조되었다. 이명석은 위용만으로도 강미를 무너뜨릴 만큼 거대해 보였으며, 강미는 이명석의 한 손가락 힘만으로도 부러질 것처럼 비쩍 마르고 연약해 보였다.

이명석은 강미를 향해 위협적으로 몸을 기울이며 낮게 으르렁거렸다.

"체포되어 온갖 죄목으로 형을 선고받고 숨을 거둘 때까지만이

423

라도, 부디, 기름기로 잔뜩 엉켜버린 머리로 기억하십시오."

강미는 눈 하나 깜빡이지 않고 안광만으로 이명석의 얼굴을 뚫어버릴 듯이 쳐다보기만 했다.

이명석은 그런 강미가 징그러워 보였는지 다시 자신이 서 있던 자리로 가기 위해 몸을 돌리려다, 그대로 가만히 서 있기로 선택했다. 강미가 들고 있던 허접한 단도가 이명석의 심장을 꿰뚫었기에 다른 선택지는 없었다.

이명석은 반사적으로 숨을 들이마시려다 여전히 꽂혀 있는 칼날에 피부와 근육이 꽉 끼어 쓸리는 감각에 목구멍 깊은 곳에서부터 피인지 가래침인지 모를 것이 끓는 소리를 내고 말았다. 숨쉬기도 어려운데 비명을 질렀다면 자신의 몸 밖으로 피를 뽑아내는 꼴이 되었을 테니 나름 현명한 선택이었지만, 차악을 고른 게 무색하게도 강미는 허접하고 투박한 단도를 뽑아내고서 피가 뿜어져 나오는 이명석의 앞판을 사정없이 난도질하기 시작했다.

"네놈이구나! 네놈이! 원흉이야! 내가! 운향을 치료해 내지 못한 무능한 4급 거주 구역의 돌팔이 의사를 죽이고, 3급 거주 구역으로 올라와 운향의 치료를 거부한 의사를 죽이고, 운향을 도울 방법을 고민해 주기는커녕 나를 붙잡느라 시간을 허비한 경비 개자식도 죽이고, 운향을 대놓고 비웃은 3급 머저리도 다 죽였음. 그러다가! 종철이 갑자기 제로 거주 구역을 담당한다는 소식을 들었지. 좀만 협박하니 자신은 제로 거주 구역에 가게 될 거라며 술술 부는 거임. 그때 드는 생각? 아, 원흉을 족쳐야겠다. 운향 곁으로! 전부! 보내줘야 한다!"

강미는 자신의 비명에 맞춰 이명석의 앞판을 찌르다가 마침내 경련하며 쓰러지는 이명석의 멱살을 잡고 별안간 목소리를 낮춰 속삭이듯이 말을 이었다.

"가만히 들으니까, 그런 생각이 드는 것임. 원인 제공은? 이쪽이라고."

강미의 번들번들한 눈이 자신들을 향하자 종철은 기겁하며 뒷걸음질 쳤고, 도호재는 등허리에 땀이 배어 나왔다. 강미는 온몸을 부르르 떨며 도호재와 종철, 최태영을 주시하다 앞으로 고꾸라진 이명석에게로 다시 시선을 옮겼다. 강미는 짧은 순간 억눌렀던 분노가 다시 치밀어오르는지 멀쩡한 그의 뒤판을 내리찍으며 헤집기 시작했다.

"근데. 근데. 근데. 듣다 보니까, 존나 짜증 나는 것임. 저쪽이 배은망덕한 반역자임? 그럼 제로는 뭔데? 정부고 뭐고 모르겠고, 그냥 제로를 믿은 메르라가 있었다면서? 걔네한테는 제로가 끔찍한 배신자 아님? 이런 생각이 드는 거지. 너넨 뭔데 배은망덕하니 마니 지껄이고 있음?"

강미는 어깨를 바짝 세운 그대로 한쪽 팔을 들어 기름진 머리카락을 죽 잡아당겼다. 기름으로 도포된 머리카락 위로 벌건 피가 기름과 섞이지 않은 채로 군데군데 묻어났다.

"아니지? 아니야. 그건 변명이고, 그냥 지껄이는 걸 참아주는데 존나 빡쳤음. 내가 사는 저기가, 사회에 이바지하기 위해 내가 받아야 할 보상임? 내가 진짜, 아무런 생각도 하지 않고 살았었음. 그래야 살 수 있거든! 근데 운향은 살려냈어야지. 아무것도 주제 넘게 바라지 않고 엔바디 사회를 위해서 모든 걸 줬으면 운향만은 살려냈어야지!"

강미는 쇳소리가 나도록 비명을 지르고 있었다.

"이게 메르라를 생각해 준 거라고? 저딴 시궁창이? 니가 살아 봐, 니가! 존나 미끄러져도 벽에 머리 처박지도 않을 여기서 입만 나불대지 말고, 니가 16인실이든 32인실이든 가서 살라고! 뭣 같은 규칙이나 만들어 내면서 운향을 죽게 만들지 말고, 니가 대신 죽으라고! 뒈져!"

남은 팔 하나로 쉬지 않고 팔을 아래로 내리찍던 강미는 형체를 알아보기 힘든 몸뚱이를 향해 몸을 숙이더니 움찔거리는 귀에 대고 이제껏 본 무엇보다도 월등하게 아름다운 상황과 마주한 것처럼 다정하게 말을 건넸다.

"듣다 보니까 말이지. 이왕 다 죽어야 한다면, 니 새끼가 가장 먼저 죽어야겠더라."

강미는 그 뒤로도 계속 경련하는 시체를 운향에게 바치듯이 애정 어린 귓속말을 쉬지 않고 속삭였다.

도호재는 강미가 구현해 낸 충격적인 모습에 눈을 떼지도 못하고 호흡하는 것도 잊은 채로 숨을 죽였다. 산소가 부족해 눈앞이 흐려질 때쯤 최태영이 도호재에게 중얼거리듯이 묻는 말을 듣고서야 그는 간신히 숨을 토해내고 들이마셨다.

"도호재 씨. 아무트 성분에 뭐가 있는지 아세요?"

최태영은 머릿속으로 무언가에 몰두하여 끊임없이 가설을 세우다가 파기하기를 반복하는 듯이 멍해 보였다. 그의 정신은 분명 눈앞에서 벌어지고 있는 괴이하고 역겨운 상황과는 멀리 유리되어 있었다.

"마약 성분에 대해서는 아는 바가 없습니다."

최태영이 대체 이 상황에서 무슨 얘기를 꺼내려는지 전혀 감이 잡히지 않았다.

"아무트에는 고통을 경감시키기 위해 엔도르핀을 촉진하는 약물 외에도 압도적인 비율의 화학약품이 하나 있어요. 그게 세로토닌을 인위적으로, 과도하게까지 끌어내는 종류인데 말이죠."

최태영이 말을 멈출 때면 누군가 물웅덩이에 장난치는 소리가 났다.

"아무트가 왜 메르라만 대상으로 해서 복지의 일환으로써 제공되었는지 생각해 봤어요? 아무트가 능력에 대한 보상으로, 메르라 개인의 노력을 치하하고자 주어지는 거라면 왜 오히려 5급 멤버십 가입자에게만 그렇게 많은 양을 주는 건지 좀 이상하잖아요. 생각해 본 적 있어요?"

도호재는 강미의 손 아래에서 적나라하게 벌어지는 강렬한 파티로부터 간신히 시선을 돌렸다. 그는 미치광이가 선사하는 과도한 자극에서 벗어나기 위해 최태영의 말에 집중하고자 노력했다.

"그건… 그저 마약으로 메르라의 행복을 보장한다는 얄팍한 수

작 아닙니까."

최태영은 머릿속에서 이루어지던 가설 점검을 끝냈는지 눈썹을 찡그리며 답하는 도호재를 똑바로 응시했다.

"그렇죠. 그런데 그 행복도 보장이 메르라를 위해서, 정말 미약하게라도 그들의 행복을 보장하기 위해서 아무트를 만든 게 아니라는 거죠. 정말 메르라의 행복을 위해서라면 아무트가 마약 성분일 필요가 있나요? 음식이나 생활, 환경 처우 개선 같은 다른 자원을 주는 것보다는 마약을 퍼뜨리는 게 훨씬 싸고 손쉬워서 아무트를 퍼트려야 했을까요? 메르라의 행복을 꼭 아무트로 보장해야 했을까요? 무엇보다도 저들의 논리에 따르면, 제로가 5급 멤버십 가입자에게 가장 많은 행복을 처방할 리 있나요? 5급은 다른 멤버십 등급 가입자보다 훨씬 더 적은 양의 행복을 배당받아야 하는데요. 그래야 마땅하죠. 저들에게 5급은 엔바디 사회에서 누구보다 사회에 공헌하지 않고 노력하지도 않는 폐기물인데요. 제로에게 5급 메르라란 자원만 축내는 존재일 뿐이에요. 제로에게 아무트는 그저, 메르라가 자신의 생활에 안주하도록 그들의 뇌를 주물러서 거짓된 행복에 취하게 만들기 위해 만든 장치인 거예요. 5급 거주 구역에 가둬서 그대로 썩혀버리는, 투명하면서도 거대하고 견고한 수조 탱크나 다름없다고요."

도호재는 더는 강미의 중얼거림과 함께 피와 살점이 낭자한 상황에 얽매여 있지 않았다. 그는 최태영의 이야기를 들으며 5급 거주 구역, 그중에서도 인공 달빛 아래에서 파란 슬레이트 지붕이 희미하게 빛나는 장소에 도달했다. 5급 거주 구역에 발을 들이는 순간부터 전신을 날카롭고도 끈질기게 적시는 성예지기는 비강을 타고 폐부 깊숙이 침투하고, 이것으로 모자라 안구, 비강과 기도의 점막, 메르라 거주 구역에서 지내는 동안 손톱 가에 잔뜩 일어난 거스러미를 뚫고서 그의 몸을 기어코 절여내었다. 새파란 슬레이트 지붕 아래까지 가지 않아도 지붕 아래에 무엇이 그를 기다리고 있는지 알고 있었다. 그는 당장 몸을 비틀어 뒤에서 기다리고 있을 택시를 잡아타고 그곳으로부터 도망치고 싶었으나, 그의 몸은 이미 슬레이트 지붕 아래로 걸어가고 있었다.

갈고랑이처럼 날카로우면서도 역겹도록 무겁고 끈끈한 오취가 눈을 따갑게 찌를 때쯤 도호재는 신발을 벗고 슬레이트 지붕 아래의 마루로 올라섰다. 얇은 고급 양말을 미지근하게 적시는 감각이 도호재의 예민한 발바닥을 타고 생생하게 느껴졌다. 왼쪽에 있는 화장실에서는 드리퍼로부터 물이 한 방울씩 양동이로 추락하는 소리가 들렸다. 드리퍼를 1초도 쉬지 않고 온종일, 한 달 내내, 365일 하루도 빠짐없이, 도호재가 태어난 시각부터 지금까지 틀어놨어도 드리퍼 물이 화장실을 넘어 집안까지 넘칠 수는 없었다. 그렇다고 해서 천장에서 물이 새는 것도 아니다. 도호재는 자신의 발을 적시는 것이 누군가의 시체로부터 빠져나온 체액이라는 사실을 알고 있었다. 인지 기능이 살아 있고 미약한 생명이 순환하던 몸을 가득 메우고 있던 물, 심장 박동을 따라 아무트와 함께 순환하던 피, 질척하게 입안을 메우던 시큼한 침, 온몸을 뒤덮었던 미끄러운 땀, 아무트를 소화하던 위액과 그와 함께 위에 머무르던 잔여물, 다리를 집어삼킨 물집과 염증, 눈물샘이 머금고 있던 눈물, 방광에 고여 있던 소수, 이 모든 체액이 도호재가 밟고 서 있는 웅덩이를 완성하는 것들이었다.

도호재는 자신의 발 바로 옆, 웅덩이의 중앙에는 무엇이 누워 있는지 또렷하게 기억했다. 입안은 헐었고 이가 녹아내려 발음조차 제대로 되지 않았던 친어머니가 눈꺼풀을 내리지도 않은 채로 몸 안에 가둬두었던 체액을 세찬 기세로 뿜어내며 부패하고 있다. 아무트의 부작용으로 고통에 무뎌져 발바닥에 유리 파편이 박힌 줄도 몰랐던 그녀는, 아무트에 기대서 다리가 썩어 들어가는 고통을 견뎠고, 아무트로도 고통을 지워낼 수 없을 때쯤에는 그 부작용으로 인해 팔 하나를 통째로 잃어야만 했다. 처참한 일생을 밝게 바꿔주리라 믿었던 아무트는 그녀를 5급 거주 구역으로 추락시켰다.

4급 거주 구역에서 쳇바퀴 같은 생활을 시작한 이후부터의 그녀의 삶은 아무트의 부작용으로 완성되었다. 그녀가 자살을 선택한 당시의 정신 상태마저, 아무트로 인해 고통과 해방, 불행과 거짓된 행복이 반복되어 주어지며 무력감이 학습되었기 때문일지도 몰랐다. 혹은, 아무트를 섭취하며 마주해야 할 고통도 잊고 다짜고짜 행복해지는 자신의 상태에 익숙해져서 일상 자체가 고통에 이른 건 아닌가? 도호재의 방문으로 인해 터진 그녀의 마지막 폭죽은 어쩌면 이미 아무트로 인해 다 타들어 간 도화선은 아니었던가.

시퍼런 슬레이트 지붕 아래에 갇힌 채로 잡된 웅덩이에 빠져 일 렁이고 있는 도호재에게 최태영의 이어진 말은 해일처럼 강렬하 게 밀려들어 왔다.

"그리고 저들이 제로 거주 구역보다 비약적으로 밝은 메르라 거 주 구역에 관해 설명할 때 세로토닌 이야기를 꺼낸 걸 보면 말이 죠. 발상이 징그러울 정도지만, 메르라 거주 구역의 환경조차 조 금이라도 세로토닌 분비를 높이려 빛 조작을 시작했던 게 틀림없 어요. 자신들의 위치를 공고히 하기 위해서 말이죠. 얼마나 큰 영 향을 미치겠냐마는, 아무튼, 그 강도를 점점 높이다 보니 의도치 않게 제로 거주 구역과 메르라 거주 구역의 조도에는 무방비하게 왕래할 수 없을 정도의 차이가 나게 된 거고요."

도호재의 전신에 소름이 돋았다.

푹 젖은 양말을 타고 올라온 물기는 그의 바지를 물컹한 물체가 있는 바닥으로 끌어당기며 서슴없이 위로 나아갔다. 그가 아무트 와 엔바디 사회의 온갖 상식 아래에 생명이 존재했던 흔적도 없이 바스러진 형체를 보고 멤버십 데이터를 초기화하겠다고 결심했 을 때 마음 한편에 걸렸던 유일한 생각이 있었다. 메르라 거주 구 역의 낮이 유난히 밝고 메르라의 밤은 전혀 보이지 않는 암흑이라 는 환경 자체는 사회에 지대한 영향을 미친다던 전지전능한 제로 도 재량이 닿지 않는 요소라고 생각했었다. 당시 도호재가 알기로 는 환경이란, 그들의 권능 밖이었다. 메르라는 밝은 곳에서 살 수 없었고, 메르라에게는 너무나도 어두운 제로 거주 구역이 우연하게도 쾌적한 환경이었던 걸지도 몰랐다는 보잘것없고 잘못된 지식을 바탕으로 한 착각이 그의 발목을 잡았었다. 제로 거주 구역이라는 가장 좋은 환경도 한정적인 게 당연하고, 그곳에서 모든 사람이 살 수 없음이 당연하다고 생각했었다.

그런데 멤버십에 분개하고, 엔바디 사회를 미워하고, 평생을 멋대로 보듬어 주고 마음대로 방출했던 제로를 원망하는 걸 미약하게나마 막아주던 최후의 양심마저도 제로가 자신들의 이득을 취하기 위해서 그를 포함한 모두를 조작하고 속인 세상 최악의 거짓말로부터 비롯된 것이었다. 도호재는 자신이 너무나도 부끄럽고 수치스러워서 미칠 지경이었다. 고작 그 이유 하나로 짧게나마 고민하고 시간을 허비했던 순간들이 억울하고 후회되어 당장 피를 토하며 눈물을 터트리고 싶을 지경이었다.

터질 듯이 복잡해진 그의 머릿속을 헤집는 건 이것뿐만이 아니었다. 도호재는 이제야 왜 메르라 거주 구역의 낮이 이토록 밝아야만 했는지 여쭈었을 때 아버지가 실망하고, 이명석이 그를 비웃었는지 알아차렸다. 제로는 메르라보다 높은 위치에, 높은 구조물에서 살고 있다. 제로는 제로가 부여하는 출입 허가증을 바탕으로 메르라 거주 구역에 자유롭게 출입할 수 있지만, 메르라는 제로 거주 구역에 함부로 출입할 수 없다. 제로는 메르라 거주 구역보다 물리적으로 높은 위치를 점유하고 있었기에 이들은 메르라 거주 구역을 물리적으로도 내려다볼 수 있었다. 분명 제로 거주 구역 어딘가 땅의 끝에서는 메르라 거주 구역을 내려다볼 수 있는 장치가 마련되어 있을 게 틀림없었다. 스카이라운지에서 바닥을 유리로 뚫어놓고, 아래층에는 서커스단을 넣어놓고 심심할 때마다 들여다보며 구경하듯이.

제로의 눈은 그들의 실제 눈에 국한되어 있지 않았다. 메르라 거주 구역 곳곳에 배치된 경비는 제로가 원할 때면 얼마든지 자연스럽게, 평소와 다를 바 없이 모두를 감시할 수 있었다. 경비는 엔바디 사회의 질서를 위해, 사회를 운영하고 관리하는 제로를 위해 작동하는 기계 장치나 다름없었다. 메르라가 어딜 가든, 경비 역시 어디든 출입할 수 있었다. 그리고 경비가 아니더라도 누구든 메르라를 고발하여 사회를 정화할 수 있었기에 메르라는 매사에 신중할 수밖에 없었다.

무엇보다도, 이 모든 것을 차치하고서라도 메트료시카르와 엔바디 사회에서 가장 영원불변한 파놉티콘 구조로 작용하는 건, 메르라 거주 구역에 사는 이들의 시야는 제로 거주 구역에서는 반드시 차단된다는 것이었다. 메르라는 제로가 고용인에게만 지급하는 특수한 렌즈가 없다면 제로 거주 구역에 서 있어도 아무것도 볼 수 없었다. 도호재 곁의 저들 역시 최태영이 불법적으로 고안해 낸 장치가 없었더라면 이곳까지 도달하지도 못했다. 메르라는 제로의 머리 위에 서 있어도, 바로 옆에 제로가 서 있어도, 아무것도 알 수 없었다.

얼핏 보면 엉성한 듯 보여도 제로가 마련한 방지책은 장벽의 역할을 확실히 해주고 있었다. 이들은 공간과 조건을 초월하여 절대적인 피감시자의 위치에 언제나 있었고, 지금도 그곳에 있고, 앞으로도 있을 예정이었다. 메트료시카르는 정말로 거대한 파놉티콘의 향연 그 자체였다.

오직 고결하고 완전한 제로만을 위한 건축물에서 추한 메르라로 분류된 이들은 전부 잘 벼린 칼날처럼 따사로운 거짓 햇살 아래에서 처참히 부식되고 있었다. 메르라는 제로의 편의를 위해 눈도 못 뜨고서 사회의 양분으로써 산 채로 잡아먹히고 있었다. 그곳에 어머니가 산 채로 썩어야만 했다.

평소의 그였다면 단순히 기계적이고 원론적이며, 불완전한 이름의 건축 양식이나 시야의 실질적 한계 따위로만 지금의 모든 상황을 설명할 수 없다는 생각을 떠올리고도 남았을 터였다. 그러나 그는 사치스럽게 부릴 여유가 없었다. 어찌 되었든, 어머니는 저들이 이기심으로 인해 죽음을 맞이해야 했다.

"제로의 권위? 교양? 아름다운 관습? 제로의 품격과 품위? 웃기지 마십시오. 그쪽이 그토록 무시하고 구분되어 보이고 싶어 하는 메르라보다도 천박한 개자식들 같으니라고. 메르라 거주 구역의 조도를 멋대로 주무르다가 이 지경까지 온 겁니까? 그것도 제로가 보기에는 불행해 보이는 메르라의 행복을 억지로 끄집어 올리기 위해서 말입니까? 저들의 시야를 차단해 버리지 않고서는 제로 거주 구역을 그냥은 지켜낼 명분도, 자신도 없었나 봅니다. 어떻게 제로 거주 구역에 발을 들이지도 못할 만큼 눈이 어두워질 정도로 저들의 낮을 밝게 만들어 버리겠다고 생각했습니까? 심지어 밤은 제로 거주 구역과 같은 조도로 만들어 놨지 않습니까. 정말로 그들의 행복을 위했더라면 밤의 조도도 제로 거주 구역보다는 훨씬 밝게 만들어 놨어야 하지 않습니까. 앞에서는 그들의 행복을 기원한다며 뒤로는 밤에 허튼짓을 꾸밀 수 없도록 시야를 차단해 버리다니, 대단들 하십니다. 겁쟁이 같은 업적들이 너무나도 대단하고 자랑스러워서 그렇게들 한 자리씩 차지하고 계시나 봅니다. 이게, 옥토 제로가 하는 일입니까? 이게 옥토 제로로서 세운 위대한 업적입니까?"

그동안 자신의 뛰어난 능력과 이를 뒷받침하는 능력을 인정받기만 한다면 시간이 지나 옥토 제로가 되는 일이 자연스러운 순서라고 생각하며 살아왔던 평생이 부정당하는 기분이었다. 자신의 말에 의해서도 옥토 제로의 위엄과 권위가 직접적으로 부정당하는 기분이 너무나도 더러웠던 덕분에, 도호재는 자신이 폭죽 같은 삶을 그리게 된 직접적인 계기는 제로 거주 구역으로부터의 추방 결정이었을지 몰라도, 그가 평판에 집착하고 업적에 목을 매는 성향이 된 건 옥토 제로가 되리라는 상식적인 예지에 그치는 게 아니라, 그 또한 옥토 제로가 되고 싶다고 강렬하게 열망하고 있었기 때문이었음을 깨달았다.

그는 엿 같은 옥토 제로가 아니라 환상 속의 위풍당당한 옥토 제로를 목표로 하고 있었다. 도호재는 자신도 몰랐던 내면의 뜨거운 갈망을 옥토 제로의 비겁한 진실을 마주하면서 깨닫게 되었다는 게 이루 말할 수 없이 저주스러웠다.

아버지는 도호재의 입에서 문장이 하나씩 나올 때마다 표정이 어두워지더니 그의 말이 끝날 때가 되어서는 급기야 심각함을 넘어 몹시 화가 난 표정으로 고개를 단호하게 끊어 젓기 시작했다.

"도호재! 메르라가 옥토 제로를 살해하는 장면을 목격하고도 그런 격의 없는 말이 나오느냐? 메르라 거주 구역에서 지내는 동안 제로로서 지켜야 할 상식을 전부 어기고 있지 않으냐. 그곳에서 지내는 동안 물이라도 들어버린 건가? 나약하기 그지없게 고작 그 몇 달 만에? 네 말이 이 상황에서 뱉을 말로써 올바른 내용이라고 생각하느냐? 그게 네 고심 끝에 내린 선택이냐는 말이다!"

도호재는 아버지의 호통이 황당하기 짝이 없었다.

"아버지, 지금 그게 중요합니까?"

"그만!"

아버지는 도호재가 이제껏 거짓을 진리라 알고 살아왔던 것, 도호재가 느끼고 있을 배신감이나 도호재의 생각과 같은 것 중 어느 것에도 신경 쓰지 않고 있었다.

아버지는 도호재 바로 앞까지 정갈하고 단호한 발걸음으로 다가왔다. 최태영의 개인 사무실에서 빠져나와 비상구에서 숨을 죽이고 있을 때 들었던 총성만큼이나 깔끔한 구둣발 소리가 회의실에 울렸다.

"넌 네가 평생을 살아온 제로를 모욕한 걸 넘어서서 지금까지도 올바른 명맥을 잇고 있는 제로의 문화, 옥토 제로의 권위, 제로로서의 품위를 비롯하여 제로와 관련된 전부를 욕보였다. 눈앞에서 옥토 제로가 메르라에 의해 살해되는 걸 외면하면서까지 제로를 모욕한 네가 이곳에서 발언권이 있다고 생각하느냐!"

도호재는 당장 두 걸음 물러나고 싶을 정도로 가까이에 선 아버지의 고압적인 풍채를 견뎌내며 자신의 분노가 잘못되었을지도 모른다는 비겁한 의구심에 저항했다. 그는 여전히 제로와 멤버십 체제에 분노하고 있었다.

"제로의 권위에 대해 살생적 도전까지 자행하겠다면, 좋다."

아버지의 말과 함께 회의실 문밖에서 여럿의 발걸음 소리가 들렸다. 회의실에 가까워지는 발걸음 소리에 곁눈질로 복도를 확인하니 어머니와 경비병이 복도 끝에서부터 난장판이 된 옥토 제로 회의실로 위엄 있게 걸어오고 있었다.

아버지는 저들이 회의실에 가까워지는 만큼, 도호재로부터 거리를 벌리더니 회의실 깊숙이 몸을 숨기며 말을 이었다. 당당하면서도 은밀할 정도로 부드러운 움직임이 마치 개미지옥 한가운데에 몸을 은닉하고 있는 개미귀신 같았다.

"잘못된 희망은 괴이한 믿음과 다를 바 없다. 이는 망상과 같으며, 엔바디 사회에서 존재해서는 안 되는 부류인 동시에 타인을 타락시켜 사회의 질서를 교란하기에 잠재적 범죄자를 양성해 낼 소지가 충분한 사상 최악의 범죄이다. 잘못된 희망은 잘못된 믿음을 양산하고, 잘못된 믿음은 곧 믿는 자의 말과 행동에 고스란히 반영된다. 말과 행동을 통해 세상으로 게걸스럽게 비집고 나오는 잘못된 믿음은 전염성이 극심하기에 엔바디 사회에서는 이를 초기에 진압해야 한다. 그게 사상죄가 최악의 범죄인 이유이다."

아버지는 멤버십 데이터를 열람하기 위한 절차를 밟기 시작했다.

"잘못된 믿음은 사회질서를 단순히 교란함에 그치지 않는다. 거짓은 완벽하고 평화롭게 정립되어 있던 사회질서를 밀어내고, 안정된 상식을 부정하며 모든 이들의 마음에 사악한 의심을 불어넣는다. 이로 인한 사회질서의 교란은 부차적인 문제로 보일 정도로 극심한 혼란을 초래하는 의심이다. 단순히 사사롭고 간단한 절차에 혼란을 느끼는 것을 넘어서서, 저들은 제대로 된 의사소통을 할 수 없고, 서로의 행동을 이해하지 못하게 되며, 기존에 정립해 둔 모든 것은 악마의 소행이라 간주하게 되기에, 불완전하고 제어할 수 없는 자연이 아닌, 완전한 인공이자 제어할 수 있는 요소들로 구성된 엔바디 사회는 제어할 수 있는 사회라는 이유만으로도 무너져 내릴 수 있다. 제로를 포함해, 모든 메르라까지 품고 있는 메트료시카르는 제어할 수 있기에 더욱 잘못된 믿음에 취약하다. 나는 막된 저들이 잘못된 믿음이 사탄의 속삭임이라고 스스로 판단할 수 있다고 생각하지 않는다. 설령 가능한 개체가 있다고 하더라도 해당 개체가 깨달음을 얻을 때까지, 그리고 그 깨달음을 주변에 조잘대며 널리 알리기까지 기다릴 시간이 없다. 그러는 동안 잘못된 믿음은 폭발적으로 번져 깨달음을 집어삼키고, 진리를 먹어 치워서, 엔바디 사회에서는 거짓이 진리의 자리를 차지하게 될 것이다."

아버지의 뒤로 엔바디 사회에서 삶을 영위하고 있는 모든 제로와 메르라의 멤버십 코드 번호가 화면을 가득 메우기 시작했다. 코드 번호는 상품의 품목 번호를 연상시키기도, 빼어난 결정체를 뽑아내기 위한 세상의 모든 정보를 모아둔, 날 것 상태의 자료 모음집처럼 보이기도 했다.

"도호재 네가 제로로서의 모든 것을 저버리면서까지 멤버십 데이터베이스를 초기화하겠다는, 사상죄의 표본이나 다름없는 범죄를 저지르겠다면, 좋다. 외면하지 말고, 똑똑히 보아라."

근엄한 선언과 함께, 아버지는 데이터베이스를 초기화하겠냐는 화면 속 문구에 '예'라는 선택지를 선택했다.

"제정신이십니까!"

어느새 회의실 입구에 도달한 어머니가 아버지의 기행에 외마디 비명을 질렀다.

도호재 역시 상반된 입장에서 제로를 향해 격분한 상태만 아니었다면 어머니처럼 기겁했을 광경이었다.

"두 눈으로, 직접 확인해라!"

아버지는 어머니의 기겁한 절규에도 괘념치 않으며 회의실이 진동할 정도로 뚜렷한 목소리로 명령했다.

보안 AI의 승인 절차가 처리 중이라는 문구가 화면에 큼지막하게 떠 있었다. 얼마 뒤, 모든 절차가 통과됨에 따라 멤버십 데이터를 영구적으로 폐기하여 데이터베이스를 초기화한다는 안내 문구가 새로이 떠올랐다. 숨을 집어삼키는 옥토 제로의 혼란스러운 소리를 배경으로 어지러울 정도로 화면을 가득 메우고 있던 글자가 빠르게 움직이며 파일의 용량이 급속도로 줄어들기 시작했다.

어머니가 도호재를 밀치다시피 치고 아버지가 있는 곳을 향해 큰 보폭으로 걸어갔다. 다급하게 화면에 떠 있는 문구를 이것저것 눌러보던 어머니는 오래 지나지 않아 화면을 내리치며 아버지를 향해 거칠게 돌아섰다.

"이젠 돌이킬 수도 없지 않습니까! 모든 절차가 이미 진행되었습니다. 제로의 권위를, 제로의 문화를, 우리의 터전을, 하다못해 제로의 목숨까지도, 모든 걸 상의도 없이 멋대로 포기해 버린 겁니까!"

어머니가 분노에 휩싸인 목소리로 화를 내는 동안에도 화면에 있던 무수한 양의 멤버십 데이터는 빠른 속도로 몸집을 줄이고 있었다.

도호재는 진한 당혹감에 휩싸였다. 전부 망쳤다고 생각한 자신들의 목표가 순식간에 달성되었다. 그것도 아무런 속임수나 계략, 설득도 없이 비난밖에 하지 않았음에도 아버지의 손에 의해서 달성되었다. 이보다 완벽할 수는 없었다.

도호재는 아버지를 향한 어머니의 절규가 이어지며 어안이 벙벙한 상태 속에서 조금씩 현실 감각을 되찾기 시작했다. 상황이 어떻게 돌아가고 있는지 인과관계를 정확하게 짚어낼 순 없어도, 멤버십 데이터가 영구적으로 삭제되며 초기화되고 있다는 것만은 확실했다. 심장이 미래에 대한 기대감에 휩싸여 거세게 뛰기 시작했다. 자신이 바랐던 사회의 실현이자, 인생을 건 목표가 실현되었다.

"저, 도호재 씨, 이거 성공한 거 맞죠? 완전 계획대로 된 건 아니지만, 아무튼 그런 거죠?"

종철의 어리둥절한 목소리에 도호재는 그제야 자랑스러운 미소를 띨 수 있었다. 이제 사회는 당분간 혼란스러워지겠지만, 그래도 제로가 메르라를 강제로 억압하고 착취하던 멤버십 체제보다는 훨씬 나은 체제를 정립할 수 있다. 기쁨이 도호재의 전신을 타고 흘렀다.

도호재는 문득 스스로 항복한 자의 안색을 살폈다. 아버지로부터의 승리를 끌어낸 감정 그대로, 몸 깊숙이 다져놓았던 희열을 끌어 올리던 그는 성공의 축배를 들어 올리려던 손에서 잔이 미끄러졌음을 깨달았다.

보안 AI의 수락까지 진행된 직후의 아버지는 분명 조금은 당황스러움이 비친 얼굴이었다. 그러나 고개를 돌린 도호재는 지금 아버지의 얼굴이나 태도에서 읽어내고 있는 감정이 정말 맞는지 자신에게 되물어야 했다. 아버지는 자발적으로 항복했다기에는 여전히 도호재에게 분노해 있었고, 본인의 손으로 항복을 선언하여, 그 항복이 최종적으로 수리된 이 순간까지도 자신감을 잃지 않은 모습이었다. 도호재는 멤버십 데이터베이스 자체를 초기화시켰기에 멤버십 체제를 유지할 수 있는 데이터가 전부 소실되었다는 걸 알고 있었다.

뜻이 이루어지며 승리가 확정되었는데, 마냥 기뻐할 수가 없었다. 개미지옥에서 벗어났다고 자만하는 와중에 발을 디디고 있는 모래가 통째로 개미지옥의 중심부로 빨려 들어가고 있는 느낌이었다.

"경비! 저들을 잡아 가두어라."

회의실에 있는 이들의 눈치만 보며 서 있던 경비가 아버지의 호령에 맞춰 발 빠르게 움직이기 시작했다. 강미는 쥐고 있던 단도를 떨어뜨리고, 경비에게 피로 흠뻑 젖은 팔을 반항 없이 내어줬다.

"도호재 씨!"

종철은 다가오는 경비로부터 힘껏 도망치지도 못하고 그렇다고 선뜻 팔을 내어주지도 못한 채로 공포에 질려 도호재를 돌아보았다. 경비는 최태영에게도 거침없이 다가갔다.

최태영은 한쪽 팔을 붙드는 경비의 손길을 세차게 뿌리쳤다.

"정신 차려요! 지금 멤버십 데이터베이스가 파괴된 거 안 보여요? 저기 서 있는 저 인간은 이제 그 위대한 제로가 아니고, 그쪽도 제로를 떠받들어야 하는 메르라 고용인이 아니에요. 저쪽은 명령을 내릴 처지가 아니고, 그쪽은 또 그걸 고분고분하게 따라야 하는 위치가 아니라고요! 그쪽이 제로가 될 수도 있다니까요?"

도호재는 자신에게 머뭇거리며 다가오는 경비의 움직임을 주변 시야로 전부 보고 있으면서도 아버지의 의중이 무엇인지 파헤치기 위해 그를 살피기 바빴다.

최태영의 외침에 생각에 잠기는 듯하던 경비는 눈을 한두 번 깜박일 정도의 짧은 고민 끝에 그의 팔을 우악스럽게 잡아끌었다. 경비의 고민은 너무나도 짧았기에 어쩌면 그는 그저 최태영의 입에서 나오는 소음이 시끄러워서 잠시 다가가기를 멈췄던 걸지도 몰랐다.

"제발, 상황 파악 좀 하죠? 무작정 명령에 따르지만 말고요!"

최태영은 자신을 제압하는 경비에 의해 회의실 중앙에 있는 탁자에 입가를 비롯한 얼굴 옆면이 통째로 짓눌린 채로 웅얼거리며 소리쳤다.

"도호재. 실망스럽게도 아직 이해하지 못한 눈치이지 않으냐."

도호재는 자신의 혼이 아버지에게로 순식간에 빨려 들어갈 것처럼 그의 얼굴에서 눈을 떼지 못했다. 정확히 무엇 때문인지는 짚어낼 수 없지만, 일이 끔찍하게 잘못 돌아가고 있다는 생각이 그의 온몸을 조각낸 다음 불안감이라는 접착제를 사용하여 뒤죽박죽으로 재조립하고 있었다.

강미는 수갑을 찬 팔이 뒤로 꺾인 채로 고개를 쳐들고 이명석을 잔혹하게 살해한 업적이 자랑스러운 듯이 빼딱하게 서 있었고, 종철은 두려움에 눈물 흘리며 수갑이 채워진 팔을 뒤로하고 고개를 푹 숙이고 있었다. 최태영만이 유일하게 분한 신음을 뱉으며 경비의 변함없는 힘 아래에서 몸부림치고 있었다.

"제가 무엇을 놓쳤습니까?"

도호재는 자신의 입에서 흘러나온 한심한 말을 막지 못한 걸 곧바로 후회했다. 아버지는 도호재의 질문에 답을 주지 않고 몸을 돌려 회의실 가장 깊숙한 곳에 있는 온갖 장치로 향했다.

"메르라 여러분, 반갑습니다. 옥토 제로의 수장인 도호태입니다."

아버지는 별안간 폐쇄병동에서 의식을 잃은 채로 쓰러져 있는 환자조차도 외면할 수 없을 정도로 웅장하게 메르라 거주 지역 전체에 울려 퍼지고 있을 연설을 시작했다.

"오늘도 변함없이 엔바디 사회의 생존, 생존을 위한 질서 유지를 위해 각자의 자리에서, 본업에 최선을 다해 종사하고 있는 메르라에게 한 가지 안타까운 소식이 있습니다."

그는 잠시 말을 멈추었다.

"조금 전, 모종의 테러 집단에 의해서 멤버십 데이터가 전소되었습니다."

도호재는 아버지의 종잡을 수 없는 행적에 점점 초조해지기 시작했다.

지금의 제로에게 있어서 가장 약한 부분, 약점 중에서도 가장 치명적인 약점인 멤버십 데이터베이스의 초토화 상태를 메르라에게 앞장서서 공개하는 아버지를 이해할 수 없었다. 폭동을 일으킬 기회라고 알림으로써 잠재적인 불온한 씨앗을 미리 솎아내려는 계책인가? 메르라 거주 구역에는 경비를 미리 촘촘하게 배치해 두었나? 그렇다고 하기에는 위험 부담이 컸고, 이 사건을 계기로 사상죄를 알고, 계획할 이들만 더 커질 가능성도 있었다. 무엇보다도, 아버지는 분명 멤버십 데이터베이스가 진정으로 초기화되었을 때, 찰나였지만, 예상하지 못한 결과를 마주했었다. 그건 분명한 사실이었다.

　도호재는 아무런 준비도 없이 학년 승급 시험이나 졸업 시험에 임하는 상상을 했을 때처럼 당장 무엇이든 멈추고 막아야 한다는 불안감에 휩싸였다. 그러나 그는 불안해할 대상의 정확한 실체조차 규명해 내지 못하고 있었다. 당연하게도 무엇을 막아야 하고 무엇을 개선해야 하는지도 몰랐다. 도호재는 그저 답답하고 절망적인 기분을 느끼게 하는 구덩이에 던져진 채로 엉엉 울고 있는 출생자가 된 것 같았다.

　그가 황망하게 서 있는 동안에도 아버지의 연설은 계속되었다.

　"메르라 멤버십 가입자들은 오늘 내로 본인이 배정받은 태블릿을 이용하여 기존에 가입했던 멤버십 등급 그대로, 재가입 절차를 밟으십시오. 원칙에 따르면 멤버십 재가입 시, 가입자가 비용을 부담해야 하나, 특별히 오늘 재가입하는 메르라에게는 가입 비용을 청구하지 않을 겁니다."

　"웃기는 데 소질이 있네요, 도호태 씨! 멤버십 데이터가 전부 사라졌다고 알린 다음에 이제껏 자신들을 억압하던 멤버십 체제를 부활시키겠다고 대놓고 공언하면 메르라의 반발만 살 뿐인데 그걸 그렇게 말해요? 메르라가 자발적으로 제로 밑으로 기어들어 갈 만큼 멍청해 보여요? 메르라도 제로 거주 구역이 미치도록 좋다는 거 다 알아요, 빡대가리 씨! 다 같이 제로를 죽이자고 들고 일어날 게 뻔하죠! 같잖은 멤버십 놀이는 이제 끝났어!"

　어느새 경비에 의해 몸이 세워진 최태영이 거칠게 비웃으며 아버지의 연설에 난입했다.

아버지는 그의 비웃음에도 흔들림 없이 연설을 이어갔다.

"24시간 내로 재가입하지 않는 메르라에게는 메르라 5급 멤버십 가입이라는 선택지밖에 제공되지 않습니다. 나아가, 해당 메르라는 엔바디 사회의 기본적인 시스템이 제대로 작동하지 않도록 방해했으므로, 사회질서 교란죄를 물어 추가적인 징계 절차가 예정되어 있습니다."

아버지는 숨을 들이켜는 짧은 틈에 도호재를 잠시 돌아보았다. 도호재는 아버지의 저 얼굴, 저 표정이 무엇인지 잘 알고 있었다. 무지의 부랑자에게 진리를 가르쳐 주는 얼굴이었다. 코앞에 있는 진리를 찾아내지도 못하고 알아보지도 못하고 있는 어리숙한 자신을 보는 아버지의 표정이었다. 모든 걸 꿰뚫고, 모든 진리를 알고, 모든 것의 표준인 완벽한 아버지가 틀렸을 리 없다.

"연설을 마무리하기 전에 중요한 내용을 전달하겠습니다. 마지막으로 재가입한 메르라, 멤버십의 기존 등급을 허위로 신고한 메르라, 끝까지 재가입하지 않은 메르라는 테러 집단과 공모했다고 간주하여 사상죄를 철저하게 묻겠습니다."

갑작스럽게 시작된 연설의 끝을 알리자마자 공백으로 가득했던 멤버십 데이터 칸이 순식간에 메워지기 시작했다. 숫자인지 글자인지도 알아볼 수 없을 만큼 멤버십 데이터는 거대한 화면을 빠르게 메우고, 개개인의 메르라가 재가입함에 따라 저들에게 새로이 부여된 멤버십 코드 번호가 갱신에 갱신을 거쳐 화면에 뜬 즉시 다른 이들의 코드 번호가 몰려오며 화면 위쪽으로 순식간에 밀려났다. 사막지대에서 움푹 파인 곳을 둘러싼 모든 모래 산으로부터 모래가 눈사태처럼 쏟아져 내려오고 있는 느낌이었다.

도호재는 차게 식었던 심장이 점점 가열되고 있음을 느꼈다. 그는 쏟아지는 모래폭풍의 목표지인 분지의 정중앙에 황망하게 서 있었다.

"뭐 하자는 거야. 이게 무슨 짓이야!"

최태영은 빠르게 갱신되는 화면의 번쩍임에 발작하듯이 날뛰었다. 그를 제압하기 위해 경비가 뒤로 꺾인 팔을 힘껏 잡아당기고 온몸을 구타하는 폭력을 행사해도, 최태영은 느껴지지도 않는 듯했다.

"도호재. 아직도 제로가 멤버십 시스템을 엔바디 사회에 강제로 붙들어두고 있다고 생각하느냐?"

도호재는 자신과의 거리를 빠른 속도로 좁히고 있는 모래폭풍의 웅장한 아름다움에 혼을 뜯기고 있었고, 아버지는 그런 도호재를 찬찬히 뜯어보고 있었다.

"멤버십 체제는 이미 독자적인 생태 사이클을 구축했다. 제로가 멤버십 체제를 독자적으로 강제하기만 해서 사회가 돌아갈 수 있다고 멋대로 넘겨짚었느냐? 제로 거주 구역에서 그 정도로 한심한 생각을 하게 교육받았느냐?"

도호재는 자신을 질책하는 아버지의 목소리를 들으며 자신의 팔을 조심스럽게 뒤로 꺾는 경비의 움직임에 순응했다.

손목에 차가운 감촉이 느껴지며 최태영의 목소리가 멀리서 들려왔다.

"이러면 안 되지. 이딴 식으로 우리한테 엿을 먹이면 안 되지. 비겁하게 겁먹지 말고 이제껏 쌓인 울분을 토해내고 제대로 움직일 절호의 기회라는 걸 왜 생각하지도 않는 거냐고."

최태영은 발작하듯 날뛰던 움직임을 멈추고 희망이라는 배터리를 뺀 로봇처럼 축 늘어졌다.

"시작점에서 메트료시카르에 들어온 이들이 제로의 눈치를 보기 시작한 이유는 단지 제로가 메트료시카르를 만들었기 때문이었을지 모른다. 그러나, 이곳이 메트료시카르임을 아는 이들에게 이 내용을 발설할 수 없게 만들고, 모든 증거를 갈취하고 은폐하며, 모든 생존자가 죽어가며 복종의 이유는 사라지고 오로지 제로를 숭배하고 사회의 질서에 광적으로 집착하는 관습만 남아, 탯줄과 같은 관습에 이의를 제기할 생각도, 여유도 없어진다면 어쩌겠느냐?"

아버지는 어느 때보다도 도호재를 다정하게 대해주었다.

"특별한 장치, 뛰어난 기술, 번뜩이는 새로운 요소. 아무것도 필요치 않다. 모든 이가 당연하게 여기고 있던 몇 가지 사소한 절차만 밟으면 완전한 제국은 금방 완성되는 법이다. 망각의 동물이라는 특성, 유한한 생명, 뼛속까지 뿌리내린 경외심과 충성심, 집단에서 배척당하지 않으려는 본능. 이 모든 것이 엔바디 사회에 기여하며 지금의 상태에 찬성하는 핵심 요소들이다."

아버지의 말은 그럴듯했다.

충격으로 온몸에 힘이 빠지고 넋을 놓고 있는 상태가 아니었더라면 자신도 모르게 고개를 끄덕이며 적극적으로 동조하고 있을지도 몰랐다.

도호재는 자랑스러운 아버지에게 시선을 고정한 채로 마침내 자신에게 도달한 모래를 피하지도 않고 맞이했다. 산더미 같은 모래는 순식간에 그의 발과 다리를 집어삼키고, 허리를 단단하게 고정했으며, 손가락 하나 까딱하지 못하게 팔과 어깨를 결박했다. 마지막으로 쏟아진 모래는 그의 목과 얼굴을 한 번에 덮어버렸다. 폐로도 모래가 가득 들어차고, 가슴팍을 부풀려 숨을 들이마실 수도 없었다. 도호재는 누군가가 가까이 다가오는 발걸음 소리를 배경으로 허공에서 질식해 가고 있었다.

"고용인의 출입을 허한 적 없다."

아버지의 말로 보아 고용인이 멋모르고 회의실에 들어온 듯했다.

그러고 보니 아버지의 집무실에서 마주쳤던 고용인이 도호재의 옷가지를 챙겨서 그가 있던 아버지의 집무실로 돌아갔다가, 도호재의 부재를 눈치채고서 회의실까지 오고도 남을 시간이라는 생각이 들었다. 얼마나 못 봐줄 꼴이었으면 잡혀가더라도 제로의 품위를 지킨 상태로 잡혀가라는 월권적 자비까지 베풀었을까. 게다가 결국 그마저도 지키지 않고 회의실을 이 난장판으로 헤집어둔 자신을 보며 저 고용인이 어떤 감정을 느끼고 무슨 생각을 할지 두려웠다.

도호재는 두려움과 수치심, 팽배한 실패감으로 터질 것 같은 머릿속을 진정시키기 위해 콧잔등을 찌푸리며 눈을 세게 감았다. 양쪽 귀에서 진동이 일고 천둥이 치는 소리가 날 정도로 세게 눈을 감고 얼굴에 힘을 주다 보면 끔찍한 기분을 몰아내고, 어떤 식으로든 지금보다는 나은 상황으로 전환할 수 있는 묘책이 생각날 것만 같았다.

고뇌는 그리 길지 않았다. 도호재 바로 앞에서 누군가 명치를 구두 굽으로 걷어차인 듯이 숨이 폐에서 단숨에 빠져나가는 소리가 났고, 그 뒤에 이어진 꽉 막힌 듯한 비명이 그의 사색을 방해했다.

눈을 뜨자 시야의 절반은 최태영이 가리고 있었다. 나머지 절반의 시야에서는 저 멀리, 난생처음으로 아버지가 경악에 가까운 표정을 짓고 있는 모습이 보였다. 도호재는 배꼽 부근이 따끔거리는 감각에 고개를 숙였다. 피에 젖어 검붉은 색으로 물든 꼬챙이가 그의 배를 찢고 들어와 있었다.

도호재는 본능적으로 꼬챙이에서 벗어나기 위해 몸을 뒤로 뺐다. 얕게 찔린 덕분에 꼬챙이는 그의 몸에서 쉽게 빠졌다. 얕더라도 꼬챙이에 꿰이긴 한 탓에 심하게 욱신거리는 상처를 손으로 감싼 그는 자신의 몸에서 빠져나온 꼬챙이가 여전히 공중에 뜬 상태로 자신을 겨냥하고 있다는 걸 깨달았다.

꼬챙이는 최태영의 몸에 고정되어 있었다. 피가 뚝뚝 떨어지는 꼬챙이가 그의 몸을 관통하고 있었다. 도호재는 검붉은 핏자국 사이로 매끈한 상아색 몸체를 지닌 꼬챙이가 무엇인지 알아봤다. 잊을 수 없는 물건이었다. 상아색 꼬챙이의 반대편 끝에는 같은 색의 손잡이가 달려 있을 게 틀림없었다. 손잡이 부분에는 도호재의 각인도 선명히 있을 터였다. 최태영의 몸을 뚫어내고 있는 꼬챙이는 도호재가 제로 거주 구역에서 지낼 당시에 그를 지극정성으로 보좌하던 고용인에게 직접 하사한 지팡이가 분명했다.

끝이 뾰족한 지팡이를 살피던 도호재는 천천히 정면을 향해 고개를 들었다. 가쁜 호흡을 내쉬는 최태영의 너머에는 경멸하는 시선을 도호재에게 정확히 고정한 고용인이 서 있었다.

고용인이 힘주어 잡고 있던 지팡이에서 손을 떼자 그와 도호재 사이를 막고 있던 최태영은 전신에 힘이 빠졌는지 곧장 바닥으로 쓰러졌다. 다리가 꺾이고 몸체가 바닥과 충돌하며 상처 부위가 뒤틀리자 최태영은 크게 소리 지르지도 못하고 혀뿌리에서 침이 들끓는 듯한 괴상한 소리를 냈다.

"최태영 씨."

도호재는 당혹감에 그의 이름을 부르는 것 외에 달리 무슨 말을 건네야 할지 알지 못했다.

바닥으로 쓰러지며 상처가 벌어졌는지 검붉은 피가 상아색 지팡이의 몸체를 흥건하게 뒤덮고 있었다. 그의 옆구리를 관통한 지팡이의 주인인 고용인은 어느새 경비에 의해 제압된 상태였다.

"최태영 씨를 해하라 하신 겁니까!"

도호재는 끔찍한 고통에 숨을 마음 놓고 쉬지도 못하여 뻣뻣하게 굳어버린 최태영의 몸을 함부로 건드리지도 못한 채로 아버지를 향해 고함쳤다.

경련하는 몸체에서는 고통스러울 때 침샘이 고장 난 듯이 뿜어져 나오는 칙칙하고 시큼한 침을 삼키는 소리가 간헐적인 호흡 중간중간에 이어졌다.

"제가 했습니다. 제로를 위해서 자발적으로 감행한 일입니다."

아버지가 입을 열기도 전에 경비에 의해 포박된 고용인이 도호재의 원망 어린 질책에 있는 오류를 바로잡았다.

"익지 않은 날것의 인체라는 게 생각보다 꿰뚫기 힘들다는 걸 몰랐지 뭡니까. 주방을 총괄한다 해도 마지막으로 조리된 고기만 썰어봤으니 저지른 실수입니다. 그래도 힘주어 밀어 넣으면 도련님까지는 다 꿰일 줄 알았습니다."

도호재는 고용인의 독기 어린 표정을 처음 마주했다. 단 한 번도 본 적 없는 얼굴이 당황스러울 따름이었다.

"최태영 씨를 왜 찔렀습니까?"

도호재는 최태영의 유니폼을 손끝이 하얗게 질릴 정도로 세게 부여잡았다.

"이름이 최태영입니까? 저 작자는 멋대로 달려든 겁니다. 제가 목표로 한 건 도련님입니다."

고용인은 바닥에 검붉은 문양을 그려내고 있는 형체는 관심도 없다는 듯이 오로지 도호재만을 광기 어린 눈빛으로 주시하고 있었다. 강미에 의해 이명석의 숨통이 끊어지는 동안에도 도호재에게서 눈을 떼지 않던 아버지의 눈알과 닮아 있었다.

"그게 무슨 말입니까."

도호재는 단숨에 숨통을 끊어내는 된불과 같은 고용인의 말에 어안이 벙벙해졌다. 무슨 감정을 느껴야 하는지, 어떤 생각을 떠올려야 하는지 전혀 감이 잡히지 않았다. 상상해본 적도 없이 난생처음 마주한 상황이었다.

"도련님께서는 누구보다도 제로의 진릿값에 가까우신 분이셨습니다. 제가 항상 말씀드렸지 않습니까. 교양을 갖추기 위해서는 물론 후천적인 노력도 필요합니다. 그러나 이와 더불어 타고난 취향과 감각, 다방면에서의 재능이라는 요소까지가 제로의 격을 한층 더 드높이는 품위의 핵이자, 메르라와 다른 위대한 제로의 결정적인 차이입니다. 도련님께서는 이 모든 걸 완벽하게 갖추고 계셨습니다. 저는 언제나 미식의 섬세함을 진정으로 즐길 줄 알며 제로로서의 아름다움을 지켜주신 도련님을 가까이서 보조할 수 있음에 감사했습니다."

고용인은 찬란했던 자신의 모습을 회고하듯이 황홀한 표정을 지었다. 그러나 이내 자신의 처지가 안타깝고도 서럽다는 듯이 표정을 일그러뜨렸다.

"도련님께서는 모든 것을 갖추고 태어나셨기에 짊어지고 계시던 것들이 있으셨습니다. 도련님께서는 제로의 지식을 남다른 속도로 받아들이시고, 제로로서의 언행과 습관을 타고난 듯 수월하게 몸에 익혔으며, 무수한 고용인의 보좌를 받으며 차차 옥토 제로가 되어 제로 사회 전체를 대표할 토대를, 도련님 자체에 마련하셨습니다. 그런데 도련님께서는 이를 쥐고 어떻게 하셨습니까?

그대로 메르라 거주 구역에 가져가 타락시키셨습니다. 심지어 제로 거주 구역을 떠날 때 전부 내려놓고 떠나지도 않으셨습니다."

고용인은 고개를 좌우로 내저었다.

"제로의 품격만 떨어뜨렸을 뿐입니까? 엔바디 사회를 지탱하고 있는 체제를 전복시켜 사회의 질서를 어지럽히려 하시지 않으셨습니까. 도련님께서는 4급과 5급이 주제도 모르고 날뛰게 부추기는 불온한 인간이 되어버리셨습니다! 어떻게 제로로서 부여받은 이름과 신체와 영혼을 가지고서 그런 불순한 생각을 가지고, 만행을 저지르실 수 있습니까?"

도호재는 식은땀과 피로 축축하게 물든 최태영의 몸을 어설프게 감싼 채로 몸을 떨었다.

그는 애써 고용인의 절규를 이해하려 노력했다.

"나의 계획이 성공했더라면 제로 거주 구역에서 고용인과 함께, 고용인이 나를 보좌하는 게 아니라 동등하게 이곳에서 거주할 수도 있지 않습니까. 난 그걸 바라고 행동한 겁니다."

"누가 그걸 바란 적이나 있답니까?"

고용인은 도호재의 말이 답답하다는 듯이 몸을 사선으로 수그렸다가 펴며 발을 굴렀다. 갈대밭이 바람의 방향대로 줄기를 맡겨 움직이듯이, 고용인을 구속하고 있던 경비 역시 고용인의 움직임에 따라 그의 말에 동조하듯이 함께 흔들렸다.

도호재는 당혹감에 시선을 어디에 둬야 할지 갈피를 잡지 못했다. 그는 고용인, 고용인을 구속하고 있는 경비, 최태영의 피로 물든 바닥, 자신과 뜻을 같이한 최태영, 그의 몸에 꽂혀 있는 상아색이었던 지팡이를 번갈아 살피며 머뭇거리다 입을 열었다.

"만일, 진정으로 우리가 같은 생명체라면, 나는 이곳에서 호화롭게 지내고 있을 때, 고용인은 메르라 거주 구역에서 메르라 멤버십에 의해 분류되고 멤버십 코드 번호에 일평생 귀속되어 그에 해당하는 취급을 받고 사는 게 원통하지도 않습니까?"

고용인은 입술에 힘을 준 상태로 도호재의 말에 답하기 위해 운을 뗐다.

"도련님의 말씀에 답이 있음을 어찌 모르십니까. 5급은 5급다운 마땅한 취급을 받고 있습니다. 저 또한 부족한 부분은 제가 부족한 만큼, 마땅히 대우받아야 할 부분은 대우받고 있지 않습니까. 도련님께서 메르라 거주 구역으로 가출하기 전까지, 저는 더할 나위 없이 행복한 삶을 살고 있었습니다. 도련님 곁에서 도련님의 성장을 지켜보는 일이 영광스러웠다는 말씀을 드리는 겁니다. 도련님께서 데려오신 메르라 셋을 제외한 나머지 메르라를 보십시오. 기한이 한참 남았음에도 멤버십 재등록에 저항하는 이 하나 없이, 경비에게 멤버십 재등록과 관련하여 반발하는 메르라가 있다는 보고 하나 없이, 자발적으로 멤버십에 재가입하는 모습이 보이지 않으십니까. 도련님께서는 다른 메르라를 충분히 선동할 수 있으십니다. 이를 간과하시고 지레짐작만으로 경거망동하셔서 메르라 셋을 도련님께서 원하는 방향으로 조종하시고, 엔바디 사회에 충성을 다하고 있는 나머지 메르라 전부를 혼란스러운 상

455
사실과 믿음

황으로 내모신 겁니다."

고용인은 입안에 인 거품을 정리하려 잠시 말을 멈추었다. 그는 도호재에게 자신의 유언을 꼭 실현해 달라고 호소하듯이 마지막 말을 전했다.

"도련님. 지금 이 상태의 엔바디 사회야말로 도련님께서 자랑스럽게 지켜내셔야 할 사회입니다."

경비가 손에 피를 잔뜩 묻힌 고용인을 회의실에서 끌어내고, 과장되게 자랑스러워하며 서 있는 강미를 회의실 밖으로 이동시키고, 수갑을 뒤로 채운 탓에 눈물을 제대로 닦지도 못한 채로 떨고 있는 종철과 함께 회의실 문을 나서고, 의사도 아닌 경비에 의해 최태영이 차례로 회의실을 벗어날 때까지, 도호재는 어깨를 붙잡아주던 근육에 힘을 빼고 막혀 있는 기도를 억지로 열며 힘겹게 숨만 들이마시고, 내쉬었다.

마침내 도호재의 차례가 되었고, 그는 경비의 에스코트를 받으며 지옥 같은 시간을 선사한 회의실에서 탈출했다.

사프란

　　도호재는 빈 컵을 공중에 휘저으면 공기에 떠다니던 물이 한가득 담길 것처럼 습한 장소에 누워 힘없이 감고 있던 눈꺼풀을 들어 올렸다. 습기와 열기로 인해 축축하게 젖은 얼굴은 눈 밑의 경련이 쉬이 가라앉지 않는 탓에 작게 떨리고 있었다. 그는 체온을 조금이라도 낮추기 위해 폐의 깊숙한 곳에 고여 데워진 공기를 날숨에 맞추어 천천히 빼냈다.

　　그가 무기력하게 누워 있는 방은 사상죄를 저지른 범죄자가 처벌받기 전까지 머무르는 죄수실이었다. 그는 죄수실에서 자신과 최태영은 종철과 강미, 예은을 부추기고 누구보다도 앞장서서 계획을 세운 죄로 사상죄에 따라 처벌받으리라는 소식을 들었다. 도호재는 그곳에서 이미 예상했던 소식에 이어 종철과 예은은 사상죄를 저지른 자신과 최태영에게 가담했음에도, 제로와 메르라 모두에게 본보기를 보여주고, 한편으로는 사회가 불안정해지며 전반적으로 발생한 스트레스를 해소하고자 사상죄가 아닌 테러 관련 죄목을 적용하여 처벌할 예정이라는 예상치 못한 말을 들었다.

예은과 종철은 테러리스트로서 엔바디 사회의 모두가 멤버십 재가입 절차를 밟게 하여 가뜩이나 부족한 메트료시카르의 자원을 허비한 점, 불가피한 사유로 인해 온라인으로 멤버십에 재가입하지 못한 이들이 멤버십에 재가입하기 위해 메르라 거주 구역의 각종 관공서를 방문하느라 자신들이 담당하여 수행하던 본 업무에 열중하지 못하게 방해한 점, 그로 인해 대다수 작업지에서의 총 작업 시간이 줄고, 이로 인해 생산량이 감소했으며, 관공서에 배치된 인력도 그 나름대로 업무가 갑작스레 과중하게 지워지어 버린 끔찍한 사회질서 교란 상황을 초래했다는 점을 이유로 그러한 판결을 받았다고 했다.

도호재는 예은과 종철이 어떤 종류의 처벌을 받을지 알고 있었다. 법률상 예은과 종철은 남은 평생을 독방에 갇혀, 식사로는 생명을 유지할 최소한의 영양분이 들어 있는 캡슐만 먹으면서 자신이 사회에 어떤 해악을 끼치려 했는지 고찰하고 반성하도록 사색하는 형벌이 내려질 예정이었다.

'저들이 엔바디 사회에 끼친 피해가 눈덩이처럼 불어나서 어쩔 수 없이 오늘부터 죄악세를 도입한다고 합니다.'

도호재와 함께 제로 거주 구역으로 올라온 모두의 판결을 전달해 준 고용인이 죄수실을 떠나고, 며칠이 지나서 그를 찾아온 또 다른 고용인이 지나가듯이, 그러나 조금은 원망스럽게 말을 흘렸었다. 그때쯤 도호재는 물기 어린 벽에 기대어 나름대로 몸을 세우고 앉아 있었다. 그는 축축하게 늘어진 옷을 걸치고 고용인이 자신에게 말을 걸든 말든 발끝만 노려보며 예은과 종철에게 내려진 처사는 자신이 헛된 목표를 그렸었음을 인지시키기 위한 아버지의 결정이 틀림없다고 생각할 뿐이었다.

다시 며칠이 지나고, 또 다른 고용인, 혹은 이전에 찾아왔던 고용인이 죄수실로 찾아와, 기압 차이가 크게 나는 두 공간 중 한쪽에 서 있던 강미가 두 공간을 분리하던 막을 제거하자마자 탄산이 가득한 음료를 격하게 흔든 것처럼 순식간에 온몸이 끓어오르며 형장의 이슬이 되는 모습이 메르라 거주 구역 전체에 생중계되었다는 소식을 들을 수 있었다.

떠벌리기를 즐기는 듯한 고용인은 강미가 회의실에서 체포되어 독방에 갇힌 직후에 도호재와 최태영이 이번 계획의 주모자임을 곧바로 고발했으며, 자신은 내부고발자에 주모자는 아닌 데다가 운향에 대한 개인적인 원한으로 계획에 잠시 가담했을 뿐, 멤버십 체제에 대한 반역은 꾀하지 않았으므로 자신에게 사상죄를 묻지 말고, 죽이더라도 평화롭게 죽여달라고 요구했다는 말까지 했다며 쉼 없이 입을 놀렸다. 수다스러운 고용인은 자신을 각별하게 아끼는 제로가 있어서 이곳까지 찾아올 수 있었다고 자랑하기까지 했다. 그는 그 증거를 제시하겠다고 멋대로 지껄이더니, 강미가 도호재를 비롯하여 계획에 가담한 모두를 직접 죽이려다 어차피 제로에 의해서 처단당할 테니 마지막에 이르러 관전만 하고 괜히 힘 빼는 일은 관두었다고 말했다는 것까지 안다며 노골적으로 도호재의 반응을 기다렸다.

도호재가 앉아 있을 기력도 의지도 없이 바깥을 등지고 미동도 없이 축축한 바닥에 누워 있자 고용인은 혼자 역정을 내더니 어디론가 홀연히 사라졌다. 도호재는 깔고 누운 쪽의 팔이 저리고 욱신거리다 결국에는 아무런 감각이 느껴지지 않을 때까지 가만히 누워서 제로 측은 강미의 요구를 일정 부분 수용했지만, 별개로 옥토 제로를 살해한 죄목으로 강미를 공개 처형했으리라 여겼다.

더 오랜 시간이 지나고, 고용인을 비롯해 아무도 도호재에게 말을 걸지 않을 때쯤, 그는 자연스럽게 이때까지의 행보와 그 결과에 대해 생각하게 되었다. 멤버십 데이터를 초기화하고자 꾸몄던 계획은 어쩌다 도호재의 예상대로, 기존에 계획했던 대로 흘러가지 않았는가? 답은 오래 고민하지 않아도 나와 있었다. 옥토 제로는 자신들이 위장용으로 설정한 모반 집단을 본격적으로 조사하지 않았다. 저들은 모반 집단을 쉽게 무력화하면서도 자신들의 자본을 극대화할 수 있는 파훼법을 찾아버렸다. 도호재는 제로가 자신들의 뒤를 쫓을 때를 가정해서 시간을 벌고자 했지만, 저들은 이미 문제를 해결하고 오히려 이득이 되는 해결책을 마련해 두었기에 도호재의 얕은수를 쓸데없이 더 깊게 조사할 이유가 없었다.

자신들의 통제하에서 벗어난 계획이 제로의 손 위에서 놀아난 건 언제부터인가? 어떤 부분에서부터 문제가 발생했는가? 제로 거주 구역에 잠입하는 실행일을 앞당기는 건 계획하지 않은 일이었지만, 그럭저럭 괜찮았다. 예은의 감사 일정이 갑작스럽게 잡히긴 했어도, 일정을 조금 미루기만 했더라면 크게 문제 될 일은 아니었다. 강미의 예상치 못한 합류도 정작 주요 계획에는 큰 영향을 미치지 않았다. 딱 하나, 일어나서는 안 되었던 일이 있었다. 최태영의 개인 사무실에 아버지가 발을 들여서는 안 되었다. 그때 아버지와 동행한 고용인은 기어코 전부 비워낸 최태영의 태블릿에서 도호재와 최태영이 메모장에 적은 계획 일부를 추출한 게 분명했다. 최태영의 패드는 자신들의 계획을 고스란히 아버지에게 일러바친 셈이었다. 하다못해 도호재가 3급 거주 구역에서 화폐 변경과 관련된 뉴스를 접했을 때, 자신의 계획에 사로잡혀 제로가 어수선할 시기이니 계획을 실행할 적기라고 생각할 게 아니라, 제로가 왜 갑자기 화폐를 변경하겠다고 나섰는지 의심했어야 했다.

도호재는 뜨겁고 축축한 바닥에 늘어져서 어쩌면 자신이 최태영의 계획에 합류함으로써 성공할 수도 있었던 그의 원석 같은 계획에 재를 뿌리고 자신의 길이 옳다며 멱살을 잡고 낭떠러지로 끌고 갔을지도 모른다는 생각도 들었다. 3급 거주 구역으로 가서 최태영에게 처음 신세를 지게 되었을 때 그는 돌보는 일은 질색이니 선을 지키라 당부했다. 최태영은 도호재가 본인을 찾아왔을 때부터 그가 엔바디 사회의 진실에 분개할 걸 믿고 그로부터 정보를 캐내기 위해 헨젤과 그레텔처럼 빵조각을 흘려두었었다. 그러다 도호재가 5급 거주 구역에서 참상을 마주하고 돌아와 그에게 멤버십 데이터베이스를 부숴버리자고 말하자 최태영은 사회를 바꾸는 게 본인이어야 한다는 의무감이나 영웅심은 없다며 도호재의 제의를 거절했었다고 말했다.

도호재가 분개할 걸 믿었다면서 써먹기 좋은 제로를 계획에 포함할 생각은 하지 않았다? 당시 이것저것 신경 쓸 일이 많지만 않았더라면 충분히 이의를 제기했을 만큼 우스운 말이었다. 최태영은 도호재를 돌보고 있었다. 도호재의 상태를 신경 썼기에 개인 사무실에 그렇게나 자주 방문했고, 그의 상태를 살폈기에 편지라는 것도 쓸 수 있었던 거였다. 최태영은 결국 자신의 말을 부정하는 행동만 하다, 옥토 제로 회의실에서 고용인이 눈을 감고 있는 도호재를 향해 창처럼 갈아낸 지팡이를 꽂으려 하자 무모하게 달려들어 그 앞을 막아설 지경까지 이르렀다. 최태영은 도호재를 자신의 계획에 포함하지 않았던 게 아니다. 그는 분명히 도호재를 써먹으려 했다. 그것도 그의 목숨이 위태로워질 소모품의 역할이었을 게 분명했다. 최태영은 도호재를 계획에 소모품으로 배치했으나, 막연히 도호재가 죽지 않길 바라는 마음으로 그의 역할을 뽑아내고, 완벽했던 계획을 전부 뒤엎어 버렸음이 틀림없었다.

예은은 도호재와 처음 마주쳤을 때 그가 엔바디 사회에 대해 잘못 알고 있음을 확인하자마자 역정을 냈었다. 그러나 도호재가 무언가 단단히 잘못 알고 있음을 알아차리자마자 순식간에 화가 치밀어 올랐던 만큼 도호재가 엔바디 사회의 진실에 가까워지려 노력하고 있다는 말만으로도 그의 사과를 받아주었었다. 단지 예은의 천성이 착해서라는 말만으로는 설명할 수 없었다. 예은은 자신이 알고 있던 엔바디 사회에 관한 지식이나 인식이 잘못되었다는 사실을 알고 난 이후에는 이를 바로잡아야 한다는 의식적인 노력을 기울이고 있었으나, 도호재가 제로 출신이라는 걸 알고서는 자신도 모르게 도호재의 말은 언제나 진심이고 그가 자신을 속일 리없다고 무의식적으로 가정하고 있었다. 도호재가 지켜본 예은은 그러했다. 예은도 멤버십 체제에서 완벽하게 자유롭지는 못했다.

사실 누구보다도 엔바디 사회의 안녕을 바라던 이는 종철이었다. 종철은 최태영의 사무실에서 대화를 나누며 충분히 알 수 있었듯이 누구보다도 엔바디 사회의 사상에 물들어 있었고, 진리라 믿고 있었으며, 엔바디 사회의 질서에 누를 끼치지 않기 위해 최선을 다하고 있었다. 종철은 지금의 엔바디 사회에 불만이 있다거나 모순에 저항하기는커녕, 그의 말과 생각은 기본적으로 엔바디 사회의 번영을 위해 취해야 할 태도와 행동이 무엇인지 열정적으로 고민하고 있었다. 그런 종철이 계획을 실행으로 옮기기 위해 잠입한 제로 거주 구역에서 앞장서지 않았던 건 그가 제로 거주 구역에 대해서 자세히 알지 못한다는 이유도 있었을 테지만, 분명 그곳에서 소란을 피우기 싫고 주눅 들어 있었기 때문도 분명했다. 종철은 제로를 증오하여 없애버려야 한다거나, 엔바디 사회를 뜯어고쳐야 한다거나, 엔바디 사회의 각종 규율이 답답하다고 생각하지 않았다. 오히려 그는 사회의 규율에 복종하고 싶어 했다. 어쩌면 종철은 그저 최태영이 그의 생명을 살려주었기에 보답해야 한다는 의무감으로 최태영을 도왔고, 제로인 도호재가 합류하면서 본격적으로 발을 들이게 된 걸지도 몰랐다.

최태영은 가족애가 생겨, 예은은 멤버십에 분개해야 한다는 의식적인 분노로, 종철은 사회의 질서에 순응하여 제로 출신인 도호재의 말이 옳다고 맹목적으로 믿었기 때문에 이들 모두 도호재의 계획이 잘못되었음을 눈치채지 못했던가? 정말 저들은 고용인의 말처럼 도호재에게 휘둘렸을 뿐인가?

죄수실은 정말 고요했고, 누구와도 대화할 수 없는 만큼, 생각에 짓눌려 질식사할 수 있을 정도로 사색에 잠길 시간은 충분했다.

도호재는 무기력하게 누운 상태에서 의미 없이 뜨고 있던 눈을 오랜만에 깜박였다. 그는 이제껏 떠올린 유동적이고 가변적인 변수가 전부 아귀가 맞아 깔끔하게 회전했다고 하더라도 멤버십 데이터를 초기화하여 경직되어 있던 엔바디 사회를 재구성하고자 하는 계획이자 목적이 결국 실패로 돌아갔으리라는 사실을 알고 있었다.

멤버십 가입자들은 제로, 메르라 구분할 거 없이 이미 멤버십이라는 체제와 유리되고 독립된 존재가 아니었다. 그들은 자신이 속한 멤버십 등급에서 자신들만이 알 수 있고 공감하는 내용으로 소통했고, 그들끼리 향유하는 특색 문화가 명백히 존재했다. 멤버십 체제가 분류한 등급에 따라 폐쇄적으로 교류하던 저들은 개인이 아니라 집단이 되었고, 집단은 멤버십 등급이 저들을 대표하게 두었다. 멤버십 코드 자체만 사라진다고 해서 저들이 평생을 믿고 살아오던 모든 것에 대한 인식이 한순간에 뒤바뀌어서 제로였던 인물이 갑자기 미천해진다거나 하는 일은 일어날 수 없었다. 멤버십은 이미 사회를 운영하는 방침 중 하나이자 원활한 운영을 위한 세뉴를 넘어선 엔바디 사회의 진리였다. 진리라는 인식의 영역으로 들어가 버린 멤버십은 도호재와 함께했던 이들에게만 기괴한 현상이자 급박하게 수정해야 할 사안이었을 뿐, 다른 제로나 메르라는 전부 원활하게 운영되고 있는 엔바디 사회에 기여하며 평화로운 일상을 보내고 있었다. 이 순간에도 저들은 멤버십에 재가입하느라 잠시 삐걱거릴 뿐, 도호재가 실행에 옮긴 계획은 엔바디 사회에는 전혀 타격이 없는 계획이었다.

이제는 아무래도 상관없었다. 도호재는 곧 손쓸 수 없을 정도로 미쳐갈 예정이었다. 이 정도까지 했으면 포기하고 죽을 만했다. 그는 죄수실에 누워서 연지를 만났고, 친어머니의 죽음을 반복했으며, 회의실에 발을 디딘 순간을 무수히 반복하며 최태영을 살려내기도, 강미의 목을 졸라보기도, 이명석의 존재 자체를 지워보기도 했다. 그중 어디에도 자신의 계획이 성공하는 내용은 없었다. 환각에 익숙해진 건지 환각 증세가 심해진 건지 모르겠으나, 도호재는 이제 환각이라는 상황에서 벗어나지만 못할 뿐이지 환각을 웬만큼 자유롭게 꾸며낼 수 있었다.

"이런 곳에서 누울 생각을 하다니."

익숙한 목소리였다.

도호재는 천장을 향해 퍼져 있던 몸을 돌릴까 고민했지만, 목소리가 들리는 곳으로 눈동자도 돌리지 않기로 했다.

"넌 제로라고 떠벌리고 다니지 마라. 아니지. 제로라고 해도 되겠네. 아무도 안 믿어주겠어."

도호재는 아무런 반응을 보이지 않았다.

목소리의 주인은 개의치 않고 말을 이었다.

"맞다. 이제 보니까 너 3급이었지? 까먹을 뻔했네."

도호재는 선을 넘는 말들에 눈동자만 굴려 죄수실 앞에서 자신에게 조소를 보내고 있는 이우진을 눈에 담았다.

"네가 메르라 대면식에 한 번도 못 갔던 이유를 알겠네. 이딴 일이나 벌이는 걸 네 아버지는 진작에 눈치채셨던 거지. 싹수가 노랗다는 걸 말이야."

이우진은 무더운 죄수실 앞에서 깔끔한 옷을 입고 기쁘게 웃고 있었다.

"아니지, 아니지. 네가 3급밖에 안 된다는 걸 이미 알고 있었으니 눈치채고 말고 할 것도 없었겠다."

정확히 손목과 손의 경계선에서 끝나는 깔끔한 기장의 소매를 입고 죄수실 창구 앞에 앉아 있는 이우진은 도호재의 눈에는 정말 어려 보였다. 그는 철부지처럼 도호재를 비웃고 자신이 쥐고 있는 것들을 티 나게 과시하고 있었다.

하지만 도호재는 이우진의 천진난만함이 부러웠다.

"다시는 말 걸 생각도 하지 말라고 했는데. 아무도 상대해 주지 않아서 여기까지 찾아오는 너도 기구하게 살고 있는 거겠지."

이우진은 몸을 일으키려는 노력도 없이 물끄러미 쳐다보며 말하는 도호재의 말에 활짝 웃고 있던 입꼬리를 내렸다.

"그 입 다물어, 도호재. 더러운 죄수실 바닥에 누워 있는 3급 따위의 의견을 들어줄 생각은 추호도 없어."

두 얼굴을 가진 야누스처럼 돌변한 이우진은 순식간에 일그러졌던 얼굴을 조소가 가득한 얼굴로 갈아 끼우고는 자랑스러운 목소리로 다음 말을 이었다.

"난 차기 옥토 제로가 될 거다."

도호재는 이우진의 뻔한 목표 고백에 아무런 감흥도 느끼지 못했다.

"네 일생일대의 목표가 사실은 옥토 제로가 되는 게 아니라고 말하기 위해서 이곳까지 달려왔다는 내용이 훨씬 인상 깊었겠어."

"내 말을 이해하지 못하는구나."

이우진은 비장하게 숨을 들이마셨다.

"내가 차기 옥토 제로로 확정되었다는 말이다."

도호재는 전혀 생각지도 못한 내용에 이우진이 뱉은 문장을 머릿속에 띄워놓고 천천히 해체하고 재조립해 보았다.

앞뒤가 맞지 않는 말이었다.

"옥토 제로는 스무 살부터 자격 요건을 준다. 게다가 갓 성인이 된 제로에게 어떻게 옥토 제로라는 중요한 직위를 맡기지? 헛소리하지 마."

도호재는 이우진을 향하던 눈을 굴려 다시 천장을 응시했다.

"그렇지. 미성년자는 자격이 안 되지. 그래서 취임식은 내년이
야. 그리고 네가 메르라 거주 구역을 헤집고 다니는 동안 내가 옥
토 제로의 자질을 충분히 증명했다는 생각은 못 하는구나. 난 성
인이 되는 그해, 옥토 제로가 될 거야. 너와 난 같은 시간대를 사
는데 네 처지는 지금 말이 아니네. 안됐다. 진심이야."

"뭐?"

그대로 눈을 감으려던 도호재는 충격적인 소식에 고개까지 돌
려 이우진을 살폈다. 의기양양한 모습에서는 거짓을 담는 이의 초
조함 따위 찾을 수 없었다.

"그러고 보니 애초에 진실과 거짓도 구분하지 못하는 너는 옥토
제로가 될 자격도 없겠다."

이우진은 큰 깨달음을 얻은 듯이 고개를 끄덕였다.

그는 위엄 있어 보이기 위해 눈을 느끼하게 반쯤 내리깐 채로
턱을 가볍게 괴고 있었다. 도호재는 힘겹게 몸을 일으키고서는 이
우진을 향해 조금씩 걷듯이 기며 고개를 내저었다. 네발로 걷던
동물이 고집스럽게 두 발로 걷기 위해 어설프게 상체를 세웠다 쓰
러지면서 다리만 삐걱대며 이동하는 모양새였다.

"넌 아직 옥토 제로가 아니라서 엔바디 사회의 진실에 다가갈 자
격이 없었겠지. 평생을 거짓된 사회에서 살아온 너한테는 그게 진
실일 거야. 너보다도 사회의 진실에 훨씬 가까이 접근했던 제로로

서 기원하는데, 거짓된 진실에 안락함을 느끼면서 살다가, 옥토 제로가 되고서 알게 된 진실에 숨 막혀 죽었으면 좋겠다. 진심이야."

도호재는 마지막 말을 씹듯이 뱉으며 그와 이우진 사이를 가로막고 있는 칸막이를 내리쳤다.

도호재의 기괴한 걸음걸이에 본인도 모르게 긴장하고 있던 이우진은 갑작스럽게 나는 큰 소리에 어깨를 들썩이며 볼썽사납게 놀라는 모습을 보였다. 그런 모습을 도호재 앞에서 보인 게 수치스러웠는지 그는 곧바로 얼굴을 와락 구겼다.

"제로 거주 구역에 네가 멋대로 들여온 무뢰한이 내 아버지를 살해했어. 그런 네가 감히 날 저주해? 내가 죄수실에 갇혀서 네발로 기어다니고 있는 널 저주해야지."

이우진은 아래에 있는 도호재를 향해 위협적으로 몸을 기울였다.

"나의 옥토 제로 취임식은 네가 처형당하는 날로 잡을 거야. 누구도 너의 마지막을 지켜볼 수 없을 거다. 너의 마지막은 제로, 메르라 할 거 없이 누구에게도 각인되지 않아. 네가 벌인 짓도 전부 잊혀질 거다."

언성을 높이며 격한 감정을 표출하던 이우진은 도호재가 칸막이를 치며 낸 소리로 인해 놀랐던 걸 복수하려는 듯이 죄수실 창구를 여러 차례 거칠게 두드렸다.

도호재는 눈앞에서 격렬하게 흔들리는 면담 창구를 물끄러미 바라보다 어쩌면 죄수실이 자신의 안전지대일지도 모른다는 우스운 생각을 떠올리곤 어색한 실소를 흘렸다.

"감정을 조절하지 못하는 겁니까? 품위를 지키지 못하는 이는 옥토 제로가 될 자격이 없습니다."

아버지의 목소리에 죄수실 문을 뜯어버릴 듯이 으르렁거리던 이우진은 순식간에 얼굴을 갈아 끼우고 창구에서 선량하게 몸을 물렸다.

"긴히 나눌 이야기가 있습니다."

아버지가 도호재가 들어 있는 우리를 향해 점잖게 고갯짓했다.

"자리 비켜드리겠습니다."

느끼하게 가라앉은 목소리를 낸 이우진은 의자에서 몸을 일으키곤 밝고 희망찬 사회로 탈출하기 위해 움직였다.

그의 발걸음 소리가 멀어지고, 도호재는 잠시 고민하다 면담 창구에서 조금 떨어진 옆쪽 벽면에 등을 기대어 앉았다. 아버지는 그의 움직임에 맞추어 의자 각도만 조절하면 되는 위치였다.

"도호재."

"이우진이 옥토 제로가 된다는 말을 들었습니다. 이게 가당키나 한 얘기입니까. 저 치가 곧바로 옥토 제로가 된다는 말입니까?"

그는 아버지의 말을 가로챘다.

아버지는 격식도 절차도 무시하는 도호재를 물끄러미 바라보았다.

"저 자리, 네가 차지할 수 있다."

도호재는 아버지의 입에서 나온 의외의 말에 신중히 접근했다.

"무슨 의미입니까?"

"네가 메르라 거주 구역을 헤집고 다니는 사이에 네가 앓고 있는, 감기 같은 질병에 대한 치료제를 개발했다. 임시 치료제이지만, 임상시험을 거듭한다면 희망을 걸어보는 것도 가망 없는 길은 아니다."

도호재는 아버지의 말에 담긴 의도가 무엇인지 몰라 혼란스러웠다. 빛 좋은 개살구를 내밀며 자신을 죄수실에서 끌어내리려는 아버지의 모습은 모로 보나 수상쩍었다. 게다가 자신의 완치를 위해서는 치러야 할 대가가 분명 있었다.

"임상시험은 메르라를 대상으로 진행할 거지 않습니까."

"5급 메르라를 대상으로 진행해야겠지. 그곳에 네가 앓고 있는 질병을 치료하지 못한 이들이 거주하고 있을 테니."

아버지는 물고기를 잡으려면 당연히 물이 있는 장소로 이동해야 한다는 식으로 대수롭지 않게 응수했다. 물고기와 자신이 다를 바 없다는 걸 깨달은 도호재로서는, 물고기와 진솔한 대화를 나눈 그로서는, 잔인한 처사였다.

도호재는 아버지와 맞추던 시선을 후덥지근한 죄수실 바닥으로 옮겼다. 자신이 제로 거주 구역을 떠나 있던 그 짧은 시간 동안 어설프지만, 치료제를 개발해 낼 여력이 있었다는 말은 곧 진작에 치료할 수 있었던 이들이 훨씬 많았으리라는 뜻이었다. 제로는 그저 5급 메르라를 치료할 의지가 없었다. 5급이라는 멤버십 층을 유지하려고 일부러 치료하지 않은 걸지도 몰랐다. 종족이니 공정한 경쟁이니 하는 것들도 죄다 속임수에 거짓부렁인데 영 불가능한 가설도 아니었다. 멤버십 등급별로 치료 방식이 다르거나 특정 방식의 시술 및 수술은 제한되어 있고, 멤버십 등급별로 보험으로 보장해 주는 치료의 범위도 다르다는 걸 이미 알고 있는 도호재로서는 새삼스럽게 놀랄 일도 아니었다. 메르라 거주 구역에 발을 들였던 첫날부터 연지를 죽여내며 얻은 교훈이었다.

"최태영은 어떻게 됐습니까? 저와 같은 형벌이 내려졌다는 건 이미 들었습니다."

다시 마주한 아버지의 얼굴은 흔들림 없이 평온해 보였다.

"누가 전해줬는지는 몰라도 잘못 알고 있구나. 그 메르라는 처벌을 받기도 전에 과다출혈로 사망했다. 손쓸 새도 없었다. 네가 데리고 다니던 메르라라고 애착을 갖지 않아도 된다. 이제는 단념해라."

도호재를 지키려던 최태영은 연지처럼 죽었다.

다들 자신이 속한 멤버십 등급의 거주지를 멋대로 벗어나면 반드시 죽는다는 저주에 걸린 이들처럼 속속들이 죽어갔다. 그보다도 도호재를 도와주려는 이는 전부 끔찍한 결말을 맞이하고 있었다.

"네가 모든 걸 진정으로 반성하고, 제로로서의 품격을 떨어뜨리지 않는다는 사실만 확인된다면 넌 이우진의 자리보다도 중요한 직책을 거머쥘 수 있을 거다."

아버지의 말은 거침없었고, 그만큼 잔인했다.

"제로로서의 품격 말입니까. 다시는 멋대로 상식에 맞지 않는 일은 벌이지 않고, 무엇보다도 제 정신적 장애가 완벽하게 치료되어야 한다는 걸 말씀하시는 겁니까?"

도호재는 아버지가 보내는 긍정의 침묵에 허탈하면서도 화가 났다. 시멘트를 수십 차례나 덧바른 벽과 대화하는 기분이었다. 아버지는 말이 통하지도 않고, 구부러지지도 않으며, 아무런 교류도 기대할 수 없이 두드려도 끄떡없는 벽이었다.

도호재는 이우진도 아니고 아버지에게 더 열을 내고 싶지도 않았다. 그는 화를 눌러 담았다.

"일전에 최태영에게서 약을 처방받았습니다. 완벽하게 치료되기는커녕 환각의 측면에서는 오히려 악화되었습니다."

상황을 지지부진하게 끌 이유가 없었다.

"아버지. 전 그만하겠습니다."

아버지는 그의 말에 탄식하듯이 숨을 깊게 내쉬었다.

"도호재. 위엄 있는 제로로서 주도적으로 삶을 영위하던 제로로 돌아가고 싶지 않으냐? 메르라 거주 구역을 떠돌며 사고를 치는 게 아니라 이곳에서 네가 이루어 냈던 모든 것들을 되찾고 발전시켜서 네 능력에 대한 보상을 누리고 싶잖냔 말이다. 게다가 최태영이란 메르라는 고작 3급 거주 구역의 병원을 담당하는 메르라 의사이지 않으냐. 제로의 의사와 비교해서는 안 된다."

창구 앞의 아버지가 말을 전달할수록 도호재의 분노는 걷잡을 수 없이 번지고 있었다. 아버지는 기껏 공들여 빚어놓은 깔끔한 품격을 갖춘 제로 아들이 이대로 사라지는 게 수지 타산이 맞지 않는다고 판단했기에 죄수실 앞의 창구에 앉아 있는 것이었다. 그

473

사프란

는 결단코 아들인 도호재가 걱정되어 구제 방안을 마련했던 게 아니었다. 그는 '완벽한 제로 도호재'에 대한 미련에 가까운 애정밖에 가지고 있지 않았다.

도호재는 그 가식적인 애정에 환멸이 날 지경이었다. 자신이 쥐고 있기에는 기준 미달이라 5급 거주 구역으로 추방하려 했으면서 완전히 버리기에는 아까워하는 아버지의 태도가 맥없이 벽에 기대어 있던 도호재의 몸에 마지막 힘을 불어넣어 주었다.

"제가 이룬 건 없습니다! 어머니께서도 제게 아무런 업적도 이루지 못했는데 자만심을 갖지 말라고 당부하셨지 않습니까! 그만하십시오. 최태영도 충분히 살릴 수 있었을 텐데 과다출혈로 죽게 방치하신 게 아닙니까."

도호재는 이전처럼 또다시 아버지에게서 버려지고 있다는 감각을 반복하고 싶지 않았다. 아버지에게 도호재는 장애가 없고, 누구보다도 뛰어난 능력을 갖추고 있으며, 사고 치지 않고 상식에 걸맞은 행동을 하고, 장차 옥토 제로가 될 아들밖에 없었다.

"정신적 장애가 의심된다는 말 하나로 저를 5급에 곧바로 처박아 두려고 했으면서 뒤늦게서야 쓸 만한 도구 취급하지 마십시오. 이우진이 옥토 제로에 취임할 정도로 제로 사회에 그렇게 인재가 없으면 옥토 제로가 운영하는 엔바디 사회는 당장 없어져야 합니다. 그러니 더더욱, 제가 돌아갈 일은 없습니다."

도호재는 더는 아버지의 기준과 자신의 기준에 맞출 수 없다는 사실을 떠올릴 때마다 두려워해야 하는 삶은 진절머리가 났다.

"엔바디 사회도 제가 날뛰기 이전과 다를 바 없고, 사실 이명석도 사사건건 으스대는 행색이 아버지의 눈에 거슬렸다는 걸 압니다. 아버지가 원하는 모든 게 이루어졌지 않습니까. 죽음만은 제가 결정한 대로 처리해 주십시오."

도호재는 자신의 말 뒤에 아버지가 어떤 말을 하더라도 응답하지 않겠다고 결심했다. 자신과 아버지는 원하는 바가 달랐고, 서로에게 기대하는 모습도 평행선을 달리고 있었다. 무엇보다도 자신을 계륵으로 여기는 이에게 진심을 담아 응수할 필요성을 느끼지 못했다.

도호재는 팔을 축 늘어뜨리고 아버지가 다음에는 어떤 망언을 할지 기다렸다. 아버지는 도호재의 모습을 물끄러미 보다 의외로 아무런 말도 하지 않고 면담 창구 앞의 의자에서 몸을 일으켰다. 의자에 앉느라 구겨진 옷감을 가볍게 털어 정리한 그는 정갈한 발걸음 소리와 함께 죄수실을 떠났다. 죄수실 벽에 기대어 늘어져 있는 도호재는 노력할 의지가 없어 보이고, 그런 도호재에게는 시간을 더 들일 가치를 못 느꼈기 때문이리라. 그렇게 아버지는 도호재를 떠났다.

도호재는 눕기 위해 움직일 힘도 없었다. 전신에 힘을 불어넣어 주었던 아드레날린은 흔적도 없이 사라진 지 오래였다. 그는 사상죄로 처벌받은 죄수가 어떤 형벌을 받게 될지 떠올렸다. 도호재가 아는 한 엔바디 사회에 범죄자는 극히 드물었다. 그런 이들이 사회의 질서를 어지럽히지 않도록 범죄자 처벌의 수위는 높았고, 그중에서도 사상죄로 처벌받는 이들은 반드시 고문과 같은 최후를 맞이했다.

사상 범죄자는 일정 기간 죄수실에 갇혀 간신히 생존할 정도의 영양소만이 포함된 캡슐로 식사한다. 죄수실은 봄, 여름, 가을, 겨울 할 것 없이 조금만 움직여도 모든 체력이 소진되도록 변함없이 높은 온도와 습도를 유지한다. 죄수는 독방에 갇혀 몸을 가누지도 못한 채로 머릿속으로 자신이 저지른 범죄에 대해 고뇌하고, 반성하고, 후회하는 일밖에 할 수 없다. 죄수가 그곳에서 반항심과 같은 뚜렷한 의지를 갖기에는 체력이 부족하고, 후덥지근한 환경은 모든 의지력을 앗아가며, 보장된 미래고 뭐고 아무것도 없는 장소가 죄수실이었다.

죄수가 독방에서 자신이 생성해 낸 온갖 생각에 짓눌리며 온몸에 있던 지방과 근육이 녹아내릴 때쯤이 되면, 간수는 죄수를 그곳에서 끄집어낸다. 죄수는 간수가 자신을 어디로 데려가는지 생각할 겨를도 없이 시원한 곳으로 나온 해방감에 전율한다. 간수는 미쳐버린 죄수에게 안대를 씌우고 재갈을 물려 처형장으로 데려간다.

도호재는 처형장을 떠올리는 것만으로도 열기에 휩싸여 머리가 지끈거렸다. 자신의 미래였다. 그는 온몸에 힘이 없을 정도로 실오라기 같은 영양소만 공급받다 보니 이제는 생각을 지속하기조차 어려울 지경이었다. 그는 한여름에 13일 넘게 내버려둔 음식물 찌꺼기 범벅이 되어 꽉 막혀버린 듯한 머리를 바닥에 누였다.

죄수실의 공기보다는 차가운 바닥에 온몸을 밀착시킨 도호재는 그대로 몇 날 며칠을 내리 잤다. 눈을 떠도 할 일이 없었고, 깨어 있는 상태를 유지할 힘도 없었다. 한번은 잠에서 깨었을 때 고용인에 의해 찔린 상처가 전혀 아프지 않다는 생각이 잠깐 들었지만, 그는 상처를 확인할 겨를도 없이 다시 깊은 잠으로 침잠했다.

1월 3일.

공석이 발생한 옥토 제로 자리에 이우진의 취임식이 열렸다.

도호재는 선선한 공기가 코끝에 닿으며 오랜만에 상쾌한 숨을 깊게 들이마셨다. 무겁게 가라앉았던 몸에 조금은 활기가 돌았다. 그는 새벽처럼 시원한 공기에 눈꺼풀을 힘주어 들어 올렸지만, 아무것도 볼 수 없었다.

도호재는 몽롱한 암흑에서 한참을 헤맸다. 그러다 자신을 거칠게 밀치는 누군가의 손길에 떠밀려 끌려가다시피 발걸음을 옮긴 그는 자신이 처형장으로 끌려가고 있음을 깨달았다. 지금 들이마시는 이 공기가 마지막으로 편히 들이마시는 삶의 향이었다.

도호재는 간수가 움직이는 방향대로 이리저리 나부끼다 마침내 그들의 손에서 벗어나 어딘가에 던져졌다. 구속되었던 양팔이 풀려나고, 두터운 문이 닫히는 소리가 희미하게 반복되었다. 도호재는 바닥에 나동그라져 한참을 가만히 누워 있었다. 그곳은 후덥지근했던 죄수실이 얼음장 같았다고 기억할 만큼 뜨거웠고, 습도가 어떠한지 느낄 수 없을 정도로 온몸이 바싹바싹 타올랐다.

그는 자신이 처형장에 도달했음을 힘겹게 깨달았다. 한참 동안 손끝만 움찔거리다 간신히 팔을 올려 눈가리개를 벗겨낸 그는 삶의 종착지인 처형장을 확인할 수 있었다.

그곳은 온도도 뜨거웠고, 냄새도 뜨거웠고, 습도도 뜨거웠고, 빛도 뜨거웠다. 분명 5급 거주 구역에서 맡았던 시체 냄새가 고약하게 나는 것 같은데, 멀리서 시뻘겋게 들끓고 있는 용암이 모든 감각을 녹이며 집어삼키고 있어서 그 무엇도 확신할 수 없었다.

도호재는 왼쪽으로 고개를 떨궜다. 저 멀리 시야 끝에 걸리는 벽면은 거뭇거뭇한 바탕에 흰색 점이 박혀 있었다. 벽을 한참 바라보던 도호재는 곧 벽면이 원래는 흰색이었다는 걸 알 수 있었다. 거무죽죽하게 묻은 것들은 전부 처형실을 거쳐 간 이들의 흔적이었다.

처형실에는 이제 누구도 출입하지 않는다. 저 벽면이 매일 조금씩 이동하여 마침내 도호재를 용암으로 밀어낼 때까지 처형실의 문은 열리지 않을 것이다. 도호재는 언젠가 자신과 맞닿아 있을 처참한 벽면에서 눈을 떼곤 고개를 기울여 자신의 몸을 내려다보았다. 제로 거주 구역에서 지낼 때는 물론 최태영의 개인 사무실에서 지낼 때와 비교해도 앙상하게 마르긴 했지만, 아직 온몸의 근육과 지방이 전소되지는 않았다. 이우진의 강경한 주장으로 자신의 처형식이 앞당겨진 게 틀림없었다. 이우진이 옥토 제로 자리를 꿰찰 동안, 도호재는 이곳에서 물도 음식도 아무것도 없이 용암 곁을 지키게 되었다.

도호재는 두텁게 막힌 천장을 올려다봤다. 폭죽이 터질 때, 형형색색의 빛깔을 내며 터지는 알갱이를 별이라고 한다. 그는 고혹적인 보랏빛 끝맺음으로부터 중심부로 갈수록 흰색이 흐드러진 사프란꽃을 그리며 별을 수놓았다. 사프란의 중심부는 별처럼 노랗게 빛났기에 그는 이를 따라 폭죽을 수놓았고, 이 또한 자정의 별처럼 아름다웠기에 그가 만든 사프란 또한 어두운 밤거리를 밝게 비추는 길잡이가 될 줄 알았다. 도호재가 알지 못했던 것은 메르라는 사프란을 감상하지 않는다는 것이다. 사프란을 미어지게 재배한 메르라는 사프란 한 송이에 오직 3개밖에 나오지 않는 암술을 게걸스레 뜯고 부속물은 폐기했다. 그들의 생계는 사프란이 아니라, 사프란의 암술에 달려 있으니 부속물은 걸러내었다. 도호재의 폭죽은 별만 아름답게 수놓은 채, 터지지 못하고 지상에서 뜯겼다. 그는 저들이 폭죽이 공중에서 올라갈 때까지 내용물을 터지지 않게 보호하는 옥피인 줄 알았으나, 저들은 폭죽을 헤집어 사프란의 암술을 먹어 치우고 떠났다. 그들은 삶을 살아내었고, 도호재는 꿈만 꾸었다.

도호재는 죄수실에서처럼 타오르는 온도 속에서도 잠을 잤다. 갈증과 굶주림에 고통받았으나, 어떻게든 정신을 잃는 건 어렵지 않았다. 도호재는 이를 반복하며 점차 정신이 아득해짐을 느꼈다. 의식을 수면 위로 끌어 올리는 일이 점점 어려워졌고, 정신을 차릴 때면 방이 조금씩 좁아져 있었다.

하루는, 뜨거운 열기가 가까워지며 몸이 붕 떠오르는 듯한 감각을 느꼈다. 곧이어 끝없는 추락의 감각과 함께 도호재는 정신을 놓았다.

도호재가 스무 살이 되는 날. 타오를 듯 뜨거운 날 시작된 모반은 피부가 쪼개질 것처럼 차가운 날 막을 내렸다.